Duister Londen

DAVID LAWRENCE

Duister Londen

Uit het Engels vertaald door Lidy Pol

DE GEUS

Deze uitgave is mede mogelijk gemaakt dankzij een bijdrage van
de Europese Commissie in het kader van het programma Cultuur 2000

Onderwijs en cultuur

Cultuur 2000

Oorspronkelijke titel *Down Into Darkness*, verschenen bij Michael Joseph
Oorspronkelijke tekst © David Lawrence, 2007
First published by the Penguin Group, Penguin Books Ltd, London
Nederlandse vertaling © Lidy Pol en De Geus BV, Breda 2008
Omslagontwerp naar basisontwerp van Heldhavtig
Omslagillustratie © Arcangel Images/Imagestore
Druk Koninklijke Wöhrmann BV, Zutphen
ISBN 978 90 445 1200 7
NUR 331

Voor Sean O'Brien

I

Iemand die omhoogkeek zou haar misschien in die boom hebben zien hangen, maar mensen kijken alleen omhoog wanneer iets hun aandacht trekt, en zij werd vrijwel volledig aan het oog onttrokken door grote groene bladeren. Af en toe bracht een lichte bries de kleinere takken aarzelend in beweging waardoor er lichtvlekken op het lichaam van het meisje vielen, die haar even effectief camoufleerden als de bladeren.

Einde van het voorjaar in Londen en veel te warm. Het beloofde een droge zomer te worden. De kranten stonden vol met verhalen over de opwarming van de aarde met tekeningen erbij waarop het zuiden van Engeland al in een woestijn was veranderd. Wie twijfelde aan deze voorspellingen, hoefde alleen maar zijn neus in de lucht te steken om die onmiskenbaar prikkelende geur van uitlaatgassen op te snuiven die in de straten hing. De Londense meisjes, stijlvol en langbenig, hadden een coupe soleil genomen, droegen strakke truitjes met microrokjes en gouden armbanden die hun bruine huid goed deden uitkomen. De hoeren op de Strip droegen nog minder.

Acht uur 's avonds, en het was nog steeds licht en nog steeds warm. Stelletjes wandelden gearmd door de stoffige straten. Er waren mensen op weg naar huis, na een lange dag op kantoor; er waren mensen onderweg naar een bar of een restaurant; mensen die hun hoofd bij andere dingen hadden. Er reden fietsers voorbij en kinderen op rolschaatsen; auto's stonden bumper aan bumper.

Een jongen zat met zijn vriendin boven in een dubbeldekker op de achterbank. Ze waren nog maar net een stelletje: alles was nog nieuw, spannend en opwindend. Zelfs in het openbaar konden ze hun handen moeilijk van elkaar afhouden. Hij kuste haar en legde heel even zijn hand op haar borst. De bus minderde vaart om zich aan te sluiten bij de rij auto's die voor het kruispunt stond te wachten; toen de bus tot stilstand kwam, schuurden de bladeren van de boom die langs de kant van de weg stond langs de ramen. Het meisje glimlachte, streek over de wang van de jongen en keek toen, alleen omdat ze gestopt waren, langs hem heen naar buiten, naar de boom.

De bladeren glinsterden in de felle zon alsof het licht ervanaf spatte en het meisje dacht eerst dat het de uitloop van de boomstam was die ze zag; de bladeren ruisten en bewogen en de uitloop werd een afgebroken tak die langzaam ronddraaide in de wind.

Toen, terwijl de wind aanwakkerde, zag ze de naakte romp en even later, toen de romp zich draaide, het gezicht dat haar aanstaarde, donker als een rijpe pruim.

2

Stella Mooney en John Delaney zaten bij Machado's te eten, een restaurant aan een plein vlak bij Notting Hill Gate. De tafeltjes stonden langs de rand van het plein opgesteld en in de takken van de sierbomen hingen slingers met witte lampjes te fonkelen. De flakkerende kaarsen op de tafeltjes wierpen hun botergele licht de schemer in en zwaluwen vlogen 'steile wand'-rondjes en krijsten wanneer ze daarbij rakelings langs een muur scheerden.

Stella zei: 'Krijg de tering, Delaney.'

Het was het einde van een gesprek dat als volgt was verlopen: 'Ben jij gelukkig met onze relatie?'

'Met onze relatie?' Stella at kreeft en hield, toen Delaney zijn vraag stelde, het beestje net tussen duim en wijsvinger vast terwijl ze er met haar tanden stukken vanaf trok. Ze vroeg zich af of de vraag met een bepaalde bedoeling was gesteld. 'Waarom zou ik niet gelukkig zijn met onze relatie?'

'Geen speciale reden.'

'En jij ... ben jij gelukkig met onze relatie?'

'O ja.' Delaney knikte en glimlachte naar haar als iemand die een geheim koesterde.

'Wacht eens even. Je gaat nu toch geen ring uit je zak halen, hè?'

'Nee.' Delaney begon te lachen. 'Een ring? Jézus, nee.'

Waarna ze 'krijg de tering, Delaney' zei en zich over de tafel naar hem toe boog om zijn lach met een kus te smoren.

Hij vulde hun wijnglazen bij en ze aten zwijgend verder; hij hield zijn ogen op haar gericht. 'Maar wat ...' zei ze, toen op hetzelfde moment haar gsm ging.

Delaney zei: 'Laat gaan', eerder suggererend dan gebiedend, maar ze had al opgenomen. Ze luisterde eerst alleen maar, en zei toen op zachte toon iets terug. Ze ging staan, kuste Delaney nog een keer en liep het plein over naar een zijstraat, waar haar auto geparkeerd stond.

Een paar mannen aan omringende tafeltjes keken haar na, Delaney zag het en glimlachte, hij keek haar ook na en vormde zijn eigen oordeel over haar. Stella was drieëndertig: een beetje make-up volstond. Donker haar, blauwe ogen, lang en slank, maar niet mager; haar mond misschien iets te breed en haar neus iets te lang: kleine onvolkomenheden die veel uitmaakten. Delaney bleef zitten en at verder. Hij dronk de rest van zijn wijn op en bestelde daarna een singlemalt-whisky bij zijn koffie, terwijl de lucht boven het plein langzaam paars kleurde. Hij leunde achterover en keek, wat niet veel mensen doen, omhoog omdat de zwaluwen zijn aandacht hadden getrokken. Ze cirkelden met razende snelheid in het rond en krijsten onophoudelijk.

DI Mike Sorley had Stella gebeld omdat hij eerder met haar had samengewerkt en omdat hij haar de beste hoofdrechercheur vond van Area Major Investigation Pool 5, ofwel de afdeling Moordzaken. Hij wist wie Stella in haar team wilde hebben en had al nagevraagd of Pete Harriman, Maxine Hewitt, Andy Greegan en Sue Chapman beschikbaar waren. Sue was geen straatagent, zij coördineerde alle informatie die binnenkwam, omdat ze een geordende geest en een scherpe blik had.

Het werkgebied van AMIP-5 bestreek Notting Hill, Holland Park, Kensal Green, Kensal Rise en een deel van Paddington; een gebied met huizen die miljoenen waard waren, een gribusbuurt met torenflats die Harefield heette, en alles wat daartussenin lag. Ten noorden van Notting Hill, in de richting van Kensal Green, lag de Strip, badend in een zee van groen, roze en paars neonlicht, met illegale kroegen, louche casino's, prostituees die hun diensten aanboden, drugsdealers die in steegjes zakendeden en dreunende muziek die zo hard uit open deuren en ramen dreunde dat je ingewanden ervan door elkaar rammelden.

Stella reed de Strip af en sloeg daarna een woonwijk in. Iedereen zat buiten op de stoep op klapstoelen bier te drinken; de geur van marihuana dreef door de open raampjes van Stella's auto naar binnen. Reken je er één in, dan reken je de hele wijk in.

De witte gloed aan de hemel vier straten verderop was afkomstig van het licht van halogeenlampen.

Het was Andy Greegans taak een onbesmet pad naar het lichaam vrij te maken, wat niet meeviel met een lijk dat vijf meter boven de grond hing. Sorley en Stella bespraken een plan de campagne.

'Een bouwsteiger om de boom heen', zei Sorley, 'en met doeken afschermen.' Ze keken recht omhoog, alsof ze naar de sterren keken. Pete Harriman kwam bij hen staan. 'Hoe heeft hij haar naar boven gekregen?' vroeg hij zich hardop af.

'Ja,' zei Stella, 'en wanneer? Er rijdt hier de hele dag verkeer langs. Er zijn veel mensen op straat, vooral met dit weer.'

'Hij komt hier aan met een lijk en een stuk touw,' zei Harriman, 'niemand die hem ziet, of die iets ongewoons aan hem opmerkt. Hij knoopt haar op ... Hoe doet hij dat? Gooit hij haar over zijn schouders en klimt hij de boom in?'

'Waarom denk je dat hij het lijk bij zich had?' vroeg Stella.

Sorleys gsm ging: een bouwbedrijf dat een steiger met afdek-doeken kon leveren. Hij liep weg om het telefoontje af te handelen.

Harriman zei: 'Denkt u dat hij haar hier vermoord heeft?'

'Gemakkelijker voor hem; hoeft hij niet met een zwaar lijk te zeulen. Ze is levend beter te vervoeren.'

'Dood is even gemakkelijk; hoeft hij haar niet meer te vermoor-den.' Ze keken nog steeds omhoog. Stella's nek deed pijn. Harri-man vervolgde: 'Levend of dood, het moet in ieder geval 's nachts zijn gebeurd.'

'Daar lijkt het wel op.'

'Wat betekent dat ze er vóór zonsopgang al hing.'

Stella boog haar hoofd en masseerde haar nek. Ze dacht aan bepaalde roofvogels die wel raad wisten met een homp rauw vlees.

3

Het was donker geworden terwijl ze op de steigerbouwers wachtten. De boom was omgeven door groen gaasdoek, met daarachter een wirwar van stalen steigerpalen, en uitgelicht als een filmset. Mannen in witte overalls liepen over de plateaus en namen monsters van boomstam en takken. Het hadden botanisten op excursie kunnen zijn. Er stonden halogeenlampen op de grond; de felle lichtbundels schenen gericht, waardoor alles eromheen er donker en oerwoudachtig uitzag. De warme wind verspreidde een geur van verrotting.

Stella had last van hoogtevrees: de planken leken onder haar voeten te verschuiven als het zand langs de branding wanneer de zee zich terugtrekt, en ze voelde hoe haar maag zich omdraaide. Bovendien was ze die morgen ongesteld geworden, wat ook niet hielp. DC Greegans cameralieden – de een maakte foto's, de ander videoopnames – stonden recht voor het hangende meisje. Er waren ook lampen omhooggehesen en met touw aan de palen vastgebonden om het lichaam te verlichten; deze zorgden voor lange, donkere schaduwen. De straat was afgezet en rondom de boom heerste een gewijde stilte, zodat het geklik van de sluiter en het gezoem van de videocamera ongewoon luid klonken. Stella wilde niet naar het meisje kijken.

Pete Harriman was samen met haar naar boven geklommen, snel en lenig als een steigerbouwer. Stella's knokkels waren telkens wit geworden wanneer ze haar handen verplaatste, en ze had op haar voetholtes gesteund bij het klimmen in plaats van op de bal van haar voet. Harriman en zij stonden bij de fotograaf, die alles vanuit elke hoek fotografeerde. Het meisje was slank en ondanks het neerwaartse gewicht van haar eigen lichaam was haar rug nog steeds gewelfd. Op haar schouders, op de plek waar een juk zou rusten, stonden met zwarte viltstift twee woorden geschreven:

OIEZE MEID

Een korte, warme windvlaag bracht de takken in beweging, waardoor ze langzaam een halve slag draaide en haar gezicht in het licht kwam.

'Godallemachtig.' Het was Harriman die dat zei, en hij had er niets aan toe te voegen. Vreemd genoeg kon Stella door de aanblik weer helder denken; ze vergat de misselijkheid en het gevoel alsof de planken bewogen. De gelaatstrekken van het meisje leken uitgewist, haar ogen ontbraken, het schaamhaar leek een donkere veeg; het bloed dat zich in haar aderen had opgehoopt, gaf haar lichaam een donkerrode kleur als van overrijp fruit. Stella riep naar Greegan, die een plateau lager stond.

'Hoelang nog?'

'Ze doen hun best, chef. Het valt niet mee om sporenmateriaal van een boom te halen.'

'Kunnen we haar naar beneden brengen?'

'Ja.'

Het touw waaraan het meisje hing was vastgemaakt aan een tak vlak onder haar voeten. Stella keek toe, terwijl twee technisch rechercheurs haar los begonnen te snijden. Eén had een gordel om haar lichaam bevestigd, die als een korset om haar heen zat. Hij koppelde een lierhaak aan een ijzeren ring die ter hoogte van haar schouderbladen aan de gordel vastzat, tilde haar toen op bij haar middel, terwijl de andere rechercheur het touw waaraan ze hing doorsneed, vlak bij de tak, maar wel zo dat de knoop die de moordenaar erin gelegd had onaangeroerd bleef. Mensen leggen op verschillende manieren knopen in touw.

Stella bleef op de steiger. Ze wilde niet beneden op de grond getuige zijn van deze trieste afdaling. Ze wilde die onschuldige, spierwitte blote voeten niet uit de bladeren naar beneden zien komen.

De politiearts stelde de dood vast, nam rectaal en vaginaal de temperatuur, noteerde de afwezigheid van rigor mortis en gaf een tijdschaal van zesendertig uur voor het tijdstip van overlijden. Het was warm in de pd-tent en het meisje lekte lichaamsvloeistoffen en begon te ruiken. Ze lag languit op de grond, alsof ze er neergevallen was; haar gezicht een donker masker door de openstaande mond en de holtes van haar ogen.

Toen de dokter klaar was, kwamen de ambulancemedewerkers de tent binnen om haar naar het mortuarium te brengen. De wetenschap was nog niet klaar met haar. Ze pakten elk een hoek van het groene plastic kleed waarop ze lag, tilden haar voorzichtig op en legden haar lichaam op een brancard.

De dokter was een jongeman die dit werk nog niet zo lang deed. Hij stond naast Stella toen de brancard naar de ambulance gereden werd en zei: 'Wie doet er nou zoiets?'

Stella moest er bijna om glimlachen en zei: 'Iemand.'

Het AMIP-5-team zou de volgende morgen bij elkaar komen: Mike Sorley had al beslag gelegd op het souterrain van het politiebureau in Notting Dene. Stella liet haar auto staan in de lege straat en dook onder het blauw-witte politielint door. Aan de ene kant huizen, aan de overkant het hek van een kinderspeelplaats, de boom stond aan de kant van het hek. Ze sloot haar ogen om zich beter voor te stellen hoe het gegaan zou kunnen zijn.

Twee, drie uur 's nachts, maar in Londen werd het nooit stil, rustig of donker. Straatlantaarns om de zoveel meter. Een auto stopt bij de boom. Rijden er andere auto's voorbij? Waarschijnlijk wel. Zijn er op dat uur nog mensen op straat? Ja, maar niet veel in een straat als deze. Kijkt er iemand uit het raam, iemand die niet kan slapen, iemand met een onrustig kind, iemand die treurt of verliefd is?

Leeft ze of is ze dood? Stel dat ze leeft. Is hij hier gestopt omdat hij vlakbij woont? Omdat zij vlakbij woont? Zijn ze geliefden: voelt ze zich veilig bij hem? Of heeft hij haar ergens opgepikt? Hebben ze elkaar op een feestje ontmoet, of in een bar, heeft hij aangeboden haar naar huis te brengen?

Hé, ik moet toch die kant op. Je kunt wel met me meerijden.

Is ze van huis weggelopen, is ze iemands buurmeisje, een carrièrevrouw, een overspelige echtgenote, een streber, bijna beroemd, of een prostituee van de Strip op zoek naar een rustige plek om haar klant af te werken?

Ze stappen uit de auto.

Is ze nog steeds niet bang, of dwingt hij haar, bedreigt hij haar met een pistool of een mes? Lacht ze naar hem of smeekt ze hem haar te laten gaan? Hoe dan ook, op een gegeven moment kleedt hij haar uit en hangt haar op. Is ze al dood als hij dat doet, of hangt ze stuiptrekkend in de boom terwijl de nachtelijke wind langs haar lichaam strijkt en er een duisternis over haar neerdaalt die dieper is dan het halfduister van Londen, een duisternis waarin het bloed door haar hoofd giert en haar verscheurde kreten opklinken?

Stella liep over de Strip. Er werd openlijk gedeald, en de hoeren liepen in glimmend latex en op naaldhakken heen en weer en boden hun diensten aan aan de behoeftigen en de zielepieten. Hun pooiers hielden alles vanuit hun zwarte terreinwagens met quadrafonische geluidsboxen in de gaten. De illegale kroegen en casino's boden een driedaags drinkgelag of een vijfdaags pokerspel aan. Ze kende de Strip, ze kende er een aantal mensen, maar niemand lette op haar; iedereen had het te druk met zijn eigen behoeften: drank, drugs, seks, lol. Of geld.

Twee straten verderop was het veel rustiger, alsof er een wapen-stilstand was afgekondigd. Ze liep Nico's nachtcafé in en bestelde koffie. De eigenaar was een Turk; hij had het café gekocht van degene die het van Nico had gekocht. Hij zei: 'Het is veel te warm voor de tijd van het jaar. Veel te warm.'

Het café was leeg. Stella nam plaats aan een formicatafeltje met koffiekringen en dacht aan het dode meisje. Wat was haar naam? Wie was ze geweest tot aan haar dood?

Ze vroeg zich af wat John Delaney had willen zeggen voordat haar telefoon was gegaan.

Hij sliep al toen ze thuiskwam, hij was eraan gewend geraakt dat ze onverwacht werd weggeroepen en op onorthodoxe tijden werkte. Soms ging ze niet terug naar zijn flat, maar sliep ze in het huis dat ze vijf jaar lang met George Patterson had gedeeld; dat was voordat ze Delaney had leren kennen en er bij George een vermoeden van ontrouw was gerezen.

Ze pakte een fles wodka uit de koelkast, een borrelglas van de plank, en één ijsklontje uit het vriesvak. Toen goot ze de wodka over het ijs in het glas tot die over de rand bolde maar er niet overheen ging.

Hé, ik moet toch die kant op. Je kunt wel met me meerijden.

Nee, ze kende hem waarschijnlijk beter. De meeste slachtoffers kenden hun moordenaar; de wreedste soort van intimiteit. Maar hoe heeft hij haar omhooggehesen?

En waarom?

Ze vulde haar glas een paar keer. Drie keer. Daarna kleedde ze zich in de gang uit om hem niet wakker te maken. Het was pikkedonker in de slaapkamer, precies zoals hij het wilde, zware gordijnen hielden de nachtelijke gloed van Londen tegen. Delaney bewoog toen ze in bed stapte en draaide zich naar haar toe; de warmte van zijn lichaam, die aardse geur in het duister hadden een erotische uitwerking op haar. Omdat ze hem niet kon zien, kreeg het iets anoniems. Ze streek met haar hand over zijn buik, maar hij werd niet wakker.

Het meisje verscheen in een droom aan haar. Ze liep over de Strip in neongroen lycra en droeg lange glitteroorbellen. Een auto stopte, ze liep ernaartoe en stak haar hoofd door het raampje om de klant haar waren te tonen. Ze spraken een prijs af en het meisje stapte in. Stella zag op de achterbank zijn moordtuig liggen: touw, lier, een ijzeren ladder. Ze begon te lopen, wilde het meisje tegenhouden, maar het leek alsof ze door hoge golven waadde. Ze riep haar toe maar haar stem vervormde, ze haspelde de woorden door elkaar.

Het meisje draaide haar hoofd om en keek Stella aan. Haar mond stond open, een glimlach bijna; haar oogholtes waren donkere gaten.

4

In de recherchekamer van AMIP-5 waren sigaretten, chocolade, chips, koffie en een mild cynisme de vaste waarden. De chips waren altijd gekruid met zout en azijn: een regel waar niet van afgeweken kon worden. Wat de chocolade betrof was Mars bezig aan een comeback. Stella was een poosje geleden gestopt met roken, maar haar passieve inname stond nog steeds gelijk aan één pakje per week. DI Sorley was de hardnekkigste roker van het team: zijn kantoor, aan het einde van de gang, was meestal in een blauwe mist gehuld; de muren leken nicotine uit te zweten. Sorley was niet zomaar een zware roker, hij was wereldkampioen, de allergrootste.

Op het witte prikbord in de recherchekamer hing een serie pd-foto's: het boommeisje gefotografeerd vanaf de grond en vanaf de steiger; liggend op het groene plastic, vanuit alle hoeken; foto's die later genomen waren in het mortuarium, voordat ze in de koeling was geschoven en geregistreerd was als 'vrouw, niet geïdentificeerd'. Stella had koffie van Starbucks meegenomen, als traktatie voor zichzelf op de vroege morgen; met hun eigen automaatkoffie kon je vlekken verwijderen. Het team luisterde terwijl ze een paar feiten en vermoedens opsomde.

'Dode blanke vrouw, jong, leeftijd nog onbekend, in de Kensals aangetroffen, hangend in een boom langs de weg. Lichaam was aangevreten door vogels. We denken dat ze ergens tussen zondagavond en maandagmorgen gestorven is. We denken dat ze door wurging om het leven is gebracht. We denken dat ze door een man is vermoord, omdat er nogal wat kracht voor nodig was om haar die boom in te hijsen. Maar verder staan we voor een raadsel.'

Maxine Hewitt zei: 'Vieze meid ...'

Stella knikte. 'Ja ... Waar doet je dat aan denken?'

'Een vrouwenhater.'

'Vrouwen, of alleen prostituees?'

'Het zou een excuus kunnen zijn. Denk maar aan de Yorkshire Ripper. "Ik ruimde de straten op."' Maxine lachte wrang. 'Ze zijn smerig, dus mag je ze vermoorden.'

Harriman zei: 'Misschien iemand die een geslachtsziekte opgelopen had. Het klassieke Rippermotief.'

Sue Chapman vroeg: 'Hebben we reden om aan te nemen dat ze in de prostitutie zat?'

'We weten niets van haar,' zei Stella, 'helemaal niets. Dus allereerst alle vermiste personen nalopen die hetzelfde profiel hebben. Te beginnen bij de meest recente.'

Mike Sorley stond samen met Stella voor in de kamer, maar wel iets ter zijde, zodat hij niet overkwam als degene die het werkoverleg leidde. Hij was net als alle DI's een kantoorfrik, geen straatsmeris. Hij keek naar de foto's op het whiteboard en zei: 'Kunnen we niet iets aan haar gezicht doen?'

'Fatsoeneren?' vroeg Stella. Toen Sorley knikte keek ze naar Andy Greegan.

'We kunnen raden naar de kleur van haar ogen – afgaande op de haarkleur vermoedelijk bruin of groen – en we kunnen wat retoucheren natuurlijk. Maar de vorm van de ogen voordat de vogels zich er te goed aan hebben gedaan … dat wordt wat lastiger.'

'Kunnen we haar er ten minste wat menselijker uit laten zien?' vroeg Sorley.

Stella vond dat het meisje er maar al te menselijk uitzag: menselijk en misvormd; menselijk en dood. Ze zei: 'Even recapituleren: hij vermoordt haar, maar we weten niet waarom. Misschien is hij een vrouwenhater, misschien voelt hij zich geroepen om prostituees om te brengen …'

'Waarmee we weer terug zijn bij de Ripper', zei Maxine.

'Ja, maar ze zouden ook een hechtere band kunnen hebben, misschien was ze een specifiek slachtoffer en vermoordde hij haar om een specifieke reden.'

'Waarbij hij ervoor koos om haar langs de openbare weg in een boom op te hangen?' zei Harriman. 'Klinkt niet echt naar moord in huiselijke kring … na een ruzie onder het afwassen.'

'Vieze meid,' zei Maxine, 'dat is de clou.'

'Hoeft niet te betekenen dat ze prostituee is', merkte Sue op. 'Overspelige echtgenote? Losbandige dochter?'

'Nee,' zei Harriman, 'de clou is zijn werkwijze. Het was moord met voorbedachten rade: een koelbloedige moord.'

'Er worden wel vaker mensen op openbare plekken gewurgd', zei Andy Greegan. 'Zoals die vent die aan het parkhek was opgehangen, weet je nog?'

'Dat was een raciale moord. Ze hadden zijn schoenveters gebruikt. Het moest eruitzien als zelfmoord. Onze moordenaar had voorzorgsmaatregelen getroffen: hij had het touw bij zich.'

'Hij had ook een eigen werkwijze.' Stella draaide zich om naar het whiteboard en wees naar een paar foto's van het touw, dat onder de voeten van het hangende meisje aan een tak vastgebonden was. 'Toen hij haar omhooggehesen had, knoopte hij het touw vast aan die tak ...'

'Beleggen', zei Sorley.

Stella draaide zich naar hem om. 'Wat?'

'Als je een touw zo vastmaakt: dat heet beleggen. Zeevaartterm.' Hij leek met zichzelf ingenomen te zijn.

'Oké ... Dus hij wist dat hij dat op die manier kon doen.'

'Hij had al een boom uitgekozen', opperde Maxine.

'Van tevoren, ja. Harriman heeft gelijk: het lijkt erop dat hij zich goed op de klus heeft voorbereid.'

De rook vormde een steeds dikker wordend wolkendek of kringelde als feestslingers door de kamer. Stella snoof diep: waarom zich ertegen verzetten? Ze zei: 'Het zou me zeer verbazen als dit iets met huiselijk geweld te maken heeft, maar we sluiten voorlopig niets uit.'

De laatste keer dat ze een ophanging had gezien was die van twee kinderen, aan de spijlen van een trapleuning, vier witte voetjes bungelend in de lucht. Een moord uit wraak. Stella had de vader van de kinderen die nacht in de cel gezet, omdat ze dacht dat hij zijn vrouw vermoord had. Dat was niet zo. Zijn zus had haar vermoord. Zijn zus had ook de kinderen vermoord.

Stella had hen gevonden en de aanblik was haar bijgebleven, of ze nu wakker was of – erger nog – sliep, tot het beeld permanent op haar netvlies gebrand stond. Een week later was ze in haar auto gestapt en weggereden, tot ze niet meer verder kon; ze had een goedkoop hotelletje gevonden, zonder te weten waar ze was, hoe ze er terechtgekomen was of wat ze erna moest doen. George had haar gevonden: de altijd geduldige, altijd loyale George Patterson. Niet lang daarna had ze een miskraam gekregen. Ze vroeg zich soms nog weleens af of dit het begin van het einde was geweest tussen George en haar.

'Vergeet het meisje even,' zei Stella, 'denk alleen aan de man. Aan haar moordenaar.' Ze nam een slokje van haar koffie. 'Hij vermoordt haar, trekt haar haar kleren uit, schrijft op haar en …'

'Of hij trekt haar haar kleren uit, schrijft op haar en vermoordt haar daarna', zei Maxine.

'Ook mogelijk. Daar moet de autopsie uitsluitsel over geven. Het gaat hem om het uitkleden en het beschrijven … en het ophangen. Waarom? Waarom doet hij dat?'

'Als waarschuwing aan anderen', opperde Sue.

Harriman zei: 'Wat bedoel je … dat hij een pooier is?'

'Het is eerder gebeurd op de Strip', herinnerde Maxine hem eraan. 'Sommige meiden zijn als seksslavinnen uit het buitenland geïmporteerd.'

'Ze lopen weg,' beaamde Harriman, 'of proberen dat, en worden dan in elkaar geslagen, maar een pooier zou zo'n meisje nooit vermoorden, ze is zijn bron van inkomsten.'

'Gaat niet altijd op', zei Sue. 'Herinner je je Trolley-Dolly nog?'

Op de modderige oever van de Theems was in een winkelwagentje een onderlichaam gevonden: een meisje dat één keer te vaak was weggelopen. Dat doorgezaagde lichaam – benen, schaamstreek en halve romp – was een duidelijke boodschap geweest voor al die Bosnische, Roemeense en Afrikaanse meisjes die met mooie beloftes naar Londen waren gelokt, maar verkracht en geterroriseerd werden en in massagesalons en bordelen aan het werk werden gezet. De boodschap luidde: geen geintjes, en de kont omhoog in plaats van tegen de krib.

Maxine zei: 'Als hij haar alleen vermoord heeft omdat ze een hoer was, dan volgen er meer.'

Sorley stak met de peuk van zijn sigaret een nieuwe op. Hij zei: 'Het is te vroeg om daaraan te denken. Eerst het bestand met vermiste personen nalopen, neem vingerafdrukken, stel haar bloed-groep vast, kijk of de autopsie iets oplevert. We moeten eerst weten wie ze is, daarna kijken we verder.'

Gemakkelijker gezegd dan gedaan, dacht Stella. Ze was naakt, haar gezicht was onherkenbaar … Ze was anoniem, maar dankzij de eerste edities van de roddelbladen ook beroemd. Ze werd 'het lichaam in de boom' genoemd, 'het opgehangen meisje', 'het slachtoffer van een lynchpartij', of 'een gruwelijke vondst'.

Voor de jongens van het forensisch lab, die nergens meer vreemd van opkeken, was ze 'de vrouw aan het touw'.

Stella stond bij Tom Davisons bureau in het forensisch lab en bladerde zijn rapport door, terwijl Davison over haar schouder meekeek. 'Dit zijn alleen de eerste bevindingen', zei hij. 'Voor meer informatie moeten we met de patholoog praten, de resultaten vergelijken en wat feiten naast elkaar leggen. Je kunt er rustig van uitgaan dat er een enorme hoeveelheid DNA op de grond lag. Op de boom is dat afwachten. Moeilijk oppervlak. Het touw is waarschijnlijk onze beste troef. Eén ding is zeker: hij heeft haar vanaf de grond omhooggehesen; de tak was erg beschadigd door het schuren van het touw.'

'Wat kun je daaruit opmaken?'

'Dat het een sterke kerel was. En ook dat ze waarschijnlijk al dood was toen hij haar ophees.'

'Ga verder.'

'Hij legt haar onder de boom neer, klimt omhoog om het touw over de tak te gooien, klimt weer naar beneden en gaat aan het werk. Ze was dood of bewusteloos. En vergeet niet dat haar handen niet vastgebonden waren.'

'Niet toen wij haar vonden', zei Stella.

'Patholoog …'

'Sam Burgess.'

'Ja, vraag het aan hem, maar ik geloof niet dat er afbindings-sporen op haar polsen zaten.'

'En de woorden?'

'Vieze meid?' Stella knikte. 'Zwarte viltstift, voorzover we kunnen nagaan. We hebben een monster genomen, wat inkt opgezogen, je weet wel, en naar een speciale afdeling gestuurd, maar ik vermoed dat het een gewone viltstift is die je bij elke kantoorboekhandel kunt kopen.' Hij wachtte even. 'Laat je de tekst nog aan een grafoloog zien? Het is in blokletters geschreven en op een ondergrond die meebewoog, maar het zou iets op kunnen leveren.'

'Oké', zei Stella. En daarna: 'Hoe oud was ze?'

'Niet oud. Tiener, begin twintig. Preciezer kan ik niet zijn, pas wanneer we het materiaal van de autopsie terug hebben.'

'Materiaal?'

'Haarmonsters, botmonsters.'

Zijn kantoor was niet veel groter dan een kleedhokje en hij had dicht bij haar gestaan toen ze het rapport las. Nu deed ze een stap achteruit, maar niet alleen omdat hij binnen haar persoonlijke sfeer kwam; het ongemakkelijke gevoel ging dieper. Stella was met Davison naar bed geweest; één keer, een bevlieging, een vergissing. Ze was kwaad geweest op John Delaney, had getwijfeld aan hun relatie en toegegeven aan de opwelling.

Stella had sindsdien niet meer met Davison gesproken en zijn e-mails had ze onbeantwoord gelaten. Nu stond hij dicht genoeg bij haar om haar te zoenen en ze herinnerde zich dat hij een goede minnaar was geweest. De lucht was zwanger van onuitgesproken gedachten.

'Wanneer krijg ik het volledige rapport?' vroeg Stella.

'We hebben een achterstand.'

'Jullie hebben altijd een achterstand.'

'De wereld zit vol nare mensen die nare dingen doen, DS Mooney. Onze werklast geeft op treurige wijze weer hoe diep de crisis is waarin de samenleving verkeert.'

Ze wist dat hij de spanning tussen hen wilde benadrukken door haar bij rang en achternaam aan te spreken; haar Stella noemen zou te vriendelijk en te meegaand hebben geklonken. Vergeet het, dacht ze, het was iets en niets.

'Zo spoedig mogelijk ...'

Hij glimlachte. 'Vanzelfsprekend.'

Ze draaide zich om, maar hij ging niet opzij. Haar arm streek langs zijn arm toen ze hem voorbijliep. Ze voelde hoe hij haar nakeek en vroeg zich af of ze dat vluchtige contact had kunnen vermijden als ze het echt gewild had. Ze had zich voorgenomen om Delaney van die nacht, die ene nacht, te vertellen, maar wel op een geschikt moment. Vier maanden waren verstreken, bijna vijf, maar ze had dat geschikte moment nog steeds niet gevonden.

Ze zou het ook niet vinden, en dat wist ze.

Aan het einde van de Strip, waar de weg omhoogliep en je neerkeek op een zee van neonlicht, het getippel en gesjacher, stond een lange rij huizen van drie verdiepingen. De gevels waren van donkerrode baksteen en hadden een sierrand boven de ramen; honderd jaar geleden waren het herenhuizen van gerespecteerde kooplieden geweest. Nu waren het appartementen – voor tijdelijke huur – met winkelruimtes op de begane grond.

In het huis in het midden van de rij had een jaar geleden brand gewoed. De eigenaar had het huis opgeknapt en daarna doorverkocht aan een bedrijf dat er goederen wilde opslaan: brandkasten in alle soorten en maten. Beneden in de etalage stond een bord met alle modellen. Je kon een brandkast kopen die met bouten aan de keldervloer vastgezet werd, om het inbrekers onmogelijk te maken hem mee te nemen. Die zouden nu wachten tot je thuiskwam en je kind een mes op de keel zetten om je aan te moedigen de cijfercombinatie vrij te geven. Of je kon een kluisje kopen dat als twee druppels water op een contactdoos leek. Hierin kon je dan je kostbare spullen opbergen, zoals juwelen, of de cijfercombinatie van de brandkast in de kelder. Het ding werd door criminelen steevast met 'prul' aangeduid.

De eerste en tweede verdieping werden als opslagruimte gebruikt, maar de bovenste verdieping werd verhuurd. Het was er niet groot: een woon-slaapkamer met open keuken, en een badkamer ter grootte van een telefooncel. De nieuwe eigenaar had na de brand weinig meer gedaan dan de onveilige vloerplanken door nieuwe vervangen. Omdat de woonruimte zich boven in het huis bevond, waren er vier ruwe dakbalken te zien, die door de brand verschroeid waren. De muren waren kaal en zaten nog steeds onder de roetvlekken, en er hing een hardnekkige brandgeur die door alles heen drong.

De huur was erg laag, wat te verwachten was. Niet veel mensen zouden er willen wonen, maar Gideon Woolf wel. Het huurcontract stond niet op zijn eigen naam, maar hij betaalde altijd contant en op tijd, dus zelfs als hij het op naam van Mickey Mouse had gezet, had er geen haan naar gekraaid. De naam 'Gideon' had hem als kind veel ellende bezorgd, maar hij wist dat Gideon 'grote krijger' betekende, een naam die nu bij hem paste.

Gideon huurde de geblakerde kamer in het geblakerde huis sinds een paar maanden. Hij woonde er alleen en dat beviel hem prima. Hij woonde graag hoog, zodat hij op alles kon neerkijken. Hij hield van het eenvoudige leven dat hij leidde: cafetariavoer, blikvoer, droogvoer, een goede voorraad whisky, zijn laptop en zijn computerspelletjes. Hij was gek op computerspelletjes. Een ervan heette 'Silent Wolf', dat hij eigenlijk alleen vanwege de titel – zijn naam – gekocht had, maar dat nu zijn favoriet was.

Silent Wolf was een man met een smal gezicht, dikke bakkebaarden en lange manen van strohaar tot in zijn nek. Hij had gele pupillen en grote, licht gebogen snijtanden. Hij droeg een mantel van dierenvel en was één bonk spieren. Hij droeg één handschoen met tot net boven de knokkels afgeknipte vingers, zodat iedereen wist dat hij een wapen bij zich droeg. Hij had een klein arsenaal tot zijn beschikking, maar zijn lievelingswapen was het mes.

Silent Wolfs verleden zag eruit zoals je zou verwachten: als kind in de steek gelaten, grootgebracht door wolven, in het wild geleefd tot jagers hem vonden, die de hele roedel vervolgens doodschoten om hém te kunnen redden. Door die slachtpartij brak er iets in hem, maar hij genas snel, zoals dieren doen. Het probleem was alleen dat de genezing sporen had achtergelaten. Pogingen om hem tam te maken faalden. Nu woonde Silent Wolf in de achterbuurten van een naamloze stad, de verboden oorden, het niemandsland, waar hij snelrecht toepaste. Zowel zijn lichaam als zijn geest had littekens opgelopen, maar 's nachts liep hij alleen en onbevreesd door de straten, klaar om te doden als dat nodig was.

Het spel was eigenlijk bedoeld voor tien- tot dertienjarigen, maar de zesentwintigjarige Gideon was er verslaafd aan, en een groot liefhebber ervan. Net als Silent Wolf had Gideon Woolf ook een missie.

In de sectiezaal van het mortuarium hing muziek in de lucht en de geur van ethanol vermengd met een vleugje ontbinding. Sam Burgess hield van gemakkelijk in het gehoor liggende muziek in de autopsiezaal, omdat zijn werk vaak verre van gemakkelijk was.

Stalen tafels, stalen afvoerbuizen, stalen instrumenten, bloed op de snijtafel en Grieg op de cd-speler. Sam had een monnikskransje grijzend haar, vaardige handen en een zachte stem, waarmee hij de dood in al zijn vormen omschreef.

'Mensen denken dat je je nek breekt en dan dood bent', zei hij. 'Vandaar dat valluik, zeggen ze dan. Die verhalen over de beul die lengte en gewicht van zijn slachtoffer inschat, een berekening maakt ... In werkelijkheid wordt zo iemand gewurgd, op welke manier je hem ook ophangt. Dood door verwurging. Het effect van de val is dat het ruggenmerg doormidden scheurt om het wat humaner te maken, dat is alles: door het breken van de nek raakt die persoon bewusteloos en gaat de verwurging met veel minder geschok en gekronkel gepaard. Het is pijnloos.'

'Is haar nek gebroken?' Stella keek naar het lichaam van het boommeisje, dat op de snijtafel lag. Ze lag er vreemd stil bij: niet stil als iets wat nooit bewogen had, zoals een kei of een meubelstuk, maar onnatuurlijk stil, alsof ze afwezig was.

'Nee.'

'Was ze al dood toen hij haar in die boom hing?'

Sam schudde zijn hoofd; zijn stem werd nog iets zachter. 'Nee, ze is gestorven door verstikking. De duidelijke bewijzen daarvan zijn: ophoping van bloed in het hoofd, opgezwollen tong, blauw-achtige verkleuring van de huid als gevolg van vernauwing van de grote bloedvaten in de nek. Geen zuurstoftoevoer meer naar de hersenen; de medische term daarvoor is anoxie.'

'Hoelang heeft het geduurd voor ze dood was?'

'Hersendood of lichamelijk dood?'

Het was een onderscheid dat nog niet bij Stella opgekomen was. Ze zei: 'Beide. Een van beide ...'

'Bij iemand die bij bewustzijn is, beginnen de lichaamsfuncties na twee of drie minuten uit te vallen. Diegene heeft het moeilijk in die tijd: schoppen, kronkelen, dat soort dingen ...' Sam wachtte even. 'Is dit iets wat je móét weten?'

'Nou, het is niet iets wat ik wíl weten.'

'Vanaf dat moment tot de hersendood ... drie, vier minuten? Hangt ervan af. Daarna is het alleen nog een langzaam, natuurlijk proces: verstikking of misschien hartstilstand. Ergens tussen vijf en vijftien minuten.'

'Vijftien?'

'Ja. Maar die persoon is dan diep bewusteloos.'

'O ...' Stella keek weer naar het donkere, verwrongen gezicht van het boommeisje. 'O, nou, gelukkig maar.'

'Misschien doet het je goed om te horen dat ze er waarschijnlijk niets van gemerkt heeft', zei Sam. 'Kijk.'

Hij liep naar het hoofdeinde van de tafel en Stella volgde hem. Dicht bij de kruin, aan de rechterkant van het hoofd van het boommeisje was wat haar weggeschoren. Stella zag een inkeping met een donkere kneuzing eromheen.

'Deze hoofdwond heeft een haarlijnbreuk veroorzaakt in de schedel. Het bot is iets ingedrukt. Ik ben er vrij zeker van dat we een hersenbloeding zullen aantreffen.'

Sam had een assistent die Giovanni heette, een man die veel glimlachte en weinig zei. Hij bracht een schedelzaag en een botzaag naar de tafel en legde ze neer, consciëntieus en met kennis van zaken: zijn gereedschap. Sam en hij hadden het lichaam van het boommeisje al onderzocht, ze hadden uitstrijkjes genomen en haar aangeraakt op plekken waar zelfs een minnaar geaarzeld had. Nu zouden ze in haar hart kijken ... letterlijk. Toen Sam aanstalten maakte om de grote Y-vormige incisie te maken die haar lichaam van sleutelbeen tot schaambeen zou openleggen, draaide Stella zich om.

Sam werkte snel en zelfverzekerd terwijl Giovanni de ribbenkast openknipte om hem toegang te verschaffen tot de tere, vochtige kwabben en blaasjes van de longen, de dieprode schil van het hart, dat ooit allerlei geheimen had bevat, maar nu leeg en stil was.

Hiervoor had Stella zich afgewend: voor die eerste lange insnijding die huid in vlees deed veranderen en het binnenwerk blootlegde, de bewegende delen, het raderwerk, de afvoer. Het menselijk lichaam als machine.

'Er komen vanmiddag een paar handschriftexperts langs', zei Stella.

'Ja.' Sam knikte. 'Ik heb de woorden op haar schouders gezien. In blokletters. Kunnen ze daar veel uit opmaken?'

Stella haalde haar schouders op. 'Wie zal het zeggen? Weet je hoe oud ze is?'

'Forensisch lab', zei Sam. 'Bot ...'

'... monsters, haarmonsters, ja, ik weet het. Maar heb je enig idee?'

'Afgaande op musculatuur, fysieke ontwikkeling, elasticiteit van de huid enzovoort ...'

'Ik zal je er niet aan houden.'

'Hooguit twintig.'

Daarna zei Sam even niets meer: te verdiept in zijn werk. Hij overhandigde Giovanni de lever, die het orgaan naar een weegschaal bracht, voorzichtig vasthoudend alsof het een zeldzaam kleinood was. Uiteindelijk zei hij: 'Oké. We zullen zorgen dat ze er presentabel uitziet als de handschriftexperts komen.'

Stella zei: 'Een paar vragen nog.' Sam wachtte. 'Sporen van recent geslachtsverkeer?'

'Weet ik niet zeker; geen onbeschermde seks in ieder geval.'

'Geen sperma dus.'

'Geen sperma.'

'Maar ze zou seks hebben kunnen gehad ...'

'De uitstrijkjes kunnen daar misschien uitsluitsel over geven. Ik laat het je weten.'

'Oké', zei Stella. Gevolgd door: 'En de hoofdwond ... hoelang vóór haar dood?'

'Ben ik nog mee bezig.' Sam stond over het boommeisje heen gebogen als een automonteur over een kapotte carburator. Hij wachtte even en keek op. 'Je wilt weten of hij haar daar bewusteloos naartoe heeft gebracht, of bij bewustzijn.'

'Dat zou belangrijk kunnen zijn voor wat eventuele getuigen gezien of niet gezien hebben. Als ze bij bewustzijn was, hebben mensen misschien een worsteling of iets dergelijks gezien.'

'Als iemand een worsteling had gezien, was diegene toch tussenbeide gekomen', merkte Sam op. 'Haar gaan helpen.'

Stella glimlachte. 'Zou jij dat hebben gedaan?'

Sam zweeg. Giovanni legde een steun onder de nek van het boommeisje om haar hoofd omhoog te houden en Sam maakte een incisie in haar achterhoofd, die van achter haar rechteroor over haar voorhoofd naar haar linkeroor liep; daarna trok hij de hoofdhuid naar achteren. Giovanni zette de botzaag aan. Een hoog, jankend geluid galmde door de snijzaal. Hij overhandigde de zaag aan Sam, die een inkeping maakte langs de lijn waar even tevoren nog de haarlijn van het boommeisje had gelopen.

Stella had geen antwoord verwacht. In Sams wereld kwamen agressie, angst, plotselinge kreten om hulp, en morele dilemma's niet voor. Toen hij de aanhechting met het ruggenmerg doorzaagde en de hersenen uit de schedel lichtte, deed Stella een stap naar voren, alsof ze half verwachtte het gezicht van de moordenaar erin te zien, als een ingeëtst beeld van het laatste wat het meisje gezien had voordat ze stierf.

7

De wijk Harefield is een oorlogsgebied: soms vindt er een guerrilla-oorlog plaats, soms een algehele oorlog, maar altijd oorlog. De angstige burgerbevolking doorkruist met gebogen hoofd en volle boodschappentassen van Primark en Shoprite in de hand de gevechtslinies.

Tussen de geciviliseerde wereld en de torenflats van Harefield lag de gedemilitariseerde zone, die net als elk ander niemandsland de littekens droeg van de strijd. Alles wat daar lag was kapot of verbrand: fornuizen, koelkasten, auto's, banken en matrassen, en overal lagen condooms, injectiespuiten en lege hamburgerdoosjes. Een kiene kunsthandelaar had er een touw omheen kunnen gooien en het voor kunstinstallatie kunnen laten doorgaan.

Naast de krappe, door de wind geteisterde appartementen van onschuldige burgers, die op een staakt-het-vuren hoopten, waren er alcoholstokerijen, casino's, wapendepots, bordelen, drugsfabrieken, drugsdistributiecentra en drugsgroothandels. De flatgebouwen stonden rondom een plein gegroepeerd dat in de volksmond de arena werd genoemd, maar om er te komen moest je door een doolhof van wandelgalerijen waarin alleen degenen die er woonden de weg kenden. Je moest bovendien de ruimtes onder de op palen gebouwde flatgebouwen zien te trotseren.

Op deze veel te warme, maar in alle andere opzichten gewone dag werden er op de galerijen drugs verhandeld, boden hoeren vanuit de deuropening hun diensten aan en werd er in de ruimte onder Flat C iemand vermoord. De naam van de moordenaar was Arthur Dorey, maar niemand noemde hem zo. Hij heette Snoei, afgeleid van snoeischaar, het tuingereedschap dat hij het liefst gebruikte om iemand op andere gedachten te brengen. Je kunt Snoei rustig een hand geven, werd er gezegd, maar controleer daarna wel of je al je vingers nog hebt, waarna iedereen altijd vreselijk moest lachen. Nou ja, niet iedereen. Op dit moment was Snoei er echter niet zo in geïnteresseerd om mensen op andere gedachten te brengen. Hij moest een klus klaren. Een betaalde klus, en Snoei had het geld nodig omdat hij met zijn vriendin naar Barbados wilde, voor het orkaanseizoen daar begon.

De klus bestond uit het ombrengen van een man die volgens Snoei Barry heette. Barry of Gary, zo'n soort lullige naam. Barry of Gary was geld schuldig aan mensen die schulden niet tolereerden. De klus bleek een makkie te zijn. Iemand had Barry of Gary in de kroeg aangewezen en Snoei was hem naar buiten gevolgd, de gedemilitariseerde zone over, tot aan de ruimte onder Flat C. Snoeis executiemethode was slordig en nogal gruwelijk, maar Barry of Gary had mensen boos gemaakt die weinig vergevingsgezind waren en erop gestaan hadden dat hij pijn leed voordat hij de pijp uit ging.

Snoei droeg beschermende kleding voor de klus en zweette peentjes. Toen hij klaar was, trok hij de zware katoenen overall uit en stopte die samen met de rest van zijn uitrusting in een kleine rugzak. Nu droeg hij alleen nog een kakibroek en een poloshirt. Hij slenterde de gedemilitariseerde zone over en liep door tot hij ver genoeg van de plek verwijderd was en een bar had gevonden, waar hij een groot glas koud exportbier bestelde. Het was een warme klus geweest en hij moest zijn dorst lessen.

De eerste paar slokken gingen naar binnen zonder dat ze de zijkant van zijn mond beroerden. Snoei lachte bij de gedachte, want dat kon niet gezegd worden van het drankje dat hij net aan Barry of Gary had gegeven. Snoei moest zichzelf nog een alibi verschaffen, maar het leek hem niet nodig meteen de stad te verlaten. Zelfs bij dit warme weer zou in Harefield de geur van een lijk niet van de andere geuren daar te onderscheiden zijn, en iemand die door die dompige, donkere ruimte liep zou de dode man voor een slapende zwerver aanzien.

Hij lag zelfs al een nacht en een morgen onder Flat C toen Stella en Pete Harriman hun auto in de arena parkeerden. Of beter gezegd: hun chauffeur. Want niemand die deze wijk kende, liet zijn auto er onbewaakt achter.

Stella kende de wijk goed. Ze was er opgegroeid.

Ze waren hier omdat bij het controleren van de vermiste personen een foto boven water was gekomen die van het boommeisje zou kunnen zijn voordat ze opgeknoopt en als vogelvoer in een boom was gehangen. De foto was genomen op een feestje: ze keek recht in de camera en glimlachte breeduit. Het meisje in kwestie heette Bryony Dean, en het adres van de vermiste was: Flat A, huisnummer 1136, Harefield.

8

Melanie Dean was graatmager en had een ongeruste blik in haar ogen. Haar dochter werd vermist, wat elke moeder ongerust zou maken, maar haar gefronste wenkbrauwen en neergetrokken mondhoeken waren eerder het gevolg van het bezoek van Stella en Harriman. Melanie voerde geen oorlog in Harefield, maar ze dacht wel in militaire termen: onbedoelde schade, gedragscodes. Eén zo'n code luidde: niet met smerissen praten. Deze kon ruimer geïnterpreteerd worden en ook betekenen: met niemand praten. Of eenvoudigweg: niet praten.

'Ik heb haar niet als vermist opgegeven', zei Melanie. 'Dat heeft Chris gedaan.' Ze zei het alsof Stella babbelkous Chris kende.

'Kunnen we met Chris praten?'

'Hij is weg.'

'Waarnaartoe?'

'Geen idee. Gewoon weg.'

'Hoelang?'

'Voorgoed, denk ik.'

'Nee,' zei Stella, 'hoelang is hij al weg?'

'Een paar maanden.'

'En wat is Chris' achternaam …?'

'Fuller.'

'En Chris was niet haar vader?'

Melanie keek haar aan alsof ze het in het Swahili gevraagd had; toen begon ze verbitterd te lachen, een lach die in gehoest overging. 'Die klootzak zeker.'

'U hebt niets meer van haar gehoord?' vroeg Harriman.

'Ze is zeventien', zei Melanie. 'Ze kan haar eigen boontjes doppen.'

'Kijkt u er zo tegenaan?'

'Ze redt zich wel.'

'Waarom heeft hij haar dan als vermist opgegeven?'

'We stonden 's morgens op en ze was weg. Geen briefje, geen telefoontje. Niets. Ik denk dat hij ongerust was.'

Harriman knikte. 'En u?'

'Ze redt zich wel.'

Stella liet Melanie een geretoucheerde foto zien: het boom-meisje, cosmetisch bijgewerkt, de bruine ogen wijdopen. De vrouw bekeek de foto aandachtig. 'Ze lijkt er wel veel op, hè?' Ze zei het alsof Stella het zou moeten weten; alsof Stella en Bryony vrien-dinnen waren geweest.

'Maar ze is het niet?' vroeg Harriman.

Melanie schudde haar hoofd. 'Nee, maar ze ziet er wel zo uit. Vooral de ogen.'

Ze liepen de hoge, lange galerij annex vluchtroute af, die langs de rij voordeuren naar het trappenhuis leidde.

'Het blijft gissen,' zei Harriman, 'maar ik vraag me af of Chris op ongeveer hetzelfde tijdstip is weggegaan als Bryony.'

'Of niet lang daarna,' beaamde Stella, 'en even onverwacht.'

'Hij heeft haar als vermist opgegeven …'

'… zodat Melanie niet ging denken dat Bryony's verdwijning iets met die van hem te maken had.'

'Maar in werkelijkheid …'

'… heeft Melanie één en één bij elkaar opgeteld en de conclusie getrokken dat ze er met z'n tweeën vandoor zijn gegaan.'

In sommige voordeuren van de woningen in het tegenoverliggende flatgebouw zat nog glas; andere waren dichtgetimmerd of voorzien van stalen platen. Dealers hielden van staal; hun voordeur was ermee versterkt en soms zat er een doorgeefluik in, zodat de waren tegen geld uitgewisseld konden worden zonder elkaars gezicht te zien. Op het moment deden de dealers goede zaken in 'nazi-crank', de lievelingsdrug van doe-het-zelfenthousiasten, die gebrouwen kon worden van ingrediënten die in elke ijzerwarenwinkel en drogist te krijgen waren.

De zon kwam achter een wolk vandaan en het licht weerspie-gelde als morsetekens vanaf een van de ramen; het trok Stella's aandacht. Toen ze beter keek, zag ze een man en een vrouw een woning binnengaan. De vrouw draaide zich een kwartslag om iets te zeggen, waarna de man de deur opendeed en ze naar binnen gingen.

Stella keek in een lange, donkere tunnel en voelde dat ze door haar knieën zakte. Harriman kreeg pas na drie, vier stappen in de gaten dat ze niet meer naast hem liep. Toen hij achterom keek, zag hij haar hijgend op de galerij zitten, met een starende blik in de ogen. Hij liep terug en bukte zich om haar overeind te helpen, maar ze weerde hem met haar arm af zonder hem aan te kijken.

'Even wachten', zei ze.

Na een moment werd haar ademhaling rustiger en ging ze staan. Harriman zei: 'Wat was er?'

'Niets.' Stella schudde haar hoofd.

'Nee, chef', zei hij. 'Dat was niet niets.'

Ze liep al met lange passen naar het trappenhuis, het hoofd gebogen, de handen diep in de zakken van haar jas. Harriman probeerde haar bij te houden. Hij zei: 'Dat was niet niets. Wat was het?'

Stella schudde haar hoofd alsof het het noemen niet waard was. 'Ik ben ongesteld, heb niet ontbeten, mijn bloedsuikergehalte is waarschijnlijk zo laag dat het niet meer te meten is.'

'Ah,' zei Harriman, 'vrouwenkwalen.'

Ze kletterden de trappen af. Je liet je auto nooit onbewaakt achter en nam nooit de lift. De muren van het trappenhuis waren bedekt met graffititags en stralen opgedroogde pis. Een stank waar je neusgaten spontaan van gingen uitzetten.

'Lastig,' zei Harriman, 'dat maandelijks terugkerende gedoe ...' Stella keek hem aan; hij leek nog niet over het onderwerp uitgepraat te zijn. Harriman haalde zijn schouders op. 'Voor ons mannen', zei hij. 'Het komt soms vreselijk ongelegen.'

Ze was het niet, ze leek alleen op haar.
De ogen ... net als bij Bryony?
Ze leek op haar, maar ze was het niet.
Hoe weet je dat?
Ze kan het niet geweest zijn.
Hoe weet je dat?

35

Ze woont in Manchester. Is getrouwd met een of andere vent.

Ja, dat was toen … Hoe weet je waar ze nu woont, en met wie? De laatste keer dat je haar gesproken hebt, was tien jaar geleden.

Dat ze mij gesproken heeft.

Stella in tweestrijd met zichzelf: één stem, twee meningen, gedeelde woede.

Wil je zeggen dat het haar dubbelgangster was …

Hoor eens, tien jaar geleden. Ze ziet er waarschijnlijk heel anders uit nu.

Haar haarkleur komt uit een flesje, haar gezicht heeft ze te danken aan Avon, waarom zou ze er anders uitzien?

De tien jaar oude Stella die in haar torenhoge kamer naar de voorbijdrijvende wolken zat te kijken. En naar de lichtjes van de vliegtuigen die op Heathrow aanvlogen. En naar de wijzers van de klok die de minuten wegtikten tot degene die de kinderbescherming aanduidde als 'de enig verantwoordelijke ouder' thuiskwam, waar ze ook geweest mocht zijn, wat ze ook gedaan mocht hebben, en met wie.

Kleine Stella Mooney: net een moederloos kind.

Ze kan het niet zijn. Ze is weg.

Zoek het uit.

Dat hoef ik niet uit te zoeken.

Weet je dat zeker?

Heel zeker.

Ga terug. Bel bij haar aan.

Nee. Ze is weg. Voorgoed weg.

Goed zo.

Stella kwam het trappenhuis uit en liep de arena over, tussen een groep hangjongeren door die breezers dronken, en rookten. Een zware geur van hasj en wiet hing in de lucht. Ze hielden een wedstrijdje strak aankijken met de bestuurder van de auto. Het was een gewone wagen, maar er had net zo goed met flikkerlicht POLITIE op kunnen staan. Iemand had met een vinger JUTEN op het vuile achterraam geschreven.

Stella plofte neer op de achterbank en trok het portier hard dicht.

Harriman ging naast haar zitten. De bestuurder keek de jongeren nog steeds aan, alsof hij de lange arm der wet vertegenwoordigde of een ander, even zinloos machtsorgaan.

Stella zei: 'Breng me hier zo gauw mogelijk vandaan.'

Giovanni trok het boommeisje op fluisterwieltjes de koeling uit en sloeg het laken terug tot aan haar middel.

Hij had haar omgedraaid zodat de handschriftexperts de hechtingen van keel tot kruis niet hoefden te zien, of de nietjes in haar wenkbrauwen, of haar gezicht zonder ogen. De heren zagen eruit alsof ze om hun contrasterende uiterlijk uitgekozen waren: de een was groot, de ander klein, de grote was bleek met een wilde haardos, de kleine koffiekleurig en kaal. De grote bleke huiverde en zwaaide licht heen en weer toen het laken verwijderd werd. Na een kort moment bogen ze zich voorover en gingen aan het werk; ze maakten aantekeningen, overlegden met elkaar en vertrokken daarna weer, glimlachend en knikkend naar Giovanni alsof dit dagelijkse kost voor ze was.

Giovanni draaide het boommeisje weer om en schoof haar terug het donker in.

9

John Delaney stond in de gang van het herenhuis aan Holland Park Avenue en keek naar de kunstwerken die aan de muur hingen: aan de ene kant oude meesters, aan de andere kant BritArt.

Een landelijke idylle tegenover een linoleumuitsnede. Een maagd met stralenkrans oog in oog met een grofkorrelige zwart-witvergroting van een vrouwelijk naakt. Het naakt maakte hem aan het lachen, omdat hij het eerst had aangezien voor een tunnel of een bergweg.

Een secretaresse deelde hem mee dat de heer Bowman hem nu met alle plezier te woord wilde staan. Delaney wilde zeggen: 'O ja? Met alle plezier? Waarom sta ik hier dan al twintig minuten te wachten? Omdat hij zich zo op ons gesprek verheugt? Nou, zeg maar tegen de heer Bowman dat hij de pot op kan.' Hij zei het niet, omdat hij het interview nodig had: het maakte deel uit van een reeks interviews die hij schreef over de rijken van Londen. Delaney was een journalist die berichten van het oorlogsfront had ingeruild voor berichten van het thuisfront, maar er waren momenten, zoals nu, waarop hij het geluid van granaatinslagen en de smaak van stof op zijn tong miste. Hij was ze sinds kort heel erg gaan missen.

De secretaresse ging hem voor de trap op naar de tweede verdieping. Ze liep twee treden voor hem uit, waardoor hij haar achterwerk op ooghoogte had; het was een mooi achterwerk en Delaney besloot deze onverwachte confrontatie maar als een vorm van compensatie te beschouwen.

Stanley Bowmans kantoor had de grootte van een gemiddeld appartement in Londen. Hij glimlachte tegen Delaney maar kwam niet achter zijn zeer grote, zeer lege bureau vandaan. Hij was slank, achter in de veertig, had een sikje en een snor die doorliep tot aan zijn kin: een schurkensnor. Tijdens het interview gebruikte hij uitdrukkingen als: 'scalperen', 'in de pan hakken', 'schieten en dan pas nadenken', 'de bank laten springen' en 'de cavalerie inschakelen', waarbij zijn zachte Schotse accent niet strookte met zijn wildwestterminologie. Hij ging staan om drankjes in te schenken en Delaney zag zijn gezicht van opzij: scherp en strak, alleen onder de kin begon de huid al wat slap te worden.

Over het maken van winst zei Bowman: 'Het gaat me niet om geld verdienen. Maar om met geld verdienen geld te verdienen.'

Over bluffen en het hoofd koel houden zei hij: 'Niet alle pelsjagers dragen een bontmuts.'

Toen het interview voorbij was, merkte Delaney dat hij de man die hij eerst verafschuwd had eigenlijk wel mocht. Toen ze afscheid namen, zei Bowman: 'Ik heb wat artikelen van u gelezen voordat ik met dit interview instemde. Sarajevo, Rwanda, de Eerste Golfoorlog: u bent overal geweest.' Delaney knikte. 'En nu doet u dit.' Bowman trok vragend zijn wenkbrauwen op.

'Ik werd bang', zei Delaney.

Bowman lachte. 'Goede reden.'

In het souterrain van AMIP-5 was het snikheet en niemand kon een ventilator vinden. Sue Chapman had het raam aan de straatkant opengezet, maar de neerwaartse trek van cadmium-, cesium- en kooldioxidedampen bracht de wolk sigarettenrook in de kamer slechts licht in beweging.

Stella las het voorlopige verslag door van de grote bleke en de kleine kale.

```
Ons is verzocht om, voorzover mogelijk, een psycho-
logisch profiel te schetsen van de persoon die de
woorden VIEZE MEID op de rug van een vrouwelijk
moordslachtoffer heeft geschreven. Daarvoor hebben
we een bezoek gebracht aan het mortuarium en de tekst
bekeken.
De woorden beslaan een regel. Ze zijn in hoofdletters
geschreven, op de bovenkant van de rug ter hoogte van
de bovenarmen, en bestrijken beide schouderbladen.
Er lijkt gebruik te zijn gemaakt van het soort vilt-
stift dat in elk warenhuis en elke kantoorboek-
handel te koop is. We nemen aan dat het forensisch
laboratorium onderzoeksmonsters van de inkt heeft
```

genomen (of zal nemen), die onze bevindingen zullen bevestigen.

Tekst die in zijn geheel uit hoofdletters bestaat kan even goed grafologisch geanalyseerd worden als elke andere tekst, hoewel het specifieke belang van hoofdletters gevolgd door onderkastletters, ofwel kleine letters, aangetast wordt.

Ook moeten in dit geval vraagtekens gezet worden bij de breedte van de losse letters en de letterdichtheid, omdat de twee woorden binnen een bepaald vlak moesten passen. Om die reden kan niet met zekerheid gezegd worden of deze letterbreedte en -dichtheid profielspecifiek zijn.

Een volledige analyse van zowel de algemene als de specifieke aspecten van de woorden volgt. Deze samenvatting, het hierboven genoemde in acht genomen, duidt erop dat de persoon die deze woorden opgeschreven heeft geneigd is tot agressie, gauw boos wordt en zijn emoties verdringt of onderdrukt, hoewel de mogelijkheid dat deze ooit tot uitbarsting komen, niet uitgesloten moet worden.

Deze voorlopige bevindingen zullen, verder uitgewerkt en aangepast, in het eindverslag worden opgenomen en moeten daarom niet als definitief worden beschouwd. Het analyseren werd beperkt door het gebrek aan tekstkarakteristieken zoals halen naar boven en beneden, grondlijnscheiding van verticale structuren, onderkaststreken, enzovoort. Echter, de algemene streeksnelheid, samen met de misvormingen, bovenstrepen, ingesloten strepen, intersectielijnen, enzovoort, waren voor ons duidelijke aanwijzingen.

Het verslag bevatte een gevolgtrekking die de auteurs plotseling meer mens dan expert leek te maken:

Maxine liep door de kamer en waaierde zichzelf koelte toe met een stapel verslagen van vermiste personen. Ze droeg een spijkerbroek en een wit T-shirt met vochtige plekken ter hoogte van de welvingen van haar borsten. Pete Harriman keek naar haar toen ze langsliep: mooi, misschien iets te dunne lippen; vol, donker haar, bobkapsel. Hij probeerde zichzelf ervan te overtuigen dat zijn interesse zuiver platonisch was omdat Maxine lesbisch was, maar dat lukte niet.

Stella en Maxine wisselden hun verslagen uit. Maxine las vluchtig wat de grote bleke en de kleine kale te zeggen hadden.

'Hij is dus agressief en verdringt zijn emoties. Nou, die hebben we zo te pakken dus.'

'Naald in een hooiberg', beaamde Stella. Ze bladerde door Maxines verslagen: vermiste dochters, zonen, echtgenoten, echtgenotes en vaders. Vermiste moeders. 'Zijn ze van recente datum?'

'Min of meer. Dit is een selectie uit het hele land, er komen af en toe nieuwe binnen.'

'Zitten er geschikte kandidaten tussen?'

Maxine lachte. 'Weet je wel hoeveel slanke, donkerharige tienermeisjes er elke week van huis weglopen?' Ze gaf Stella een dossier.

'Wat is dit?'

'Buurtonderzoek ... tot nu toe. Silano is nog steeds bezig, samen met een agente.'

'Heeft Silano zich bij ons aangesloten?'

'Zijn overplaatsing liet op zich wachten.'

Frank Silano was een relatief nieuw teamlid van AMIP-5. Hij was mager, sprak met zachte stem en zag eruit alsof hij nooit sliep. Stella mocht hem wel.

'Het buurtonderzoek tot nu toe?' zei ze vragend.

'Niemand heeft iets gezien of gehoord ... o, met uitzondering van mevrouw Hallam, die vijf straten verderop woont. Zij was ter plekke toen het gebeurde, kent het slachtoffer, kent de moordenaar en heeft een fotografisch geheugen; ze is bereid ons alles te vertellen als wij haar helpen om officieel als Anastasia Romanov erkend te worden.'

'Heeft iemand die mevrouw Hallam ooit iets uit haar duim zien zuigen?'

'Ze schijnt ze te verzinnen waar je bij staat.'

Stella nam de dossiers met vermiste personen, het plaatsdelict-verslag, het verslag van de grafologen en het autopsieverslag mee naar Mike Sorleys kantoor. Het lozen van papier was politiewerk dat subtiel vakmanschap vereiste. Elke ontwikkeling, elk bewijs-stuk, elk verhoor, elk teamoverleg en elk telefoongesprek moest op papier gezet worden. Als er een arrestatie volgde, verdrievoudigde de hoeveelheid papier. De truc was om de papierstroom in bewe-ging te houden. In een team als AMIP-5 was het kantoor van de DI de laatste halte voor het papier. Toen Sorley Stella zag binnen-komen met de stapel dossiers, greep hij meteen naar een sigaret.

'Heb je ze doorgenomen?' Het klonk meer als een smeekbede dan een vraag.

'Min of meer.'

'Welke?'

'DC Hewitt was de eerste die ze gezien heeft. Zij heeft ze inge-voerd. Maar ...'

'Ik weet het.' Sorley stak zijn sigaret op als iemand die zich nu al verheugde op de volgende. 'Laat ze maar hier.'

Stella legde haar stapel naast de stapels die al bij het postbakje met ingekomen post lagen. Waar hij zou blijven liggen, het dossier van Elizabeth Rose Connor het achtste van boven.

Elizabeth Rose Connor, alias Bryony Dean.

Stella's autorit naar huis leek op een woordenboek van Londens verkeersjargon: bumperkleven, snijden, ritsen, vol in de ankers gaan, op zijn staart trappen.

Toen haar affaire met Delaney niet meer te negeren was en George vertrokken was, was ze in het huis in Vigo Street, dat zij en George gedeeld hadden, blijven wonen, hoewel ze ook vaak in Delaneys flat in Notting Hill overnachtte. In het begin was Vigo Street haar thuis geweest. Daarna was het de plek geworden waar ze naartoe ging wanneer het tussen haar en Delaney niet boterde: haar toevluchtsoord om aan ruzies en verantwoordelijkheden te ontsnappen. Nu wist ze niet meer waar haar thuis was of wat het woord inhield, en die onzekerheid verontrustte haar.

Toen ze binnenkwam, schonk hij net twee glazen rode wijn in. Hij keek haar met zijn karakteristieke scheve glimlach aan. Ze nam het glas dat hij haar aanbood aan en kuste hem. De donkere stoppels op zijn ingevallen wangen schuurden langs haar gezicht, wat haar naar hem deed verlangen.

'Hoe wist je dat?' vroeg ze.

'Je laat de motor altijd bliepen voordat je hem uitzet.'

'Dat doen zo veel mensen.'

'Jij hebt een eigen bliep.' Hij deed olijven in een kom. 'De kranten vinden het mysterieuze meisje in de boom erg opwindend.'

'Ja, dat heb ik gezien. Is er eten in huis?'

'Olijven?'

'Ander eten.'

'Weinig. Ze vermoeden dat jullie informatie achterhouden. Een aantal pikante details.'

'Klopt, doen we ook. Doen we meestal: om de gekken buiten de deur te houden. Weinig wat?'

'Weinig eten. Maar we kunnen wat laten bezorgen. Welke zijn dat dan? En hoe pikant zijn ze?'

Stella glimlachte. Ze liep naar hem toe, kuste hem opnieuw en beet hem daarna zachtjes in zijn nek. 'Dat vertel ik je niet, want jij bent een van hen.' Het klonk plagend maar zo was het niet bedoeld. Delaneys intuïtie als journalist had in het verleden wrijving veroorzaakt tussen hen.

Hij zei: 'Ik heb Stanley Bowman vandaag geïnterviewd.'

Ze trok de koelkast open en tuurde erin. 'Sjacheraar. Bovenste regionen van de lijst van rijke stinkerds.'

'Ja. Herenhuis aan Holland Park Avenue. Huizen in Courchevel en Toscane, een appartement in New York ...'

'Geld in Liechtenstein.'

'Zo goed als zeker.'

'Als jij "eten" zegt, Delaney, bedoel je dan dit ei?'

Ze noemde hem vaker Delaney dan John: het was een soort koosnaam. Hij pakte het stapeltje menufolders dat naast de telefoon lag en gaf het aan haar.

'Deze jongens,' zei hij, 'deze rijke jongens ... denken heel anders over geld dan wij. Wij krijgen geld, geven het uit en krijgen aan het eind van de maand weer wat. Voor hen is geld abstract.'

'Abstract ...? In de zin van: houden van, of verafschuwen?'

'Ja.' Hij wachtte even. 'Het gaat er niet om heel veel geld te hebben. Het is een soort graadmeter. Deze jongens zijn niet rijk zoals andere mensen die heel veel geld hebben. Ze zijn dat stadium al lang gepasseerd. Alsof ze in een ander land wonen, met andere gewoonten, en een taal spreken die alleen zij verstaan.'

'Chinees of Indiaas?'

'Jij mag kiezen.'

Ze belde het nummer van het restaurant en vroeg: 'Wat wil je hebben?'

Hij zei: 'Kies jij maar.' En daarna: 'Ze verafschuwen geld natuurlijk niet, maar aanbidden het ook niet.' Hij wachtte even. 'Het is eerder een streng maar rechtvaardig soort houden van.'

De droom voerde haar naar het midden van de arena, het hart van Harefield. De plek had een speciale betekenis voor haar, omdat ze er een man gedood had.

Toen Stella opgroeide in de wijk wist ze dat de arena een plek was die je in het donker moest mijden. Wanneer ze achttien verdiepingen naar beneden werd gestuurd om een fles wodka te halen, rende ze langs de rand van de arena naar de slijterij in plaats van die dwars over te steken. Net als bij alle andere kinderen uit de wijk die geen lid waren van een bende stond de plattegrond van Harefield in haar geheugen gegrift; een plattegrond waarop de arena en de ruimtes onder de flatgebouwen voorzien waren van grote waarschuwingsborden.

Ze had een moordzaak onderzocht en vragen gesteld die sommige mensen in de wijk niet beantwoord wilden zien. Ze had kunnen weten wat er ging gebeuren toen de taxi een kortere weg door Harefield nam. De chauffeur had haar en zijn taxi in de arena achtergelaten, waar twee mannen haar stonden op te wachten. Een van hen droeg nieuwe, witte sportschoenen: Nike Man. Ze had onder de achterbank van de taxi naar een wapen gezocht en een kruissleutel gevonden, waarmee ze hem een klap gaf, tegen de zijkant van zijn hals. Nike Man viel neer als een omgekapte boom, maar ze wist pas dat ze hem gedood had toen een van haar informanten haar dit een paar dagen later meedeelde.

Ze had het Mike Sorley moeten vertellen; ze had alles op papier moeten zetten, aan een intern onderzoek moeten meewerken, en moeten accepteren dat ze, zolang dat onderzoek duurde, geschorst zou worden. In werkelijkheid had ze het alleen aan Delaney verteld.

Nu hield de droom haar gevangen op die plek. Nike Man lag tegen de taxi aan, de ogen strak op haar gericht, en met een uitdrukking op zijn gezicht van oneindige spijt. Stella's moeder kwam naar haar toe lopen, in die belachelijke kleren die eind jaren zeventig in de mode waren. Een zuinig glimlachje om de lippen, wat niet veel goeds beloofde.

Stella begon te huilen, in afwachting van de klap tegen haar hoofd waarvan haar oren gingen suizen, maar toen voelde ze opeens haar moeders armen om zich heen, *rustig maar, alles komt goed,* en stond ze bij het grote schuifraam in Delaneys flat, klaarwakker en nog steeds in tranen.

Drie uur 's nachts, de gloed van lichtvervuiling aan de hemel, het geloei van sirenes boven het verkeersgeraas uit. Stella stond in de donkere kamer, de ogen gesloten, en probeerde het gevoel van die omhelzing terug te halen, omdat ze die in haar kindertijd ontbeerd had.

Gideon Woolf stond in zijn geblakerde kamer hoog boven de Strip ook naar buiten te kijken.

Het was laat voor de hoeren, maar er liepen er nog steeds een paar op straat om klanten op te pikken die in de vroege uren uit de casino's en illegale kroegen kwamen en dachten dat een vluggertje in een stinkende steeg het perfecte einde was van een verspilde avond vol verlies.

Gideon hield van de Strip: het was een plek om naar terug te keren. In het Silent Wolf-spel kwam een plek voor die de Benzinesteeg heette, waar alle slechteriken rondhingen en allerlei slechte dingen gebeurden. De meisjes die daar rondliepen waren opwindend en sloegen stoere taal uit, hun korte rokjes en diepe decolletés nodigden uit tot seks, maar er moest een hoge prijs voor betaald worden. Sommige mannen hadden gespierde lijven en vierkante kaken; andere waren sluw en gemeen en bewapend met omgebouwde achterladers.

De Strip en de Benzinesteeg waren voor Gideon een en dezelfde plek. Net als Silent Wolf ging hij op straat ook niet aan de kant voor dealers, armoedzaaiers, prostituees en zware jongens, en hij stelde zich voor dat zijn ogen ook lichtgeel waren en zijn geel geverfde haar ook als een stijve kraag op zijn schouders rustte.

Stella deed één ijsklontje in een borrelglas en goot er wodka overheen, tot aan de rand van het glas. De wodka kwam gewoon uit de koelkast, maar het ijsklontje maakte deel uit van een ritueel. Ze dronk het glas in één teug leeg en vulde het opnieuw. Ze zou zich die morgen een beetje loom voelen, maar dat had ze er graag voor over. Ze had ontdekt dat een helder hoofd levendige dromen opriep.

Na het derde glas sloeg de moeheid toe; ledematen werden zwaar, gedachten vervaagden. Ze ging weer naar bed. Delaney bewoog even en mompelde iets in een warrig slaapalfabet.

Hou je dromen voor jezelf, dacht ze, waarna ze haar hoofd op het kussen legde en vrijwel meteen in slaap viel.

Gideon Woolf lag ook in bed, onder de verschroeide dakbalken. Zijn ogen waren gesloten, hij droomde, maar hij sliep niet.

II

Stella Mooney, met de droombeelden die nog steeds door haar hoofd zweefden ...

Ze parkeerde haar auto twee straten voor de toegangsweg naar Harefield. Die twee straten vormden een buffer. Dichterbij zou ze de auto waarschijnlijk zonder wielen en op blokken terugvinden. Ze was er vrij zeker van dat ze wist waar de woning die de man en vrouw waren binnengegaan, zich bevond: ga naar Flat A, nummer 1136, loop ... zo'n tien tellen in de richting van het trappenhuis, kijk dan naar de overkant. Ze meende zich iets geels te herinneren: een geel rolgordijn voor het raam misschien.

Ze liep over het smalle asfaltpad dat over het braakliggende stuk land van de gedemilitariseerde zone liep en had het gevoel dat ze eigenlijk een witte vlag bij zich zou moeten hebben.

Ik bel aan en als ze het is ...

Ja, wat dan?

Ze is het niet.

Je hebt haar gezien.

Ik heb iemand gezien die op haar leek, dat is alles.

Weet je dat zeker? Waarom ga je dan terug?

Toen Stella dichterbij kwam zag ze rondom de flatgebouwen, op de begane grond en op de hoge wandelbruggen die de gebouwen met elkaar verbonden, mensen lopen die allemaal dezelfde richting op gingen, alsof ze een bepaald doel voor ogen hadden. Bewoners van Harefield slenterden meestal, of renden hard weg; dit leek meer op een processie van mensen die allemaal hetzelfde in gedachten hadden.

Toen Stella het eerste flatgebouw bereikt had, duwde ze de deur van draadglas open, ging de kale trap op naar de eerste wandelbrug en liep naar het midden om beter zicht te hebben. Een gestage stroom mensen trok de arena binnen: een kleine, maar vastbesloten menigte, als een schare trouwe voetbalsupporters van de zaterdagcompetitie. Ze haalde haar gsm uit haar zak en toetste Harrimans nummer in.

Het eerste wat hij zei was: 'DI Sorley is naar u op zoek, chef.'

'Verzin maar een smoes. Maar voordat je dat doet …'

'Wat voor smoes?'

'Een goeie. Luister, laat een oproep uitgaan voor Harefield. Het lijkt erop dat er een hondengevecht wordt gehouden.'

'Bent u in Harefield?'

'Ja, verkeerde afslag genomen. Laat een oproep uitgaan.'

'Naar wie bent u op zoek?'

'Bel op, Harriman. En raad ze aan een overvalwagen mee te nemen.'

Stella had de wijk zeventien jaar geleden verlaten, maar er woonden nog steeds mensen die zich haar herinnerden. Voor de meesten van hen was ze 'dat teringwijf van de politie dat naar de vijand was overgelopen'. Je hoefde geen boef te zijn om zo over smerissen te denken: deze wij en zij-mentaliteit trof je bij veel mensen aan die als de onderklasse werden gezien. Als je deel uitmaakte van die anti-elite was 'wij' iedereen die net zo was als jij, en alle anderen 'zij'.

Onderklasse was eigenlijk niet de juiste benaming; ze behoorden tot geen enkele klasse meer, ze waren klasseloos, en ook wetteloos, gewetenloos en harteloos. Er waren erbij die je om je hamburger overhoopstaken, of die op je gezicht sprongen tot je dood was omdat je hen verkeerd had aangekeken.

Stella sloot zich aan bij de processie. Met haar spijkerbroek, sportschoenen en versleten leren jack was ze nauwelijks van een echte Harefielder te onderscheiden. Ze waren op weg naar de arena.

Het AMIP-5-team was drie keer de buurt in geweest; er was altijd wel iemand niet thuis, of die iemand deed de deur niet open. Maxine Hewitt en Frank Silano hadden besloten om nog een poging te wagen bij de vijftien huizen waar ze eerder geen gehoor hadden gekregen. Deze keer ging elke deur open en van de achtentwintig mensen die ondervraagd werden, hadden er drie iets zinnigs te melden.

Gerald Arthur Montague. Victoria Mary Sansom. Susan Joanna Phipps.

Gerry, Viki en Susie.

'Ik heb ze gezien, ze móéten het geweest zijn, ze leunde tegen zijn schouder, alsof ze, nou ja, alsof ze verliefd was.'

'Ik zag … een man en een vrouw. Ik dacht dat ze dronken was.'

'Waren zij dat? Die man en die vrouw? O, griezels, dan heb ik ze dus gezien!'

Ze stemden erin toe meteen hun verklaring op papier te laten zetten. Silano schreef terwijl Maxine de vragen stelde.

Gerry had door het park gewandeld toen hij hen zag. Hij dacht dat zij het waren. Ze moesten het wel geweest zijn. De man was groot en breed, het meisje een tenger ding. Nee, hij was te ver weg geweest om te kunnen zeggen hoe ze eruitzagen; ze zagen eruit als een verliefd stel.

Viki had over straat gelopen toen ze hen in een geparkeerde auto langs het trottoir had zien zitten. Ze dacht dat zij het waren. Ze moesten het wel geweest zijn. De man was groot, dat kon je zien, hoewel hij zat; het meisje was, nou ja, kleiner. De auto was een rode, blauwe, vijfdeurs sedan, of jeep of zo. Nee, ze was te ver weg geweest om te kunnen zien hoe ze eruitzagen; het leek alsof zij dronken was.

Susie was bij een vriendin op bezoek geweest en liep naar huis toen ze hen bij de boom in het gras zag zitten, net aan de andere kant van het parkhek. Bij de boom in kwestie. Ze dacht dat zij het waren. Ze moesten het wel geweest zijn. De man had een normale lengte voor een man, het meisje had een normale lengte voor een meisje. Nee, ze was te ver weg geweest om te kunnen zeggen hoe ze eruitzagen. Maar ze waren het vast en zeker geweest en, o, griezels, ze had ze dus gezien!

Maxine en Silano schreven in hun verslag dat de man waarschijnlijk groot was. Nog meer papier.

Behalve het wedkantoor, dat gewijde grond was, waren er nog twee winkels open in de arena: een slijterij en een Kentucky Fried Chicken. Het waren er ooit zeven geweest, maar bij de andere vier was zo vaak ingebroken dat het niet meer loonde om ze open te houden. De winkelketen die eigenaar was van de voormalige supermarkt bood het pand twee jaar later nog steeds te huur aan. Af en toe kwam een makelaar de panden inspecteren. Zolang ze min of meer in goede staat verkeerden, werd er niets gezegd; en ze verkeerden in goede staat, want ze hadden een andere bestemming gekregen.

Zodra Stella de indeling zag, wist ze genoeg.

De kooi was ongeveer vijf vierkante meter groot met zijkanten van kippengaas. Eroverheen was een net gespannen, zodat de mensen hoger op de tribune de actie ook konden volgen. De ruimte was halfvol, maar de toeschouwers stroomden binnen. Stella liep weer naar buiten en nam, om niet tegen de stroom in te hoeven lopen, een omweg die uitkwam in de ruimte onder een van de flatgebouwen. Lange schaduwen, een warme bries die een lichte rottingsgeur meevoerde.

Harriman nam op nadat de telefoon drie keer was overgegaan. Hij zei: 'Ze zijn onderweg. Met een overvalwagen.'

'Mooi. Het is het pand waar vroeger Byrite in zat, in de arena. We hebben te maken met een menigte van tachtig tot honderd man; sommigen van hen zijn gewapend.'

'Hoe weet u dat?' vroeg Harriman, maar hij corrigeerde zichzelf meteen. 'O ja, Harefield …'

'Het is een kooigevecht. Dus oppakken voor illegaal wedden en het toebrengen van zwaar lichamelijk letsel.'

'Jezus.' Er volgde een korte pauze, waarna hij eraan dacht om te vragen: 'Waar bent u?'

'Buiten. Bij Flat C.'

'Chef? Daar blijven staan.'

'Ja ja. Natuurlijk.'

Maar dat lukte niet. Er hing een geur in de lucht die sterker was dan de geur van verrotting die de wind had meegevoerd; een geur die de menigte naar binnen lokte, zoals een roedel wolven door de angstgeur van een gewond hert werd aangetrokken. Het was een complexe geur: angst maakte er zeker deel van uit, maar hij was doortrokken van opwinding en een intense, duistere spanning.

Die geur drong Stella's neusgaten binnen toen ze de houten tribune beklom en op de achtste rij van boven ging zitten. Een man met het gezicht van een overwerkte engel sloot weddenschappen af en rende op en neer langs de rijen; zijn wedbriefjes waren garderobebonnetjes en zijn geldbuidel was een versleten schooltas. De trainer praatte op zachte maar dringende toon tegen de deelnemers van de wedstrijd om ze op te peppen.

De kooivechters stonden aan weerszijden van een gazen deur, met uitgestreken gezichten en de ogen strak op elkaar gericht. Ze hupten op en neer, sloegen de ene gehandschoende vuist tegen de andere, maar bleven elkaar strak aankijken. Ze droegen lichte handschoenen met tot aan de middelste kootjes afgeknipte vingers. Een van de vechters had een tatoeage van Jezus aan het kruis op zijn rug; de andere had een litteken dat van zijn linkeroor tot aan zijn bovenlip liep. Het deed Stella denken aan het litteken dat Pete Harriman op zijn kin had: het resultaat van één seconde te laat reageren toen een bendelid uit Harefield hem met een bierglas te lijf was gegaan.

Er waren evenveel vrouwen als mannen aanwezig. Toen de vechters de kooi betraden, riepen de mannen hun raadgevingen en aanmoedigingen toe; de vrouwen gilden en krijsten als wild geworden vogels. Er was nog iets toegevoegd aan de lucht in de ruimte: de sterke, opwindende geur van seks.

Geen spelregels, geen rondes. Toen de vechters in het midden van de kooi stonden, helde de man met de tatoeage over naar één kant en trapte hard van zich af, tegen het middel van de man met het litteken, waardoor deze achterwaarts tegen het gaas vloog. De man met de tatoeage kwam met uitgestoken handen naar voren, maar de man met het litteken was alweer op de been, sloeg de handen van zijn aanvaller weg en deelde een kopstoot uit; hij maakte nauwelijks lichaamscontact, maar genoeg om de man met de tatoeage op zijn hakken te laten balanceren. Ze draaiden om elkaar heen, maakten schijnbewegingen, probeerden een opening te vinden, en stormden toen als twee rammen op elkaar af.

Ze leken aan elkaar gewaagd; het was een gevecht dat lang zou kunnen duren. Het kwam op geslepenheid aan en de man met de tatoeage leek daarvoor de betere kaarten te bezitten. Hij dook onder de dekking van de man met het litteken en schopte zijn benen onder hem vandaan. De man met het litteken ging tegen de vlakte en bleef een moment lang wezenloos liggen, en op dat moment sprong de man met de tatoeage op zijn hoofd.

De man met het litteken schreeuwde het uit van de pijn. Hij rolde opzij en krabbelde snel overeind, hoewel hij behoorlijk gehavend was. Twee seconden langzamer en de man met de tatoeage had schrijlings op hem gezeten en hem bont en blauw geslagen. Hij deelde een paar harde tikken uit toen de man met de tatoeage naar voren kwam om de klus af te maken: vuistslagen waarvan het hoofd van de man met de tatoeage achterover klapte en het bloed uit zijn mond gulpte. Het was een goede reactie, maar de uitkomst van de wedstrijd was eigenlijk al beslist. Het gezicht van de man met het litteken hing scheef, zijn jukbeen was naar binnen gedrukt, maar de man met de tatoeage bleef erop inslaan. Hij plaatste een korte hoekstoot tegen het hoofd, die zijn tegenstander uit evenwicht bracht, gevolgd door een trap met gestrekt been die de man met het litteken net onder het hart raakte. De mensen die dichtbij zaten, zagen het licht uit zijn ogen verdwijnen; hij deed een stap achteruit, en daarna nog een, de handen opgeheven in verweer, maar de vuistslag kwam erdoorheen, net als de tweede en de derde. Hij hing tegen het gaas en plofte neer, één kant van zijn gezicht was ingevallen als de San Andreasbreuk. De man met de tatoeage boog zich voorover om door te gaan, om hem nog meer toe te takelen, om er zeker van te zijn … maar deed toen een stap achteruit, zijn aandacht was plotseling afgeleid.

De overwerkte engel maakte zich al uit de voeten met de geldtas onder zijn arm geklemd. Misschien waren de weddenschappen verkeerd uitgevallen, of had ook hij het geloei van sirenes vanaf de gedemilitariseerde zone dichterbij horen komen.

Toen Stella overeind was gekomen en al halverwege de deur was, had de rest van de toeschouwers het ook gehoord en besloten dezelfde kant op te gaan. Ze had een lichte voorsprong, maar vanuit alle richtingen stroomden de mensen nu toe. Er klonk een kreet van angst en pijn toen iemand onder de voet werd gelopen, en iemand anders drukte haar hard met zijn schouder tegen de deurlijst, maar toen was ze buiten en rende ze naar de ruimte onder Flat C, achter Engel aan, omdat ze iémand moest uitkiezen, en als hij de man met het geld was, was hij waarschijnlijk ook de man met de connecties.

Vanuit haar ooghoek zag ze een overvalwagen en twee politiebusjes aankomen. Ze stoven elk een kant op, om de menigte als een kudde schapen tot omkeren te dwingen, en kwamen toen abrupt tot stilstand.

Als je een boosdoener wilt besluipen, dacht ze, dan moet je er vooral met loeiende sirenes op afgaan. Succes verzekerd.

De ruimte was zwak verlicht, overal afval, een geur van hamburgers en verrotting. Ze zag voor zich iets bewegen en nam aan dat het Engel was. Hij rende, niet hard – daarvoor lagen er te veel obstakels – maar het was duidelijk dat hij wist dat ze hem volgde, omdat hij een ingewikkelde route nam en zigzagde. Stella verloor hem uit het oog, hoorde lawaai en gevloek en realiseerde zich dat hij gevallen was. Ze stond naast een van de betonnen steunpilaren die Flat C overeind hielden, twee donkere schaduwen smolten samen. Ze keek naar links en naar rechts en wachtte tot ze zijn silhouet tegen het zwakke licht zag.

Ze vermoedde dat het geld uit zijn tas was gevallen, en ze had gelijk. Zo'n vijftien meter van haar verwijderd zat Engel op de grond zijn geld bij elkaar te graaien. Een volle vuilniszak had hem ten val gebracht; de stank was het bewijs daarvoor. Hij keek om zich heen terwijl hij tastend naar verdwaalde bankbiljetten zocht. Er was nog iemand in de ruimte, dat wist hij; iemand die net als hij dekking had gezocht in het donker, maar híj hield een tas vol geld in zijn hand. Een combinatie die hem fataal kon worden.

Toen hij overeind kwam, zag Stella hem meteen: hij was veel dichterbij dan ze verwacht had. Hij keek even achterom en rende toen weg, deze keer in een rechte lijn het licht tegemoet.

Stella riep: 'Staan blijven! Politie!' en had er meteen spijt van, want onder deze omstandigheden kwam dat neer op: 'Schiet me maar neer!' Als ze Engel naar de gedemilitariseerde zone kon dirigeren, zou ze hem te pakken kunnen krijgen. Als het hem echter lukte om terug naar de arena te rennen, dan zou ze hem in de chaos die daar heerste kwijtraken.

Ze haalde hem in. Kwam steeds dichterbij. Hij was nog niet binnen handbereik, maar verloor de wedstrijd wel. Toen struikelde ze over dezelfde volle vuilniszak en viel hard op de grond; alle lucht werd uit haar longen gezogen, ze hapte naar adem. Engel holde verder door de rommel, terwijl Stella op haar rug lag, met opgetrokken knieën, hijgend als een vrouw die haar minnaar aanmoedigde.

13

De volle vuilniszak bevatte Barry of Gary, de stank zei haar genoeg. Een ander zou in al dat afval het verschil niet geroken hebben, maar zij kende die stank.

De eerste politie-eenheid was nog actief in de doolhof van Harefield toen de tweede arriveerde: een AMIP-team onder leiding van DS Brian Collier. Stella had één keer met hem samengewerkt en ze mocht hem niet.

Collier had een peper-en-zoutkleurige stoppelbaard, een worstelaarsnek en een brede taille waar zijn overhemd omheen spande. Stella en hij zaten op het lage muurtje rondom de arena. Collier boog zijn hoofd naar zijn gevouwen handen om zijn sigaret aan te steken.

Hij zei: 'Was je hier omdat je dacht dat zij hier woonde?' Hij bedoelde het boommeisje.

'Ze was als vermist opgegeven', zei Stella. 'Dood spoor. Maar hij woonde hier waarschijnlijk wel.' Ze bedoelde Barry of Gary.

'Omdat je hier niet komt als je er niets te zoeken hebt …?'

'Precies.'

'Hij zou iets opgehaald kunnen hebben.'

'Zou kunnen. Er worden veel mensen beroofd hier; bewoners en niet-bewoners. Iemand ziet je met een brede glimlach het wedkantoor uit komen, of denkt dat je net je bijstandsuitkering geïnd hebt … en je bent een doelwit, vaste prik.'

Collier lachte. 'Dat was het niet. Het was geen beroving.'

'Nee?'

'Nee.' Collier haalde zijn notitieboekje tevoorschijn en raadpleegde zijn aantekeningen, alsof hij een getuigenverklaring ging afleggen; vond hij leuk. Stella wist opeens weer waarom ze hem niet mocht: omdat hij een lul was. 'Het voorlopige verslag van de politiearts wijst erop dat de luchtwegen van het slachtoffer verstopt waren door een geconcentreerde substantie, waarschijnlijk polyurethaan, of een mengsel van polymeren en siliconen.' Collier keek Stella aan, trok zijn wenkbrauwen op en las toen op officiële toon verder. 'Deze substantie zet uit wanneer het aan de lucht wordt blootgesteld en vulde in dit geval zowel het strottenhoofd, de borstholte, de luchtpijp en de longen, wat dood door verstikking tot gevolg had.' Collier keek op en grijnsde. 'Met andere woorden: iemand heeft hem de bek opengebroken en volgepompt met isolatieschuim.'

'Dan ga ik mijn verslag schrijven,' zei Stella, 'of heb je me nog ergens voor nodig?'

Collier schudde zijn hoofd. 'Onderzoeksrechter, waarschijnlijk. Ik e-mail je de details wel.' Toen hij wegliep, zei hij: 'Jij komt hier toch ook vandaan?'

'Klopt.'

'Ik dacht dat alle meiden uit Harefield de prostitutie in gingen.'

'Gemiste kans', zei Stella. 'Betaalt beter, minder overuren en je komt minder lullen tegen.'

Een geel rolgordijn, zoiets, tegenover Flat A, nummer 1136.

Vanaf de wandelbrug leek Harefield net een mierennest waarin iemand een stok had gestoken. Er waren arrestaties verricht, maar in de arena krioelde het nog steeds van mensen, meest jonge jongens en smerissen in kevlarhessen die tussen hen door liepen, nooit met minder dan vijf agenten tegelijk, meestal met tien. Ze zouden er ook nog lopen als het donker werd, op de wandelbruggen, of her en der verspreid, als veehoeders die een kudde omcirkelden. Harefield was gespecialiseerd in nachtelijk oproer, vooral na een politie-inval.

Stella dacht: waarom heb ik het in 's hemelsnaam gemeld? Waarom heb ik ze elkaar niet gewoon de hersens in laten slaan? Iedereen genoot.

Het was geen geel rolgordijn; het was de middenpagina van een tijdschrift met een foto van een veld narcissen die over een scheur in het raam was geplakt om het zaakje bij elkaar te houden. Flat B, nummer 1169. Ze drukte op de dingdongbel, wachtte en drukte toen nog een keer. Er liepen mensen achter haar langs over de galerij. Misschien had iemand haar herkend van vroeger, want ze voelde opeens een elleboog in haar rug, maar ze draaide zich niet om: het was de moeite niet meer waard.

De wind voerde een vleugje ganja mee, van alle kanten klonk hiphopmuziek; op de drempel van nummer 1169 lagen spetters bloed.

Ze liep door de arena, in de richting van de gedemilitariseerde zone, waar DS Collier de operatie leidde.

'Het verdomde drietal', zei hij terwijl hij de aapjes Horen, Zien en Zwijgen nadeed en daarna begon te lachen.

Stella zei: 'Je meent het', maar ze bleef niet staan. Ze wist dat hij haar nakeek toen ze verderliep.

Ze herinnerde zich waarom ze hem nog meer niet mocht: op een avond, midden in een onderzoek, toen ze met het hele team na het werk in de kroeg zat, had hij haar proberen te versieren: brutaal, drammerig, en sarcastisch toen ze hem afwees. Ze zag hem weer voor zich staan, terwijl hij met zijn arm tegen de muur leunde, zodat ze niet weg kon, zijn whisky-adem in haar gezicht blies en zei: 'Ik ben fors geschapen. Zeer fors.'

Ze leunde tegen haar auto, pakte haar telefoon en wilde net gaan bellen toen deze overging: Pete Harrimans naam lichtte op. 'Ik ben al onderweg', zei ze op hetzelfde moment dat hij zei: 'We hebben er weer een.'

14

Een lichte bries vanaf de rivier deed de zijkanten van de plaats-delicttent flapperen. In de tent hing een geur van brandnetels, hondenpoep en bloed. De tent stond om een houten bankje heen dat langs de oever van de rivier stond; op de rugleuning zat een koperen plaatje waarop stond:

IN LIEFDEVOLLE HERINNERING AAN ARTHUR JAMES FITTS
(1933-2003)
DIE GENOOT VAN HET UITZICHT VANAF DEZE PLEK

Degene die de bank nu bezet hield, genoot niet van het uitzicht omdat hij dood was; kin op de borst, de ogen staarden naar de grond, waar een grote plas bloed in de droge voren van het pad was weggezakt. Zijn broek was stijf van het bloed. Op de voorkant van zijn overhemd zat een donkerrode vlek, als een slab. Er zat aangekoekt bloed op zijn schoenen. De mouwen van zijn overhemd waren opgerold tot aan zijn ellebogen en op zijn onderarmen zaten tatoeages. Tenminste, zo leek het, maar wie goed keek zag dat het twee woorden waren, geschreven met zwarte viltstift:

OUILE LAFBEK

'Twee op één dag', zei Stella. Ze had het over Barry of Gary.

'Eén is maar van u', merkte Harriman op.

Stella keek hem aan. 'Het gaat me niet om de papierwinkel, maar om het aantal. Ik ben geen patholoog, één lijk is voor mij genoeg. Weten we al wie het is?'

'Leonard Pigeon.'

'Wat?'

Harriman bewoog zijn armen op en neer en deed een vliegende duif na. 'Pigeon. Identiteitsbewijs in zijn portefeuille, creditcards, enzovoort.'

'Hij had zijn portefeuille nog bij zich …'

'Ja, maar er zat geen geld in.'

Leonard Pigeon zat achterovergeleund op de houten bank, de knieën naar voren, alsof hij had zitten zonnen en in slaap was gevallen. Harriman liep om de bank heen en wees. Leonards broek-riem was met een koord aan de onderste balk van de rugleuning vastgemaakt; een tweede koord zat om zijn nek gewikkeld, om zijn hoofd en bovenlichaam op hun plaats te houden, hoewel je dat niet kon zien omdat zijn hoofd naar voren hing en de rest van het koord onder de kraag van zijn overhemd zat.

Technisch rechercheurs, van top tot teen in het wit gehuld, waren druk aan het werk – verzamelen, beoordelen, inpakken – sommige in de tent, andere in een groter gebied eromheen, dat afgezet was met lint. Wandelaars stonden in groepjes langs het lint en vroegen wanneer de weg weer vrij was. Die weg was slechts het trekpad langs de Theems, maar sommige wandelaars droegen berg-schoenen en rugzakken met stoere logo's. Agenten in uniform raadden hun aan rechtsomkeert te maken.

'Mobiele telefoon?' vroeg Stella.

'Jazeker.'

'ICE-nummer opgeslagen?'

'Twee: een vast nummer, geen gehoor, geen antwoordapparaat; en een mobiel nummer, uitgeschakeld, geen voicemail. Sue Chap-man trekt het na. Ze laat het ons zo gauw mogelijk weten.'

ICE, In Case of Emergency, was ingesteld na 11 september, de tsunami en de bomaanslagen in Londen: ICE, gekoppeld aan het nummer van een contactpersoon; de hele wereld op het ergste voorbereid.

Muggen deden zich te goed aan het opgedroogde bloed van Leonard Pigeon en zwermden rond zijn kin; muggen en een kleine delegatie wespen, gehaaide vleesetertjes. De videograaf was alweer vertrokken, maar de fotograaf maakte nog een paar kiekjes en liet het flitslicht tegen de wanden van de tent weerkaatsen. Stella liep naar buiten en nam Harriman mee.

'Wie heeft het gemeld?'

'Een verliefd stel … ze waren aan het wandelen. Er is alleen één probleem.'

'Ga verder.'

'Hij had eigenlijk op zijn werk moeten zitten en zij is getrouwd met een ander.'

'Ze willen dat we discreet zijn.'

'Inderdaad.'

'Waar zijn ze nu?'

'Ze hebben een verklaring afgelegd, telefoonnummers achtergelaten en zijn ieder een kant op gegaan.'

'Laat ze op het bureau komen. Hun privéleven zal ons een zorg zijn. Wanneer hebben ze het gemeld?'

'Anderhalf, twee uur geleden. Zoiets.'

'Wát?'

'De plaatselijke politie was erop afgestuurd, chef. Tot een van de agenten zag dat het geen tatoeages waren op zijn armen, en een link legde met onze zaak.'

De plaatsdelictarts leunde tegen een boom en maakte aantekeningen. Stella liep naar hem toe en stelde hem de enige vraag die hij liever niet wilde beantwoorden.

'Het blijft gissen, dat weet u.' De arts was groot, begin dertig en had een lang, smal gezicht met een zwarte stoppelbaard. Zijn naam was Larsen.

'Daar neem ik voorlopig genoegen mee.'

'De patholoog kan dat nauwkeuriger bepalen: infestatie van insecten, bloedverlies, enzovoort ... Ik kan dat alleen aan de hand van de rectale temperatuur minus de omgevingstemperatuur, blablabla.'

'En blablabla is dan ...'

'Ergens tussen vier en zes uur, maar', liet hij er naadloos op volgen, 'daar moet u me niet aan houden.'

'Hij is al zes uur dood?'

'Dat is mogelijk, maar ik ben niet bereid om daar ... nou ja ... een onder- of bovengrens aan te stellen.'

'Is het mogelijk dat hij ergens anders vermoord is en later verplaatst is?' Ze wist het antwoord op die vraag al, maar wilde het van een deskundige horen.

'God, nee. Als je dood bent, houdt het hart op met pompen; met andere woorden: geen bloedverlies.' Hij wapperde met een hand in de richting van de tent. 'Ga maar bij hem kijken: het is een en al bloed.'

'Oké', zei Stella. 'Doodsoorzaak …'

Larsen haalde zijn schouders op. 'Verstikking, shock, of alle twee. Diepe, dwarse incisie die de nekader en halsslagader heeft doorsneden en ernstige schade heeft toegebracht aan de luchtpijp en het schildvormig kraakbeen.'

Stella dacht terug aan hoe Collier uit de aantekeningen van de dokter over Barry of Gary had voorgelezen: de dood bestond uiteindelijk alleen nog uit medische termen.

'Enig idee hoe hij vermoord is?'

'Nogmaals, de patholoog – en ook het forensisch lab – kunnen u daar meer over vertellen. Ik ben er vrij zeker van dat de moordenaar hem van achteren genaderd is, hem overrompeld heeft. Het is één heel diepe snee en het slachtoffer heeft geen afweerwonden, dus ik vermoed dat hij er niet op verdacht was. Hij naderde hem van achteren, trok het hoofd van de man achterover, aan zijn haar of met een hand onder zijn kin, en haalde snel en krachtig uit met het mes. Degene die deze man de keel heeft doorgesneden', zei Larsen, 'heeft mooi werk afgeleverd.'

'Kun je er ook een potje van maken dan?'

'Nou en of. Ik heb al heel wat tracheotomies zien mislukken door ambulancepersoneel en assistenten in opleiding die het te kwaad kregen met hun zenuwen. Deze man heeft het in zijn vingers.' Hij haalde zijn schouders op. 'Zogezegd.'

'Hij was deskundig op dit gebied?'

'Nou, deskundig zou ik het niet direct willen noemen', zei Larsen. 'Eerder krachtdadig.'

'Krachtdádig?' Het woord klonk Stella vreemd in de oren … bijna ongepast.

'Ja', knikte Larsen. 'Als hij nog krachtdadiger te werk was gegaan, had hij hem zijn hoofd afgesneden.'

Een rondvaartboot pufte de rivier af, in het gezelschap van een paar reigers. De toeristen waren, hoewel het nog lente was, zomers gekleed en blij met een briesje. Uit de luidsprekers klonk een stroom aan informatie, die over hen heen geplempt werd door een verveeld meisje dat alles wat ze zag en zei al honderden keren eerder gezien en gezegd had.

Een warme zon stond hoog aan de hemel, het wateroppervlak was glad, het trekpad verlaten. Een plotseling geritsel onder de struiken langs het pad was afkomstig van een rat, aangetrokken door de geur van bloed. Harriman stampte met zijn voet om het dier te verjagen.

'Hij is misschien al wel zes uur dood,' zei Stella, 'en hier vermoord. Wanneer is het gemeld? Twee uur geleden?'

'Hooguit.'

'En daarvóór heeft niemand hem gezien?'

Ze liepen de plaatsdelicttent weer in en keken nog eens naar Leonard Pigeon. Zijn houding suggereerde dat hij sliep, als al dat bloed er niet geweest was.

'De bank is een tegenvaller', zei Harriman. 'Sommige banken staan vlak langs het water of langs het pad, en andere staan verder naar achteren, onder de bomen, zoals deze.'

Stella keek naar het struikgewas achter de bank, allemaal dichte bladeren in zomers groene kleuren.

Hij naderde hem van achteren, trok het hoofd van de man achterover, aan zijn haar …

'Maar dan nog … iemand moet hem toch gezien hebben.'

'Mensen kijken onder het lopen niet op of om', zei Harriman. 'Ze zijn te veel met zichzelf bezig.' En daarna, alsof dit alles verklaarde: 'Dit is Londen.'

'Ja, je hebt gelijk.' Stella knikte instemmend, want geen vrouw was op het moment meer met zichzelf bezig dan zij.

Eigenlijk had Harriman maar gedeeltelijk gelijk. Het was een doordeweekse dag, het was niet druk op het trekpad, de bank stond onder de bomen en in de schaduw … Een paar mensen waren langs Leonard Pigeon gelopen zonder iets te zien, ze waren in gedachten verzonken geweest, hadden naar de rivier gekeken, of nergens aandacht voor gehad. Fietsers waren langsgesjeesd, te gehaast om vanuit hun ooghoek iets op te merken. Maar er moesten er een of twee ... twee of drie ... zijn geweest die hem wel gezien hadden en daarna snel waren doorgelopen. Iemand die zijn hond, die het bloed geroken had, teruggeroepen of meegetrokken had. Iemand die de muggen had gezien, of het vreemd had gevonden dat de man zo roerloos op de bank zat.

Drie of vier. Misschien meer.

Dit was Londen.

De geliefden van het trekpad waren Leah en Steve. Ze arriveerden tegelijkertijd bij het gebouw van AMIP-5, maar waren uit verschillende richtingen gekomen. Sue Chapman snorde een paar stoelen voor hen op en liet hen in de gang plaatsnemen. De geliefden zaten daar hand in hand te wachten tot er twee verhoorkamers vrijkwamen. Steve keek af en toe op zijn horloge, waarbij hij zijn linkerhand ophief, de hand die Leahs hand vasthield: telkens wanneer Steve keek hoe laat het was, kwamen beide armen omhoog, alsof ze aan een wave meededen.

Maxine ging bij Leah zitten.

De verhoorkamer was eenvoudig ingericht met blankhouten meubilair en witte muren, alles even bleek als Leah. Haar geblondeerde haar viel tot op haar schouders en ze droeg lichtroze lippenstift.

Ze zei: 'Is dit net als bij de dokter of de pastoor?'

Maxine glimlachte, maar niet om haar gerust te stellen. 'Het is vertrouwelijk, tenzij er een reden is om dat niet te zijn.'

'Ik ben getrouwd. Steve is niet mijn echtgenoot.'

'Ja, dat had u op de plaats delict al aan de rechercheur verteld.'

'Dus ik vertel u hoe het gegaan is en dan …'

'Het kan zijn dat de onderzoeksrechter u als getuige oproept. Daar krijgt u bericht van.'

'Via mijn mobiele nummer.'

'U krijgt een schriftelijke oproep.'

Leah zweeg even: misschien om haar tactiek te bepalen. Uiteindelijk zei ze: 'Het was ons bankje.'

'Sorry?'

'Onze bank: wij zitten daar altijd. Daarom zagen we hem ook. Toen ik die kant op keek, zag ik iemand op onze bank zitten. Die man.'

'Besefte u dat hij dood was?'

'Na een paar seconden pas. Door de manier waarop hij zat, zo stil. Daarna zag ik het bloed pas, nou ja, Steve zag het.'

Dat was Leahs verhaal, alles wat ze te vertellen had. Maxine nam alleen nog met haar door wie van hen tweeën de politie had gebeld (Steve), of hun verder nog iets vreemds was opgevallen (nee), en wat er zou gebeuren als Leahs echtgenoot zou horen van haar relatie met Steve (de hel zou thuis losbreken).

Leah zei: 'Het is gecompliceerd.'

Maxine las Leahs verklaring door en zei zonder op te kijken: 'Dat geloof ik meteen.'

'Het is een kwestie van het geschikte moment vinden.'

Maxine zei: 'Luister ...'

'Het is serieus tussen Steve en mij. Een serieuze relatie. Hij moet een poosje naar het buitenland. Ik zou het Nick kunnen vertellen, maar wat moet ik doen zolang Steve weg is?' Ze praatte over Nick alsof Maxine hem kende.

Maxine zei: 'Luister, het gaat mij niets aan. Ik wil alleen een verklaring van u hebben.'

'Maar ik probeer uit te leggen ...'

'U hoeft niets uit te leggen.'

'Zodra Steve uit het buitenland terug is, ga ik het Nick vertellen. Open en eerlijk. We zijn al op zoek naar een huis.'

Maxine zei: 'We nemen wel weer contact op.'

Leah ging staan. Ze was lang, met slanke heupen, en mooi, op een wat kwijnende manier. Ze zei: 'Als hij niet op ons bankje had gezeten, zouden we hem nooit gezien hebben. Op elke bank die we gepasseerd zijn, had een lijk kunnen zitten, zonder dat het ons opgevallen was. Waarom moest hij ook uitgerekend op die van ons zitten?'

Maxine ondertekende de verklaring en voorzag hem van datum en tijdstip. Nog meer papier.

'Ja', zei ze. 'Wat een egoïstische klootzak.'

Frank Silano ging bij Steve zitten.

Iemand had een ventilator in de kamer neergezet en die zoemde nu zachtjes op de achtergrond terwijl zij praatten. Het gezoem klonk Silano in de oren als een zwerm overvliegende vogels. Steve gaf als leeftijd tweeëndertig op en als beroep tuinontwerper. Hij was niet getrouwd en had momenteel geen vast adres omdat hij op het punt stond om naar Amerika te vertrekken. Met tuinen in Californië, vertelde hij Silano, was veel geld te verdienen. Hij had het over zon, dollars en wat een fantastische manier van leven dat was. Toen hij uitgepraat was over Californië, vertelde hij hetzelfde verhaal als Leah: de wandeling, de bank waarop ze altijd zaten ...

'Ze is getrouwd,' zei hij, 'wat de zaak een beetje ingewikkeld maakt. Een beetje lastig.'

Silano dacht geen moment dat Leah en Steve Leonard Pigeon vermoord hadden, maar hij was een pietje precies en mocht graag alles zwart-op-wit hebben. Hij vroeg naar de affaire en Steve ging meteen op de amicale van-man-tot-mantoer, met inbegrip van alle smeuïge details. Het was al zo'n vier maanden aan de gang en begonnen toen Steve bij Leah en Nicks huis een tuin had aangelegd: vijfentwintighonderd vierkante meter, in Richmond, aan het water, huis van 2,4 miljoen. Nu troffen ze elkaar overdag wanneer Leahs man naar zijn werk was: twee keer per week op Steves tijdelijke adres. Leah leefde naar die twee dagen toe, en Steve wist dat, hoewel hij dat niet met zoveel woorden tegen Silano zei.

'Als freelancer', merkte Steve op, 'kun je zelf je tijd indelen.'

Silano schoof de verklaring naar Steve toe zodat hij die kon ondertekenen en vermeldde erbij dat hij mogelijk als getuige voor de onderzoeksrechter zou moeten verschijnen.

'Maar ik vertrek over een paar weken naar de Verenigde Staten.'

Silano haalde zijn schouders op. 'Laat maar een adres achter. U moet er dan waarschijnlijk voor terugkomen.'

'Dat meent u niet.'

'Maar het vooronderzoek neemt veel tijd in beslag. Misschien bent u tegen de tijd dat u moet getuigen alweer terug in Londen.'

Steve schudde zijn hoofd. 'Nee nee,' zei hij, 'ik ben niet van plan om terug te komen.'

Deze mededeling zou als 'het nieuwtje van de dag' de recherchekamer rondgaan.

John Delaney kreeg de smaak te pakken: van de champagne midden op de morgen, van de grote, ruime huizen, de BritArt, de reserve-Maserati. Het was niet zijn manier van leven, natuurlijk, maar wel van de mensen die hij interviewde, en af en toe mocht hij er ook even aan ruiken.

Als de champagne geopend werd, dronk hij een glas mee. Hij slenterde door bibliotheken en biljartkamers terwijl hij op de geïnterviewde wachtte. Hij beklom statige wenteltrappen. Hij zag de stippelschilderijen (iedereen had ze) en vergeleek ze met elkaar. Als het interview verplaatst werd van de stad naar het platteland, ging dat met een snelheid van nul tot zestig kilometer per uur in twee seconden.

Neil Morgan was een uitzondering, maar alleen wat zijn smaak betrof: een L.S. Lowry in plaats van een Damien Hirst, een Lexus GS300 in plaats van een kinderachtig sportwagentje. In alle andere opzichten beantwoordde hij aan het beeld, met zijn huis aan Norland Square, zijn onberispelijke vrouw, zijn commissariaten. Delaney zat in een grote, elegante kamer, met zijn rug naar het licht, en luisterde naar Morgan, die hem vertelde over rijkdom en ambitie. De kern van het verhaal was dat de twee onlosmakelijk met elkaar verbonden waren. Toen Morgan over politiek begon, stak Delaney zijn hand op om hem te onderbreken, maar alleen om het bandje in zijn cassetterecorder om te draaien.

'New Labour,' zei Morgan, 'en nu het Nieuwe Conservatisme. Het is tijd om de bakens te verzetten. Blair kreeg en hield alleen de macht door zijn tanks op ons grasveld te parkeren.'

Behalve multimiljonair was Morgan parlementslid voor de Conservatieven: een actief Lagerhuislid. Hij zag zichzelf graag als een veelbelovend politicus. Dat kwam omdat de pers hem zo betitelde. Twee keer had Morgan al bedankt voor een post in het schaduwkabinet; hij wachtte af, hij wilde het grote werk: Binnenlandse Zaken, Buitenlandse Zaken. En in de tussentijd bleef hij zich in de kijker spelen.

Hij praatte over geld: de sleutel die deuren voor je opende.

Hij praatte over de oorlog in Irak: een goede zaak.

Hij praatte over globalisering: de enige weg voorwaarts.

Terwijl Delaney zat, liep Morgan heen en weer. Hij ijsbeerde door de kamer en praatte op zachte, gepassioneerde toon: een tengere man van begin veertig, vormelijk gekleed, zijn gladgeschoren gezicht glom van innerlijke overtuiging. Zijn ietwat schuinstaande ogen schitterden.

'Herinner je je Gordon Gekko nog?' vroeg hij.

'De "hebzucht is goed"-speech', opperde Delaney.

'Dat is het enige wat mensen zich van die speech herinneren: "Hebzucht mag, hebzucht is goed, hebzucht werkt." De rest zijn ze vergeten.' Delaney wachtte. '"Hebzucht in al zijn vormen,"' zei Morgan, '"hebzucht naar leven, naar geld, naar liefde, naar kennis … heeft de mensheid op een hoger plan gebracht."'

'U kent de speech uit uw hoofd.'

'Inderdaad, maar de woorden komen recht uit mijn hart. En de mensen in het land zullen dat voelen, ze zullen erop reageren en inzien dat wij de toekomst hebben.'

Delaney wilde het enthousiasme in Morgans ogen temperen. Hij richtte zijn vragen niet op de toekomst, maar vroeg in plaats daarvan naar de dood. Hij vroeg naar de zeshonderdduizend dode Irakezen, hij vroeg naar Abu Ghraib, naar Guantanamo Bay en naar de geheime CIA-vluchten.

Het gif kroop Morgans stem binnen: 'Iedereen weet dat ik vóór die actie heb gestemd. Ik zou het zo weer doen. Er zijn wat betreurenswaardige dingen voorgevallen, maar het is oorlog, we zitten daar niet voor onze lol.'

Voorgekauwde zinnen, en bovendien ouwe koek. Delaney gaf toe aan een vage glimlach. Hij zei: 'Heel veel mensen waren ertegen: gewone mensen. Er waren demonstraties, miljoenen mensen gingen de straat op.'

'Dit land wordt niet geregeerd door opiniepeilingen', informeerde Morgan hem. 'Maar door de regering, dat is hun taak.'

Morgan was geen man van champagne overdag en Delaney had sowieso genoeg op de band staan. Hij ging staan en kreeg een stevige hand, zoals het een politicus betaamde. Toen hij weer buiten stond, kwamen Stella en Harriman net aanrijden om Morgan te laten weten dat zijn belangrijkste researcher op een bank langs de rivier was gevonden, met zijn keel doorgesneden tot aan de halswervels.

17

DI Mike Sorley brak zijn tweede pakje van de dag aan. Stella zag hoe hij zijn aansteker pakte, een sigaret opstak en daarna de vlam gevaarlijk dicht bij de stapel papier op zijn bureau hield.

'Dat is óók een manier', merkte ze op.

Sorley lachte. 'De verleiding is erg groot.' Hij duwde een berg dossiers opzij om ruimte te maken voor de stapel die Stella net had binnengebracht. Het dossier van Elizabeth Rose Connor, alias Bryony Dean, was naar boven opgeschoven, maar er lagen nog steeds vier andere dossiers bovenop. Hij zei: 'Alle soorten shit zijn vertegenwoordigd. We hebben te maken met een gek, met meervoudige moord en een vooraanstaand parlementslid. Ik weet dat het meervoud is omdat ik kan tellen, ik weet dat het een gek is omdat dat met grote letters in de krant staat, en ik weet dat het een "vooraanstaand" parlementslid is omdat de blaaskaak me dat zelf verteld heeft.'

Hij nam een trek van zijn sigaret tot die knetterde: alleen zijn longen volzuigen was niet genoeg voor Sorley.

'Een gek dus. Moet wel.'

Stella wist dat Sorley het spottend bedoelde; hij was een te goede smeris om voorbarige conclusies te trekken. Ze sprak uit waaraan hij dacht: 'Ja, of hij wil dat we denken dat hij gek is.'

'In beide gevallen moeten we op zoek naar overeenkomsten tussen de beide moorden.'

'Als we wisten wie het boommeisje was.'

'Welke informatie houden we achter?'

In elk onderzoek werden bepaalde details achtergehouden voor de pers om beroepsopbiechters te kunnen uitsluiten, die erop aasden om beroemd, verafschuwd en gevreesd te worden, en niet onder te doen voor de slechtsten der slechtsten.

'De woorden', zei Stella. 'Vieze meid, vuile lafbek.'

'Dat is de link', merkte Sorley op. 'Dat is de overeenkomst.'

'Dat weet ik. Ik weet alleen niet wat ik eraan heb. Of het echt met elkaar in verband staat. Misschien legt de moordenaar dat verband alleen in zijn hoofd. Ik moet meer over hem te weten zien te komen.'

'Een gedragsdeskundige inschakelen?'

'Ja.'

'Wel binnen het budget blijven, Stella.' Sorleys sigaret was nog net lang genoeg om er een nieuwe mee aan te steken. Hij zei: 'Die Morgan lijkt een probleem te worden.'

Stella grijnsde. 'Ik dacht dat hij pro-politie was: meer geld, meer bevoegdheden. Heeft hij niet voorgestemd voor negentig dagen voorarrest?'

'Ja, maar het lijkt erop dat hij teleurgesteld is in ons: een brutale, afgrijselijke moord op klaarlichte dag, het leven van een onschuldig mens voortijdig beëindigd, maniakken die de straten afschuimen, een politiekorps dat niet in staat lijkt iets te doen tegen de steeds hoger wordende misdaadcijfers ...'

'Hij heeft vrienden bij de krant', suggereerde Stella.

'Snelle jongens zoals hij hebben overal vrienden zitten.' Na een korte stilte zei Sorley: 'Hij houdt van openbare plekken, onze maniak.'

'Inderdaad.'

'Groot risico.'

'Misschien vindt hij dat juist leuk.'

De rest van het team splitste zich op.

Sue Chapman vergeleek de uitkomsten van het forensisch onderzoek.

Maxine Hewitt en Frank Silano gingen met mevrouw Pigeon praten.

Andy Greegan nam het plaatsdelictmateriaal nog een keer door.

Pete Harriman kuste een hoer in een kroeg op de Strip.

18

Het was alleen een zoen op de wang ter begroeting, Stacey deed niet aan mond-op-mond als ze aan het werk was. Ze had van nature rood haar, een mooi lijf en de volmaakte lippen om te kussen, maar ze waren niet te koop. Stacey had een ongeëvenaard repertoire: pijpen, zuigen, beffen, rechttoe rechtaan, u vraagt wij draaien (om), triootjes, kortom, alles waar een mens zich normaal voor doodschaamde. Ze had geen moeite met een 'gezichtsbehandeling', wilde best in de stromende regen een nummertje maken, en als er genoeg voor betaald werd anaal genomen worden, maar op de mond kussen was taboe.

Harriman streek met zijn lippen langs haar haar, en kwam daar alleen mee weg omdat hij Stacey al vijf jaar kende en haar een paar keer uit de brand had geholpen.

De eerste keer: opzettelijke verwonding na een nummertje neuken zonder te betalen. Stacey had er geschaafde plekken en een gebroken rib aan overgehouden; de klant een kriskraspatroon van messteken op zijn achterwerk. Harriman rapporteerde: dader(s) onbekend.

De tweede keer: een pooiercoup, compleet met doodsbedreigingen. Harriman pakte de pooier op onder verdenking van vrouwenhandel en vond toevallig in de kofferbak van zijn Ferrari Modena een diplomatenkoffertje vol crack.

Stacey dronk breezers omdat ze nog een paar uur te gaan had voordat haar werkdag erop zat. Harriman had dienst en hield het daarom bij een whisky met een Becksbiertje na. Hij haalde de geretoucheerde foto van het boommeisje tevoorschijn en schoof het over de tafel naar Stacey. Onder de foto lag het bedrag dat ze voor een aftrekbeurt in rekening bracht. Zo zag hun relatie er in werkelijkheid uit.

Dit compromis, om in tijden van nood een smeris als vriend te hebben, had Stacey tot Harrimans informant gemaakt, ofwel *chis*, wat stond voor *covert human intelligence source*. Stacey was niet echt gelukkig met deze regeling; sommige meiden werkten op straat, andere in kroegen en bars, maar als je zoals zij binnenshuis werkte, had je nu eenmaal goede connecties nodig. Ze had een appartement in Noord-Kensington, een klantenkring en een advertentienetwerk dat de klanten bij haar thuis bracht. Ze was bijna een klassehoer en pikte alleen nog klanten op in bars als ze in geldnood zat.

Ze borg het geld op en hield de foto bij het licht. 'Is dit het meisje in de boom? Het boommeisje?'

'Ja.'

Stacey keek nog eens goed en trok een scheef gezicht. 'Wat is er met haar gebeurd?'

'Iemand heeft haar in een boom ...'

'Met haar gezicht, bedoel ik.'

Harriman probeerde een manier te vinden om het anders te zeggen, maar gaf het op. 'De vogels hebben haar ogen uitgepikt.'

Stacey keek heel lang naar de foto en Harriman wist dat ze niet in gedachten iedereen langsliep die ze kende, maar aan alle meiden op de Strip dacht die dit ook had kunnen overkomen. Door één verkeerd woord, een klant die niet deugde, of gewoon domme pech.

Ze zei: 'Het is Lizzie.'

19

Dat was het enige wat Stacey kon bijdragen: Lizzie. Ene Lizzie. Lizzie Zondernaam. Hoewel ze wel meer informatie had over Lizzies connecties en manier van leven.

'Ze was freelancer. De pooiers probeerden haar in te lijven, aan hun lijst toe te voegen, maar ze wilde niet met ze praten: ze was net een guerrillahoer. Toeslaan en wegwezen. Ze dook plotseling op, stapte bij een klant in de auto, werkte hem af, en twintig minuten later was ze in een kroeg of pizzatent, net buiten de gevarenzone, alweer op zoek naar de volgende.'

'Waar kende je haar van?' vroeg Harriman.

'Ze werkte soms de kroegen af, vooral als de pooiers haar het leven zuur maakten: in een kroeg ben je veiliger, hoewel je er minder klanten scoort dan op straat. Kwestie van flink aanpezen dus.' Ze moest lachen bij het woord 'aanpezen'. 'Lizzie leek goede zaken te doen.'

'Was ze anders dan de anderen?'

'Ze was jong. Vers vlees.' Pooierjargon: Stacey zei het snerend.

'Praatte je met haar?'

'Nee. Maar ik hoorde haar wel praten. Tegen klanten.'

'Welke nationaliteit had ze?'

'Je weet niet veel van haar af, hè?'

'Ze was dood en naakt. Nee, niet veel dus.'

'Ze kwam hier vandaan. Zuid-Londens accent, Essex-dialect, of hoe je het ook noemen wilt.'

'Vertel eens wat meer over die pooiers.'

'Ach, het bekende verhaal ... pooiers hebben een hekel aan indringers. Die pikken klanten in. Ze hebben haar een paar keer proberen te ontvoeren, maar pooiers zijn lui: ze was ze steeds te vlug af.'

Ze dronk haar glas leeg en keek hem vragend aan. Harriman zei: 'Ja ja, ik bestel zo een nieuwe. Wanneer heb je haar voor het laatst gezien?'

'Geen idee. Een week geleden, misschien. Ze had net een klant opgepikt … dat wil zeggen, hij zag haar en zette net zijn auto langs de kant. Het probleem was dat Costea haar ook zag.'

'Costea …?'

'Radu. Costea Radu. Hij heeft tien meiden uit Roemenië voor hem werken: hij betaalt zijn straathuur en moet niets hebben van meiden die zomaar aan komen waaien … of komen en gaan wanneer ze willen.'

'Is hij gewelddadig …?'

Stacey lachte. 'Het is een pooier.'

'Waar kan ik hem vinden? Hoe ziet hij eruit?'

Stacey stak haar handen op. 'Pete, meer kan ik je niet vertellen.'

'Ik ga nu naar de bar om nieuwe drankjes te bestellen', zei Harriman. 'Kijk jij ondertussen dan nog maar eens goed naar Lizzies foto. En probeer je voor te stellen hoe haar gezicht eruitzag voordat de computer het gefatsoeneerd had.'

Toen hij terugkwam, zei Stacey: 'Een meter negentig, stevig gebouwd, lang haar, ziet eruit als een roadie. Hij heeft een groot kruis om zijn nek hangen.'

'Een kruis?'

'Een crucifix, je weet wel.' Ze lachte. 'Vergeet niet dat hij uit Transsylvanië komt.'

'En waar kan ik hem vinden?'

'Op straat: hij rijdt in een zilverkleurige jeep. Of in het casino, in de kelder van dat taxibedrijf: Steadfast Cars. Dit heb je niet van mij. Kan ik op je rekenen?'

'We doen een inval in het casino: wegens illegaal gokken, heeft niets met Lizzie te maken, en niets met jou. Via iemand van de afdeling Zedenmisdrijven horen we dan waar Costea zijn geld mee verdient. Waarna hij ons gaat helpen bij ons onderzoek.'

'Oké …' Het klonk niet erg overtuigd. 'Neem voorlopig geen contact meer met me op, Pete.' Harriman knikte. Stacey pakte de foto, keek ernaar en schoof hem toen terug. 'Ik heb vroeger ook op de Strip gewerkt', zei ze. 'Het is net een tredmolen.'

'Hoe bedoel je?'

'Ze heeft misschien twaalf klanten op een dag gehad; hoeveel zijn dat er in een week?'

'Vierentachtig.'

'Oké. En in een maand?'

Harriman kon niet zo snel rekenen. 'Heel veel.'

'En in zes maanden?'

'Wat wil je daarmee zeggen?'

'Daar hoeft maar één gek tussen te zitten. Eén malloot. Ieder van hen had haar kunnen vermoorden.'

'Je moet iemand wel heel erg haten om te doen wat hij met haar gedaan heeft.'

Harriman dacht aan de woorden op haar rug: vieze meid.

'We zijn hoeren', zei Stacey. 'De mannen die ons gebruiken haten ons allemaal; de een alleen wat meer dan de ander.'

20

Maxine Hewitt, Frank Silano, mevrouw Pigeon, meneer Pigeon. Ze zaten in ruitopstelling in mevrouw Pigeons woonkamer. Het huis stond aan Chiswick Mall en het kamerraam keek uit over de rivier. Maxine rekende uit dat de bank waarop Leonard Pigeon was gestorven net niet te zien was vanaf deze plek.

Meneer Pigeon was mevrouw Pigeons schoonvader. Hij heette Maurice, zij Paula. De oudere mevrouw Pigeon was vijf jaar geleden overleden. Silano had dit allemaal in zijn notitieboekje staan. Hij vroeg zich af wat Paula's naam was geweest voordat ze Paula Pigeon was gaan heten; hij vroeg zich af of ze nog getwijfeld had toen ze voor het altaar had gestaan.

Neem jij, Paula, deze man ...

Silano leidde zijn gedachten hiermee af, omdat het gesprek volgens hem niet veel zou opleveren, maar ook omdat Maurice Pigeon op de orde-en-gezagtoer was en een kletsverhaal hield waarin de politie er behoorlijk slecht, inefficiënt en laks van afkwam en toestond dat iemand op een trekpad de keel werd doorgesneden, terwijl tienertuig ongestraft en ongehinderd drugs dealde, elkaar bierglazen in het gezicht drukte en stadscentra onderkotste. Het was dezelfde speech die parlementslid Neil Morgan tegen de roddelbladen had afgestoken.

Paula had haar emoties volledig onder controle, ze slikte alleen geregeld een brok in haar keel weg en maakte af en toe haar zinnen niet af: technieken die de drang tot huilen moesten onderdrukken. Toch zag ze eruit als een vrouw bij wie de tranenvloed niet lang meer te stoppen was.

Maxine had al gezegd dat ze Leonards computer zouden meenemen. Dat ze zijn administratie zouden moeten inzien. Dat ze al beslag hadden gelegd op zijn blackberry. Dat ze graag een goedgelijkende foto van Leonard wilden hebben. En dat dit alles niet betekende dat er iets verdachts aan de hand was met Leonards privéleven: het was routine bij een misdaad van deze aard.

Maurice Pigeon vond dit werkelijk ongehoord en wilde eerst zijn advocaat spreken voordat hij hun toestond ook maar iets mee te nemen of in te zien, en o, hoe stond het eigenlijk met het vinden van de moordenaar van zijn zoon, zat daar al wat schot in?

Silano legde uit: 'We zijn nog informatie aan het verzamelen.'

'O, fijn, goed om te horen.' Maurice' stem klonk snerend. Hij voegde eraan toe: 'Hebt u er enig idee van hoe wij ons voelen? Hoe Paula en ik ons voelen?'

Silano keek naar de vloer en antwoordde: 'Nee, natuurlijk niet', nauwelijks hoorbaar en met moeite zijn woede inhoudend.

Maxine kwam tussenbeide. 'Hebt u iets vreemds gemerkt,' zei ze, 'iets ongewoons, iets wat zijn dagelijkse routine of zijn plannen doorbrak?'

'Het was zijn gewone wandeling. Hij ging op de gewone tijd weg. Op de gewone manier.' Paula slikte na elke zin.

'Maar hij kwam niet terug', zei Maxine.

'Ik nam aan dat hij rechtstreeks naar kantoor was gegaan. Dat deed hij wel vaker.'

'En daarvoor', zei Maxine tegen haar. 'In de afgelopen week … de afgelopen maand.'

Paula schudde haar hoofd. 'We leidden een vrij geordend leven', zei ze. 'Ongecompliceerd.'

Maurice zei: 'En dat voorval op de brug dan.' Toen Paula niet reageerde, zei hij: 'De brug.'

Paula zei: 'Ja.' Haar irritatie was duidelijk zichtbaar maar kon haar verdriet niet verhullen. Tegen Maxine zei ze: 'Len stak Hammersmith Bridge over … om zijn gewone wandeling te maken. Het was nog heel vroeg – zeven uur ongeveer – en hij had om half negen een vergadering met Neil. Hij liep de brug op en zag iets gebeuren aan het andere eind van de brug. Een groepje jongeren dat …'

'Tuig', zei Maurice. 'Schorem, uitschot.'

'Jongens … en een paar meisjes. Die een vrouw bedreigden. Beroofden, eigenlijk. Ze waren onder invloed, van drugs, allerlei soorten drugs … Ze waren al de hele nacht op, bleek later …'

Silano schreef en vroeg: 'Wanneer was dat?'

'Een paar weken geleden.'

'Ze hebben haar in het water gegooid', zei Maxine. 'Het was op tv.'

Maurice snoof verachtelijk. 'Houden jullie zo de misdaadstatistieken bij? Door tv te kijken?'

'Len liep naar hen toe. Hij vertelde me dat hij ze toegeroepen had. "Laat haar met rust" … zoiets … Twee van die jongens kwamen toen op hem af en …'

'Hij rende weg', zei Maxine. Het kwam er wat cru uit, wat niet haar bedoeling was. 'Hij rende weg om hulp te gaan halen. Wat had hij anders moeten doen?'

'Hij rende weg', zei Maurice met trillende stem, 'om de politie te bellen, die pas na een kwartier arriveerde.'

Maxine dacht aan de plaatsdelictvideo van de dode man op de parkbank: het gezoem van de muggen, de stem van de videograaf die beschreef wat hij filmde, op de achtergrond het getoeter van een rondvaartboot. Ze zag Leonard Pigeons kin, die op zijn borst rustte, met daaronder de lap huid die als een donkerrode kraag op zijn overhemd lag. Ze zag de met viltstift geschreven woorden op zijn onderarmen: VUILE LAFBEK.

Het gesprek was ten einde.

Silano borg zijn notitieboekje en pen op. Hij zei dat ze contact zouden houden. En dat er binnenkort een team van de technische recherche zou langskomen.

Maxine gaf uitleg over de lijkschouwing, het gerechtelijk onderzoek en de mogelijke datum waarop het lichaam vrijgegeven zou worden.

Ze stapten in de auto en reden weg. Silano zei: 'Hij kropt het op.'

'Dat zouden de meeste mensen doen.'

'Hoe is het met die vrouw op de brug afgelopen?'

'Verdronken.'

'En dat heb je met de moord in verband gebracht …' zei Silano.

Maxine ontweek een Vauxhall Vectra die op Hammersmith Broadway door het rode licht reed en haar van opzij dreigde aan te rijden. Ze drukte op de claxon en meneer Vectra stak zijn middelvinger op.

'Ja,' zei ze, 'dat heb ik inderdaad.'

21

'Vuile lafbek', zei Stella. 'Ze hadden haar beroofd en in het water gegooid; hij rende weg en zij verdronk. Het was op de regionale tv, het stond in de regionale kranten, het heeft zelfs de binnenpagina's van de landelijke roddelbladen gehaald. Iedereen had het kunnen zien of lezen.'

'Werd hij in de pers zo genoemd,' vroeg Anne Beaumont, 'een vuile lafbek?'

'Zo ver gingen ze nog net niet.'

'Maar het werd wel gesuggereerd?'

Sue Chapman had de kranten uitgepluisd en de nieuwsbeelden bekeken. Een paar roddelbladen hadden gesuggereerd dat Leonard Pigeon niet een van de moedigsten was en toen Leonard ook nog geweigerd had om interviews te geven, hadden de lezers en de kijkers hun eigen conclusies getrokken. Een radioprogramma had een opiniepeiling gehouden: 'Wat zou u gedaan hebben?' Een aantal luisteraars vond dat Leonard een wijs besluit had genomen: zij zouden hetzelfde hebben gedaan. Maar de meesten waren onverbiddelijk. De vraag of Leonard ballen had, had mensen nog een paar dagen beziggehouden, maar daarna was de lol eraf gegaan.

'Wat denk jij?' vroeg Stella. 'Wat is jouw eerste indruk?'

Anne glimlachte. Zij en Stella zaten in de keuken in het souterrain van Annes huis in Kensington Gore, tegenover Hyde Park. Anne was begin veertig maar zag er jonger uit, een illusie die nog versterkt werd door hoge jukbeenderen en rossig haar dat weinig hulp behoefde. Ze was gedragsdeskundige, maar ook ooit Stella's psychotherapeute: de enige persoon die wist hoe traumatisch het voor haar was geweest om die kinderen levenloos boven aan die trapleuning te zien hangen.

Anne zei: 'Eerste indrukken zijn gevaarlijk.'

'Waag het erop.'

'Wil je koffie?'

Stella zei: 'Ja, doe maar', en zweeg toen terwijl Anne koffiezette, met een lichte frons op haar voorhoofd. Uiteindelijk zei ze: 'Ik probeer me iets voor de geest te halen wat erop lijkt, maar het lukt me niet, niet echt. Moordenaars die hun "handtekening" achterlaten, ja. David Berkowitz – je weet wel, Son of Sam – liet briefjes achter. Er zijn wel moordenaars geweest die boodschappen achterlieten. Het handelsmerk van de Washington Sniper was een briefje waarop stond: "Agent, ik ben God." Maar je slachtoffers beschuldigen …' Ze bleef halverwege de tafel en het aanrecht staan, met de cafetière en de kopjes in haar handen, en sloot haar ogen om zich een beeld te vormen. 'Het doet me denken aan die foto's van oorlogswreedheden, van vrouwen die door de nazi's waren opgehangen: die hadden ook vaak een bord om hun nek waarop hun zogenaamde misdaden stonden.' Ze liep naar de tafel en schonk de koffie in. 'Mensen die voor straf aan de schandpaal werden gebonden, werden op dezelfde manier behandeld. En bij gekruisigden werd een lijst met misdrijven opgehangen.' Ze wachtte even en zei toen: 'Misschien wil hij zo rechtvaardigen wat hij doet.'

'Voor zichzelf', opperde Stella.

'Voor zichzelf … en naar jullie toe. Dit is de reden. Daarom moest ik dit doen.'

'Mij treft geen blaam. Wil hij dat ermee zeggen?'

'Of het is voor hem gewoon een vaststaand feit, en hij verwacht dat jij met dat feit instemt. Heb je Delaney al verteld dat je met die gozer van het forensisch lab naar bed bent geweest? Harrison …?' Anne had er een handje van om onverwacht van onderwerp te veranderen.

'Davison. Nee.'

'Ga je dat nog doen?'

Stella lachte. 'Zijn alle zieleknijpers zo verzot op roddelen?'

'Natuurlijk … het is alleen een vorm van analyseren die een slechte reputatie heeft.'

Stella zei: 'Delaney is iets van plan.'

'Wat?'

'Weet ik niet precies. Hij zit op iets te broeden.'

'Vertel.'

'Hij vroeg me of ik gelukkig was. Met onze relatie.'

'Wat heb je geantwoord?'

Dit was geen therapie, dit waren serieuze vrouwenzaken. 'Ik werd net op dat moment gebeld', zei Stella. 'Sorry, ik moet weg, er hangt een lijk in een boom.'

'Het kan natuurlijk ook zijn dat hij orde op zaken wil stellen.'

Stella wist dat ze het niet over Delaney had. 'Hoe bedoel je?'

'Misschien heeft hij een lijst – vieze meid, vuile lafbek – en vinkt hij ze een voor een af. Van schuldige mensen: schuldig in zijn ogen dan.'

'Hij ziet zichzelf als een soort moraalridder, bedoel je?' Stella klonk verontwaardigd.

Anne haalde haar schouders op. 'Het is een theorie. Ik heb alleen theorieën.'

'Kun je hem omschrijven?'

'Jawel, ruwweg. Hij is nog geen veertig, waarschijnlijk jonger, heeft een laag zelfbeeld, vandaar zijn behoefte aan macht, een sterk fantasieleven, gewelddadig verleden, hoewel dat waarschijnlijk niet bekend is, eenzelvig van aard, hoewel hij ook heel goed de joviale jongen kan uithangen, moeilijke jeugd gehad ...'

'Standaardseriemoordenaar', merkte Stella op.

'Hij zou naast je in de metro kunnen zitten, naast je op straat kunnen lopen, achter je in de rij bij de kassa kunnen staan.'

'En hij zal weer een moord plegen.'

'Zolang hij mensen kan vinden die volgens hem, naar zijn maatstaven gerekend, zijn afgedwaald.'

'Zondaars', opperde Stella.

'Mooi woord.'

'Mijn hemel.' Stella keek Anne aan en realiseerde zich nu pas goed wat dit betekende. 'En hoeveel zondaars zijn er op deze wereld?'

'Nou, om met ons te beginnen,' zei Anne, 'in ieder geval twee.'

Andy Greegan was aan het schiften, schiften en kijken.

Hij was een goede plaatsdelictrechercheur en had de gewoonte om foto's en videobeelden telkens opnieuw te bekijken; het kijken naar een beeld in plaats van naar de werkelijkheid vereiste een grotere concentratie. Hij werkte al tien jaar bij de politie, maar een gewelddadige dood kon hem nog steeds aangrijpen. Dat gold voor iedereen, hoewel de een dat gevoel beter kon onderdrukken dan de ander.

Er hadden al meer mensen met een scherpe blik op de plaats delict van het boommeisje rondgelopen, en de technische recherche was ijverig met pincetten en kwastjes in de weer geweest, maar er was nóg iets en Andy vond het. Een kwestie van vergelijken. Van vergelijken en combineren. Het zat op ongeveer schouderhoogte op de boomstam. Het was niet zo vreemd dat het niemand opgevallen was: het onderste gedeelte van de boomstam zat vol met ingekerfde initialen en krassen, die de schors hadden aangetast; maar het was vooral niemand opgevallen omdat er, tot Leonard Pigeons lichaam was gevonden, geen vergelijking gemaakt kon worden.

Andy had de pd-beelden overgezet op de computer, van beide plaatsen delict een raster gemaakt waarvan elk rastervierkant uitvergroot en apart bekeken kon worden. Hij had deze afzonderlijke vierkanten naast elkaar gelegd en keek nu naar fragmenten van een enkel beeld. Ondanks deze nauwkeurigheid zorgde een vreemd toeval ervoor dat zijn ogen in een bepaalde richting werden gestuurd. Misschien had Leonard met zijn arm over de rugleuning van de bank gezeten toen hij vermoord werd, of had hij zijn arm uitgezwaaid toen de moordenaar hem van achteren aangevallen had. Hoe dan ook, de arm met uitgestoken vinger besloeg acht vierkanten van het raster en leek ergens naar te wijzen, waardoor Greegans blik viel op een merkteken op de bank naast de vinger. De bank was net als de boom bekrast. Iemand had met zwarte spuitbusverf een tag aangebracht en het merkteken bevond zich in een lus van die tag, waardoor het opviel.

Zelfs toen had Greegan er nog overheen kunnen kijken, maar het beeld liet hem niet los. Hij keek nog eens naar het raster dat hij van de boom had gemaakt. En toen zag hij het: twee omgekeerde V's met een rechtopstaande V eronder.

∧ ∧

∨

Greegan maakte uitvergrotingen van beide rastervierkanten, print-
te ze uit, samen met afbeeldingen van de boom en de bank om te
laten zien op welke plek de merktekens waren aangebracht en
stuurde het hele bestand door naar Stella's computer. De afdruk-
ken legde hij op haar bureau, samen met een briefje.

Op het briefje stond: 'Wat is dit?'

22

'Wat is dit?'

Delaney maakte een van de weinige gerechten klaar die hij in zijn kookrepertoire had; er kwamen eieren, uien en paprika's aan te pas, en een zak voorgesneden sla. De dressing maakte hij zelf omdat hij de kant-en-klare dressings te zoet vond, hij wilde de azijn graag blijven proeven. Hij keek opzij naar de uitdraai die Stella op het aanrecht had gegooid.

'Geen idee,' zei hij, 'zeg jij het maar.'

'Het is geen quiz. Ik weet het ook niet.'

Hij gebruikte een vork om de eieren te klutsen. 'Doe jij ook weleens iets wat meteen gaat vervelen zodra je eraan begint?'

'Zoals?'

'Douchen, tanden poetsen, scheren.'

'Ik scheer me zelden.'

'Je weet wel …'

'Vervelen die dingen je?'

'Stierlijk. En eieren klutsen. Wat zei Morgan toen je het hem vertelde?'

'Wat iedereen zegt. Dat kan niet waar zijn, het moet een ander zijn, niemand zou mijn dochter, zoon, man, vrouw, enzovoort, zoiets aandoen. De enigen die het meteen voor waar aannemen, zijn mensen die het half verwachten.'

'Wat voor mensen zijn dat?'

'Familieleden van ambulancepersoneel, brandweerlieden, smerissen …'

'Wat zei hij daarna?'

'Tegen mij niets. Hij hing tien minuten aan de telefoon: programma's omgooien, een vervanger zoeken voor de net overleden Leonard.'

'Ja, dat klinkt als de Morgan die ik ontmoet heb.' Hij keek nog eens naar de uitdraai. 'Waar zijn die gemaakt?'

'Op de plaats delict.'

'Waarom denk je dat het iets betekent?'

'Op beide plaatsen delict.'

'Ja, maar dan nog ... Zo'n tag zou je hier in de buurt ook kunnen vinden. Die graffitispuiters komen overal.'

'Denk jij dat dit een tag is?'

'Natuurlijk. Wat zou het anders moeten zijn?'

'Hoe kwam Morgan op jou over?'

'Als een rijke stinkerd. En met een paar glazen wijn op als een rijke blaaskaak.'

'Dat zei Mike Sorley ook. Wat ben je aan het maken?'

Delaney wees alleen naar de ingrediënten, alsof daarmee alles gezegd was.

Stella pakte een fles sauvignon blanc uit de koelkast en schonk twee glazen in. 'Spaanse omelet met sla uit een zakje: je hebt jezelf echt overtroffen.'

Delaney nam een flinke slok wijn. 'Dan heb je mijn gegrilde kip nog nooit geproefd.'

'Het water loopt me nu al in de mond. Zeg, ik moet je iets vertellen.'

Het was niet haar bedoeling geweest om erover te beginnen, maar de woorden cirkelden nu als hittezoekende raketjes door de kamer. Misschien omdat Anne Beaumont het aangestipt had; misschien omdat ze het idee had gehad dat Delaney in het restaurant iets belangrijks tegen haar had willen zeggen en ze duidelijkheid wilde hebben.

Hij goot de geklutste eieren in een koekenpan, draaide het gas lager, maar zei niets. Ze vroeg zich af of hij wist wat er ging komen.

Ik ben met iemand naar bed geweest. Dat was stom van me. Het betekende niets. Het had niets met hem te maken, het had met ons te maken, als vergelding. En het spijt me. Het spijt me heel erg.

Maar wat ze zei was: 'Er is nog iets wat overeenkomt: de slachtoffers. Hij heeft op ze geschreven.'

'Is dat de informatie die je achterhoudt, om de gekken niet op een idee te brengen?'

'Ja.'

'Ik dacht dat je me dat niet wilde vertellen.'

Nee, maar ik had bijna mijn mond voorbijgepraat, ik had bijna

bekend, maar toen kreeg ik koudwatervrees en heb ik gauw iets ver-
zonnen.

'Het is vertrouwelijke informatie. Dus als ik het in de krant zie staan, arresteer ik je.'

'Wat schrijft hij?'

'Beledigingen.'

'Ja, maar wat?'

'Nee. Dát vertel ik je niet.' Ze wilde de schade beperkt houden.

'Oké: toepasselijke beledigingen?'

'Min of meer. Ga daar maar van uit.'

'Hij kent ze dus.'

'Of kent ze ergens van.'

'Ja, of hij kent ze persoonlijk. Heeft er een band mee.'

'Verkeert in hun kringen ... bedoel je dat?'

Delaney haalde zijn schouders op. 'Het is maar een theorie.'

'Het meisje was een prostituee; Pigeon werkte als researcher voor een vooraanstaand parlementslid van de Conservatieven.'

Delaney voegde paprika en ui toe aan de eieren. Hij lachte. 'De kringen waarin mensen verkeren kunnen zeer wijd uiteenlopen.'

Toen ze aan het eten waren, zei ze: 'Ik dacht dat ik mijn moeder zag. In Harefield; ze ging samen met een vent een flat binnen.'

'Je dacht dat je haar zag.'

'Ze stond met haar rug naar me toe. Nou ja, ik zag heel even haar profiel.'

'Je hebt mij verteld dat ze in Birmingham woonde.'

'Manchester.'

'Dus ...'

'Dus is ze terug. Waarschijnlijk.'

'Je herkent je eigen moeder toch wel?'

Stella lachte inwendig. 'Mijn moeder is een vreemde voor me.'

Delaney wist dit. Kleine Stella Mooney uit Flat C, nummer 1818, in de Harefield-goelag, die naar buiten, naar de zwermen vogels keek en wou dat ze ook kon vliegen, zich net als de stadsmeeuwen scheefhangend in de lucht op de wind kon laten meevoeren naar een ver oord. Stella die nooit ophef maakte, die zich met niemand bemoeide, die haar eigen schoolrapporten las, omdat haar moeder het niet deed, die naar een manier zocht om weg te komen en een eigen leven te gaan leiden.

Haar vader was een man zonder naam. Stella vroeg zich af of haar moeder zijn naam nog wel kende, of ze zich nog kon herinneren hoe hij eruit had gezien, of ze hem nog uit de rij minnaars, klaplopers en eendagsvliegen kon pikken.

'Hoelang heb je haar niet gezien?'

'Tien jaar.' Ze zei het zonder erbij na te denken, alsof ze de jaren geteld had.

'Wat doe je ... als ze het wél is?' Stella schudde haar hoofd. 'Als je haar tegenkomt? Als je besluit bij haar langs te gaan?'

Ze prikte in haar omelet en hief haar glas alsof ze een toost wilde uitbrengen. 'Lekker eten, lekkere wijn, er ontbreekt nog één ding aan deze avond.'

Hun liefdesspel getuigde nog steeds van een oprecht verlangen naar elkaar, dat overging in een aangename moeheid. Ze lagen naast elkaar, half in slaap, en hielden elkaars hand vast.

Delaney zei: 'Misschien heb ik wel gelijk: de moordenaar kende zijn slachtoffers. Ze kenden elkaar. Leonard Pigeon leidde een geheim leven.'

'Niet in de krant zetten.'

'Ik ben geen verslaggever meer. Ik schrijf artikelen. Over de rijken, de grote meneren, en waarom ze zo gek op geld zijn.'

'Mis je het niet, Delaney? Wees eens eerlijk.'

Stella kende hem nog niet toen hij als oorlogsverslaggever werkte. Hij had weleens verteld over hoe hij zich toen gevoeld had. Nooit over wat hij gezien had. Ze herinnerde zich hoe hij omschreef hoe het voelde om in een jeep de rook en het geluid van geweervuur tegemoet te rijden; ze had zowel angst als opwinding in zijn stem gehoord: een leven op het scherp van de snede.

'Nooit', zei hij.

Ze dacht dat hij loog maar was te slaperig om er zeker van te zijn. 'Wat wilde je eigenlijk tegen me zeggen ... in Machado's? Na dat "Ben jij gelukkig met onze relatie?"'

'Nee', zei hij. 'Dat kan wachten. Ik slaap al.'

Stella droomde even weg. Ze zag het bleke lichaam van het boommeisje uit de donkere takken omlaag komen. Ze zag Leonard Pigeon op de bank zitten, het hoofd gebogen alsof hij naar de stroming van de rivier keek.

Hij zei: 'Ik vertel het je morgen wel.'

'Ik ben laat thuis morgen. Ik moet iets doen.'

'Oké.' En daarna: 'Wees voorzichtig', alsof hij nu al afscheid van haar nam.

23

Ze speelden Texas Hold 'Em-poker en Costea Radu was op zoek naar een dame of een schoppen op tafel. De naam van de geefster was Charleen, en hoewel het een casino van niks was in een buurt van niks, droeg ze een smaragdgroene glitterjurk, rugloos en van voren laag uitgesneden, zodat haar goedgevulde decolleté de speler toelachte wanneer ze zich vooroverboog om de kaarten rond te delen.

Het souterrain was groot en laag, met neonbuizen aan het plafond, tralies voor de ramen en een grendel op de deur. Drie pokertafels, blackjack, roulette, her en der fruitautomaten. Niets aan de muur, geen vloerbedekking; de roulettetafel was een krakkemikkige tweedehandse, de kaarthouders op de blackjacktafel waren versleten en de bar was een schraagtafel vol met flessen. In elke hoek stond een ventilator die de wolken sigarettenrook in beweging hield.

Charleen legde de bovenste kaart gesloten weg en keerde er een om: de schoppenvrouw, wat Costea twee gelijkwaardige kaarten en mogelijk een straatje opleverde. Hij zette meer in: niet zo zelfverzekerd dat zijn gezicht ervan straalde, maar zelfverzekerd genoeg, zodat mensen gingen denken dat hij hoopvol was. Twee pasten, drie bleven in het spel: check, check, check.

Charleen keerde de *river*-kaart om. Schoppen negen. Costea knipperde even met zijn ogen. Twee pasten, één bleef in het spel: een Aziatische jongen in een Redbear-T-shirt en wijde Levi's. Redbear tilde alleen een hoek van zijn kaarten op. Hij leek gerustgesteld: zo gerustgesteld zelfs dat hij vijfduizend meer inzette dan Costea.

Costea glimlachte; een glimlach die niemand zag, omdat hij zijn lippen niet bereikte. Hij gooide rollen bankbiljetten op het versleten groene laken, alles wat hij bij zich had.

'Ik ga mee', zei hij.

Redbear schudde zijn hoofd. 'Je bluft.'

'Ja?' Costea lachte. 'Daar kom je nog wel achter.'

Redbear was geldleider, nog net. Hij telde zijn stapel en zette evenveel in. Op datzelfde moment kwam de afdeling Zeden en Narcotica van bureau Notting Hill binnenvallen, gevolgd door Stella en Harriman, die zich echter wat op de achtergrond hielden. Er lag meer dan drieëntwintigduizend pond op tafel.

De leden van CO14 droegen kogelvrije vesten en ronde helmen met perspex oogbeschermers. Sommigen hadden een pistool in hun holster, twee hadden een automatische Heckler & Koch-MP5 in de hand. Deze twee mannen stonden ver van elkaar om een goed schootsveld te creëren, maar iets vóór hun collega's om het risico te vermijden dat ze een van hen zouden neerschieten. In een besloten ruimte als deze was het niet ondenkbaar dat blauw per ongeluk blauw raakte. Ze hadden een Hattongeweer gebruikt om de deur open te krijgen en die knal leek iedereen verlamd te hebben. Er heerste een doodse stilte, op de elektronische riedels van de fruit-automaten na.

Stella keek in het rond en vond degene die ze zocht: groot, stevig gebouwd, zag eruit als een roadie, groot kruis aan een zilveren ketting om zijn nek. Misschien kwam het omdat haar blik op hem bleef rusten, hoewel het waarschijnlijker was dat hij handelde vanuit een mengeling van paniek en noodzaak. Hij had geen tijd om de bak in te gaan: hij moest zijn meiden aan het werk houden, zijn investering bewaken. Hij liep om de tafel heen en trok Char-leen overeind. Het neonlicht viel op het opengeklapte scheermes in zijn hand en weerkaatste tegen de achtermuur, niet ver van de plek waar Stella stond.

Ongeveer zes meter van Costea was een achterdeur die naar een kleine binnenplaats leidde. Hij begon achteruit te lopen en de teamleider van CO14 gaf een bevel. De rode laserpunt van een MP5 vloog over het vilt van de pokertafel en daarna flikkerend over Charleens glitterjurk. Costea trok haar naar zich toe, zijn ene arm om haar middel, de andere om haar keel. Ze begon te huilen.

Hij zei: 'Ik vermoord haar.'

Er klonk beslist angst en woede door in zijn stem, maar ook nog iets anders: bijna iets van spijt.

Hij handelt intuïtief, dacht Stella, en nu weet hij niet meer wat hij moet doen.

De teamleider zei: 'Laat haar gaan. Leg het mes neer. Je kunt geen kant op.'

Costea riskeerde een snelle blik naar de deur en deed een paar stappen in die richting; Charleen schoof met hem mee. Ze huilde nog steeds. Ze huilde en hapte naar adem; zijn arm zat om haar middel geklemd, maar de kortademigheid kwam voort uit angst.

Nu verschenen er twee rode laserstippen en de pistolen waren ook uit de holsters gehaald, beide handen aan het wapen, licht door de knieën gebogen, de ogen op het doelwit gericht. Ze konden Charleen helemaal zien en Costea vrijwel niet.

Hij zei: 'Zij moeten hun wapen neerleggen.'

'En dan laat jij haar gaan ...' Dit was de teamleider die deed alsof hij bereid was een compromis te sluiten.

'Nee. Zij leggen hun wapen neer of ik vermoord haar.'

'Dat kan ik niet toestaan.'

'Oké.' Terwijl Costea het zei, haalde hij het mes onder Charleens kin langs en hield haar nog steviger vast. Ze gilde en spartelde als een vis in zijn armen. Even leek de hel los te barsten: Charleens gegil, de geschrokken reacties van de spelers, de teamleider die 'Nee!' schreeuwde en Costea die iets terugschreeuwde.

'Wapens neer. Nu!'

Daarna werd het stil, een status-quo. Stella zag dat Costea's benen trilden, maar de hand die het scheermes vasthield trilde niet. Het bloed stroomde van Charleens kin naar beneden over haar groene jurk; haar ogen draaiden weg, maar ze was te bang om flauw te vallen.

Als ze hem te veel onder druk zetten, vermoordt hij haar, omdat hij niet weet wat hij anders moet doen.

Stella keek naar Pete Harriman, die aan de overkant tegen de muur geleund stond, alsof hij genoot van de vertoning, hoewel Stella wist dat hij een hoek zocht vanwaaruit hij Costea's gezicht kon zien, de uitdrukking in zijn ogen. Wat er in het hoofd van de man omging. Het scheermes lag losjes op Charleens keel, vlak bij de halsader.

Stella zei: 'Blijf daar staan. Er gebeurt niets. Niet weggaan.'

Costea zocht tussen de gezichten naar die van haar. Ze stak een hand op om zijn aandacht te krijgen.

'Het is oké', zei ze tegen hem. 'Blijf daar staan. Ik kom naar je toe. Dan kunnen we praten.' Ze verroerde zich niet.

Costea deed een stap achteruit. De bloedvlek op Charleens jurk had haar middel bereikt. Hij zei: 'Ik vermoord haar. Hoor je wat ik zeg?'

'Dat is nergens voor nodig. Je hoeft haar niet te vermoorden en wij hoeven jou niet om te brengen. Ik kom naar je toe. Om met je te praten.' Ze verroerde zich niet. 'Oké?'

Hij zei: 'Wat?' in de zin van: 'Wat wil je?' Het was de eerste keer dat hij het woord 'vermoorden' niet in de mond nam.

Het was doodstil geworden in de kelderruimte. De stem van de teamleider was nauwelijks hoorbaar toen hij zei: 'Dit is niet jouw operatie.'

'Nee.' Stella wou dat hij zijn kop hield.

'Je plaatst jezelf midden in de vuurlinie.'

'Weet ik.' En daarna tegen Costea: 'Oké?' Toen hij geen antwoord gaf, deed ze een paar stappen naar voren, bleef staan en deed toen nog een paar stappen naar voren. 'Oké?' zei ze.

De teamleider sneed Stella de pas af en ging met zijn rug naar Costea staan om met haar te praten.

'Hij gaat níét door die deur.'

'Dan vermoordt hij haar. Snijdt haar de keel door.'

'Dat denk ik niet.'

'Hij is bang. Hij wou dat hij dit nooit gedaan had. Het enige waar hij nu aan denkt is: niet opgeven en de situatie de baas blijven. Hij denkt niet na over slimme zetten. En zij verliest bloed.'

'Ik ga hierover niet met je onderhandelen.'

'Onderhandelen is het enige wat je kunt doen.'

'Eén goed gericht schot.'

'Lukt je nooit.'

'Denk jij soms dat hij daar de hele nacht blijft staan?'

'Nee. En ik denk ook niet dat hij zich overgeeft.'

'Dus?'

94

'Dus moeten we proberen hem daartoe over te halen.'

'En jij denkt dat je dat lukt?'

'Ja.' Stella dacht dat helemaal niet; ze was iets heel anders van plan.

De teamleider zei: 'Ga je gang dan maar. Maar hij gaat niet door die deur.'

Stella liep door de halve cirkel getrokken pistolen heen. De spelers waren alle kanten op gevlogen toen het co14-team was binnengevallen en stonden nu langs de muren. Costea en Charleen waren aan elkaar overgeleverd. De deur bevond zich ruim drie meter achter hen. Stella liep langzaam naar hen toe, bleef af en toe staan en zei daarbij telkens: 'Oké? … Oké? … Oké?'

Ze voelde de rode laserstippen in haar rug, het zweet stond onder haar oksels en prikte op haar voorhoofd. Vrijwel iedereen keek naar haar, alleen Harriman niet, die keek naar Costea, die Charleen het lemmet van het mes liet voelen om Stella eraan te herinneren welk risico ze nam.

Stella bleef op ongeveer twee meter afstand van Costea en Charleen staan, zodat ze zacht kon praten en toch gehoord werd, tenminste door Costea. Het meisje staarde recht vooruit; ze kon niet meer met haar ogen knipperen en niet meer ophouden met huilen, hoewel haar mond nu openstond en ze bij elke snik een kreet van pijn slaakte.

'Als je haar vermoordt, ben jij er ook geweest.'

Costea zei niets.

'Als je haar vermoordt, eindigt hier je leven. Je komt die deur niet uit.'

'Dan neem ik haar mee naar buiten.'

'De agenten zullen je neerschieten. Dat is de enige reden dat ze daar staan.'

'Dan leggen ze hun wapens maar neer.'

'Dat doen ze niet. Dat zal niet gebeuren.'

'Ze leggen hun wapens neer of ik vermoord haar.'

'Als jij haar vermoordt, schieten ze jou dood. Vicieuze cirkel.'

Costea dacht erover na, liet de gedachten door zijn hoofd cirkelen.

Stella zei: 'Geef haar aan mij.'

Het scheermes bewoog. Charleen kermde even: van angst en pijn. Een laserstip danste over de achtermuur.

Costea zei: 'Teringwijf.'

'Luister,' zei Stella, 'we doen het zo. Ik kom heel dicht bij haar staan. Schuin voor haar. Op die manier heb je twee mensen als schild. Ja? Twee mensen die voor je staan. Dan ben je geen doelwit meer. Wij zijn jouw dekking. Begrijp je?'

Costea zei niets. Stella deed een paar stappen naar voren en halveerde de afstand tussen hen.

'Zie je? Het wordt nu al moeilijker voor ze om op je te schieten.'

Costea bracht het scheermes verder omhoog en bewoog het voor Charleens keel op en neer. Hij zei: 'Waar is je pistool?'

Stella droeg een spijkerbroek, een T-shirt en een kort jasje. Ze trok het jasje uit en liet het achter zich op de grond vallen, trok het T-shirt uit haar broekband omhoog en de broekzakken naar buiten. Een paar losse munten vielen kletterend op de grond. Toen draaide ze zich om zodat hij de kontzakken kon zien: plat en leeg. Ze bukte zich en trok de pijpen van haar spijkerbroek omhoog tot aan haar knieën: geen pistool.

Costea zei: 'Omhoog doen.'

Ze deed haar T-shirt omhoog en draaide in het rond: niets onder de band van haar spijkerbroek; en daarna verder omhoog, met het gezicht naar hem toe: niets onder haar beha.

'Als jij bij haar komt staan …'

'Loop jij achteruit naar de deur. Je geeft haar aan mij. En jij gaat de deur uit. Ik geef je een kans.'

'Waarom?'

'Om haar leven te redden.'

'En dat van mij.'

'Het kan me geen fuck schelen wat er met jou gebeurt', zei Stella. 'Het zal me echt een rotzorg zijn of je het er levend van afbrengt of niet. Het gaat me om haar, om haar leven.'

Costea voelde Charleens bloed over zijn arm sijpelen. Zijn ogen waren strak op Stella gericht. Hij zei: 'Niet zo dicht bij me gaan staan dat je me kunt aanraken.'

Stella deed weer een stap naar voren. Ze vermoedde dat ze hem aan de linkerkant afschermde, aan de kant van de deur. Toen ze de stap naar voren had gedaan, was de laserstip verdwenen en ze vroeg zich af of die nu op haar hoofd of op haar hart was gericht.

'Ga achteruit,' zei ze, 'loop nu achteruit. Niet stoppen.'

En dat was precies wat hij deed, zijn ogen op haar gericht, nog steeds erop bedacht dat ze hem wilde overmeesteren. Hij nam kleine stappen omdat Charleen onvast op haar benen stond, de hoge hakken van haar schoenen sleepten over het beton. Stella vroeg zich af of bloedverlies de oorzaak was, of doodsangst. Costea botste met zijn rug tegen de muur. Hij keek naar Stella.

'Je bent er', zei ze tegen hem. 'Nu één meter naar links.' Toen hij naar links bewoog, deed zij hetzelfde naar rechts om hem te dekken. Daarna trapte hij met zijn hak naar achteren om het geluid te testen. Hout.

Ik weet wat ze gaat doen. Harriman keek naar de teamleider en vroeg zich af of hij hetzelfde dacht.

'Oké.' Stella voelde haar eigen hart- en polsslag: kleine registraties van angst. 'Oké, je doet het volgende. Zodra ik naar voren stap, laat jij haar los. Ik vang haar op. We blijven voor je staan. Jij doet de deur open en glipt naar buiten. Het duurt even voor de anderen dit in de gaten hebben. Je hebt dus wat tijd. Een betere kans krijg je niet.'

Costea wist drie dingen: dat er op de binnenplaats achter het casino een muur stond waar hij overheen kon klimmen, dat er daarna meer muren volgden – hij kende de stegen achter de Strip even goed als de hoeren die er hun klanten afwerkten – én dat hij een kolossale fout had gemaakt.

Charleen zakte iets naar beneden in zijn armen. De laserstip schoot over de muur.

Stella zei: 'Gebruik je rechterhand. Die kunnen ze niet zien.'

Costea bewoog de hand waarmee hij het scheermes vasthield en Charleen verslapte van opluchting. Hij leunde tegen de deur en zij leunde tegen hem aan, het wit van haar ogen was te zien. Hij duwde de klink naar beneden. De deur ging een klein stukje open en klemde toen.

De teamleider realiseerde zich wat er gebeurde en zei: 'Nee!' De rode stippen vlogen kriskras door elkaar heen maar kregen geen vat op hem.

Costea trapte met zijn hak tegen de deur. De deur ging open. Hij liet Charleen los, ze stond rechtop, zwaaide licht heen en weer en verloor nog net niet het bewustzijn. Stella stak haar armen uit en het meisje viel tegen haar aan, bevend en hakkelend geluidjes uitstotend. Een moment lang gebeurde er helemaal niets meer: Stella hield Charleen in haar armen, het hoofd van het meisje knikte tegen Stella's schouder, Costea was gevlogen. Toen kwam Harriman in actie, hij rende langs hen door de deur naar buiten, een paar seconden later gevolgd door het CO14-team, dat ook naar buiten stormde.

24

Harriman was niet snel genoeg om Costea nog op de binnenplaats in te kunnen halen, maar hij hoorde wel het geluid van omvallende vuilnisbakken. Hij rende naar de muur, sprong, kreeg houvast, trok zichzelf omhoog en dook eroverheen. De tweede binnenplaats was leeg.

Dat zul je net zien, dacht hij. Steeds net even te laat, tot ik hem uiteindelijk helemaal kwijtraak.

Hij sprong over de volgende muur, kwam zacht neer en rende verder tot hij zich opeens bewust werd van de stilte. Hij draaide zich om en verwachtte Costea op hem af te zien komen, maar er was niemand. Toen keek hij naar de volgende muur en zag de brandtrap.

Hij klom op de muur, draaide zich om en zette zijn voeten op de metalen treden. Het was een lange weg naar boven. Het dak was van een rijtjeshuis en Harriman zag Costea twee huizen verderop. De huizen waren van elkaar gescheiden door lage muren: laag, maar te hoog om eroverheen te springen. Hij begon te rennen, onvast op zijn benen vanwege de hoogte, en zich bewust van het straatlawaai onder hem en de loodrechte diepte aan weerszijden. Zijn voet bleef achter een kabel haken en de val bracht hem struikelend tot aan de rand. Hij krabbelde overeind en rende verder, zijn ogen strak op zijn doel gericht en de rest om zich heen negerend: tv-antennes, neonletters, de landingslichten van een vliegtuig dat op Heathrow aanvloog.

Costea draaide zich half om. Misschien had hij Harriman gehoord, misschien had hij een kilte in zijn rug gevoeld die hem alarmeerde. Hoe dan ook, hij had het beter niet kunnen doen. Hij was vlak bij de volgende muur, maar zag die te laat en klapte met zijn dijbeen tegen het baksteen. Zijn been schoot onder hem vandaan en liet verstek gaan toen hij wilde opstaan. Toen Harriman dichterbij kwam, hees hij zich overeind. Het scheermes lag weer in zijn hand.

Harriman zei: 'Kom op, zeg. Doe me een lol.'

Costea schoof voorzichtig langs de muur, het onwillige been achter zich aan slepend. Hij wilde naar de rand, alsof er daarvandaan een weg naar beneden was en hij dadelijk weer op straat zou staan, terwijl Harriman daarboven tussen de kabels en telefoonmasten geen kant op kon.

'Leg het mes neer', zei Harriman tegen hem. 'Je kunt nergens heen.'

Costea wenkte hem met gekromde vinger om hem uit te dagen. 'Nu jij en ik.'

Harriman lachte. 'Leg dat mes neer, oetlul, of ik schop je van het dak af.'

'Jij en ik. Ben je er klaar voor?'

Een laserstip trof zijn borst en bewoog daarna omhoog naar zijn linkeroog. Harriman stak zijn hand op en doorbrak de zichtlijn. Zonder zich om te draaien riep hij: 'Ik moet met hem praten. Oké? Ik heb hem nog nodig.' Toen liet hij zijn hand weer zakken. Een tweede stip verscheen, danste wat op en neer en richtte zich toen op Costea's rechteroog. co14 wilde lollig zijn.

Costea klapte het mes in en gooide het naar Harriman toe. 'Jezus man,' zei hij, 'het was maar een spelletje poker.'

Stella en Harriman gingen bij Costea zitten.

Hij zei: 'Laten we een deal sluiten.' Toen Stella's hand naar de knop van de cassetterecorder ging, voegde hij eraan toe: 'Onder ons.'

Ze wachtte, maar hield haar hand bij de recorder. 'Wat had je in gedachten?'

'Willen jullie geld?' Stella zweeg, Harriman zweeg. 'Wat dan? Informatie? Jullie weten toch allang hoe het daar toegaat. In dat casino komen regelmatig jongens van Narcotica een spelletje blackjack meespelen. Hoeveel casino's op de Strip denk je dat ze in hun zak hebben? Vijf? Tien? Nou, dan zit je er niet ver naast.'

'Gokken?' zei Harriman, waarna hij zijn hoofd schudde. 'Niet in geïnteresseerd.'

'Wat dan?'

'We hebben naar je geïnformeerd', zei Stella. 'Costea Radu. Tien meiden, allemaal uit Roemenië, allemaal jong. Sommigen heel jong. Dat is wat wij gehoord hebben.'

'Ik wil hier weg. Dat moet toch te regelen zijn?'

'Je bent gearresteerd wegens ontvoering en het opzettelijk toebrengen van letsel. Hier wegkomen is voor jou een ver verlangen.'

Costea zuchtte en keek naar zijn handen, die gevouwen op tafel lagen: een man die geduld betrachtte, die bereid was om te praten. 'Jullie zijn geen smerissen die goktenten oprollen?'

'Dat klopt.'

'En jullie klagen me niet aan voor het ongeluk met dat meisje.'

'Ongeluk?' Harriman lachte.

Costea negeerde hem. 'Oké, dus de blackjack kan jullie niks schelen, en dat ik het meisje gestoken heb kan jullie ook niks schelen. Het gaat om andere dingen.'

'Mij wel', zei Stella. 'Het kan mij wel iets schelen dat je haar gestoken hebt.'

'Maar die andere dingen zijn' – hij zocht naar het woord – 'officieel.'

'Ja.'

'Een paar vragen ...'

'Ja.'

'Goed. Dan vraag ik om een deal. Misschien kunnen we zakendoen. Wat voor vragen?'

Stella haalde de uitvergrote autopsiefoto van Lizzie uit de envelop en schoof de foto over de tafel naar hem toe. 'Eerste vraag: heb jij haar vermoord?'

Het leek alsof Costea een schok had gekregen, alsof hij iets opgepakt had wat onder stroom stond. 'Jullie zijn van Moordzaken.'

Stella drukte de knop van de cassetterecorder in, noemde datum, tijd en wie er aanwezig waren. Ze merkte op dat de heer Costea Radu geen gebruik had gemaakt van zijn recht op aanwezigheid van een advocaat bij het verhoor. Ze maakte duidelijk dat ze hem een foto had getoond, vermeldde de aard en het registratienummer van de foto als bewijsstuk, en herhaalde daarna de vraag die ze zojuist gesteld had.

'Wil je me in de maling nemen?' vroeg Costea.

'Herken je de persoon op deze foto?'

'Nooit gezien.' Hij keek nog eens goed. 'Is ze dood daar?'

'Ja,' zei Stella, 'ze is dood. Geweld tegen vrouwen ... dat is jouw stiel, hebben we gehoord, Costea.'

'Stiel ...?'

'Daar ben jij niet vies van,' zei Harriman, 'dat vind je zelfs wel leuk.'

'Ik niet.'

'Nee?'

'Ik heb haar niet vermoord.'

Stella zei: 'Maar je kende haar wel. Je hebt haar vaker gezien.'

'Weet ik veel. Ze is een hoer.'

'Ze tippelde in jouw buurt, kaapte je klanten weg. Je probeerde haar in handen te krijgen.'

Costea keek nog eens naar de foto. Smal, wit gezicht, grote bruine ogen. 'Zou kunnen. Er liep er wel een die op haar leek. Alleen gezien, nooit te pakken gekregen.'

'Je bent naar haar op zoek gegaan.'

'Ze pikte mijn klanten in. Besodemieterde me.'

'Waarom speciaal jouw klanten?'

Costea wees naar de foto. 'Ze is jong. Mijn meiden zijn ook jong. Sommige mannen willen alleen jonge meiden.'

'Wat voor mannen?' vroeg Stella.

'Getrouwde mannen.' Costea haalde zijn schouders op. 'Oudere mannen, natuurlijk. Wat is er met haar gebeurd?'

Stella dacht even na en besloot het risico te nemen. 'Ze hing in een boom, een paar straten ...'

'O.' Costea keek nog eens. 'Dát meisje.' Hij leek alleen nieuwsgierig te zijn: niets op zijn gezicht verried dat hij iets achterhield of herbeleefde, geen zweem van schuld. Even later zei hij: 'Nou, ik heb het niet gedaan. DNA afnemen? Ga je gang. Geen probleem.'

'Dat zullen we ook zeker doen', zei Stella, maar ze wist dat het niets zou opleveren; Costea Radu had Lizzie niet die boom in gehesen. Hij was haar allang weer vergeten toen hij over de tafel naar Stella keek, half glimlachend, bereidwillig, hopend op een deal, zodat hij die avond nog naar de Strip terug kon.

'Wie zou zoiets doen?' vroeg Stella. 'Wie was haar pooier?'

'Ik heb nooit iemand gezien', zei Costea. 'Kunnen we iets regelen nu? Een deal sluiten?'

Harriman vroeg: 'Liet niemand haar daar lopen?'

'Geen idee. Misschien wel. Ik heb nooit iemand gezien. Als ze iemand had, dan kwam hij nooit op de Strip. Ze was ... hoe noem je dat? Solo.' Hij haalde zijn schouders op. 'Misschien stuurde haar moeder haar de baan op, of haar man.'

'Ken je haar naam?'

'Haar naam?' Costea lachte. 'Natuurlijk ken ik die. Slet, zo heette ze.' En na een korte pauze: 'Goed, over wat voor deal hebben we het?'

Stella zette de recorder uit en zei: 'Probeer met de rechter maar een deal te sluiten, klootzak.'

Een agent haalde de gevangene op uit de verhoorkamer om hem naar de cel te brengen. Costea keek achterom naar Stella. Zijn lippen vormden het woord 'slet'. Stella toverde zo'n brede glimlach tevoorschijn dat de geluidsband die bijna registreerde.

Costea trok nog steeds met zijn been. Toen de deur dichtviel, wierp Harriman Stella een snelle blik toe.

'Souteneur met malheur in mineur.'

25

Er klonk zoals altijd muziek, dit keer een langzame jazz, en Sam Burgess gebruikte een Strykerzaag om Leonard Pigeons borstholte open te leggen. Daarna knipte hij aan weerszijden de ribben door en tilde de borstkas op. Het hart en de longen lagen er zacht en willoos onder.

Giovanni sneed wat restweefsel weg uit de borstholte en maakte de insnijdingen langs de ruggengraat, zodat de hoofdorganen eruit gelicht en verwijderd konden worden. Open-kist-werk: alles met zorg uitgevoerd, vakkundig en met aandacht voor detail, zodat de familieleden het lichaam konden bekijken zonder al te veel overstuur te raken.

Zodra de organen bekeken, gewogen en onderzocht waren, zodra de maaginhoud gezeefd was, zodra hart, longen, lever en oogballen in plakjes waren gesneden voor het pathologisch lab, zodra de schedel gelicht was en de hersenen verwijderd en onderzocht waren, zouden Sam en Giovanni Leonard weer in elkaar zetten, zijn ingewanden weer in zijn lichaamsholte stoppen, zijn schedel hechten, de snee in zijn keel sluiten en cosmetisch maskeren, en de grote Y-vormige incisie, die van zijn schouders via het borstbeen naar het schaambeen liep, met festonneersteken dichtnaaien.

'Te dik,' zei Sam, 'te weinig beweging, en hard op weg naar een hartaanval.'

'Hij was nog jong.'

Stella stond zo'n vier meter van de snijtafel verwijderd. Mensen die alleen nog uit samengestelde delen bestonden, brachten haar uit haar evenwicht. Ze bleef de levende persoon erdoorheen zien.

Sam zei: 'Misschien niet meteen volgende week. Of volgend jaar, of over twee jaar. Maar hij kon erop wachten.'

'Wat kun je me vertellen?'

'Over de wond?'

'Ja.'

'Een scherp mes, uiteraard, maar ook een zwaar mes, geloof ik.

Geen visfileermes of een schilmesje.'

'Geen buigzaam lemmet.'

'Klopt.'

'Jachtmes?'

'Zoiets, ja. Hij heeft het mes niet zien aankomen.'

'Weet je dat zeker?'

'Geen afweerwonden aan handen en armen, en de snee is recht en heel diep. De moordenaar heeft kunnen voorkomen dat hij onder het bloed kwam te zitten.'

'Er was veel bloed.'

'O god, ja. Slagaderlijke bloeding, dat spuit eruit als een lek in een tuinslang.'

'Maar niet al het bloed?'

'Wat?'

'Er moet bloed op de kleren van de moordenaar terecht zijn gekomen.'

'Beslist.'

Iemand moet hem gezien hebben, dacht Stella. Bloed dat eruit spuit. Sue Chapman had gele informatieborden op het trekpad laten neerzetten, aan weerszijden van de bank, maar niemand had zich nog gemeld met: ja, ik heb een man gezien ... rende weg in de richting van ... gedroeg zich vreemd ...

Nergens mee bemoeien, mond dichthouden, en van hun probleem niet jouw probleem maken. Zo werd er in Londen gedacht.

'Hoeveel kracht was ervoor nodig?'

'Kracht ...' Sam dacht na. 'Eerder vaart dan kracht, neem ik aan. Je nadert iemand van achteren, je bent van plan zijn keel door te snijden, je hebt een groot scherp mes in je hand ... Je trekt zijn hoofd achterover, en hup.' Sam maakte een snijdend gebaar, realiseerde zich toen dat hij een scalpel in zijn hand had en begon verontschuldigend te lachen. 'Eerder vastberadenheid dan kracht.' Hij ging weer aan het werk: opmeten, inschatten. 'Hebben de handschriftexperts hem nog nodig?'

'Ja.' Maar Stella verwachtte niet dat ze iets anders zouden zeggen dan: zie ons vorige rapport.

Vuile lafbek.

Wie geeft jou het recht om over mensen te oordelen? Wie geeft jou het recht om voor rechter en beul te spelen?

Ze huiverde en voelde plotseling een diepe walging voor deze man, deze moraalridder, deze engel der wrake, of hoe hij zichzelf ook mocht zien.

'Zei jij dat hij politicus was?' vroeg Sam.

'Nee. Hij werkte voor een politicus.'

'Ah ...'

Stella deed een stap vooruit. 'Waarom vraag je dat?'

'Ik dacht dat je politicus zei ... want in dat geval zou hij een heel ongewoon politicus zijn geweest.'

'Hoezo?'

Sam droeg iets naar de weegschaal; hij hield het met beide handen omhoog zodat Stella het kon zien. 'Omdat hij een hart had.'

26

Eind van de middag en in het bekken van de Theems ontwikkelde zich een storm, die langzaam vanaf Greenwich naar het Isle of Dogs kwam opzetten. Het donker wordende wolkendek pakte zich steeds meer samen boven West-Londen. De lampen in de recherchekamer van AMIP-5 gingen aan en in Mike Sorleys kantoor kringelde tabaksrook om de bureaulamp: één sigaret lag vergeten in de asbak na te smeulen, een andere zat tussen Sorleys vingers geklemd. Hij nam een lange haal en krabde zich toen op het hoofd. As viel op zijn haar. Hij pakte een vel papier dat boven op een stapel dossiers, memo's, faxen, e-mails, rapporten, aantekeningen, budgetoverzichten, schema's, notulen, strikt vertrouwelijke stukken en andere interdepartementale flauwekulpost lag.

'Ik moet dit verantwoorden', zei hij. 'Ik moet dit op de een of andere manier weer recht zien te breien, verdorie.'

'Ik weet het.' Stella zat aan de andere kant van het bureau; ze ging in Sorleys kantoor alleen zitten als er een probleem was. En dat was er nu: zij was het probleem.

'Wat wil je dat ik zeg? Je mocht alleen mee. Het was als een gunst bedoeld. Ze deden een inval in het casino zodat jij die' – hij keek in zijn memo – 'die Radu kon inrekenen. De operatie was opgezet door de teamleider van CO14. Hij zag dat het misging, had de situatie echter in de hand en toen sprong jij er opeens tussen.'

'Maar hij had de situatie niet in de hand. Zoals ik al uitgelegd heb. Het zou uitgedraaid zijn op twee doden: Radu en het meisje.'

'Zal ik dan maar tegen hem zeggen dat mijn rechercheur de zaak meteen overzag, merkte hoe incompetent hij was en besloot hem voor een fiasco te behoeden?'

'Het zou de waarheid zijn.'

Het licht dimde even en in de verte klonk het gerommel van de donder. Sorley nam een laatste trek van zijn sigaret, drukte hem uit in de asbak en reikte naar zijn immer aangebroken pakje.

'Dit speelt op het moment alleen tussen CO14 en ons: onofficieel. Mijn onofficiële antwoord zal zijn dat het onverstandig van je was om zo te reageren, maar dat het goed is afgelopen … dat soort geslijm. En met een verontschuldiging van jou erbij.'

'Hij pakte het verkeerd aan.'

'Oké. Ik geloof je. Maar op het moment is het alleen onderling gekif. Rang tegen rang. Ik wil niet dat er een intern onderzoek volgt, DS Mooney. Dat gebeurt niet.'

Dat 'DS Mooney' maakte alles duidelijk.

Sorley gebaarde naar de stapels op zijn bureau. 'Als kontkruiperij de manier is om dat te voorkomen, dan doen we dat.' Stella hield haar lippen stijf op elkaar. Hij voegde eraan toe: 'Jezus, één regel is al genoeg.'

'Heb ik hier nog iets over te zeggen?'

'Nee.' Sorley keek op zijn horloge en gooide een aantal dossiers in een diplomatenkoffertje. 'Hebben we DNA van de moordenaar dat overeenkomt?'

'U bedoelt dat op beide plaatsen delict is gevonden?'

'Ja.'

'We wachten op het lab. Maar het is dezelfde: dat kan niet anders.' Sorley keek haar aan. Ze zei: 'U denkt niet dat het een na-aper is?'

Hij haalde zijn schouders op. 'Het is onwaarschijnlijk, we hebben immers niet vrijgegeven dat er op de slachtoffers geschreven is. Dan moet het iemand zijn die de lichamen vóór ons gezien heeft. Wat hebben we?'

'Niets. Geen motief, geen verband tussen de slachtoffers … en als het seriemoord is, legt de moordenaar dat verband waarschijnlijk alleen in zijn hoofd, en logica helpt ons ook niet veel verder. Eigenlijk hebben we gewoon meer bewijs nodig; het patroon moet duidelijker worden.'

'Zou een derde dode kunnen helpen?' Het klonk vermoeid, wat alle humor uit de vraag haalde.

Mike Sorley had zijn vrouw verlaten omdat ze hem, steeds wanneer ze ruzie hadden, sloeg. Hij was bang geworden: niet voor haar, maar voor wat hij zou kunnen doen. Bang dat hij het slaan niet langer zou tolereren; bang dat hij op een dag zou terugslaan en niet meer zou kunnen ophouden. Hij had een poosje in zijn kantoor gebivakkeerd, op pizza en Thaise afhaalmaaltijden geleefd, tussen twee stoelen geslapen en zich in de wasruimte van AMIP-5 gewassen en geschoren voordat de anderen arriveerden.

Stella was van Sorleys problemen op de hoogte geweest. Ze had in die tijd zelf vaak overgewerkt; was na een paar wodka's in de pub teruggegaan naar de recherchekamer om haar eigen probleem te verdringen: een probleem in de persoon van John Delaney. Ze had vijf jaar met George Patterson samengewoond en George had haar bemind zoals vrouwen graag bemind wilden worden, wat hem echter niet had kunnen redden, omdat Stella hem daarvoor op dezelfde manier had moeten beminnen. Haar liefde voor hem was veranderd, omgeslagen in genegenheid, tederheid en bewondering. Die bewondering had hun relatie uiteindelijk de das omgedaan.

Delaney was precies op het juiste moment in haar leven gekomen. Precies op het verkeerde moment.

Sorley had niet op kantoor overnacht omdat hij nergens anders heen kon, maar omdat hij die laatste, definitieve stap niet durfde te zetten; Stella had overgewerkt omdat ze geen besluit kon nemen, of wilde nemen. Ze hadden in de recherchekamer gezeten – groene curry, Tigerbier, sigaretten en sympathie – waarbij vooral Sorley het woord had gedaan. Hij had zich verloren gevoeld, had behoefte gehad aan advies en een geruststellend woord, en Stella had gedaan wat ze kon. Er was een vriendschapsband tussen hen door ontstaan en daarom wist ze dat het menens was als hij haar 'DS Mooney' noemde. Mike Sorley had uiteindelijk een nieuwe vrouw gevonden. Karen was mooi te noemen, hield van lachen en was gewillig in bed.

De storm was in aantocht toen Sorley de sleutel in het slot van zijn voordeur stak en weer het gevoel kreeg dat hem onder dit dak niets kon overkomen. Hij had dat gevoel al vanaf het moment dat hij en Karen samenwoonden. Ze namen hun eerste drankje van die avond, praatten wat en maakten vage plannen.

Terwijl Karen kookte, spreidde Sorley zijn papieren uit op de keukentafel en stak een sigaret op. Karen zuchtte en hij zei: 'Ik weet het.' Ze had de gewoonte om de gezondheidswaarschuwingen op zijn pakjes sigaretten met rode pen te onderstrepen en Nicorette-pleisters in zijn zakken te stoppen. Het was haar manier om te laten zien hoeveel ze van hem hield, en hij had gezworen het roken op te geven om haar een plezier te doen. Hij zou morgen stoppen, en anders beslist overmorgen.

Hij vond dat je kon leren om gelukkig te zijn en vroeg zich af waarom hij er zo lang over gedaan had.

27

Stormgloed boven Londen: voortdrijvende wolken in gele, blauw-witte en vuilroze tinten en de regen liet nog steeds op zich wachten, als slecht nieuws dat achtergehouden werd.

Arthur Dorey, alias Snoei, stond in de gang van een imposant huis en bewonderde de schilderijen. Hij had niet veel verstand van kunst, maar het vrouwelijk naakt was hem niet ontgaan. Hij moest erom lachen, net als Delaney. Na een paar minuten werd hij een grote kamer binnengeleid, waar een man met een sikje en een schurkensnor achter een enorm bureau zat. Het was een eenvoudige deal geweest, de voorwaarden waren gesteld, de klus was al geklaard.

Snoei stopte de aangenaam dikke, witte envelop in zijn zak en zei: 'Het heeft lang geduurd.'

Stanley Bowman knikte. 'Het was onderweg.'

'Ja. Erg lang onderweg.'

Bowman drukte op de knop van de intercom en de man die Snoei naar de kamer had gebracht, begeleidde hem nu weer naar beneden, naar een zijdeur. De eerste vette regendruppels vielen neer toen Snoei een zijstraat in liep, dicht bij het park. De wind schudde aan de bomen, het was twee uur voor zonsondergang maar de straatlantaarns gingen al aan.

Bowman belde iemand op. Zijn stem klonk rustig maar had een kille ondertoon. 'Hij is naar het huis gekomen.'

De man die antwoordde probeerde eenzelfde kalmte in zijn stem te leggen, maar slaagde daar niet in. 'Nee, dat had hij niet moeten doen.'

'Hij kwam hier om te incasseren.'

'Heb je hem betaald?'

'Ja.'

'Ik zal zorgen dat je het geld terugkrijgt.'

'Waarom was hij niet betaald?'

'Nadat hij … klaar was … is hij een paar dagen de stad uit

gegaan. Dat is gebruikelijk. We wisten niet waar hij was. Hij dacht dat we dat wél wisten.' De stem had een licht accent: Iers, of Amerikaans.

'Maak hem duidelijk dat hij niet nog een keer naar het huis komt.'

'Natuurlijk.'

'Maak hem dat duidelijk.' Er volgde een korte stilte. Toen zei Bowman: 'Ik hoorde dat er een handelaar zit in Harefield.'

'Een kleintje.'

'Ze beginnen allemaal klein.'

'Wil je dat we het oplossen?'

'Hou hem in de gaten.'

'We kunnen het voor je oplossen.'

'Fijn om te horen. Nee, hou hem zolang hij weinig omzet, weinig verdient, alleen maar in de gaten.'

'Je zegt maar wanneer.'

'Ik weet het.'

'Sorry dat hij naar het huis kwam. Hij had niet naar het huis moeten komen.'

'Zeg dat tegen hem. O, en hoor eens, hou het geld maar.'

'Waarom?'

'Voorlopig. Voor het geval die andere ... Voor het geval we hem moeten aanpakken.'

De donderslagen klonken als metalen platen die doormidden scheurden.

Bowman schonk zich een whisky in, gooide er een handvol ijs bij en zuchtte. Hij liep naar het raam en keek naar de storm die losbarstte.

28

Op de Strip kwam de regen met bakken uit de hemel, helderwit in het licht van de straatlantaarns, en langs de winkelpuien doorschoten met rood en blauw neonlicht. De storm trok langzaam over, de donder sloeg neer op daken en deed muren trillen.

De televisie in Gideon Woolfs kamer had kuren. Het toestel stond altijd aan, dag en nacht. Nu was er een nieuwsuitzending op: huizen en auto's die in brand stonden, mannen in driekleurig gevechtstenue die in gebukte houding van schuilplaats naar schuilplaats renden, achter elkaar aan, aan weerszijden van een stoffige straat. Lijken her en der. Hij pakte de afstandsbediening en zapte langs een paar zenders. Mannen in jungle-outfit renden gebukt van schuilplaats naar schuilplaats terwijl er tussen de bomen door op hen geschoten werd. Dit was een speelfilm en die eerdere beelden waren de werkelijkheid, of omgekeerd. Hij zapte verder en kwam terug bij de mannen in gevechtstenue.

Gideon was gekleed om de stad in te gaan. Hij gaf de voorkeur aan een enkellange, zwarte leren jas die hij in een liefdadigheidswinkel had gevonden, met daaronder een katoenen coltrui, een legerbroek en hoge legerkistjes. Hij voelde zich in zijn element. Als laatste trok hij de handschoen aan, aan zijn linkerhand, de straatcode voor: ik heb een wapen bij me.

Hij liep naar het raam en keek naar de stromende regen, naar de grillige bliksemschichten tegen een paarse lucht. Het beviel hem wat hij zag. Hij had geen speciaal doel: dit was geen missie, maar bij dit soort weer ging Silent Wolf ook vaak de straat op. Gideon had een bepaald beeld van de man in zijn hoofd: de panden van zijn jas teruggeslagen door de wind, voorovergebogen tegen de regen in, terwijl hij door de geulen en spelonken van de stad liep.

Wie ging er bij zulk weer de straat op? Alleen onverlaten die Nemesis op hun pad zouden vinden. Alleen zij die niets te verliezen hadden.

Hij zei deze zinnen glimlachend in zichzelf: ze kwamen uit het Silent Wolf-spel. Een geknakte bliksemschicht vormde knetterend een lichtbrug door de regen. De brandgeur die hij rook was de brandgeur in zijn kamer.

Hij liet een mes met een breed lemmet in de schacht van zijn rechterlaars zakken en opende de deur. Hij had niets speciaals in gedachten, hij had niemand op het oog; het mes was voor het geval dat, voor: je weet maar nooit.

Hij dimde het licht en deed de deur op slot toen hij wegging. De tv flikkerde in het halfduister: mannen naast een pantserwagen die onder vuur kwamen te liggen en zich verspreidden om dekking te zoeken.

Het aantal lijken steeg: dode soldaten, of acteurs die deden alsof ze dood waren, het verschil was niet te zien.

Hij liep op de Strip toen hij haar zag, een vrouw die zich haastte om thuis te komen, de schouders gebogen tegen de storm, het donkere haar in natte slierten over de kraag van haar jas. Ze was geen prostituee, dat was duidelijk, want zelfs de meest meedogenloze pooier liet zijn meiden nu vanuit portieken, cafés en bars naar werk zoeken.

Brave burgers meden deze buurt wanneer het donker werd, maar voor degenen die haast hadden was de Strip een kortere weg naar huis; je haastte je langs de obscure tenten en kroegen tot je bij de hoofdweg kwam, waarna je het pad over het kerkhof nam. Het scheelde vier straten en in dit weer was een besparing van vijf minuten of meer mooi meegenomen.

Hij zag de vrouw, en hij zag haar twee achtervolgers, maar niet duidelijk vanwege de regen en hun donkere capuchons, die even grijs waren als de hemel en hun gezicht bedekten, hoewel Gideon kon zien dat één zijn haar geblondeerd had. Gideon wist dat ze het risico zou nemen om over het kerkhof te gaan, hoewel daar vorig jaar een vrouw was vermoord, want anders was ze niet via de Strip gegaan, alleen zo kon je binnendoor. En hij wist dat haar achtervolgers dat ook wisten. De vrouw had haar schoudertas schuin om haar lichaam gehangen, en dat broze gebaar – die zinloze voorzorgsmaatregel – ontroerde hem vreemd genoeg.

De mannen waren haar gevolgd vanaf de overkant van de straat.

Nu ze de Strip verliet en in de richting van de kerk liep, staken ze over en versnelden hun pas, ze liepen nu zo'n acht meter achter haar.

Gideon hield gelijke tred met hen, maar ze zagen hem niet, hij was een vaag silhouet in een gordijn van regen.

29

Het weer buiten zag er vanaf de eenentwintigste verdieping een stuk woester uit. De man die Stella de naam Engel had gegeven, de man die ze achterna had gezeten toen ze over Barry of Gary was gestruikeld, zat in Flat A bij het raam en dacht: het lijkt wel of ik op zee zit: regen, wind, voortjagende wolken en geen land in zicht. Hij was niet alleen, er waren nog drie andere mannen in de kamer, die met langzame, haast gracieuze gebaren een joint aan elkaar doorgaven. Hij was op sollicitatiegesprek daar.

Een van de drie had zich opgeworpen als woordvoerder. Zijn naam was Jonah, een korte, gezette man met zware dreadlocks en een gespierd lijf, dat beladen was met blingbling: zware armbanden, ring aan elke vinger, een gouden schakelketting om zijn nek. Toen hij zijn hand ophief om de joint aan zijn lippen te zetten, spanden zijn spieren zich en begon het hele zaakje te schitteren.

Engel had de naam opgegeven die hij het vaakst gebruikte: Ricardo Jones. Hij gebruikte die naam al zo lang dat iedereen dacht dat hij echt zo heette, hoewel hij soms voor een eenmalige klus, en voor mensen die hij opgelicht had en nooit zou terugzien, een andere naam verzon. Zijn echte naam stond in de politie- en gevangeniscomputer, dus die gebruikte hij nooit. Het was een eenvoudige schuilnaam: zijn echte naam was Richard, Ricardo was zijn bijnaam. Zelfs vrienden waren vergeten wat zijn echte achternaam was.

Hij zei: 'Ik ben een koppelaar, oké? Ik ben alleen hier om mijn diensten aan te bieden. Ze zeiden dat ik daarvoor bij jou moest zijn.'

'Wie zeiden dat?'

'De mensen aan wie ik het gevraagd heb.'

'Koppelaar ...' Jonah glimlachte. 'Misschien kun je dan ook een mooie vrouw voor me vinden.'

Ricardo glimlachte terug. 'Ik zit in 1169 B, dat weet je.' Hij gaf het nummer van zijn gsm. 'Ik doe in alles: witgoed, elektra, klein spul,' waarbij hij een blik wierp op Jonahs beladen polsen en vingers, 'auto's, je kunt het zo gek niet bedenken.'

Een koppelaar brengt koper en verkoper bij elkaar; hij ritselt gestolen goederen; sluist spullen met een hoog risico weg. Een koppelaar is geen heler; helers specialiseren zich meestal. Een koppelaar handelt in alles. Hij heeft er een neus voor om zowel aan de koop- als de verkoopkant de juiste mensen te vinden en hij kan goed organiseren. Koppelaars hebben een geordende geest.

Jonah zei: 'Waar hebben we het dan over?'

Ricardo haalde zijn schouders op, alsof praten over geld hem eigenlijk te min was. 'Ik neem tien procent, op de kop af.'

Jonah lachte. 'Je wilt op de kop af tien procent? Een kopstóót kun je van me krijgen.'

Ricardo sloeg zijn ogen niet neer onder Jonahs starende blik. 'Je betaalt twintig als je voor elke klus iemand anders zoekt, en je moet alles zelf regelen. Een automannetje voor de auto's, een witgoed-mannetje voor het witgoed. Ik regel alles voor je. Ik heb betrouw-bare contacten, ik werk snel, lever snel. Waarom neem ik maar tien procent? Omdat ik verwacht dat je al je zaken bij mij doet. Ik neem tien procent, jij bespaart tien procent.' Hij wachtte even. 'Met uitzondering van geld. Geld kost geld.'

'Ik heb al iemand voor geld.'

'Ja? Nou, zoals ik al zei, geld is duur. Met geld verlies je geld. Of niet soms?'

Jonah zweeg omdat Ricardo gelijk had. Geld was zeer riskant, en niet alleen voor de handelaren. Hij zei: 'Die jongen werkt anders dan jij. Hij doet alleen geld.' Hij had eraan toe kunnen voegen: En de laatste die zijn handel probeerde te dwarsbomen, loopt nu rond met een stel plastic longen in zijn lijf. Hij zei het niet, omdat Ricardo's tien procent all-in hem wel aansprak.

'Dus hij doet alleen geld ...?'

'Zijn specialiteit, hè. Exclusief. Hij verwacht loyaliteit.'

'Hij verwacht vijfendertig procent. Heb ik gelijk of niet?' Ricardo keek naar Jonah en probeerde van diens gezicht af te lezen wat er in zijn hoofd omging, hetgeen in zijn beroep noodzakelijk was.

'Nee, hij verwacht vijftig. Ik doe al langer dan een jaar zaken met hem. Nooit problemen.'

'Behalve dat je er dik op verliest.' Ricardo deed alsof hij de zaak in overweging nam. 'Met geld neem ik vijfentwintig procent; zolang het tussen ons blijft.'

De regen sloeg tegen het raam. Jonah krabde aan zijn nek, zijn armbanden rinkelden.

'Er komt de komende weken mooi spul binnen', zei hij. 'Ik laat het je wel weten. Maar geen geld. Het geld kan ik je niet laten doen.'

Maar Ricardo wist dat hij het wel zou doen; hij zag het aan Jonahs gezicht.

30

Ze zouden haar overvallen voordat ze het kerkhof bereikt had. De man met het geblondeerde haar stak de straat over en versnelde zijn pas. Dit was de standaardmethode: Gideon had het eerder gezien. De voorste man zou, als hij tien, twintig meter voor haar liep, de straat weer oversteken in een lange diagonaal en dan langzamer gaan lopen, zodat zij hem inhaalde. De man die haar volgde, had haar ondertussen ook bijna ingehaald. Het zou heel snel gaan. Terwijl de voorste man zich omdraaide, zou de man die haar volgde haar vastpakken. Ze zouden de tas grijpen en haar flink toetakelen om tijd te winnen. Met een knuppel of een mes, het maakte niet uit hoe ernstig ze gewond raakte, zolang zij maar ongezien konden wegkomen.

Nadat Blondie de straat was overgestoken, keek hij niet meer achterom; hij wist dat de andere man haar op de voet volgde. Gideon keek om zich heen. Er reden auto's over de Strip, koplampen aan, zwiepende ruitenwissers, maar er liep verder niemand op straat. De regen striemde neer uit donkere, laaghangende wolken. Hij liep in telgang met de tweede man, wachtte het geschikte moment af en gniffelde in zichzelf.

Onverlaten die Nemesis op hun pad zouden vinden.

Ze passeerden een illegale kroeg en Steadfast Cars en liepen daarna langs een blinde muur waarachter vroeger een parkeerterrein had gelegen. Gideon haalde de achtervolger in en nam hem in een houdgreep, zijn arm hoog en stevig om de hals van de man geslagen, zodat deze dubbelklapte om de druk op zijn schouders te verlichten. De regen dempte zijn schreeuw. Gideon smeet de man tegen de muur en duwde hem als een stormram met een snelle, krachtige beweging omhoog tot alleen zijn tenen nog de grond raakten. Gideon voelde de druk in zijn polsen. Hij liet los en de achtervolger zakte als een lappenpop op het trottoir in elkaar.

Het duurde een paar seconden. Gideon hoefde zijn pas maar iets te versnellen om de vrouw in te halen, terwijl zij op haar beurt Blondie inhaalde. Toen deze zich omdraaide, realiseerde ze zich vanwege de regen niet meteen wat er aan de hand was. Toen zag ze het mes. Ze stapte achteruit en zei: 'Nee!' alsof het daar anders van zou worden.

Gideon kwam naar voren en Blondie zag hem nu voor het eerst. Hij keek zoekend om zich heen naar de andere man, maar zag niemand. Hij schreeuwde, maar kreeg geen antwoord. Gideon stak zijn vinger naar hem op, alsof hij wilde zeggen: hé, hij is weg, het gaat tussen jou en mij nu. Blondie hield het mes op ooghoogte, maar stapte achteruit en opzij. De vrouw zag de opening en rende langs hem, in de richting van het kerkhof. Blondie nam op hetzelfde moment de benen, in tegenovergestelde richting. Gideon had dit verwacht. Hij gaf de man een trap net onder zijn knieën en vloerde hem; daarna schopte hij hem tegen het hoofd: twee keer, omdat zijn hoofd na de eerste keer opzij viel.

Een straaltje bloed werd door de regen weggespoeld, gevolgd door een langere sliert, die naar de goot uitwaaierde. Blondie kwam overeind en draaide zich om, alsof hij zich van Gideon wilde distantiëren. Hij deed een paar stappen en ging toen met zijn rug tegen de muur zitten. Zijn voeten gingen op en neer, alsof hij pedalen indrukte, toen hees hij zich op één knie omhoog, bleef even zo zitten en ging toen staan. Hij nam twee, drie stappen en ging toen weer zitten, alsof hij uitgeput was, de benen recht vooruit, de handen in zijn schoot.

Even later viel zijn hoofd naar voren op zijn borst.

Ze stond in het portiek van de kerk, wat hij niet verwacht had.

'Sorry', zei ze.

Hij had alleen dezelfde weg als zij genomen omdat hij niet langs de eerste man wilde lopen. De Strip was verlaten, maar het zou niet lang duren voor iemand hem vond; voor iemand beide mannen vond.

Ze vroeg: 'Is hij weg?' zich niet realiserend dat er twee mannen waren geweest.

'Ja. Weg. Sorry waarvoor?'

'Dat ik ben weggerend. Ik was bang. En ik durfde niet terug te gaan.'

'Waarom zou je dat doen?'

'Om te zien of alles goed met je was.' Ze haalde haar hand uit de zak van haar regenjas en liet hem een mobiele telefoon zien. 'Ik had de politie moeten bellen. Vergeten. Totaal niet aan gedacht.' Ze huiverde. 'Hij had een mes.'

Hij knikte en dacht snel na. *Ik kan haar hier niet achterlaten, dan gaat ze alsnog de politie bellen en alles vertellen; ik kan ook niet bij haar blijven.* Even overwoog hij om haar te vermoorden, dat zou het gemakkelijkst zijn. Hij pakte haar arm vast en trok haar uit het portiek.

'Kom mee.'

Ze hield voet bij stuk. 'De politie ...'

'Nee, luister ... daar komt alleen maar meer ellende van, voor jou bedoel ik. Dan komt het voor de rechter, hij krijgt een goede advocaat, vertelt een goed verhaal, en hoe het ook uitpakt: hij weet daarna wie je bent en waar je woont.' Ze keek hem aan, bezorgd nu, en wilde zich lostrekken.

'We moeten ze bellen.'

Ze stonden in de regen, zijn hand op haar arm, haar gezicht naar het zijne toegekeerd, water druppelde van de uiteinden van haar haar.

'Vertrouw me nou maar', zei hij.

Hij bracht haar naar een metrostation en kocht zelf ook een kaartje zodat hij op het perron kon wachten tot haar trein kwam. Ze had een aantrekkelijk gezicht, mooie jukbeenderen, groene ogen, een lichte welving in haar lippen.

Ze zei: 'Je hoeft niet te blijven.'

'Het geeft niet. Ik doe het graag.' Zou Silent Wolf ook zo gehandeld hebben? 'Je hebt een akelige ervaring gehad.' Hij verzon het waar ze bij stond.

'Woon je hier?' vroeg ze hem. Hij verzon een straatnaam. 'Ik niet', voegde ze eraan toe. 'Ik werk hier alleen maar.' En daarna, alsof hij haar ernaar gevraagd had: 'Ik ben tandartsassistente. In de Parkkliniek.'

Hij keek de rails af, in de hoop dat de metro gauw zou komen.

Het maakte hem nerveus om daar te staan, als de ene helft van een stel. 'Bevalt het?'

Ze lachte. 'Het gaat wel. Zolang je er geen moeite mee hebt om mensen pijn te zien lijden.'

'Daar heb ik geen moeite mee.'

Ze keek hem aan, alsof ze verwachtte dat hij meer zou zeggen en begon toen te lachen, om de grap, en om zijn uitgestreken gezicht.

Toen de metro arriveerde, hielp hij haar bij het instappen en bleef daarna op het perron staan tot hij wegreed. Ze stond bij de deuren en keek achterom. Ze stak haar hand op en hij deed hetzelfde.

Ze had hem diverse malen bedankt. Ze had hem verteld dat ze Aimée heette. Ze had hem alleen niet verteld dat ze getrouwd was.

31

Mannen in gevechtstenue renden een beboste heuvel op, terwijl ze bestookt werden door ratelend mortiervuur. Delaney hoorde de inslagen een fractie van een seconde nadat hij de explosies zag. Het was een mooie dag en aan de blauwe hemel waren de rulle, witte strepen van granaatvuur te zien. Hij voelde zich goed. Hij reed in een VN-jeep de rook en het geluid van geweervuur tegemoet.

Of hij zat ineengedoken achter een muur met granaatinslagen, samen met twintig, dertig, vijftig andere burgers, midden op een kruispunt, wachtend op het juiste moment om over te steken. Radend waar de sluipschutter zich bevond. Toen ze hun schuilplaats verlieten en begonnen te rennen, ervoer hij de stoot adrenaline als een klap in zijn maag.

Hij was bij een eenheid gevechtstroepen toen ze door de rokende puinhopen van een dorp liepen. Hij rende door de Kruisvuursteeg. Hij was op het marktplein, vijf minuten nadat de clusterbommen waren ingeslagen.

De droombeelden veranderden, maar de geur van rook bleef.

De storm was weggetrokken en had de straten voor even afgekoeld; afgekoeld en schoongespoeld. Nu rommelde het ergens in het zuiden en dreigde de storm terug te komen. Stella trof Delaney languit op de bank aan met een vroege whisky. Ze ging zitten en legde zijn benen op haar schoot.

'Heb ik je wakker gemaakt?' vroeg hij.

'Je afwezigheid heeft me wakker gemaakt. Een onrustige nacht is niets voor jou.'

'Ik werd wakker van een droom.'

'Een nare droom …?'

'Een veelbewogen droom.'

Ze vroeg niet verder en hij weidde er niet over uit. Hij vertelde haar niet dat dit niet de eerste keer was dat hij in zijn slaap naar een oorlogsgebied was teruggekeerd; hij vertelde haar niet hoe sterk hij dat gevoel van angst en opwinding weer had ervaren; hij vertelde haar niet dat hij vorige week een gesprek had gehad met Martin Turner, de redacteur die hem toentertijd naar Afrika, Palestina en Kosovo had gestuurd.

Turner had de ijsklontjes in zijn glas laten ronddraaien en geglimlacht. 'Ik heb jou nooit als een stukjesschrijver gezien, John. Waar werk je op het moment ook alweer aan?'

'Rijkeluislijst.'

Turner lachte en zei: 'Wat een uitdaging.' En daarna: 'Heb je geen zin om terug te gaan?'

'Nee,' zei Delaney, 'niet echt.'

'Frontliniewerk. Riskant, spannend werk. Er wordt altijd wel ergens oorlog gevoerd.'

'Beter van niet. Wat zeggen ze ook alweer: ga nooit terug?'

'Waarom zitten we hier dan samen wat te drinken?'

'Om herinneringen op te halen, aan die goeie, ouwe tijd.'

'Ja', zei Turner. 'Precies.'

'Hij vermoordt ze en schrijft op ze om ons te laten weten ...'

'Ja, wát wil hij jullie laten weten?' vroeg Delaney.

'De reden, vermoed ik. De reden waarom ze dood moesten. Zij neukte voor geld: vieze meid. Hij rende weg: vuile lafbek. Wat ik probeer te doen,' zei ze, 'is mijn gedachten meer op hem te richten dan op de slachtoffers.'

'Wat voor gedachten?'

'Of zijn slachtoffers willekeurige zondaars waren, of specifieke doelwitten.'

'Willekeurig uitgekozen of bewust uitgekozen?'

'Ja.'

'Met andere woorden: kende hij ze?'

'Ja. Want als hij ze kende, is Leonard Pigeon degene op wie ik me ga concentreren.'

'Omdat iedereen klant van haar had kunnen zijn en Leonard Pigeon minder vrienden en kennissen had, die bovendien gemakkelijker te vinden zijn. Wil je er ook een?' Hij bewoog zijn glas heen en weer.

'Nee.' Ze ging staan en liep naar de keuken. 'Koffie.'

'Trouwens,' merkte Delaney op, 'Leonard Pigeon is sowieso een speciaal geval. Het moet voor jouw moordenaar niet zo moeilijk zijn geweest om een willekeurige hoer uit te kiezen, maar hij moet geweten hebben van Leonards lafhartige gedrag op de brug.'

'Er heeft vrij veel over in de kranten gestaan.'

'Goed, maar hij moet toch naar een dergelijke daad op zoek zijn geweest; hij moest een lafaard hebben.'

Stella trok een kast open en haalde er een pak koffiebonen, een elektrische koffiemolen en een cafetière uit. Ze vulde de koffie-molen met bonen en zei toen: 'Ach, wat een gedoe ook', en ze ging op zoek naar een pot oploskoffie.

'Soms vergeet ik', zei Delaney, 'dat je uit Harefield komt.'

Stella zei: 'Ik wil een beeld van hem krijgen ... niet zijn gezicht, geen fotomontage, alleen een indruk. Hij is vrijwel zeker blank, jong, sterk ...'

'Heb je dit van eh ... hoe heet ze ook alweer?'

'Anne Beaumont. Ja, van haar en van Sam Burgess.'

'Wie?'

'De patholoog. Het psychologisch profiel van Anne: blank, jong, de clichéseriemoordenaar. Het lichamelijk profiel van Sam: sterk genoeg om haar die boom in te hijsen en Leonard Pigeon de keel door te snijden tot aan de halswervel.'

'Wie doet het forensisch onderzoek voor je?'

Stella schepte koffie in een kopje. De vraag kwam aan alsof hij haar een stoot tegen haar elleboog had gegeven; de koffiepoeder vloog met een boog over het aanrecht. Ze scheurde een paar vellen keukenpapier af.

'Tom Davison.'

'Je zult al je hoop dan wel op hem gevestigd hebben.'

'DNA-overeenkomst.' Ze voelde een blos opkomen en wendde snel haar gezicht af.

'Het is een alleenstaande man ...'

'Wat?' Even wist ze niet over wie hij het had. Toen zei ze: 'Dat hoeft niet. Ik heb moordenaars meegemaakt die gelukkig getrouwd waren, die een op het oog normaal leven leidden, met een vrouw die van niets wist en goed verzorgde kinderen.'

'Een geheim leven', zei Delaney. 'Je weet immers nooit wat er in een ander omgaat.'

De ochtend brak aan in koele pasteltinten, blauw en roze, een heldere hemel met mistflarden die gauw door de zon verdreven zouden worden.

Woolf stond buiten voor de Parkkliniek. Hij wilde weten waar ze werkte. Hij wilde weten waar hij haar kon vinden. Hij wilde weten hoe het gebouw eruitzag, hoe snel hij er vanaf zijn huis kon komen en welke route hij dan het best kon nemen.

Hij wist niet waarom hij deze dingen wilde weten. Hij voelde zich ongemakkelijk, als een man die opgesloten zat in een kamer en een stem hoorde die niet van hem was.

32

Elke nieuwe dag begon met puinruimen van de vorige nacht: inbraken, berovingen, huiselijk geweld, kroeggevechten, straatgevechten, drugsoorlogen, bendeoorlogen. Op de Strip markeerde politielint de plek waar de achtervolgers van Aimée op Gideon Woolf waren gestuit. Het resultaat was: de één dood, de ander in coma. De plaatselijke politie beschouwde het nu al als een territoriumkwestie.

Blondie was degene die in coma lag: de man die door Woolf tegen het hoofd was getrapt. De andere man had ingedrukte rugwervels opgelopen, een schedelfractuur en een hersenbloeding waardoor zijn ogen er nu uitzagen als cherrytomaatjes. Hij was een kwartier nadat Woolf hem tegen de muur had gesmeten, overleden; de dood van Blondie leek nog even op zich te laten wachten.

Een nieuwe dag bracht ook stapels formulieren, waarvan Stella er een paar doorlas voordat ze de hele zwik naar Mike Sorley doorschoof. Het buurtonderzoek was uitgebreid naar vijf straten rondom de plaats delict, maar had geen resultaat opgeleverd. Het gele informatiebord had alleen geleid tot de diefstal van het betreffende bord; een vergelijkend onderzoek van computerbestanden van soortgelijke misdaden had ook niets opgeleverd.

Stella viste een e-mail van Anne Beaumont uit de stapel:

Ik heb over hem zitten nadenken. Het is gemakkelijk hem als wraakengel te zien, als iemand die snelrecht toepast op mensen die zich onwaardig gedragen, die niet aan zijn dubieuze morele maatstaven voldoen. Maar stel nou eens dat er een patroon in zit.

Ze stuurde een e-mail terug:

Dat heb ik me ook al afgevraagd. Maar wat voor patroon?

Maxine Hewitt liep naar Stella's bureau om door te geven hoeveel mensen er tot nu toe bekend hadden: negen, in anonieme brieven, hoewel geen van hen er melding van had gemaakt dat er op de slachtoffers geschreven was. Drie van hen waren engelen des doods die door de Almachtige gezonden waren om de wereld van alle prostituees te verlossen, twee sliepen elke nacht in een doodskist die gevuld was met aarde uit hun vaderland, en de andere vier waren de bekende gestoorden met een levendige fantasie en een beperkte woordenschat. Toch moesten ze allemaal nagetrokken worden voor het geval een van hen een moordenaar was met een vreemd gevoel voor humor, hoewel het moeilijk zou worden ze op te sporen. Stella voegde kopieën van hun brieven toe aan de stapel die ze straks bij Sorley zou afleveren.

Maxine zei: 'Iedereen praat met zijn of haar informant.'

Stella knikte. 'En die zeggen allemaal dat dit duidelijk het werk is van een seriemoordenaar en dat zij alleen beroepsmisdadigers kennen.'

'Inderdaad.' Maxine had zich een plastic bekertje kantoorkoffie ingeschonken en trok een vies gezicht toen ze er een slokje van nam. 'Het meisje is nog steeds een groot mysterie: ze heeft geen naam, niemand kent haar.'

'Of niemand wil haar kennen. Blijf doorvragen.' Stella pakte de brief die boven op de stapel lag.

Ik hep haar vermoort omdat ze snol is, alle vrauwen zoals zij moeten sterfen.

'Het is op de computer getypt', zei ze. 'De lul had toch op zijn minst de spellingcontrole kunnen gebruiken.'

Ze was nog steeds de papierwinkel aan het sorteren en vervloeken, toen ze een e-mail van Anne Beaumont terugkreeg.

Dat is de grote vraag.

33

Frank Silano zat in een bar aan de oevers van de Theems en bestelde een lunchdrankje voor een man die Derek Crane heette. Crane was zijn echte naam, een naam die hij soms gebruikte, hoewel hij in zijn beste jaren creditcards, rijbewijzen en paspoorten bij zich had gedragen op naam van tientallen andere personen. Op het moment, zo beweerde Derek, gaf hij zich echter voor niemand anders uit: na zijn laatste veroordeling was hij tot inkeer gekomen; had hij zijn leven gebeterd en werk gevonden.

'Werk?' zei Silano. Het was geen vraag maar een uitroep van ongeloof.

Derek glimlachte. Hij zag er goed verzorgd uit, had dunner wordend rossig haar en sproeten die op levervlekken begonnen te lijken. Zijn donkere pak en grijze veterschoenen waren chic zonder smaakvol te zijn.

'Eigen baas.'

'Ho, genoeg informatie,' zei Silano, 'anders moet ik de douane misschien inlichten.'

Crane lachte, maar niet om Silano's cynisme: hij keek naar een stelletje dat aan de andere kant van de bar zat, de man leunde voorover en praatte zacht, de vrouw keek hem verliefd en met grote ogen aan.

'Hij belooft haar de hemel op aarde,' zei Derek, 'maar ik denk niet dat hij het kan waarmaken.'

Silano zag graag een echte vakman aan het werk. Derek had zijn geld verdiend als oplichter, en als oplichter was het handig als je kon liplezen. Je hing rond in kroegen, nipte aan je drankje, las de krant en keek naar mensen die over zichzelf praatten, want als je wist hoe mensen leefden, wist je ook hoe je ze het best kon oplichten.

'Denk je dat hij haar wat voorliegt?'

'Dat weet ik wel zeker. Toen ze net naar het toilet was, belde hij zijn vrouw op. De dame die bij hem is weet niet dat hij getrouwd is. Daarom heeft ze net ja gezegd tegen het weekendje Parijs.'

Silano vond het vreemd dat Derek het woord 'dame' gebruikte, maar een zekere gedateerde charme maakte nu eenmaal deel uit van zijn tactiek. 'Parijs', zei Silano. 'Hij is in ieder geval een romanticus.'

'Nou, nee. Hij moet daar zijn voor zaken en zij komt later. Hij laat haar goedkoop overvliegen vanaf Stansted. Ik weet wie hij was,' zei Derek, alsof hij zijn gedachtengang niet onderbroken had, 'ik weet wel iets van hem af, maar niets wat echt van belang is.' Hij had het over Leonard Pigeon.

'Ga verder.'

Derek aarzelde. 'Het gebeurde uit gewoonte: mensen observeren, geheimen opslaan. Ik was niet aan het werk, meneer Silano.'

'Natuurlijk wel.' Silano haalde zijn schouders op. 'Maar ik neem aan dat je niets met die informatie hebt gedaan, want anders zou je wel ontkend hebben dat je wist wie hij was.'

'Er was niet veel dat ik had kúnnen gebruiken. Hij was relatief zuiver op de graat … voor iemand die in de politiek zit. Ik was niet zozeer …'

'… in hem geïnteresseerd, maar meer in zijn baas', zei Silano, Dereks loslippigheid afmakend.

'Ja.'

'En?'

'Het bood perspectieven. Morgan is ambitieus en speelt mensen tegen elkaar uit. Hij wil partijleider worden en het zal hem een zorg zijn wat hij daarvoor moet doen: neuken of verneuken.' Derek haalde zijn schouders op. 'Hij is politicus.'

Het stel aan de andere kant van de bar maakte aanstalten om weg te gaan. De man sloeg een arm om haar schouders en leidde haar gehaast naar buiten.

'Hij moet zijn trein halen', zei Derek. 'Naar Newcastle, voor zaken.'

'Echt?'

'Nou, tegen zijn vrouw zei hij iets anders.' Derek lachte. 'Misschien zit er nog een op hem te wachten.' Hij liep, nog steeds lachend, naar de bar en kwam even later terug met twee volle glazen. Silano keek hem verbaasd aan.

'Rondje van jou, Derek?'

'Leuk geprobeerd. Nee, ik heb het op uw rekening laten zetten.'
Hij nam een slokje van zijn witte wijn met spuitwater. Oplichters
zijn geen zware drinkers, alcohol tast het geheugen aan, en een goed
geheugen is onontbeerlijk. 'Hij heeft een paar commissariaten die
misschien niet helemaal koosjer zijn' – hij had het nu weer over
Morgan – 'en een paar contacten in het Midden-Oosten waar zijn
partij waarschijnlijk niet gelukkig mee is, maar met zijn zakenbelangen blijft hij meestal net aan de goede kant van de wet.' Derek
lachte. 'Pigeon heeft een paar vergaderingen voor hem waargenomen: met een Amerikaanse fabrikant, geloof ik.'

'Waargenomen?'

'Zaken voor hem gedaan. In zijn plaats.'

'Je bedoelt dat hij zich voordeed als zijn baas?'

'Ja. Misschien omdat Morgan ergens anders moest zijn, of omdat het te gevoelig lag en hij zo later kon zeggen dat hij die
Amerikaan nooit ontmoet had. Hij zal wel startkabels voor Abu
Ghraib gefabriceerd hebben, of zo. Hoor eens' – hij stak zijn
handen omhoog als gebaar van onschuld – 'ik pik die dingen
gewoon op tijdens het liplezen. Flarden van gesprekken. Ik onthou
alles, maar kan er meestal weinig mee doen.'

'Met die zakenbelangen wel.'

Derek hief zijn glas, maakte alleen zijn lippen vochtig en zette
het toen weer neer. 'Alleen als ik hem had willen oplichten.'

'Maar dat was je ook van plan', zei Silano. 'Alleen werd er toen
iemand vermoord en trok jij je schielijk terug.'

Derek schudde zijn hoofd. 'Dat kunt u niet weten.'

'Waar zag je ze?' Silano probeerde zich het tafereel voor te
stellen. Morgan en Pigeon aan de ene kant van de kamer, net als
de overspelige echtgenoot en zijn minnares die net vertrokken
waren, en Derek Crane aan de andere kant.

'Soms in de plaatselijke Conservatieven Club, soms in de bar van
het Lagerhuis, en Morgan komt graag in een club in Orchard
Street.'

Silano keek hem aan. 'Hoe kom jij daar binnen?'

'Iedereen kan lid worden van een club.'

'Nee, ik bedoel het Lagerhuis.'

Derek glimlachte. 'Het enige wat je nodig hebt is een pasje in een plastic hoes en een zelfverzekerde stem. Die stem krijg je door jarenlang oefenen.'

'En het pasje?'

'Kom nou toch.' Derek keek beledigd. 'Een computer en een pasfoto.'

Silano liep naar de bar om zijn rekening te betalen. Toen hij zich omdraaide, stond Derek naast hem.

'U wilde me spreken en ik zei dat ik wilde helpen. Maar ik heb niet gezegd dat het gratis was.'

Silano stak zijn hand in zijn zak en haalde er een envelop uit die er teleurstellend dun uitzag; Derek zuchtte.

'Ik heb niet veel van je gekregen', zei Silano. 'Het mes snijdt aan twee kanten.' Hij glimlachte meewarig. 'Ik had op zijn minst verwacht dat hij buiten de pot zou pissen.'

'Pigeon? Nee, Pigeon niet.'

Iets in Dereks stem trok Silano's aandacht. 'Pigeon niet, maar …'

'Morgan.'

'Ik moet het er echt uittrekken, hè?'

Derek wachtte tot Silano zijn portefeuille tevoorschijn had gehaald. 'Ze is of van nature blond of ze gaat naar een dure kapper. Eind twintig. Ze heet Abigail.'

'Waar ontmoeten ze elkaar?'

'In die club in Orchard Street die ik noemde.'

'Je hebt het beste voor het laatst bewaard.'

'Nou,' zei Derek, 'ik wist ook niet dat we het over Morgan zouden hebben.'

Silano liep de bar uit, het felle zonlicht tegemoet.

Stelletjes liepen gearmd of hand in hand langs de rivier. Hij vroeg zich af hoeveel van hen met een ander getrouwd waren.

34

Overdag werd er op de Strip veel minder gehandeld. Er waren zelfs een paar winkels open, een groezelig café, een lommerd en een kermisachtige arcade. Harriman liep langs het politielint en de plaatsdelicttent, waar een team van de technische recherche nog steeds druk met kwastjes en pincetten in de weer was. Hij keek er niet van op. Pd-teams waren geen zeldzaamheid op de Strip.

Harriman was daar om wat mensen aan de tand te voelen. Hij wist dat Costea Radu's arrestatie voor problemen had gezorgd, maar voor anderen kansen bood. Radu's meiden moesten aan het werk gehouden worden, zijn werkgebied moest beschermd worden, zijn verdiensten moesten weggesluisd worden. Het kostte Harriman twee uur om overal binnen te wippen en zo de hele straat af te werken. In die twee uur praatte hij met pooiers, dealers, gokkers en ander tuig van de richel, maar over Lizzie het boommeisje werd hij niet veel wijzer. Ze werkte freelance, nam risico's, verdiende geld, had klanten, maar geen vrienden.

Hij verliet een keldernachtclub, zo een met vlekken op het fluweel en de geur van verschaald bier, en liep in de richting van de kerk. Aan de overkant van de straat liep Gideon Woolf, die niet op- of omkeek, in zijn hoofd werd een film afgedraaid: scènes vol geweld en wraak waarin hijzelf de duistere held speelde.

John Delaney zat in Martin Turners kantoor in Canary Wharf en keek naar een vuilnisschuit die tegen de stroom in voer en gevolgd werd door rondcirkelende meeuwen. Vanuit de kamer, met zijn airconditioning en plexiglas, zag het er onnatuurlijk uit: als een andere wereld op een steenworp afstand.

Delaney en Turner lunchten met een broodje en een glas bier en draaiden in zorgvuldig geconstrueerde zinnen om de hete brij heen. De redacteur droeg een blauw overhemd met rode bretels, een man die geloofde in zijn werk. Hij zei: 'Waarom ging je er eigenlijk naartoe? Ik bedoel, waarom juist daarheen?'

'Nou, dat was geen toeval. Ik had erom gevraagd.'

'En waar was dat?'

'Noord-Ierland.'

'En waar hebben we je daarna naartoe gestuurd …?' Turner probeerde het zich te herinneren. '… Irak, de Eerste Golfoorlog en …'

'Rwanda, Bosnië, Kosovo …'

'Vijf jaar, toch?'

'Langer.'

'En toen was het afgelopen.'

'Klopt.'

'Waarom?'

'Er komt een moment waarop je je de dood persoonlijk gaat aantrekken.'

'Doe je dat niet altijd?'

'Je weet wel wat ik bedoel.'

Een stem uit Turners intercom meldde dat iemand hem nodig had: een probleem van vijf minuten. Hij nam een flinke slok bier en stond op. 'En nu?' vroeg hij, terwijl hij wegbeende zonder het antwoord af te wachten.

Delaney liep naar het raam en keek naar de stille wereld buiten. Hij dacht terug aan de geur van rook en de adrenaline die door zijn aderen had gejaagd. Hij dacht terug aan al die nachten aan de bar, journalisten in legergroen, drank, gelach en het geluid van inkomend mortiervuur. Hij dacht ook terug aan die broodmagere mannen in de kampen, die roerloos op de grond zaten, hologig, lamgeslagen. Hij dacht terug aan de vrouwen uit de verkrachtingskampen die niet in staat waren te vertellen wat hun aangedaan was. Hij dacht terug aan de lijken die als stukken hout in vrachtwagens werden gegooid, sommige zonder benen, zonder armen, zonder hoofd. Hij dacht terug aan hoe zijn vingers boven het toetsenbord bleven hangen, omdat niets wat hij opschreef de werkelijkheid ooit kon benaderen.

Turner kwam terug met twee volle flesjes bier en zei: 'En nu?' alsof hij niet weg was geweest.

'Ik denk', zei Delaney, 'dat ik wil weten waar ik werkelijk thuishoor.'

Turner lachte. 'Gaan we op de filosofische toer, John? Bewaar me. Luister, je kunt naar Palestina, Irak, Tsjetsjenië, Somalië, Congo. Overal ter wereld worden oorlogen gevoerd, de laatste keer dat ik ze geteld heb, waren het er negentig. Kies er maar een uit. Je kunt morgen al in het vliegtuig zitten.'

Delaney zei: 'Ik zit contractueel vast aan die artikelenreeks over de rijkeluislijst.'

'Natuurlijk', zei Turner. 'Nee, daar kun je niet onderuit.'

Stella pakte de stapel dossiers, kopieën en verslagen en bracht die naar Mike Sorleys kantoor. De deur stond op een kier en een lichte walm van sigarettenrook dreef de gang in. Toen ze binnenkwam zat Sorley nadenkend naar twee smeulende sigaretten in de asbak te kijken, de ene was bijna opgebrand, de andere net opgestoken. Zijn bureau lag al vol met stapels dossiers, kopieën en verslagen.

Stella zei niets. Ze legde haar stapel op de vloer naast zijn stoel en zei: 'De vracht van vandaag, chef. Sorry.'

Sorley keek haar aan en zei: 'Zal ik je eens wat vertellen? Ik denk dat ik een hartaanval krijg.'

Stella keek naar zijn bureau en begon te lachen. 'Dat verbaast me niks.'

Sorley zei: 'Nee, echt. Ik denk dat ik een hartaanval krijg. Bel een ambulance.'

35

In een scène uit de film die in Gideon Woolfs hoofd werd afgedraaid verliet een man zijn kantoor en nam de lift naar een ondergrondse parkeergarage. Er was niemand in de garage, alleen Woolf
en de man waren er. Toen de man met zijn sleutel zijn auto
openbliepte, kwam Woolf uit zijn schuilplaats tevoorschijn. Hij
zei: 'Smerige leugenaar.'

Hij hield van de somberheid van het onderaardse, de betonnen
steunpilaren, de tl-buizen waarvan het harde, witte licht vanaf de
rijen auto's reflecteerde. Hij vond het leuk om plotseling van achter
een pilaar tevoorschijn te komen, of tussen twee auto's. Hij vond
het leuk de verbaasde blik in de ogen van de man te zien en hoe die
blik omsloeg in angst.

Er was echter een probleem. De parkeergarage was niet voor
iedereen toegankelijk, er kwamen alleen werknemers, die meestal
alleen in hun auto stapten, tenzij ze met een collega meereden.
Woolf had een openbare plek nodig: een plek waar de man gezien
kon worden; waar hij net als de anderen tentoongesteld kon worden, te schande kon worden gezet. Hij bedacht andere scènes die
dat mogelijk maakten. De man op kantoor, op zijn club, in huis ...
ja, dat bood mogelijkheden.

De chique buitenwijk, het vrijstaande huis, afgeschermd door
een rij zilverberken, het radiografisch gestuurde zwarte ijzeren hek,
de lange, brede oprit. De man gebruikt zijn afstandsbediening om
het hek achter zich te sluiten, maar ziet dan iets op de oprit staan:
een groene afvalbak die eigenlijk naast het hek hoort te staan, of een
kinderfiets. Hij zucht, stapt uit de auto en ...

Ja, dat zag er veelbelovend uit.

In Woolfs kamer stonden een bureau, een draaistoel, een bed, en
een laag tafeltje van gelakt triplex. Hij zat in de draaistoel met zijn
voeten op het bureau en keek naar de tv, die altijd aanstond. Er
was of een nieuwsbericht op van een politie-inval in een onbekende stad, of een aflevering van een tv-serie, waarin ze elkaar

overhoopschoten, hij zag het verschil niet.

Die nacht had hij over Aimée gedroomd, over hen tweeën, ver op zee, in een bootje, terwijl het stormde en de golven tegen de boeg sloegen. Hij had haar alles over zichzelf verteld. En hij had duidelijk gemerkt dat ze bang was voor het donker en de woeste golven en had daarom zijn arm om haar heen geslagen. Ze had zich soepel en warm tegen zijn borst aan gevlijd en gezegd dat ze van hem hield, ze had hem bezworen dat ze hem nooit zou verlaten, hoewel hij niet zeker wist of dat laatste ook echt in de droom had gezeten.

Hij liep naar het bed en ging liggen. Woolf hield zich niet aan de normale tijden waarop mensen gingen slapen en opstonden. Hij hoopte dat de droom zou terugkomen, en het moment waarop Aimée over liefde praatte, maar hoewel de slaap vrijwel meteen kwam, bestond zijn droom uit een reeks onsamenhangende beelden, die meteen vervlogen toen hij wakker werd.

Door het steeds drukker wordende verkeer buiten en de lange schaduwen in de kamer wist hij dat het laat in de middag was. Hij keek op de klok van zijn laptop en zag dat het net vijf uur was geweest. De zon was gedraaid, maar in de kamer hing nog steeds de warme, scherpe geur van verkoold hout. Hij dronk wat water uit de kraan en vertrok toen lopend naar de Parkkliniek. De voorkant zag eruit als een winkelpui: twee hoge ramen van spiegelglas met de naam in blauwe neonletters erboven. Jaloezieën boden de wachtende patiënten privacy, hoewel de grote foto's van vóór en na de behandeling, die aan weerszijden van de glazen deur hingen, er akelig intiem uitzagen. Woolf liep naar het einde van de straat en toen weer terug, alsof dat zijn bedoeling was geweest. Daarna ging hij een cafetaria binnen, bijna recht tegenover de kliniek, bestelde een biertje en ging op een van de krukken bij het raam zitten.

Hij wachtte haar op en warempel, na een poosje kwam ze naar buiten. Ze zag er niet precies zo uit als in zijn droom – niet zo slank, niet zo mooi, niet zo donker – maar hij vond haar nog steeds aantrekkelijk. Hij zag dat haar haar, nu het niet nat meer was, in losse krullen om haar gezicht viel. Hij had overwogen om haar te volgen, maar toen hij naar buiten kwam, zag ze hem meteen en hij realiseerde zich dat hij dat ook wilde. Haar gezicht veranderde toen ze glimlachte – werd zachter, warmer – en ze stak de straat over om hem te begroeten, alsof ze elkaar vaker zo ontmoet hadden.

Ze liepen tot ze een café met tuin hadden gevonden, bestelden iets te drinken en zaten daarna in een streep zonlicht elkaar leugens te vertellen.

Aimée kwam een uur later dan gewoonlijk thuis, maar het viel Peter nauwelijks op. Niet uit onverschilligheid of afkeer – verre van dat – maar omdat het gewoon niet bij hem opkwam haar ernaar te vragen; hij was niet nieuwsgierig naar Aimées bezigheden. Of naar Aimée zelf.

Hij was een goede echtgenoot, wat meteen het grootste probleem was. Als minnaar en vriend was hij waardeloos, als echtgenoot geweldig.

Aan de buitenkant zag het er heel harmonisch uit: de aardige Aimée en de aardige Peter met hun aardige, tien jaar oude zoon Ben. Aimée had er genoeg van gekregen om telkens te moeten aanhoren dat ze van geluk mocht spreken. Ze was sinds kort gaan geloven dat er verschillende soorten geluk moesten zijn en dat het soort dat zij getroffen had, leidde tot het rustige en saaie leven waarnaar de meeste mensen juist streefden.

Aimée wilde echter een ander soort geluk. Het soort dat risico's met zich meebracht, toeval, durf.

36

Een kring van dokters met Mike Sorley in het midden. Ze hadden hem al twee keer uit de dood doen herrijzen. Nu gebruikte er weer iemand de defibrillator. Sorley schokte en schudde en zijn hartslag flitste over de monitor.

Karen zat in de familiekamer met haar handen op haar knieën. Ze ging staan, liep naar de deur, liep een rondje door de kamer, ging de gang op, liep die op en neer en ging toen weer in de kamer zitten met haar handen op haar knieën.

Toen Stella arriveerde met twee bekertjes koffie, zei Karen: 'Niemand zegt iets. Niemand zegt een woord.'

'Zolang ze niks zeggen, leeft hij nog.'

Stella had voor het eerst van haar leven het alarmnummer gebeld. Terwijl ze aan het bellen was, was Sorley overeind gekomen en zijn kantoor uit gewandeld, alsof hij de ambulance alvast tegemoet wilde lopen; of omdat hij dacht in de buitenlucht meer kans op overleven te hebben. Hij was niet verder gekomen dan de recherchekamer, met Stella op zijn hielen, waar hij in elkaar was gezakt, tegen het whiteboard aan met de pd-foto's van het boommeisje en Leonard Pigeon. Zijn gezicht had de grauwe kleur van afwaswater gehad en hij had met horten en stoten ademgehaald.

Het verkeer had bumper aan bumper gereden in Holland Park Avenue en op de rotonde van Shepherd's Bush vast gestaan. Ze hadden het geloei van de sirene gehoord, maar de ambulance was niet dichterbij gekomen. Stella was op haar knieën gaan zitten, had haar vingers in elkaar geschoven, haar handen op Sorleys borst gelegd en geteld terwijl ze drukte.

Een ziekenhuis in de vroege uren: echo's en getik. De gangen zijn leeg, maar je hoort geschreeuw of het geluid van rennende voeten. De dood komt in de vorm van plotselinge stiltes. In een zijkamer, onder het witte licht van tl-buizen, zitten mensen te wachten op het slechte nieuws.

Om twee uur die morgen kwam een dokter in een groen opera-tieschort Karen vertellen dat haar man op de spoedeisende hulp de dood in de ogen had gezien, maar nu stabiel was. Ze mocht van hem bij Sorley gaan zitten. Tegen Stella zei hij: 'Hebt u hem gevonden?'

'Ik was bij hem toen het gebeurde.'

'U hebt hem gereanimeerd.'

'De ambulance zat vast in het verkeer.'

'Het was een ernstige occlusie. U hebt zijn leven gered.' De dokter zuchtte en trok zijn hoofdkapje af; zijn lange dienst zat erop. Hij wendde zich tot Karen en glimlachte. 'Hij rookt toch niet, hè?'

Het begon al licht te worden toen Karen terugkwam in de familie-kamer om Stella te vertellen dat Sorley de nacht goed was doorgekomen.

'Dankzij jou', zei ze. 'Jij hebt hem gered.'

Ze pakte Stella's handen en hield die stevig vast, een gebaar van intimiteit dat voortkomt uit angst en een gevoel van opluchting.

'Iedereen zou dat gedaan hebben', zei Stella tegen haar.

'Ja, maar jij hébt het gedaan.'

Een zonsopgang in Londen biedt hooguit tien minuten een heldere, frisse aanblik.

Harriman had haar naar het ziekenhuis gereden, achter de ambulance aan, door achterafstraten en binnenwegen, en met blauw zwaailicht op het dak. Nu liep ze terug naar de Kensals, terwijl boven het zachte gedreun van automotoren vogelgezang te horen was en de blauwe ochtendhemel doorkruist werd met witte condensstrepen.

Toen ze voor het parkhek stond, wist ze dat ze er bewust naartoe gelopen was. De boom wierp een lange schaduw voor zich uit. Stella stond in die schaduw en keek naar de stam; het teken zat op ongeveer schouderhoogte, precies zoals Andy Greegan gezegd had.

Wie ben jij, klootzak, en waarom heb je haar dat aangedaan? Waar dacht je aan toen je haar ophing in deze boom? Vieze meid. Moest ze daarom dood? Vind je dat ze haar verdiende loon heeft gekregen?

Opeens voelde ze een razende woede in zich opkomen.

Wie geeft jou het recht om voor eigen rechter te spelen? Ik zal je vinden, rotzak. Schoft. Etterbak. Je ontkomt me niet.

Ze liep door naar huis, nam een douche en ging daarna met een kop koffie bij het raam zitten. Delaney kwam de slaapkamer uit en keek haar aan. 'Hij leeft nog', zei ze. Ze nam nog een kop koffie, terwijl hij eieren ging bakken.

Toen ze op het bureau kwam, overhandigde Sue Chapman haar de dagverslagen en ze stak haar duim op in de richting van Sorleys kantoor. Stella liep de gang door en keek om de hoek van de deur. DS Brian Collier zat achter Sorleys bureau, dat netjes opgeruimd en vrijwel leeg was. Hij grijnsde triomfantelijk.

'Waarnemend DI, AMIP-5. Ik probeer zicht te krijgen op deze ellende.' Hij wees naar twee dossiers, die naast elkaar voor hem op het bureau lagen. 'Bryony Dean ken je?'

'Ja, waarschijnlijk vermist. Sinds wanneer ben jij waarnemend DI?'

'Sinds gisteravond. Ik werd gebeld door de hoofdcommissaris', zei hij. En om niet al te onbeleefd over te komen, vervolgde hij met: 'Hoe is het met hem?'

'Goed. Aan de beterende hand. Zit zo weer achter zijn bureau. Heb jij even pech.'

'Stella ... je hebt drie promotiekansen laten schieten. Ik ben alleen plaatsvervangend DI, ik ben niet bevorderd.'

'Prima. Ik zit er niet mee, Brian.'

'Mooi zo. Nou, ik heb alle verslagen doorgelezen, maar ik moet wel bijgepraat worden.'

'Vanzelfsprekend.'

'Goed, en o, voor alle duidelijkheid ... hier in dit kantoor ben ik gewoon Brian en in de recherchekamer chef.' Hij duwde de dossiers naar voren. 'Bryony Dean, dossier afkomstig van Vermiste Personen, nagetrokken door jou en DC Harriman, en jullie conclusie was dat het meisje is weggelopen, samen met de vriend van haar moeder. Begrijp ik dat goed?'

'We denken dat de moeder het wist. De vriend heeft haar als vermist opgegeven om zichzelf niet verdacht te maken.'

'Oké ...' Collier wachtte even voor het effect. 'Dat daar is haar dossier. Maar drie dossiers daaronder lag dit dossier, van iemand die Elizabeth Rose Connor heet.' Hij sloeg beide dossiers open om de foto's te laten zien. Een was genomen op een feestje, het meisje keek recht in de lens en glimlachte breeduit.

Bryony.

De andere foto was minder scherp: waarschijnlijk genomen in een nachtclub. Het meisje had een sigaret in haar hand en keek langs de camera, alsof ze net iemand had zien binnenkomen.

Stella boog zich voorover om de foto's beter te bekijken. Hetzelfde meisje. Er was geen twijfel mogelijk. Ze keek op het aangifteformulier van Vermiste Personen en haar oog viel meteen op de naam.

Elizabeth.

Lizzie.

37

Melanie Dean zei: 'Het was haar dus wel.' Ze had niet eens de moeite genomen om naar de foto van Elizabeth Rose Connor te kijken die Harriman haar voorhield. 'Ze leek erop, dat zei ik al.'

'U zei dat ze erop leek. Maar u zei ook dat ze het niet was.'

'Ik wist alleen dat ze weg was.'

'U dacht dat ze het zou kunnen zijn, maar u zei het niet.'

'Nee, ze leek er alleen op. Dat zag ik wel, maar het is nooit bij me opgekomen dat ze het was. Tot nu.' Ze draaide zich half om. 'Ik bedoel, ik keek naar de foto en zag er iets van Bryony in ...' Ze probeerde iets te vinden om zich te rechtvaardigen. 'Ik wilde er niet aan denken.'

Stella zei: 'Het spijt me.'

Het was opnieuw een stralende dag, afgezien van de koolmonoxide- en kerosinedampen en de ozonfactor. Vanuit Flat A, nummer 1136, zag je alleen blauwe lucht. Melanie liep naar het raam en zette het open; op deze hoogte waaide er een lichte bries.

Stella keek de vrouw aan, zoekend naar een spoor van verdriet. Ze zei: 'Waarom noemde ze zich Elizabeth Connor?'

'Dat was haar oma's naam. Ze hield veel van haar oma.'

'Waarom gebruikte ze die naam?'

Melanie zuchtte, alsof het antwoord op die vraag toch voor de hand lag. 'Ze moest toch ergens van leven.'

'Uitkeringsfraude', zei Harriman.

'Ze had al een uitkering. Ik denk dat hij haar nog een keer opgegeven heeft. Hij trok zelf ook dubbel. De meesten hier doen dat.'

'Uw vriend', zei Stella. 'Chris Fuller.'

Melanie lachte, wat klonk alsof iemand een doos met kiezels door elkaar schudde. 'Ja, die verdomde Chris.'

Harriman vroeg: 'En was Chris ook degene die haar de baan op stuurde?'

Melanie vertrok geen spier. 'Ja, dat klopt.'

'En toen hij hier woonde,' zei Stella. 'stuurde hij u toen ook de baan op?'

'Ja.'

'U en Bryony?'

'Ja.' Na een korte pauze voegde Melanie eraan toe: 'We hadden natuurlijk liever filmster willen worden of met een prins willen trouwen, maar daar is het niet van gekomen.'

Stella vroeg om een foto van Chris, en Melanie vond er een waar ze met zijn drieën op stonden, Chris met een ernstig gezicht in het midden. Ze gaf de foto aan Stella. 'Dagje naar zee. Het regende die dag. Een en al ellende.'

Harriman zei: 'Als u Chris zou willen spreken, hoe zou u dan te werk gaan?'

'Geen idee. Hoe moet ik dat weten?' Iedereen zweeg, toen zei Melanie: 'Hij incasseert vast nog steeds haar uitkeringen. Hij zal zeggen dat ze ziek is …'

Stella keek de kamer rond: goedkoop meubilair, kale vloer, kale muren, alles bedekt met een laagje stof. De kleine Stella Mooney zou zich er thuis hebben gevoeld. Ze zei: 'We kunnen haar lichaam helaas nog niet vrijgeven. In verband met het gerechtelijk onderzoek.'

Melanie zei: 'Ik heb sowieso geen geld voor een begrafenis.'

In de verte begon een politiesirene te loeien, het geluid kwam dichterbij en hield elf verdiepingen lager op. In de arena, vermoedde Stella. Eén auto maar, dus geen grootschalige operatie: de dealers konden doorgaan met het versnijden en inpakken van hun waren, de hoeren konden doorgaan met hoereren, de helers konden doorgaan met helen.

Terwijl ze naar de voordeur liepen, vroeg ze: 'Wat denkt u? Was het Chris? Heeft Chris Bryony vermoord?'

Melanie keek haar voor het eerst oprecht verbaasd aan. 'Chris? Nee, natuurlijk niet.'

'Waarom niet?'

'Hij hield van haar. Daarom zijn ze met z'n tweeën vertrokken. Eerst hield hij van mij, en daarna van haar.' Ze lachte nerveus. 'Hij was nogal egoïstisch.'

Tussen de flatgebouwen een blauwe hemel, trillende, warme lucht die opsteeg en rook naar patat, hasj en afval, vermengd met een vleugje pech en tegenslag. Kleine Stella, die alleen in een kamer op de achttiende verdieping zat en naar de vogels keek, die muziek hoorde dreunen, tv-getetter en kreten van haat en pijn, die door het trappenhuis omhoog sijpelden.

Harriman trok zijn leren jasje uit toen ze de galerij betraden. 'Shit, wat is het warm', zei hij. Hij liep weg en realiseerde zich een paar deuren verder pas dat Stella niet bij hem was. Hij draaide zich om en zag haar roerloos voor de deur van nummer 1136 staan, starend naar de overkant, naar Flat B, nummer 1169, waar een vrouw stond, met haar arm opgeheven.

Dichtbij en toch oneindig ver weg, bijna verloren tegen de blauwe hemel, stond Stella's moeder daar op die betonnen galerij te zwaaien, als een opgewonden passagier aan dek van een schip dat zachtjes de haven binnenvoer.

'Hallo, Stel', riep ze. 'Ik dacht al dat jij het was.'

38

Gideon Woolf had zijn territorium verlaten. Hij zat in een obscure kroeg in de buurt van London Fields met een glas bier voor zich te wachten tot hij aangesproken zou worden. Hij was al gezien voordat hij naar de bar liep om zijn bier te bestellen; gezien worden ging gemakkelijk, aangesproken worden bracht verplichtingen met zich mee. Hij maakte zich geen zorgen, hoewel dit deel van Londen voor mensen die onvoorzichtig waren gevaarlijk terrein was. Terwijl hij wachtte, liet hij de filmscène weer door zijn hoofd gaan.

De auto, het hek dat dichtschoof, de man die uitstapte. Woolf had, sinds hij de scène bedacht had, de plek verkend, hij was het oog van de camera geweest. Links van het hek stond een hoge heg met een smal pad erachter, afgeschermd door vier dunne zilverberken. De auto, met draaiende motor, achter het hek; Woolf en de man op die afgeschermde plek. Hij zag dat het noodzakelijk was om snel te handelen: de auto op de oprit, met draaiende motor, het hek open, maar de man nergens te bekennen.

Die noodzaak om snel te handelen was een van de redenen waarom hij naar London Fields was gekomen. Een mes was niet altijd snel, niet altijd fataal, en kon zwaar werk zijn. Maar snelheid was niet de enige reden; er kwam ook een revolverschot voor in Gideon Woolfs verhaal.

Hij dronk zijn glas bier leeg en bestelde een tweede. Het was vroeg in de middag en de kroeg liep langzaam vol, maar niemand ging aan zijn tafeltje zitten.

Bryony ... Lizzie ... uit de boom en op een snijtafel neergelegd.

Stella bekeek net de autopsiefoto's toen Maxine een stoel pakte en naast haar kwam zitten. De chocoladereep van die dag was een Tim Tam. Maxine had er ook een voor Stella meegenomen. Ze keek met Stella mee naar het resultaat van het delicate uitbeenwerk van Sam Burgess: de opengelegde Bryony met doorgeknipte ribben, het hart en de longen verwijderd.

'Wat denk jij? Zou het vriendje haar vermoord hebben?'

'Haar moeder denkt van niet.' Stella haalde haar schouders op. 'Zo ongewoon zou dat anders niet zijn. Maar heeft hij Leonard Pigeon ook vermoord?'

'Jij denkt van niet?'

'Nee. Maar we moeten hem wel snel zien te vinden.' Ze zuchtte even van ergernis. 'DI Collier dringt erop aan.'

'Collier heeft hierover een uitgesproken mening.'

'Collier denkt dat vriendje Chris de dader is.'

Maxine gooide haar wikkel naar een prullenbak en miste op twee meter afstand. Ze zei: 'Observeren dus, voor het geval hij nog steeds haar uitkering incasseert.'

'En zijn eigen uitkering', opperde Stella. 'Wil jij het doen?'

'In een auto zitten met een Tango-reep, een cheeseburger en een zweterige collega naast me? Nou, graag!'

'Vraag Collier om versterking van de plaatselijke politie, maar coördineer het zelf.'

Het was voor Maxine een wenk om op te stappen, maar ze deed het niet. Na een minuut zei ze: 'Toen ik mijn moeder vertelde dat ik lesbisch was, sloeg ze de deur dicht en draaide hem op slot.'

Stella bleef de autopsiefoto's omslaan: Bryony in diverse stadia van aftakeling. Uiteindelijk zei ze: 'Het is geen ... ruzie, of een vete, of zo ...'

'Nee? Wat dan?'

'Ik haat haar. Ik heb haar altijd gehaat.'

'Altijd?'

'Zolang als ik me kan herinneren.'

'O ...' Maxine wist niet wat ze hierop moest zeggen.

Stella zei: 'Neem Frank Silano mee. En zeg tegen hem dat hij niet mag zweten.'

Ze bekeek de foto's een voor een, alsof de aanblik van Bryony's lichaam, gereduceerd tot losse onderdelen, haar een aanwijzing zou kunnen geven – een antwoord, een réden – maar haar gedachten dwaalden af.

Ze zag zichzelf weer voor de deur van nummer 1169, Flat B, staan en aanbellen; ze zag de bloedspetters weer op de drempel.

Harriman liep langs haar bureau en wierp een vluchtige blik op de foto's. 'Dat blijft er dus van ons over', zei hij. 'Vlees, botten en wat haar.'

Stella's antwoord was te zacht om te verstaan. 'Ja', zei ze. 'Meer niet.'

Een lange man met verzorgde bakkebaarden en een lachwekkende pilotenzonnebril op ging aan Woolfs tafeltje zitten. Hij deed een beetje vaag, vanwege de coke, of om cool over te komen. Na enig gemarchandeer over en weer stak hij van wal. Hij bood hem coke aan, crack, amfetamine, ketamine, benzedrine, marihuana, hasj, wiet, heroïne, cannabis, opium, rode libanon en lsd.

Woolf bedankte.

De man bood hem meisjes aan, jongens, travestieten, transseksuelen, sado's, masso's, zwart, blank, oosters, Aziatisch, hetero, homo, anaal, vaginaal, rubber, leer.

Woolf bedankte.

De man bood hem een Mercedes C180 aan, een Porsche Boxter, een Lamborghini Gallardo, een BMW Z4, een Ferrari 360, een Jaguar XK8, een Maserati Spyder.

Woolf bedankte.

De man bood hem de keuze tussen een Zwitserse SIG Sauer P220 of een Tsjechische CZ275.

Woolf koos de SIG Sauer.

Melanie Dean zat op de grond en bekeek de foto's. Veel waren het er niet; ze bewaarde ze in een schoenendoos. Het waren babyfoto's, klassenfoto's en fotostrips uit een automaat; sommige foto's waren genomen met een wegwerpcamera, tijdens vrijgezellenfeestjes en avondjes stappen met vriendinnen. Er was er een bij van Bryony toen ze zes was, een schoolfoto waarop ze breeduit lachend in de camera keek. Ze zag er zo gelukkig uit dat je bijna geloofde dat ze het was.

Melanie had de foto's in een halve cirkel gelegd, zodat ze ze om de beurt kon bekijken. Daarvóór was ze vanaf de elfde verdieping naar beneden gegaan, was de gedemilitariseerde zone overgestoken en had bij een slijterij een fles wodka gekocht, die nu bijna leeg was. Ze keek naar de foto's, die een beetje vaag leken, onscherp, wat sommige ook echt waren.

Ze deed haar ogen dicht en doezelde even weg. In haar droom hoorde ze Bryony's stem, maar ze zag haar niet, dus nam ze aan dat haar dochter ergens in de flat moest zijn. Ze liep van de ene naar de andere kamer, maar het huis was leeg, en toen ze een paar seconden later wakker werd, realiseerde ze zich dat het woord 'leeg' goed gekozen was, 'leeg' was de beste omschrijving van hoe haar leven er nu uitzag en er eigenlijk altijd had uitgezien: 'leeg' was precies goed, 'leeg' dekte de lading.

Ze pakte de foto van de lachende, zesjarige Bryony en liet die in haar zak glijden, liep naar de voordeur, de galerij op, klom op de betonnen balustrade en spreidde haar armen. Een moment lang bleef ze zo staan, toen helde ze voorover, daarna iets verder en toen was ze weg.

39

Toen Tom Davison belde zat Stella in haar eentje in de recherchekamer verslagen door te lezen.

Hij zei: 'Ik vond onze telefoongesprekken vroeger altijd zo leuk.'

'Tom, het was maar voor één nacht, hoewel ik weet dat jij dat
anders ziet. Ik heb dingen voor je verzwegen, het was mijn fout. Het
spijt me.'

'Wat spijt je?'

'Dat ik je misleid heb. Teleurgesteld heb. Ik weet niet …'

'Ik was niet teleurgesteld. Niet op dat moment. Later pas.' Toen
ze niets zei, voegde hij eraan toe: 'Je hebt een vaste relatie. Ik weet
het.'

'Dat klopt.'

'Wat was ik dan voor je?'

'Je was lief voor me.'

Ze hoopte dat hij dat wilde horen; bovendien was het de waarheid. Het was een vreemde nacht geweest met hem: vreemd spannend, vreemd intiem. En nog vreemder was dat ze zich geneerde
om hem bij zijn voornaam te noemen.

Hij zei: 'Ja, oké.' En daarna: 'Nou, het DNA komt overeen, en er
is een tegenvaller. CODIS komt bij alle zesentwintig vergelijkingen
tot een overeenkomst; het plaatst dezelfde man definitief op beide
plaatsen delict: die van Leonard Pigeon en die van de onbekende
vrouw.'

'Bryony Dean.'

'O, oké.'

'Dezelfde man, maar in welke hoedanigheid?'

'Nou, hij heeft ze vermoord. Daar kunnen we nu rustig van
uitgaan.'

'En wat is de tegenvaller?'

'Hij komt in geen enkele databank voor; ik kan hem op beide
plaatsen delict plaatsen, maar verder kan ik je niet van dienst zijn.'

'Nou, we weten dat het geen na-aperij is. Die mogelijkheid was
er altijd nog.'

'Ja, nou …' Davison wachtte even. 'Dat is alles wat ik te melden heb.'

Stella zei: 'Ik ben blij dat we dit gesprek niet onder vier ogen hebben.'

'Dingen onder vier ogen doen, hebben we al eens gedaan.' Hij begon te lachen. 'Sorry. Het moest eruit.'

'Ik ben er blij om. Ik had al lang iets moeten zeggen. Dat was slap van me. Het spijt me.'

'Je hoeft je niet te verontschuldigen.'

'Het spijt me als ik je …' Ze wilde zeggen 'gekwetst heb', maar dat klonk te intiem, en te aannemelijk. '… Als ik het je moeilijk heb gemaakt.'

Davison lachte kort, een neutraal lachje. 'Maak je maar geen zorgen, Stella. Dat was ik niet, het was iemand die op me leek.'

Ze reed vroeg in de avond naar huis door een mist van benzine-dampen waar het zonlicht goud- en oranjekleurig doorheen fil-terde, geluidsinstallaties in auto's overstemden elkaar, de hoge bleekblauwe hemel was doortrokken van witte sporen, en elke minuut landde er een vliegtuig op Heathrow.

Er knaagde iets aan haar, iets wat iemand gezegd had, als een melodie die je bekend voorkwam, of een naam die op het puntje van je tong lag, maar ze kon zich niet herinneren wat het was.

Delaney legde de laatste hand aan zijn artikel over een steenrijke man met een schurkensnor en een wrang gevoel voor humor.

Ze ging bij hem zitten en vertelde hem over haar ontmoeting in Harefield, over hoe zij en haar moeder elkaar over een onover-brugbare kloof hadden aangekeken. Het was het eerste wat ze zei, niet 'hallo', of 'wil je iets drinken?' of 'hoe was jouw dag?'

'Ik heb mijn moeder gezien vandaag. Ze is terug. Ze woont weer in Harefield.'

Delaney kende het verhaal van Stella en haar moeder. Hij vroeg: 'Is er wat gebeurd?'

'Geen idee. Misschien is er in Manchester iets misgelopen, misschien heeft ze heimwee gekregen.'

'Nee … is er wat gebeurd?'

Kennelijk wilde hij wel iets drinken, want hij liep naar de koelkast en haalde er een fles wijn uit.

'Er is niets gebeurd. We keken elkaar aan in die steenwoestenij, en zij zei "hallo" en ik "tot ziens".'

Hij overhandigde Stella haar glas. 'Dat was alles?'

'Min of meer. Ze had me geloof ik de woning tegenover die van haar binnen zien gaan, in het andere flatgebouw. Ze moet gewacht hebben tot ik weer naar buiten kwam. We hebben een paar woorden gewisseld en toen deed ik dit …' Ze hield haar vuist tegen haar oor, duim en pink uitgestoken, het universele gebaar voor: ik bel je.

'En doe je dat ook?'

'Ja. Natuurlijk. Beslist.'

Delaney lachte. 'Je hebt haar telefoonnummer dus …?'

Stella moest hem het antwoord schuldig blijven. 'Ze woont met een vent samen. Die zal ze wel meegenomen hebben.'

'Was hij er ook?'

'Hij stond achter haar in de gang.'

'En …' Delaney deed zijn laptop dicht, pakte zijn glas en ging er eens goed voor zitten. Hij verwachtte dat Stella's moeder tot een lange avond met veel drank zou leiden. '… hoe zag ze eruit?'

'Zoals altijd. Geverfd haar, te zwaar opgemaakt, kleren die in de jaren zeventig mode waren.' Ze lachte. 'Als een moeder die niet met haar tijd is meegegaan dus.'

En dat was, tot Delaneys verbazing, alles wat ze te zeggen had. Ze dronken nog een paar glazen wijn en hij verwachtte dat Stella's moeder wel weer ter sprake zou komen, maar dat gebeurde niet. Ze aten, keken naar het nieuws en gingen toen naar bed, en pas daar merkte hij hoe ze zich werkelijk voelde, want ze vrijde met hem als iemand die een herinnering probeert uit te wissen.

Hij hoorde haar niet opstaan om drie uur. Hij hoorde het ijsklontje niet kraken toen ze zich een wodka inschonk. En hij hoorde haar niet zeggen: 'Rotwijf! Teringwijf! Donder toch op uit mijn leven.'

40

Voor iemand die zakendoet in Harefield is drie uur 's morgens het einde van de dag.

Ricardo Jones was nog steeds goed bij de pinken, maar Jonah en de twee die bij hem zaten zagen er wat duf uit, wat niet aan het vroege uur lag maar eerder aan de middelen waaraan ze zich de hele avond te goed hadden gedaan. Je kunt drank en drugs rustig afwisselen, maar je loopt wel het risico in te dutten. En onervaren gebruikers lopen het risico voorgoed in te dutten.

Jonah zei: 'Vijfentwintig. Ja?'

'Vijfentwintig procent', bevestigde Ricardo.

'Geen extra's, geen toevoegingen. Klopt dat?'

'Vijfentwintig netto.'

Het werd stil. Jonah dacht na, schatte de risico's in. Hij was in Harefield een grote jongen, maar wist dat de wereld groter was dan Harefield. Hij wist ook dat iemand die Gary ... of Barry heette, volgepompt was met isolatieschuim en dat dit waarschijnlijk als een waarschuwing voor anderen gold.

Aan de andere kant had Jonah zijn eigen regels en hield hij er niet van om gecommandeerd te worden. En vijfentwintig procent was een verdomd goeie deal, van welke kant je het ook bekeek.

'Je hebt de andere goederen gelost,' zei hij, 'dat ging goed. Snel en gladjes.'

Een paar dure auto's, gejat op bestelling in Mayfair. Ricardo had een week van tevoren het type, het kenteken, de kleur en de extra's doorgegeven, de klanten gevonden, de verscheping en het ombouwen geregeld; een deal die de goedkeuring wegdroeg van drie partijen.

'Ja,' zei Jonah, 'dat ging van een leien dakje.'

'Vijfentwintig procent,' verzekerde Ricardo hem, 'en geen verrassingen.'

'Hoeveel kun je aan?'

'Zeg het maar.'

'Twee vijftig.'

Waarmee tweehonderdvijftigduizend werd bedoeld.

'Een doorlopende deal?'

Jonah aarzelde. 'Op het moment is het …'

'Wordt hij verlengd?'

'Man, zet me niet zo onder druk.'

'Vijfentwintig procent, vergeet dat niet.'

Ricardo wist dat er met drugs rustig een deal op lange termijn gesloten kon worden. Het geld bleef binnenrollen, omdat er altijd vraag naar was; het had met behoefte te maken, er werd naar gehunkerd.

Jonah rookte een havanna. Hij nam een trek en een paar seconden lang was zijn gezicht in rook gehuld. 'Doe deze eerst maar,' zei hij, 'laat eerst maar eens zien wat je kunt. Niets is zeker, als je begrijpt wat ik bedoel. Maar je doet het goed. Dat zie ik. Ik ga je vaker wat toeschuiven.'

'Hoort daar ook geld bij?'

Jonah lachte en zei: 'Je bent gretig. Ik mag dat wel.' De lach stierf weg. 'Maar blijf wel uit mijn buurt.'

Dag is nacht, en nacht is dag. Verlichte torenflats, muziek als hamerslagen, deals die gesloten werden, hoeren die hard aan het werk waren. Alleen brave burgers lagen in bed, blind en doofstom.

Een van de twee mannen die bij Jonah hadden gezeten, liep over de met vuilnis bezaaide gedemilitariseerde zone en belde naar een mobiel nummer dat slechts bij enkelen bekend was.

Hij zei: 'Ze hebben een deal gesloten.'

'Voor?'

'Twee vijftig.'

'Oké.'

Dat was alles. Jonahs vriend, die tevens zijn vijand was, verliet de gedemilitariseerde zone en ging op zoek naar een kroeg die de hele nacht open was. Hij wilde niet dat iemand hem Harefield weer zag binnenkomen alsof hij zijn missie had volbracht.

Stanley Bowman klapte zijn telefoon dicht. Het meisje naast hem in bed vroeg: 'Wie was dat?'

'Niemand', zei hij. 'Zaken.'

Hij sloot zijn ogen, maar zijn geest werkte op volle toeren. Na een paar minuten stapte hij uit bed en hij nam zijn telefoon mee naar de kamer waar hij zijn gesprek met John Delaney had gehad. Bij de eerste keer bellen kwam hij niet verder dan het antwoordapparaat, dus belde hij nog drie keer en hing telkens op vlak voordat het bandje begon te lopen. Uiteindelijk werd er opgenomen. Een stem met een accent: Iers, of Amerikaans.

Bowman zei: 'We hebben een probleem.'

'Hetzelfde probleem?'

'Ja.'

'Dezelfde oplossing?'

Bowman zweeg even. 'Misschien heeft een waarschuwing ook het gewenste effect. Laten we eerst maar een waarschuwing proberen.'

'Zoals je wilt.'

'Die andere vent, de eerste, wilde niet luisteren. Ik moest wel een besluit nemen.'

'Luistert deze wel?'

'Misschien. Het is te proberen.'

'Oké.' De stem klonk verontschuldigend maar bezorgd. 'Maar een waarschuwing kan wel onaangename gevolgen hebben. Voor mij, voor de stroman. Het kan tot een terugslag leiden. Mensen hebben vrienden. Zákenvrienden.'

'Ja. Wat wil je daarmee zeggen?'

'Hoeveel vriendjes heeft deze man?'

'Het is een hufter. Een freelancer: een nobody.'

'Geen aanzien ...'

'Precies: geen aanzien.'

'Eén waarschuwing.'

'Je weet hoe het werkt.'

'Eentje maar, een moet genoeg zijn.'

'Ja, oké.' Bowman zuchtte. 'Jezus, iedereen noemt zich tegenwoordig ondernemer. Het komt allemaal door Richard Branson.'

Aimée dwaalde door het huis op zoek naar een rustig plekje, maar nergens voelde het goed: niet aan de keukentafel, waar gegeten werd, niet op de bank in de woonkamer, waar tv-gekeken werd. En zeker niet in bed, waar haar zorgzame echtgenoot 's nachts naast haar lag, de ideale echtgenoot, over wie niemand iets slechts te melden had.

Ze maakte plannen. Ze wist dat plannen maken en plannen uitvoeren twee verschillende dingen waren. Ze wist dat plannen maken hoop gaf en dat hoop zo weer de bodem ingeslagen kon worden. Ze wist ook dat iemand die liefde tekortkwam gemakkelijk verliefd werd, maar sommige dingen kon ze gewoon niet opzijschuiven of negeren. En een van die dingen was dat dit haar laatste kans was.

Peter en Ben zouden het samen best redden, na die eerste schok, na het eerste gevoel van verlies. Mensen veranderden hun leven – het gebeurde elke dag – en degenen die achterbleven kwamen er vanzelf weer bovenop, die werden op een andere manier gelukkig. Iedereen wist dat, iedereen accepteerde dat, en het stelde haar in staat haar plannen zo ver door te voeren tot ze in gedachten voor zich zag hoe ze het huis voor de laatste keer verliet.

Halverwege dit proces dacht ze echter opeens: ik kan dit niet. Ik kan niet bij ze weggaan, ik kan mijn man en mijn zoon niet in de steek laten, ik zou de gedachte aan hun verdriet niet kunnen verdragen. Dit nieuwe leven is niet voor mij bestemd, het ligt buiten mijn bereik.

Alsof ze zichzelf hiervan wilde overtuigen, zei ze het hardop, maar het was de stem van iemand die ze niet meer was, van iemand die in herhalingen verviel; de woorden waren slechts een echo, ze klonken leeg en waren meteen weer vergeten.

Aimée sloot haar ogen; daar liep ze, het zonlicht tegemoet.

De hemel was wolkeloos. Haar toekomst spreidde zich als een plattegrond vol dromen voor haar uit.

41

Klimaatverandering: de ozonlaag wordt dunner, een brok Noord-poolijs ter grootte van Ierland verdwijnt in zee, Londen warmt op en jongelui toeren de hele nacht door de stad, zoals het groepje dat nu opeengepakt in een gepimpte Imola-rode BMW om acht uur 's morgens door Stella's straat rijdt, links en rechts inhaalt en zijspiegels van geparkeerde auto's maait.

Stella belde het politiebureau van Notting Dene en gaf het kentekennummer van de auto door, maar zonder er al te veel van te verwachten. Een gevoel van déjà vu overviel haar toen ze in haar eigen auto stapte: wat de vorige avond aan haar geknaagd had toen ze naar huis gereden was, knaagde nog steeds, als een zoemende vlieg tegen de voorruit die naar buiten wilde.

Iets wat iemand gezegd had ... iets wat ze gelezen had.

Ze minderde net vaart voor een stoplicht toen Harriman haar belde. Terwijl ze opnam, schoot een zwarte Freelander achter haar drie rijbanen over, waarbij hij bij elke rijbaan die hij overstak getrakteerd werd op een luide claxonnade.

'U rijdt.'

'Nee,' zei ze, 'ik sta in de file.'

'Oké, nou, het duurde even voor duidelijk was dat het voor AMIP-5 bestemd was, maar ik kreeg net een telefoontje dat Melanie Dean zelfmoord heeft gepleegd.'

Rood werd groen en het verkeer zette zich weer in beweging. Stella klemde haar telefoon tussen schouder en kin en schakelde naar een hogere versnelling. De Freelander sneed haar en ging vlak voor haar rijden; ze trapte op de rem.

'Vertel verder.'

'Ze is van de galerij van haar flat gesprongen.'

'Wanneer?'

'Niet lang nadat wij bij haar waren.'

'Jezus!'

'U hebt niks verkeerds gezegd, chef. Ik heb niks verkeerds gezegd.'

'Nee.'

Een lange pauze. Hij vroeg: 'Bent u er nog?'

'Stuur een e-mail rond aan het hele team. Geef het door aan Collier.' *En bied wijlen Melanie Dean mijn verontschuldigingen aan.*

'Ik heb een huiszoekingsbevel aangevraagd …'

Wat moet ze blij zijn geweest met die foto. Van het boommeisje met de uitgepikte ogen.

'… misschien zijn er nog sporen te vinden van het vriendje Chris. Je weet maar nooit.'

Wat moet ze blij zijn geweest met ons bezoek. En met de mededeling dat we de identiteit van het lijk hadden vastgesteld.

'Geen reden om een autopsie te laten doen, ik zou niet weten welke.'

Ja, het is uw dochter. Uw dochter Bryony. We hebben haar, hangend in een boom, aangetroffen.

'Ze was dronken toen ze sprong.'

Hij heeft haar naakt opgehangen, iedereen kon haar zien. En toen we u de foto lieten zien, leek het alsof zij het was, maar ergens ook weer niet.

'Ze schijnt bijna een hele fles wodka leeggedronken te hebben.'

Dat is vreemd. Eigenaardig. Familieleden herkennen doden vaak niet. Ze gaan naar het mortuarium, iemand trekt het laken weg en het familielid, de vader, de moeder, wie dan ook, kijkt en zegt: nee, ik geloof niet dat ze het is.

'Bent u er nog, chef? U valt af en toe weg, geloof ik.'

Kleine Stella Mooney, buiten op de galerij op de achttiende verdieping, omdat het in huis te warm is … Stella met haar boek en een glas limonade, kinderen die langsrennen zonder haar te zien, volwassenen die langslopen zonder haar te zien … en zelfs daar, zelfs op die ellendige plek, valt er zonlicht op glas en staal en in schuine strepen over de vuile, met graffiti besmeurde muren.

Dan wordt het boek uit haar handen gegrist en met een grote boog hoog de lucht in gegooid, even beschenen door de zon terwijl de wind de bladzijden omslaat, het gelach van haar moeder, het gelach van de man. Kleine Stella Mooney, die bij de balustrade staat, eroverheen hangt en naar beneden kijkt; het boek vliegt nog steeds door de lucht,

heen en weer bewegend, daalt dan als in een droom langzaam neer en
maakt een zachte landing ... en Stella die zich afvraagt hoe het voelt
om erachteraan te gaan, op de balustrade te klimmen, zich te laten
vallen en naar beneden te zweven, te vliegen bijna, terwijl de lach van
haar moeder wegsterft en alleen de wind nog langs haar oren suist.
   Het lijkt haar aanlokkelijk, niet onmogelijk.

De Freelander stoof weg, wilde door rood rijden, bedacht zich
toen en stopte. Stella reed wel door, zonder het van plan te zijn, en
was net het kruispunt over voordat het verkeer van de andere kant
op gang kwam.

Niet ik, dacht ze. Kleine Stella Mooney. Niet ik, maar iemand
die op me leek.

En opeens wist ze het.

Tom Davison, die zei: 'Maak je maar geen zorgen, Stella. Dat
was ik niet; het was iemand die op me leek.'

Familieleden die doden niet herkennen.

Hij niet. Iemand die op hem leek.

Ze draaide de parkeerplaats van AMIP-5 op, direct gevolgd door een
andere wagen, die naast haar stopte: de zwarte Freelander. Collier
stapte uit en wierp haar een zijdelingse blik toe.

'Door rood rijden terwijl je aan het bellen bent ...'

Ze schudde haar hoofd. 'Dat was ik niet, dat was iemand die op
me leek.'

42

Silano zei: 'Het was een Amerikaans bedrijf, vertelde mijn informant me. Pigeon nam de vergaderingen waar omdat Morgan er
niet heen kon, of er niet heen wilde. Sommige agendapunten
waren te gevoelig, schijnt het.'

'Hoe kwam hij daarmee weg?'

Silano overwoog dit. 'Misschien hadden ze Morgan nooit ontmoet?'

'Goed, laten we zeggen dat ze hem nooit ontmoet hadden. Heb
jij hem ooit ontmoet?'

'Morgan? Nee.'

'Maar je weet hoe hij eruitziet.'

'Ik heb hem weleens op tv gezien, geloof ik. En in de krant.'

'Heb je goed naar hem gekeken?'

'Nee, dat niet.'

'Een foto, een tv-beeld, dat is toch niet hetzelfde als in levenden
lijve. Heb je weleens een beroemd persoon ontmoet?'

'Een paar keer. Een tv-presentator die als gastspreker optrad bij
een diner en een fotomodel van wie het vriendje een overdosis had
genomen.'

'Zagen ze er net zo uit als op de foto? Als op tv?'

Silano dacht hierover na. 'Ja, min of meer wel, hoewel ... Hoe
zat het ook alweer? Tweedimensionaal, driedimensionaal? Dat
mensen er in het echt kleiner uitzien, dat tv dikker maakt ...'

'Dat weet ik niet', zei Stella. 'Maar denk hier eens over na. Zou jij
de plaats van DC Harriman kunnen innemen?'

Silano lachte. 'Wij zijn totaal verschillend. Lichamelijk, bedoel
ik. Geen enkele gelijkenis.'

'Dus als ik iemand de plaats van Harriman zou willen laten
innemen om mensen om de tuin te leiden die hem alleen van foto's
kennen, dan zou ik jou dus niet moeten nemen. Wie zou ik dan wel
moeten nemen?'

'Iemand die op Harriman lijkt natuurlijk.'

'Ja. En denk nu eens aan Morgan en Pigeon. Gaat dat bij hem
ook op?'

'Wat?'

'Lijkt Leonard Pigeon op Neil Morgan? Lijkt hij er genoeg op om mensen om de tuin te leiden die hem alleen van foto's in de krant kennen of hem op tv hebben gezien?'

Silano pakte de foto van Pigeon die zijn weduwe hun had gegeven. Stella googlede een foto van Neil Morgan tevoorschijn en hield de foto van Pigeon naast het computerscherm.

Donker, dertiger, gladgeschoren, net kapsel, mollig, mond vrijwel identiek, ogen zo goed als, neus min of meer.

Silano keek naar de twee foto's en toen naar Stella. 'U denkt dat hij Morgan had willen vermoorden?'

'Ik denk dat die mogelijkheid bestaat. Ja.'

'Maar die woorden op Pigeons armen dan: vuile lafbek. Hij rende weg toen hij dat incident op de brug zag.'

'Hoe weten we dat?'

'Omdat het in de krant heeft gestaan en op tv is geweest.'

'Is dat zo? We weten wel dat er melding is gemaakt van het incident.'

Silano keek naar de twee foto's en toen omhoog naar het whiteboard waarop een andere foto van Leonard Pigeon hing, zittend op de parkbank, het hoofd voorover gevallen, de wangen uitgezakt omdat de kaken door de doorgesneden keel nergens meer steun vonden.

De levende Leonard, de dode Leonard. Op beide niet echt zichzelf.

De openstaande ramen lieten de sigarettenrook naar buiten en de uitlaatgassen naar binnen. Marsen en Tim Tams hadden plaatsgemaakt voor Texan Bars en iedereen dronk mineraalwater, met uitzondering van Sue Chapman, die kraanwater dronk, hoewel ze wist dat het vol oestrogeen zat, maar ze had een oppepper nodig.

Maxine Hewitt zei: 'Kranten en tv-nieuws. Daar haalde hij zijn informatie vandaan; de moordenaar, bedoel ik.'

'Weet je dat zeker? Werd daarin uitgebreid uit de doeken gedaan dat Pigeon de overval op de vrouw zag en meteen rechtsomkeert maakte en ervandoor ging? Heb je de berichten gelezen? Heb je gecontroleerd of ze klopten?' Maxine haalde haar schouders op. 'Nee, dat moet nog gebeuren. DC Harriman en ik gaan terug naar Morgan.'

'Waarom?'

Het was Collier die dit vroeg; hij leunde tegen een bureau, voor in de recherchekamer, onder Stella's neus. Sorley had de gewoonte om bij de deur te blijven staan en toe te kijken, terwijl Stella het werkoverleg leidde. Collier was minder discreet.

'Als hij het eigenlijke doelwit was,' zei Stella, 'dan moeten we meer weten. Als "vuile lafbek" niet voor Pigeon bedoeld was, dan moet het voor Morgan bedoeld zijn. Waarom?'

'Het is niet meer dan een theorie', zei Collier. 'Misschien vergis je je wel. De kans is groot.'

'Maar er moet wel naar gekeken worden.'

'Hij is parlementslid, een vooraanstaand parlementslid. Ga dus voorzichtig te werk.'

Er viel een korte stilte in de recherchekamer, alsof iedereen even de adem inhield. In Stella's hals verscheen een rode vlek. Ze richtte zich weer tot het team. 'Er is een link tussen Bryony Dean en Leonard Pigeon óf Neil Morgan. Misschien kenden ze elkaar. Misschien bestaat die link ook alleen maar in het hoofd van de moordenaar. We moeten erachter zien te komen wat hen met elkaar verbindt. Het zal ons naar de moordenaar leiden.' Ze wachtte even. 'Oké, dat was het.'

'Nee, wacht.' Collier kwam naar voren. Hij gebaarde naar Stella dat ze achter een bureau moest plaatsnemen en ging op de plek staan waar zij net had gestaan. 'Jullie zullen wel gehoord hebben dat de moeder van Bryony Dean gisteren zelfmoord heeft gepleegd, kort nadat DS Mooney en DC Harriman haar ondervraagd hadden. Er worden vragen over gesteld, vooral door de hoofdcommissaris, maar ook door de pers. Het officiële antwoord van dit team, en daarmee bedoel ik jullie allemaal, luidt: "geen commentaar". Ik wil een schriftelijk verslag van de rechercheurs in kwestie. Twee verslagen, dus niet één verslag dat door beiden is ondertekend.' Een minieme pauze volgde, daarna zei hij: 'DS Mooney, mijn kantoor, even bijpraten.'

Hij verliet de kamer. Stella verliet de kamer. Collier ging naar zijn kantoor en Stella ging naar Coffee Republic en kocht een dubbele Americano. Ze had helemaal geen zin in koffie, maar wilde even wat afstand tussen haar en Collier. Niemand geloofde dat het even bijpraten was. En iedereen wist dat Collier zich niet met het werkoverleg had moeten bemoeien, dat zijn waarschuwing om voorzichtig met Neil Morgan om te gaan volkomen misplaatst was, en dat hij Melanie Deans dood niet ter sprake had mogen brengen zonder er meteen bij te vermelden dat niemand van hen daar schuld aan had. Pete Harriman had haar voorbeeld gevolgd, bestelde zelf een dubbele espresso en liep samen met haar terug.

'Waar ken je hem van?'

'Fulham Cross.'

'Wat is het probleem?'

'Het is een klootzak.'

'Ja, dat wisten we al. Dat vind jij, dat vind ik, dat vindt iedereen eigenlijk. Maar dat is niet het enige.'

'Hij heeft me een keer proberen te versieren, maar ik heb hem afgewezen. Maar dat is niet het ergste, hoewel het de zaak er niet beter op maakt. Nee, het probleem is vooral dat hij een klootzak is, een eersteklas klootzak.'

'Hoe gaat het met DI Sorley?'

'Net van de intensive care af. Die zien we voorlopig niet terug.'

'Hoelang is voorlopig?'

Stella haalde haar schouders op. 'Geen idee … maanden …'

Ze staken tussen de auto's en fietsers, die als maniakken reden, de straat over. Harriman zei: 'Hebben wij even pech.'

Collier had de inrichting van zijn kantoor veranderd: Sorleys bureau was dwars neergezet zodat hij een driehoek vormde met de hoek van de kamer, er was een ijzeren stelling voor dossiers en verslagen bij gekomen, er stonden brievenbakjes voor de lopende zaken en er hing een planbord met kleurencodes aan de muur. Maar, dacht Stella, misschien was het ook wel een vorm van feng shui die voorschreef dat klootzakken het best gedijden in drie-hoekopstellingen.

'Melanie Deans dood ...' zei Collier. 'Zijn we er zeker van dat ze zelfmoord heeft gepleegd?'

'Ik heb het verslag nog niet gezien. Jij wel?'

'Ja. Daarin wordt van zelfmoord uitgegaan. Maar is het dat ook?' Stella zei niets. 'Kan het geen roofoverval zijn geweest, door een bende uit de wijk, of een malloot onder invloed van paddo's, die haar over de rand heeft gegooid?'

'Is dat waar je op hoopt?'

'In Harefield kun je alles verwachten. Zoek het uit.'

'Ik geloof niet dat we iets zullen vinden.'

Collier stak een sigaret op en hoestte. 'Je weet toch hoe de roddelbladen geilen op een verhaal over wangedrag van de politie.'

'Daar kunnen ze onmogelijk mee aankomen.'

'Heb je haar aangeraden om hulp te zoeken? Je ging erheen en vertelde haar dat haar dochter dood was ... Geen twijfel mogelijk. Ze hing boven in een boom met uitgepikte ogen.'

'Ja, dat heb ik haar aangeraden. Lees mijn verslag er maar op na. Dat hoort bij jouw taak.' Ze glimlachte liefjes.

'Het zou inderdaad eenvoudiger zijn als we dit een doorgedraaide junk in de schoenen konden schuiven.' Hij dacht even na. 'Ze was dronken, toch? Zou het ook een ongeluk geweest kunnen zijn? Kunnen we het niet daarop gooien?'

'Iedereen die over die balustrade heen gaat, is erbovenop geklommen of eroverheen geduwd; je kunt er niet per ongeluk vanaf vallen. Bovendien ben ik er zeker van dat ze gesprongen is.'

'Ja? Waarom?'

'Omdat ik onder de gegeven omstandigheden hetzelfde zou hebben gedaan.'

43

De jongens in de Imola-rode BMW reden over de Strip. Hun geluidsinstallatie stond zo hard dat een pacemaker er spontaan van achteruit ging lopen. De hoeren probeerden klanten te lokken tijdens het lunchuur. Misschien hadden ze beter vruchtendrankjes en wraps met tonijn en mayonaise kunnen aanbieden in plaats van zichzelf.

Aimée inspecteerde de keuken in een appartement in Noord-Kensington: een buurt die makelaars liever omschreven als: 'grenzend aan Notting Hill'. Ze trok kastjes en lades open en bekeek alles nauwkeurig. Daarna ging ze naar de badkamer en zette er potjes crème en gel neer, haar make-uptas, een tandenborstel en een tube tandpasta. Ze had cd's en boeken van huis meegenomen om er haar eigen plek van te maken. Hun eigen plek.

De vriendin die haar het huis had geleend, werkte zes maanden in het buitenland. Zij had een oppas voor haar huis gezocht, en Aimée een plek om alleen met Woolf te kunnen zijn. Ze hadden elkaar al een paar keer na het werk ontmoet, en tijdens haar lunchpauze. Ze hadden bij het afscheid gezoend, waarbij ze het stadium van een vluchtig kusje op de wang allang gepasseerd waren.

Ze had gehoopt dat hij haar zou uitnodigen bij hem thuis te komen, maar dat had hij niet gedaan. Misschien zat hij ook vast in een moeilijke relatie. Niet dat het haar iets kon schelen. De laatste keer dat ze gezoend hadden, was ze dicht bij hem gaan staan en had ze haar armen om hem heen geslagen; hij had zijn hand onder op haar rug gelegd en haar naar zich toe getrokken; ze had zijn harde lichaam gevoeld. Het appartement zou hun wereldje worden. Ze had hem niet verteld van haar man en haar zoon en was dat ook niet van plan.

Het appartement bevond zich op de eerste verdieping van een Victoriaans huis van vier verdiepingen en had vier lichte, frisse kamers met hoge plafonds. Ze liep naar de slaapkamer en ging op het bed liggen. Ze beeldde zich in dat hij bij haar in bed lag en voelde haar tepels hard worden.

Een vroege vlinder, te vroeg voor de tijd van het jaar, zat gevangen tussen het raam en de gordijnen van lichtblauw chiffon, die haar vriendin had opgehangen om diffuus licht te creëren. Aimée keek naar de schaduw van het diertje, dat leek te dansen terwijl het met zijn vleugels tegen het glas fladderde. Toen sloot ze haar ogen en viel ze in slaap.

Gideon Woolf zat in zijn draaistoel, met zijn rug naar de tv, de laptop en het raam gekeerd. Hij dacht aan Aimée en of hij haar zou moeten doden.

Frank Silano wist dat Maxine Hewitt lesbisch was en zij wist dat hij gescheiden was, maar het was informatie die voor hen totaal irrelevant was. Ze wisten ook dat ze goed konden samenwerken. Silano hield zich meestal op de achtergrond. Niet uit respect, het was hun tactiek. Het was het tegenovergestelde van wat mensen verwachtten; het zette ze op het verkeerde been.

Deze tactiek werd nu op Paula Pigeon toegepast: Silano zweeg en maakte aantekeningen, terwijl Maxine vragen stelde die Paula gemakkelijk kon beantwoorden. Ze vroeg haar hoelang Leonard voor Neil Morgan had gewerkt, waar hij daarvoor had gewerkt, of hij lange uren moest maken. Maxine vroeg of hij elke morgen op hetzelfde tijdstip zijn wandeling had gemaakt, of hij met de auto naar zijn werk was gegaan, of met het openbaar vervoer. En hoe vaak precies had hij zich voor zijn baas uitgegeven?

Paula zei: 'Drie keer, geloof ik.'

Er viel een korte stilte, de adem stokte, een paniekerige blik. Ze probeerde niet terug te krabbelen maar zei: 'Maakt het wat uit hoe vaak?'

Maxine zei: 'Ik wil niet harteloos overkomen, maar nu niet meer, nee.'

'Nee.' Paula lachte wrang. 'Natuurlijk niet ...'

'Waarom deed hij het?'

'Gevoelige onderwerpen, denk ik. Neil zat in diverse besturen. Ik neem aan dat hij ervoor moest oppassen om niet in opspraak te raken: tegenstrijdige belangen, u kent dat wel.'

Maxine knikte. 'Dus in plaats van zich terug te trekken uit een zaak waar hij niet bij betrokken had mogen worden, stuurde hij uw man erop af.'

'Ik vermoed dat áls er vragen over gesteld werden, hij naar waarheid kon zeggen dat hij niet bij de vergadering aanwezig was geweest en geen banden met het bedrijf had.'

'Maar uw man kon wel informatie doorgeven aan Morgan, die deze informatie dan weer aan een raad van bestuur kon doorgeven die belang had bij de deal.'

'Het ging Neil erom de Amerikanen te imponeren, om ze te laten geloven dat als een parlementslid een bedrijf steunde, ze er veilig in konden investeren … zoiets.'

'Maar in werkelijkheid was het uw man die hen imponeerde.'

'Niet altijd. Alleen bij die drie gelegenheden, voorzover ik weet.'

'Weet u wat die tegenstrijdige belangen waren?'

'Nee, niet echt. Ik vermoed zaken waar Neil niet openlijk mee in verband gebracht wilde worden.'

Silano herinnerde zich iets wat Derek Crane had gezegd. 'Startkabels voor Abu Ghraib …'

Paula richtte zich tot hem. 'Len zou nooit aan een dergelijke deal meegewerkt hebben.'

'Hoe weet u dat?' vroeg Silano. 'Zo'n bedrijf zou zichzelf niet Martelwerktuigen en co. genoemd hebben.'

'Waar vonden de vergaderingen plaats?' vroeg Maxine.

'In een hotel. Het Royal Lancaster.'

'En hoe ging meneer Pigeon daarnaartoe?'

Paula knikte om aan te geven dat ze begreep wat Maxine bedoelde. 'Ja … In Neils auto, met Neils chauffeur. Het hoorde bij de vermomming.'

'Waarvandaan?'

'Sorry?'

'Vertrok hij hiervandaan of van Morgans huis als hij naar die vergaderingen ging?'

'Van Neils huis, natuurlijk. Het hoorde …'

'… bij de vermomming', zei Silano behulpzaam.

Maxine liet er meteen op volgen: 'En waar was Morgan wanneer dit aan de gang was?'

'Ik denk dat hij die vergaderingen plande op momenten dat hij in het Lagerhuis moest zijn om te stemmen. Omringd door collega's. Of misschien regelde hij wel een gesprek met de minister-president.'

Silano hoorde de scherpe ondertoon in haar stem. 'U keurde het niet goed …'

'Ik vroeg me wel af wat er met Len zou gebeuren als er iets misging. Lens probleem was dat hij loyaal was. Als hij net als de rest achterbaks was geweest en iedereen naar de mond had gepraat, was hij hogerop gekomen.'

Maxine vroeg: 'Vond u dat ze op elkaar leken?'

'Op het eerste gezicht misschien wel. Maar niemand zou ze voor broers aangezien hebben.'

'Maar iemand die uw man en Neil nooit ontmoet had, zou ze door elkaar kunnen halen?'

'De Amerikanen, bedoelt u …? Ja, dat zou kunnen.'

Silano borg zijn notitieboekje op. Maxine beantwoordde nog een paar lastige vragen over begraven en gerechtelijke vooronderzoeken en daarna liet Paula hen uit. Ze had hun net een zuinig en verkrampt glimlachje toegeworpen en de klink naar beneden geduwd, toen ze plotseling zei: 'O', waarbij ze Maxine met grote ogen aanstaarde. Haar hals werd rood en vlekkerig. Ze leunde in het halletje tegen de muur en zakte daarna in elkaar. Ze ademde zwaar, alsof ze hard gelopen had, het hoofd gebogen.

Zonder op te kijken zei ze: 'U denkt dat Neil het had moeten zijn. Dat hij het op Neil had gemunt. Dat Len een vergissing was.'

Silano liep naar buiten. Maxine ging naast Paula op de grond zitten. Ze zei: 'Het is niet meer dan een theorie.'

'Hij had nog kunnen leven.'

'De mogelijkheid bestaat. We weten het niet.'

Paula zei: 'Wilt u nu weggaan? Wilt u alstublieft weggaan?' Maxine ging staan en liep naar de deur. Ze vermoedde dat het verdriet dat Paula nu verdrong als een zware steen op haar hart moest rusten.

Toen Aimée wakker werd, maakte de vlinder nog steeds schaduw-figuren op het blauwe chiffon en tikten zijn vleugels nog steeds spookachtig tegen het glas.

Ze ging onder de douche, zette koffie en at het broodje op dat ze onderweg naar het appartement had gekocht. Ze voelde zich er thuis. Ze wou dat hij bij haar was en zou het liefst nooit meer naar huis gaan. Hij had het telefoonnummer van de kliniek en haar mobiele nummer. Hij had haar zijn telefoonnummer niet gegeven en zij had er niet om gevraagd. Ze vond het leuk dat hij bijna elke avond wanneer ze de kliniek verliet op haar stond te wachten: zijn keuze, geen druk, geen telefoontjes, geen verwachtingen. Bijna elke avond, maar niet elke avond.

Ze vond het leuk dat ze hem al van verre herkende: het haar tot op zijn kraag, de lange jas die hij altijd droeg, een T-shirt en een legerbroek eronder, de pijpen in de hoge veterschoenen gestopt. Hij was anders dan anderen. Zo gekleed zag hij eruit alsof hij niet alleen haar, maar de hele wereld aankon.

Stukje bij beetje zou ze hem leren kennen. Voorlopig hield ze alleen van hem en dat was voldoende.

44

Er zaten twee clubs aan Orchard Street, het was een moeilijke keuze. De ene was een eettent waar de diensters verkleed waren als Franse kamermeisjes en tijdens het serveren ver over de tafels heen bogen. De andere was een exclusieve bar met een pokertafel in de achterkamer met een winstmarge van tweehonderd procent. Stella verkoos drank en poker boven kont en tieten en werd bij de balie door een blonde dame in Armani-pak naar haar lidmaatschaps-kaart gevraagd. Stella liet haar politiepenning zien en het meisje zei: 'Ik geloof niet dat ik u daarmee binnen kan laten.'

Stella boog zich glimlachend over de balie heen en zei: 'Dit is een topclub die vol zit met bobo's. Als mijn collega's van Narcotica of Zeden deze bobo's hier zien gokken, een lijntje zien snuiven in het herentoilet, of met een dure hoer zien flikflooien, zullen ze tot arrestatie moeten overgaan. En zoiets hou je niet stil. Maar je hebt geluk, want ik ben hier voor iets anders, iets wat jouw baas niet te weten hoeft te komen. Nou' – de glimlach verdween – 'is Abigail er vanavond?' Het meisje deed een poging haar schouders op te halen. 'Ik bedoel de Abigail', zei Stella tegen haar, 'die bevriend is met Neil Morgan. En vertel me nou niet dat het privéleven van de clubleden je niets aangaat. Discretie is te koop en dat Armani-pak heeft je een lieve duit gekost.'

'Ze is er.'

'En haar vriend?'

'Die wordt verwacht.'

Stella liep een glanzende mahoniehouten trap op naar een bar die zo groot was als een voetbalveld. Het was een plek waar alles naar geld rook, behalve het geld zelf, dat elektronisch werd afge-schreven, ergens tussen zonsondergang en zonsopgang. Ze bestelde een glas champagne, dat ze liet opschrijven maar niet van plan was te betalen, en ging toen in een leren clubfauteuil bij de deur zitten, waar de mensen die binnenkwamen haar niet konden zien, tenzij ze achteromkeken.

De cliëntèle was chic rijk, ordinair rijk, of wilde rijk zijn. De blondine die aan het uiteinde van de bar zat, wilde rijk zijn: de Donna Karan-jurk en de coupe soleil maakten dat net even te veel duidelijk, en de Fendi-tas was niet met haar eigen creditcard betaald. Ze draaide een sigaret rond tussen haar vingers die ze heel graag wilde aansteken. Morgan kwam twintig minuten later binnen, toen Stella aan haar tweede glas bezig was en de blondine drie onaangestoken sigaretten had vermorzeld. Stella observeerde hen een poosje; observeerde hun omgang met elkaar. De lichaamstaal was interessant: hoe ze zich naar hem toe boog en met haar vingertoppen zijn hand aanraakte, hoe hij glimlachte en grinnikte om alles wat ze zei en haar daarna ernstig aankeek, vol verlangen. Het was moeilijk in te schatten waar behoefte overging in hebzucht.

Toen Stella hen met een wijde boog van achteren naderde, vertelde Morgan haar net over een inspectiereis die hij binnenkort moest maken. Hij kon haar natuurlijk niet meenemen, ze konden niet samen reizen, maar ze konden elkaar op de plek van bestemming natuurlijk wel treffen.

Stella zei: 'Meneer Morgan?'

De spieren in zijn schouders trokken samen toen hij zich omdraaide. 'Ik ben geen journalist', zei ze, waarna ze één hartslag, twee hartslagen wachtte, voordat ze eraan toevoegde: 'Hoewel ik er wel een paar ken.'

De blondine zei: 'Neil ...'

'Niks aan de hand', zei Morgan tegen haar. 'Ze is van de politie.'

Ze zaten met zijn tweeën aan een hoektafeltje bij het raam, hun silhouet weerspiegelde in het glas opzij van hen. Morgan keek naar buiten. De zon was net ondergegaan en Londen ontstak zijn lichten.

Hij zei: 'Dus u denkt dat hij mij wilde vermoorden?'

Stella had een nieuw glas champagne voor zich staan en voelde zich wat licht in haar hoofd. 'Het is mogelijk.'

'Waarom mij?'

'Waarom Leonard Pigeon?'

'Vanwege zijn laffe gedrag, toch? Ik bedoel, de man is niet goed bij zijn hoofd. Hij vermoordt eerst een prostituee, hangt haar op in een boom en schrijft "smerige slet" op haar, en daarna Len, maar bij hem ging het om dat incident op de brug, om die vrouw die in het water werd gegooid ...'

Stella's hand bleef boven haar glas hangen. De blondine kwam de bar weer binnen en bleef staan, alsof ze wachtte op een beslissing, haar silhouet vloeide samen met die van hen in het raam. Morgan keek haar aan en toen een andere kant op. Ze wachtte nog een paar seconden en liep toen met grote passen de deur uit.

Stella zei: 'Vieze meid.' Morgan lachte, maar gaf geen commentaar. Stella schudde haar hoofd. 'Nee, niet uw vriendin. De prostituee. Hij had "vieze meid" op haar geschreven, niet "smerige slet".'

'O.'

'"Smerige slet" is uw interpretatie.'

'Ik wist dat het zoiets was.'

'U had zelf waarschijnlijk voor "smerige slet" gekozen.'

Morgans gezicht betrok. 'Wat wilt u?'

'Een paar dingen', zei Stella. 'Om te beginnen: wie heeft u verteld over het meisje in de boom en dat er op haar geschreven was. Was dat misschien dezelfde persoon die u verteld heeft over de woorden die op Leonard Pigeon geschreven waren, en dat die mogelijk verband hielden met het incident op de brug? Ik vraag u dat omdat hiervan niets aan de pers is vrijgegeven – de woorden, de brug – niemand heeft de twee moorden nog met elkaar in verband gebracht.'

Morgan zei: 'Ik ben parlementslid.'

'Ja, dat is me bekend. Wie heeft het u verteld?'

'Dat valt volgens mij onder immuniteit.'

'Nee, en u dreigt de rechtsgang te belemmeren ...'

'Het was algemeen bekend. Mensen zagen het meisje in de boom hangen; mensen zagen Len op het bankje langs de rivier zitten.'

Stella zuchtte geërgerd. 'Nee, heel weinig mensen hebben het meisje gezien, en toen we haar uit die boom haalden, was het donker. En de mensen die langs Leonard Pigeon liepen, wisten niet dat hij dood was, of wilden dat niet weten. Het stel dat hem gevonden heeft, dacht dat de woorden een tatoeage waren, en had bovendien liever verzwegen dat ze daar samen waren. Als het algemeen bekend was, had het in de kranten moeten staan. U zult met een andere uitleg moeten komen.'

Dat deed hij ook. 'Paula Pigeon heeft het me verteld.'

Stella glimlachte. 'Zeker, ze wist dat er op haar man geschreven was, maar ze wist niets van het meisje in de boom.' Morgan draaide zich naar het raam en zag zijn eigen grimmige gezicht in het glas weerspiegeld. 'U verwachtte me', zei Stella. 'U wist dat ik van de politie was.'

'Ik had niet verwacht dat u hier zou ...'

'Iemand heeft u ingelicht. Iemand die vond dat u het moest weten.'

'Ja, dat klopt', zei Morgan plotseling strijdlustig. 'Een van uw collega's, om me op de hoogte te brengen. U hebt uw huiswerk niet gedaan.'

Stella kreeg sterk de neiging hem een klap te verkopen. Ze zei: 'Laten we even aannemen dat hij het op u had voorzien, dat de moordenaar de verkeerde heeft vermoord, dat hij eigenlijk u de keel had willen doorsnijden.'

'Goed. Maar waarom mij?'

'Nee, vertelt u mij dat maar. "Vuile lafbek" had hij opgeschreven. Waarom zou dat meer op u van toepassing zijn geweest dan op Leonard Pigeon?'

'Een groep jongens op een brug die een vrouw aanvalt ... Zou ik het er beter van afgebracht hebben dan Len? Zou ik wel naar ze toe zijn gerend? De confrontatie zijn aangegaan? Ik weet het niet. Ik heb zoiets nooit meegemaakt, ik heb een dergelijke keuze nooit hoeven maken.'

'Er is geen reden om aan te nemen dat iemand u een lafaard vindt?'

'Eerlijk antwoord? Nee.' Hij draaide een bierviltje rond tussen zijn vingers en zei: 'Als u hier gekomen bent om met mij over deze zaak te praten, dan moet u ook de bedoeling hebben gehad me over de woorden op Lens armen te vertellen.'

'Maar niet over het meisje in de boom, en niet over het verband tussen de twee moorden, dus luister goed: als ik hoor dat daarover gepraat wordt, of als ik er iets over in de krant zie staan, dan sta ik dezelfde dag nog met een arrestatiebevel bij u op de stoep.'

Morgan glimlachte haar welwillend toe. 'Ja ja … dat zal wel.'

Stella lachte. 'Reken er maar op …' Zijn glimlach verdween. Even later zei ze: 'U bent niet echt overtuigd van mijn theorie, hè?'

'Nee, niet echt.'

'Geen beveiliging dus?'

De vraag verraste hem. 'Sorry?'

'Als we het erover eens waren geworden dat u het doelwit bent, dat er iemand rondloopt die u een vuile lafbek vindt die het verdient om te sterven, dan zou ik een geheim adres en beveiliging voor u en uw gezin voorgesteld hebben. Er zijn tenslotte twee moorden gepleegd, allebei op een openbare plek, maar niemand die iets gehoord of gezien heeft: deze man weet wat hij doet.' Ze dronk haar glas leeg. 'Maar goed, als u zich nergens zorgen om maakt, doe ik het ook niet.'

Een minuut lang zaten ze zwijgend bij elkaar, Morgan met gebogen hoofd. Uiteindelijk keek hij op en hij zei: 'Ik kan niets bedenken. Helemaal niets. Niets wat op lafheid zou kunnen duiden …' Hij schudde zijn hoofd, alsof hij zich tevergeefs iets probeerde te herinneren. 'Maar deze man is gestoord. Hij zou alles als voorwendsel kunnen gebruiken. Alles wat ik gedaan heb. Alles wat volgens hem afkeurenswaardig is.'

'Alles wat hij als laf betiteld.'

'Ja, dat zeg ik. Het hoeft niet iets rationeels te zijn.'

'U bedoelt dat het geen lafheid geweest hoeft te zijn.'

'Precies.'

'U kiest voor beveiliging.'

'Dat lijkt met het verstandigste.'

'Voor u en uw gezin.'

'Ja.'

'En Abigail?'

Morgan keek haar verbaasd aan. 'Hoe weet u dat ze Abigail heet?'

'Die informatie mag ik niet vrijgeven.' Stella glimlachte bijna:

officiële kletspraat waarmee je burgers de mond snoerde. 'Dus ...
Abigail ...'

'Zelfs in de beste huwelijken', zei Morgan en hij grijnsde haar
samenzweerderig toe.

Stella knikte, alsof ze wilde zeggen: Waarom vertel je mij dat? Ze
zei: 'Ik moet met haar praten.'

'Ze weet niets.'

'Dat zal wel, maar ik zal toch met haar moeten praten.'

Morgan haalde zijn visitekaartje tevoorschijn, schreef er een
naam en een telefoonnummer achterop en gaf het aan Stella.
Op het moment dat ze het kaartje aannam, zag ze de blik van
paniek in zijn ogen: *mijn visitekaartje, haar naam op de achterkant;
hoe kon ik zo stom zijn?*

Ze zei: 'Maak u geen zorgen. Ik ben smeris, geen huwelijkscon-
sulent.'

Morgan draaide nog steeds het bierviltje rond. Toen Stella op-
stond, zei hij: 'Trouwens ... Len gaf zich niet voor mij uit; hij heeft
mij ook nooit vervangen. Hij deed zelf zaken met een Amerikaans
bedrijf. Het had niets met mij te maken.'

'Mij is iets anders verteld.'

'Dan bent u verkeerd ingelicht. Waarom zou ik daarover liegen?'

'Dat weet ik niet', zei Stella tegen hem. Ze zweeg even. 'Tenzij
uw betrokkenheid bij dat Amerikaanse bedrijf eruit bestond dat u
vertrouwelijke informatie doorgaf; tenzij u wilde kunnen zeggen
dat u het bedrijf niet kende, dat u nooit iemand van dat bedrijf
ontmoet had, dat u nooit met ze gecorrespondeerd had, en dat u
kon bewijzen dat u op de data in kwestie ergens anders was.' Ze
haalde haar schouders op. 'Ik doe maar een gok.'

Het bierviltje draaide steeds sneller in het rond. Morgan zei: 'U
begeeft zich op glad ijs, DS Mooney. Met Lens zaken had ik niets te
maken.'

'Zijn vrouw beweert dat hij die vergaderingen uitsluitend bij-
woonde met de bedoeling om zich voor u uit te geven.'

'Ik vraag me af waarom Len haar dat verteld heeft. Ik neem aan
dat hij iets te verbergen had. Maar hij is dood nu, hem beschuldigen
heeft geen zin meer.'

'Ze is er heel zeker van.'

'Als hij haar dat verteld heeft, verbaast me dat niet.'

De bar was ondertussen volgelopen: oudere mannen en jonge vrouwen, oudere mannen en jonge mannen; in stille hoekjes werd zakengedaan, gokkers zaten aan de bar te wachten tot er een plaats vrijkwam aan de pokertafel. Stella werd door talloze ogen gevolgd toen ze naar buiten liep, alsof er in witte koeieletters 'politie' achter op haar ooit modieuze jasje van TK Maxx stond.

45

Zelfs in de beste huwelijken ...

Stella reed naar het Embankment, parkeerde haar auto en liep verder. Ze dacht aan haar gesprek met Tom Davison en hoe ze zich gevoeld had toen hij zo dicht bij haar had gestaan. Ze dacht terug aan de avond in Machado's, de rijen lichtjes op het plein, de rondcirkelende zwaluwen en Delaney die vroeg: 'Ben je gelukkig met onze relatie?'

Ze wist dat hij zich rusteloos voelde, maar ze wist niet waarom.

De Imola-rode BMW reed voorbij. Aan de onderkant van de auto zaten ledlampjes gemonteerd die een blauwe gloed op het asfalt wierpen. De muziek uit de geluidsinstallatie weerkaatste tegen de muur van het Embankment en de jongens hingen uit de auto-raampjes, lachend, schreeuwend en op zoek naar meiden.

Toen ze Stella zagen lopen, draaiden ze hun hele repertoire af.

Hé, kutwijf ...

Aimée lag in de armen van haar minnaar, ze had zich tegen hem aan gevlijd, zich aan hem vastgeklampt. Zijn harde borstkas ging langzaam op en neer, zijn buik was een wasbord van spieren. Ze voelde zijn bovenarm tegen haar schouder drukken. Ze had voor hem gekookt, ze hadden wijn gedronken en ze hadden gevrijd op een manier die nieuw voor haar was, vanwege de intensiteit en het genot, en vanwege de sensatie van pijn, maar het was wat ze wilde, waar ze nu alweer naar verlangde, terwijl ze naast hem lag, nog klam tussen haar dijen, nog warm van zijn aanraking.

Gideon, Gideon ...

De liefde had haar overrompeld, maar ze had zich snel aangepast aan de eisen die de liefde stelde. Haar moeder woonde in Oxford, ze was vrijwel doof, had een zwakke gezondheid en vormde een goed alibi. Wie kon er iets op tegen hebben als haar dochter wat vaker een nacht of weekend daar doorbracht?

Onder het eten hadden ze over zichzelf gepraat, leugens van

beide kanten, die een gewillig oor vonden.

Aimée had hem wijsgemaakt dat ze nu ongeveer een jaar in dit appartement woonde. Dat ze langgeleden verloofd was geweest, maar dat er sindsdien niemand meer in haar leven was geweest. Geen speciaal iemand, in ieder geval. Dat ze als tandartsassistente werkte, maar dat wist hij al. En verder was er niet veel te vertellen.

Woolf had als ingenieur gewerkt. Hij had 'ingenieur' gekozen omdat het vaag en ingewikkeld klonk. Hij was ontslagen met een mooie afvloeiingsregeling. Hij was op zoek naar een nieuwe baan, maar had geen haast. Verder was er niet veel te vertellen.

Ze had voorgesteld een weekend samen weg te gaan. Het had hem een goed idee geleken.

Ze dacht dat hij sliep, en misschien deed hij dat ook, maar toen ze met haar hand over zijn buik streek, draaide hij zich meteen naar haar toe en nam haar in zijn armen; ze gaf een gilletje, trilde en wist dat ze nooit genoeg van hem zou krijgen. Na afloop was het Aimée die sliep, terwijl Woolf wakker lag.

Hij dacht: als we ergens heen gaan waar het nog ongerept is, bos, zee en open land, geen mensen, dan zou ik haar daar kunnen vermoorden.

Mike Sorley zat rechtop in bed, met kussens in de rug, en leek naar een voetbalwedstrijd te kijken op de tv die schuin boven zijn bed hing, maar in werkelijkheid keek hij naar de muur erachter. Die muur was kaal, magnoliawit zoals in alle ziekenhuizen, maar hij zag er beelden op uit een droom. Een droom die hij had gehad toen hij dood was.

Hij wist dat hij dood was geweest, en hij wist ook wanneer, omdat Karen hem verteld had dat ze hem gereanimeerd en gedefibrilleerd hadden en met veel moeite teruggehaald hadden. De droom ging niet over tunnels met wit licht of weilanden vol met bloemen, maar over een reeks donkere stegen en zwak verlichte doodlopende straten, waar hij zelf doorheen rende, heen en weer, waarbij hij steeds de verkeerde hoek om sloeg, steeds op blinde muren stuitte en niet in staat was een uitweg te vinden.

Op het laatst was hij op de grond gaan zitten. Hij wist dat de stegen en straten tot in het oneindige doorliepen, en zijn hart kromp ineen bij de gedachte. Hij voelde zich zo verlaten dat hij bijna geen pijn meer voelde: alles wat hem ooit aan het hart was gegaan, was weg, alles waar hij ooit om gegeven had, was verloren gegaan. Hij zat op de grond en huilde. Toen hadden ze hem teruggehaald, maar hij kon zich niet herinneren hoe: alleen dat het gepaard was gegaan met een verblindend licht, stemmen, pijn, angst en opluchting.

Karen kwam binnen en ging naast hem zitten. Bijna twee minuten lang bleef ze zitten zonder iets te zeggen. Iemand maakte een doelpunt en het publiek werd wild, maar Sorley leek het niet te merken. Uiteindelijk duwde ze de tv aan de kant en ze zei: 'Ben je er nog?'

Sorley keek opzij, schrok en begon toen te lachen. Ze had wat fruit voor hem meegenomen, een boek en de tv-gids, maar niet het voortgangsverslag over het boommeisje en Leonard Pigeon, waar hij om gevraagd had. Ze kuste hem en toen hij haar vasthield ging ze naast hem liggen. Hij legde zijn hoofd op haar schouder en zij sloeg beschermend een arm om hem heen.

Hij zei: 'Weet je wat dood zijn is? Dat is bang en alleen zijn. Ik dacht altijd dat er niets was na de dood, je weet wel, de stekker eruit, over en uit. Maar dat is niet zo. Dood zijn betekent voor eeuwig alleen zijn.'

Karen huiverde even en zei: 'Maar je bent niet dood.'

'Nee', zei hij, en daarna: 'Maar weet je wat echt godgeklaagd is? Dat je hier niet mag roken.'

Stella keek naar de nachtelijke rivierboten en de donkere golven die tegen de kademuur sloegen.

Vieze meid. Vuile lafbek.

Wie ben jij om dat te zeggen, arrogante klootzak? Moordzuchtige klootzak. Ze had zich een voorstelling van hem gemaakt: jong, blank, sterk; het lichaam was gemakkelijk voor te stellen, maar het gezicht bleef oningevuld. Ze dacht aan Bryony Dean met haar uitgepikte ogen. Ze dacht aan Leonard Pigeon met zijn hoofd op zijn borst, de ingevallen wangen, het scheefgetrokken gezicht.

Moordenaar en slachtoffers, en geen van hen leek op zichzelf.

Ze voelde een kilte achter zich, die echter niet afkomstig was van de wind vanaf de rivier. Ze draaide zich snel om en zag een zwerver op zich afkomen, een van de vele die de stad rijk was: hologig, in vuile vodden, met een smerig gezicht, één hand uitgestoken, en in die hand iets wat glinsterde in het licht van de straatlantaarn.

Ga hem te lijf met iets scherps, iets wat hem tegenhoudt.

Ze pakte haar sleutelbos, deed tegelijkertijd een stap opzij en nam de sleutels in haar gebalde vuist, de gekartelde autosleutel tussen twee vingers, maar hij draaide zich met een wezenloze blik in zijn ogen om en liep sloffend weg. Ze realiseerde zich dat hij niet eens naar haar gekeken had; dat hij misschien niet eens geweten had dat ze daar stond en alleen de beelden in zijn eigen hoofd had gezien.

Het geglinster was afkomstig van een frisdrankblikje dat als crackpijpje gebruikt werd. Maar de volgende keer zou het misschien geen blikje zijn. De volgende keer zou het misschien wél een mes zijn.

Londen bij nacht: wees op het ergste voorbereid.

46

Pete Harriman hield van vrouwen. Hij hield zo veel van vrouwen dat hij niet op één meer of minder keek: waarom hemzelf of hen tekortdoen? Op het moment onderhield hij drie relaties, zodat tijdsschema's een deel van zijn leven waren geworden, maar één vrouw had zijn voorkeur. Haar naam was Gloria en ze dreigde zelfs de show te stelen. Ze liep naakt de badkamer in, waar Harriman zich stond te scheren, met zijn gsm tegen zijn oor gedrukt, net niet in het scheerschuim op zijn wang.

'Hallo?' zei hij, gevolgd door: 'Dat meen je niet', en: 'Ik ben al onderweg.'

Hij keek Gloria na toen ze de badkamer weer uit liep. Glad en strak in haar jonge vel. En de manier waarop haar gewelfde rug overging in haar achterwerk en haar gewelfde achterwerk overging in haar dijen, bracht elke man aan het hyperventileren. Hij vond het jammer dat ze de telefoon had opgenomen, want anders was hij zeker nog een half uur gebleven.

Stella zat in de Coffee Republic met een espresso voor zich en een koffiebroodje waar veel te veel calorieën in zaten. Ze was in de rookafdeling gaan zitten om Harriman tegemoet te komen, die met een nors gezicht binnenkwam en ging zitten zonder iets te bestellen. Stella vertelde hem van haar ontmoeting met Neil Morgan: dat iemand Morgan had ingelicht en dat ze er vrij zeker van was dat de persoon in kwestie – de hufter in kwestie – Brian Collier was.

'Ik wil dat je dit weet,' zei ze, 'omdat ik er voorlopig geen ruchtbaarheid aan geef.'

'Je wilt een medestander. Iemand die zo nodig kan bevestigen dat je al langer vermoedde dat waarnemend DI Collier mogelijk zijn boekje te buiten is gegaan.'

'Inderdaad.'

'Omdat je eigenlijk de hoofdcommissaris hierover zou moeten inlichten.'

'Ja, maar ik ben niet zeker van mijn zaak.'

'Geen bewijs.'

'Alleen een vermoeden.'

'En het zou verkeerd zijn een collega alleen op basis van een vermoeden ergens van te beschuldigen.'

'Hoogst onverantwoordelijk. En ook tactisch niet slim.'

'Omdat je liever wacht tot je wél bewijs hebt, zodat je de hufter aan de kaak kunt stellen.'

'Aan beide kaken.'

'Bewijs dat nog kan komen, als je maar geduld hebt.'

'En er vurig op hoopt.'

'Waarom zou hij dat gedaan hebben?' vroeg Harriman. 'Waarom zou hij tegen Morgan gezegd hebben dat hij rekening moest houden met een bezoekje van jou, en dat we informatie over die blondine hadden?'

'Collier wil carrière maken. Naam maken tot in de hoogste kringen, gunsten verlenen in de hoop er wat voor terug te krijgen, zich in de kijker spelen …'

De walging in haar stem, het gevolg van een onverwerkte ergernis uit het verleden, was duidelijk te horen. Harriman vroeg: 'Toen hij je die avond probeerde te versieren, wat zei hij toen?'

'Hij zei tegen me dat hij fors geschapen was.'

Harriman was even afgeleid door de lucifer waarmee hij zijn sigaret wilde aansteken. 'Wát zei hij?'

'Dat hij een grote lul had.'

Op Harrimans gezicht verscheen langzaam een brede grijns. 'Prins Haantje de Voorste', zei hij.

De prins had bij Maxine Hewitt een boodschap voor Stella achtergelaten. Maxine leverde die, samen met de papierwinkel van die morgen, bij haar af. *Meteen bij me langskomen*, luidde de boodschap.

Stella keek de verslagen en e-mails door, en scheidde het kaf van het koren. Er zat een brief tussen waar 'persoonlijk' op stond. Die mikte ze meteen in de prullenbak, waarna ze even tijd nam om de eerste paragraaf te lezen van een artikel over seriemoordenaars, dat

Anne Beaumont haar als bijlage bij een e-mail gestuurd had. Eén passage was met een markeerstift aangestreept:

Een opvallende karaktertrek van seriemoordenaars is dat ze gauw roekeloos worden. Ze gaan te werk volgens een plan, waarbij herhaling noodzaak is. Er zou een beweegreden voor hun daden kunnen zijn – een soort schijnreden waarom deze moordenaars handelen zoals ze handelen – maar uit studies komt naar voren dat die minder belangrijk is voor de moordenaar (hoewel niet minder belangrijk voor het politie-onderzoek) dan zijn behoefte om te doden. Deze onbedwingbare drijfveer is belangrijker voor de dader dan voorbereidingen te treffen en voorzichtigheid te betrachten, en zal daarom eerder tot zijn aanhouding leiden dan het vinden van een motief, omdat het motief vaak irrationeel of vaag is.

Annes begeleidende e-mail luidde:

Met andere woorden: seriemoordenaars krijgen er de smaak van te pakken; hébben er de smaak al van te pakken. Dat klopt ook, maar in deze zaak speelt het motief een grotere rol, omdat de woorden op de lichamen op een specifieke (en daarom op te sporen) reden voor hun dood duiden. Maar hij zou een vergissing kunnen maken. Kun je iets doen om hem vóór te blijven?

Stella voelde dat ze gadegeslagen werd en wist dat het Collier was. Ze onderdrukte de neiging om naar de deur te kijken en legde Annes e-mail op haar bureau. Daarna draaide ze zich om en ze liep de gang op naar de kamer waar het bewijsmateriaal lag opgeslagen. Niet met een speciale bedoeling, maar ze nam er niettemin alle tijd voor. Toen ze de recherchekamer weer binnenkwam, waren alleen Maxine en Sue Chapman er nog, hun ogen strak op het toetsenbord gericht.

Toen Stella langs hen liep, zei Sue: 'Zijn gezicht staat op onweer.'

Collier rookte ook, maar bij Sorley vergeleken was hij een dilettant: hij rookte zijn sigaretten een voor een op. Hij zat te schrijven en keek niet op toen Stella binnenkwam, een tactiek die zo achterhaald was dat ze er bijna hardop om moest lachen. Collier die optrad als DI.

Hij zei: 'Ik had je opgedragen om voorzichtig te werk te gaan, ik heb het zelfs letterlijk zo gezegd, geloof ik.'

'Sorry?'

'Je weet waar ik het over heb.'

'Neil Morgan?' Collier gaf geen antwoord. 'Ik ben bij hem langsgegaan om hem de theorie voor te leggen dat hij het doelwit van de moordenaar geweest zou kunnen zijn. We hadden afgesproken dat ik dat zou doen.'

'Je hebt hem lastiggevallen.'

Stella schrok bijna van haar eigen lach. 'Ik heb hem beveiliging aangeboden.'

'Hou me niet voor de gek, Stella. Je had bij hem thuis kunnen langsgaan, maar in plaats daarvan heb je hem in een club in Orchard Street aangesproken. Je hebt hem in verlegenheid gebracht.'

'Er was een blondine bij hem, die duidelijk niet zijn vrouw was. Hij heeft zichzelf in verlegenheid gebracht. En nog iets: het lijkt erop dat hij zijn positie als parlementslid gebruikt om voordelig zaken te doen.'

'Wij zijn van de afdeling Moordzaken. En hij is geen verdachte. Hij is zelfs een potentieel slachtoffer. Dus, in het vervolg ...'

'Hoe wist hij dat er een link was met Bryony Dean?' Haar voornemen om af te wachten en hem daarna aan de kaak stellen, werd in een opwelling van woede overboord gezet.

Collier wilde iets zeggen, stopte en begon opnieuw. 'Wist hij dat?'

'Dat er een link was tussen haar en Pigeon, dat er op beiden geschreven was?' Collier haalde alleen zijn schouders op. 'Of had hij er zijn mond over moeten houden? Het was dus oké om hem in te seinen, hem voor mij te waarschuwen, hem vertrouwelijke informatie toe te spelen ... dan wist hij wat er ging komen en kende hij de achtergronden; maar hij vergat om zijn mond dicht te houden. Is dat het?' Ze liet een stilte vallen en zei toen: 'Wat jij daarbij vergat was dat politici en journalisten vinden dat regels niet voor hen gelden; die denken dat ze alles mogen doen, en hebben nog nooit van het woord "loyaliteit" gehoord.'

'Hij heeft heel veel contacten', merkte Collier op. 'Iedereen had hem ...'

'Wie dan?' vroeg Stella. 'Wie zou daar baat bij hebben? Wie zou zo iemand willen imponeren? Wie zou dit onderzoek in gevaar willen brengen, enkel en alleen om bij iemand in het gevlij te komen? De hoofdcommissaris? Sam Burgess? Iemand van mijn team? Ik?' Ze wachtte even. 'Jij?'

Collier kreeg een kleur. Zijn hand schoot uit en maaide over het bureau – als een klap die in een andere richting werd gedirigeerd – en vellen papier vielen op de vloer. Hij zei: 'Mijn kantoor uit! Lazer op!'

Stella liep naar de deur en zei: 'Nu weet ik zeker dat jij het was.'

Harriman zag haar de recherchekamer binnenkomen en meteen doorlopen naar het toilet. Hij volgde haar. Ze stond gebogen over de wastafel haar gezicht te wassen en praatte door de waterstraal heen.

'Dit is waarschijnlijk seksuele intimidatie.'

'Wat?'

'Dat jij hier bent.'

'Hoe wist je dat ik het was?'

'Het zware gehijg.' Harriman lachte. 'Wil je weten wat er gebeurd is?' vroeg ze.

'Nou, je keek behoorlijk kwaad, dus ... ja.'

Stella trok een handvol papier uit de automaat en droogde haar gezicht af. 'Ik was kwaad op mezelf. Hij weet dat ik het weet.'

'Hoe?'

'Hij hoorde mij uit, en ik hoorde hem uit.'

'Alleen effectiever.'

'Ja.'

'En nu?'

'Hij gaat mooi weer spelen, maar ik zie de bui al hangen.'

'Dat klinkt nogal ...' hij zocht naar het juiste woord, '... meteorologisch.'

Stella begon te lachen, een spontane schaterlach. 'Jij weet tenminste hoe je iemand moet opvrolijken, Pete.'

'Wat ga je doen?'

'Met Collier? Voorlopig niets. Uitzoeken waar Morgan nog meer bij betrokken zou kunnen zijn. Als hij het beoogde slachtoffer was, zal er bij hem meer te vinden zijn dan bij Bryony Dean.'

'Het is nog steeds een vreemd koppel.'

'Net als Bryony en Leonard Pigeon.'

'Wil je dat ik Morgans doopceel licht?'

'Misschien ...' Stella knikte. 'Wacht er nog even mee ... Ik heb nog een paar lijntjes lopen naar ons parlementslid.'

Er viel een korte stilte en Harriman trok vragend zijn wenkbrauwen op.

'Zou je willen oprotten nu,' zei Stella, 'ik moet plassen.'

47

Woolf was bezig met tweehonderd maal bankdrukken en keek omhoog naar het reflecterende zonlicht op het plafond. Het was twee uur 's middags en de sportschool was vrijwel leeg. De makelaars, bankiers, handelaren, headhunters, lanterfanters en meelopers zaten weer achter hun bureau; de in balletpakjes gestoken botoxbrigade was in hun glanzende terreinwagens gestapt en ergens gaan lunchen. Woolf werkte zijn repertoire af, plus vijf, liet zijn biceps even rollen en maakte daarna drie rondjes langs de gewichten voordat hij op de loopband ging. Hij hield van rennen. Als hij rende, vergat hij alles.

Hij stelde het hellingspercentage in en rende een half uur achter elkaar door zonder ergens aan te denken; daarna liep hij terug naar de gewichten en schoof ze aan de stang. Het lichtpatroon aan het plafond was veranderd. Een boom buiten filterde het zonlicht voordat het via de chromen stangen tegen het plafond weerkaatste, en toen hij languit op de bank ging liggen en omhoogkeek, zag hij vormen die verschoven, menselijke vormen die vooruit leken te lopen in het steeds veranderende licht.

Hij dacht terug aan die ene dag; aan die waas van hitte op de stoffige weg en de plotselinge stilte, als een vacuüm dat opgevuld moest worden.

Hij lag op de bank, haalde snel en kort adem, zijn mond vertrokken van pijn, of verdriet, en tranen rolden uit zijn ooghoeken naar beneden. Hij veegde ze weg. Hij deed tweeëntwintig bankdrukken, knarsetandend, de aderen in zijn hals en armen zwollen op.

Hij nam een koude douche en liep naar buiten, het zonlicht in. Hij was er klaar voor. Opgepept en klaar om door het lint te gaan.

Stella was de kroeg in gedoken voordat ze naar huis ging, wat zelden meer voorkwam, maar Collier vormde een probleem, een probleem waarover nagedacht moest worden en Delaney kletste haar vaak de oren van het hoofd wanneer ze thuiskwam, omdat hij de hele dag alleen aan het werk was geweest.

De kroeg was vlak bij het politiebureau en men kende haar daar; zo goed zelfs dat de barkeeper al een borrelglas pakte wanneer ze binnenkwam. Eén ijsklontje, wodka eroverheen, vullen tot de rand. Ze nam het glas mee naar een tafeltje in de hoek.

Collier: in de gaten houden, geen ruchtbaarheid aan geven. Maar: maakte het wat uit? Als Morgan zijn mond voorbijpraatte en dat van die woorden algemeen bekend werd, zouden ze de godganse dag gekken over de vloer krijgen die bekenden: in dat geval maakte het wel uit. Het zou een domme zet zijn om achteraf met een verslag te komen waarin ze Collier verlinkte. Maar als ze ermee naar de hoofdcommissaris stapte, moest ze meer te melden hebben dan het feit dat ze al heel lang een pesthekel aan Collier had en twijfelde aan de omvang van zijn lul.

Afblijven. Laten rusten.

Haar gedachten gingen naar Delaney, de rijkeluislijst en haar lijntje naar Morgan. Ze lachte bij het idee. Ze vroeg zich af wat Delaney haar die avond had willen vragen, voordat ze weggeroepen werd om naar Bryony's naakte, opgehangen lichaam te gaan kijken.

Ze vroeg zich af waarom hij er daarna nooit op teruggekomen was.

Toen ze thuiskwam, lag hij in een stoel te slapen, naast het open raam, zijn haar in de war door de wind. Ze kuste hem wakker en nam hem mee naar de slaapkamer.

Voor Stella nam seks de plaats in van twijfel, terwijl voor de meeste mensen seks de twijfel alleen maar vergrootte. Ze verlangde hevig naar hem, trok hem naar zich toe tot hij boven op haar ging liggen, en keek toen langs hem heen naar de lichtpatronen op de muur. Ze voelde zich goed als hij haar aanraakte: het was met geen enkel ander gevoel te vergelijken.

De gordijnen rimpelden in de wind. De lichtpatronen op de muur verschoven, als toeschouwers die elkaar verdrongen.

48

Van: martin.turner@brnnews.co.uk
Aan: jdelaney@lang4all.com
John: het lijkt Oezbekistan te worden. Of ergens in het Midden-Oosten: m.n. de verkeerde kant van de Israëlische muur. Ik wil je niet onder druk zetten, maar ik heb genoeg uitslovers die meteen kunnen vertrekken. Irak is al vergeven. MT.

Van: jdelaney@lang4all.com
Aan: martin.turner@brnnews.co.uk
Oké, maar ik moet eerst nog wat dingen afhandelen. Je hoeft niets voor me vast te houden. Als ik besluit te gaan, neem ik wat er is; als er niets is, wacht ik wel. Ik heb wat tijd nodig. Sorry. John.

Van: martin.turner@brnnews.co.uk
Aan: jdelaney@lang4all.com
Oetlul. Bel me als je zover bent. Als je er nooit aan toekomt, kunnen we altijd nog samen ergens een borrel pakken. Martin.

Turner liep achter zijn bureau vandaan en liet de screensaver aanstaan. Net als alle andere kantoorcomputers in Londen droeg ook deze zijn steentje bij aan het klimaatveranderingsproces.

Het was al laat, bijna half negen, en hij gaf er de brui aan. Hij liep door de verlaten kantoorruimtes en gebruikte zijn mobiele telefoon om een goedbetaalde spion in het secretariaat van het kabinet te bellen, die hem vertelde dat alles rustig was: in de komende vierentwintig uur zou er niets gebeuren dat dubbelhartig, schandaleus of van globale betekenis was. De verbinding viel weg toen hij de lift in stapte, maar hun gesprek was toch al ten einde.

Turner leunde tegen de wand van de lift. Hij was veertig, te dik en bokkig van aard; bovendien had hij schoon genoeg van slecht nieuws, en tegenwoordig was al het nieuws slecht. Er was een tijd geweest dat hij kickte op slecht nieuws; nu dacht hij dat de wereld naar de sodemieter ging en maakte hij zich zorgen om zijn kinderen, zijn twee jongens van vier en zes, die opgroeiden te midden van al dat slechts dat alleen maar leek toe te nemen. Hij vroeg zich af of hij kleinkinderen zou krijgen, of daar tijd voor was. Zoals de wereld er nu uitzag, hoopte hij van niet.

Zijn bezorgdheid ging echter niet zo ver dat hij zijn computer uitzette of in een milieuvriendelijker auto ging rijden dan zijn Mercedes SL. De lift bracht hem naar de ondergrondse parkeergarage, neon-nepdaglicht en ruw beton. Aan de andere kant van de garage ging een autoalarm af, waar Turner eerder nerveus van werd dan dat hij zich eraan ergerde. Daarna pas vroeg hij zich af wie het alarm had laten afgaan.

Hij beeldde zich in dat iemand tussen de rijen auto's door op hem afliep, terwijl hij met zijn hand tegen de carrosserie sloeg en zijn ogen, groot van woede, strak op hem gericht hield: een van de vele gekken die er in Londen rondliepen, mensen die aan de zelfkant leefden, in de spelonken en de scheuren, op de breuklijnen van de stad. Het beeld bleef maar even, maar was zo helder dat zijn adem stokte en hij onwillekeurig zijn pas versnelde, zijn sleutel uit zijn zak haalde en vanaf negen meter afstand al zijn autodeuren openbliepte.

Hij stapte in de auto en grinnikte om zijn eigen argwaan, startte de motor en reed naar de slagboom bij de uitgang. Zijn radio kraakte en piepte alleen, ving onder de grond geen signalen op. Hij draaide het raampje naar beneden en duwde zijn kaart in de gleuf.

Toen hij de weg op reed, deed de radio het weer, een nieuwsbericht, triviaal nieuws dat opgevolgd werd door catastrofaal nieuws. Turner vond dat het hoog tijd was voor een borrel.

Woolf liep langs het huis en keek snel opzij om zich ervan te vergewissen dat alles was zoals het moest zijn. De voortuin was niet zo een waar kinderen speelden of volwassenen een zitje hadden; de berkenbomen stonden er om het huis van de weg af te schermen, en de ruimte tussen de bomen en het huis werd gebruikt als oprit en parkeerruimte voor drie auto's. Aan de linkerkant van de oprit, naast het hek, stond een betonnen afvalbak waar klimop tegenop groeide. Een groene biobak stond ernaast.

Hij wist hoe het zou gaan. Turner kwam meestal tussen acht en negen uur thuis. Woolf had drie à vier keer proefgedraaid en alles was volgens plan verlopen. Toen had hij een avond uitgekozen en was hij, precies zoals nu, langs het huis gelopen, maar Turner was niet verschenen. Woolf was de volgende morgen heel vroeg teruggegaan, maar Turners auto had niet op de oprit gestaan, hij was dus waarschijnlijk op reis geweest. Dat gaf niet. Hij had de tijd aan zichzelf. De dag die Woolf daarna had uitgekozen, was de dag dat Aimée hem meegenomen had naar het appartement in Noord-Kensington. Dat was frustrerend geweest, want hij wilde die film niet steeds weer door zijn hoofd laten gaan als een droom waaruit hij zou moeten ontwaken.

Het schemerde. De hemel was helder en de bijna volle maan kwam net boven de daken uit. De buitenwijk waar Turner woonde lag niet ver van de rivier, en Woolf hoorde het geronk van een rondvaartboot die aan zijn laatste tocht van de dag was begonnen. Er werd muziek gedraaid, er klonken stemmen en van de barbecues in de achtertuinen stegen rookpluimen op. Hij liep tot het einde van de straat en weer terug. Toen hij bij Turners huis was, sprong hij over het ijzeren hek en zocht dekking in de schaduw van de bomen. Het hek was hoog, maar hij was er met een aanloop van slechts drie stappen overheen gesprongen.

Het gras tussen de bomen en de heg was pas gemaaid en verspreidde een warme, zoete geur. Hij ging in kleermakerszit op de grond zitten. De SIG Sauer had hij achter in de band van zijn spijkerbroek gestoken, verscholen onder zijn jasje; toen hij zijn benen strekte, voelde hij het wapen tegen zijn ruggengraat drukken.

Hij hoorde de deur van het huis opengaan, het licht uit de hal viel over de oprit. Hij schoof opzij en zocht dekking achter de stam van een van de berken. Een vrouw liep naar het hek; ze droeg een volle vuilniszak en hij zag haar gezicht van opzij toen ze de afvalbak opendeed en de vuilniszak erin gooide. Ze droeg een linnen broek en een modieus T-shirt. Woolf vond haar volle figuur mooi, het dikke haar dat over haar schouders viel, de blote armen en hoe de stof zich voegde naar haar lichaam toen ze zich bukte om het deksel van de afvalbak dicht te doen. Ze draaide zich om en wilde terug-gaan naar het huis, maar bleef toen staan en keek omhoog. Woolf vermoedde dat ze naar de maan keek, en ook dat vond hij mooi aan haar.

Hij wist dat haar leven spoedig een droevige wending zou ne-men, maar hij dacht dat ze daar wel overheen zou komen en uiteindelijk weer gelukkig zou worden. Hij hoorde zijn eigen ge-dachten als commentaar bij een film waarin Silent Wolf bij op-komende maan door de verlaten straten liep en huiswaarts keerde; zijn werk zat erop.

Het was tien voor negen. Woolf kwam overeind en verliet zijn schuilplaats, als een schaduw tegen de achtergrond van andere schaduwen. Hij pakte de groene biobak op en legde hem dwars op de oprit, vlak achter het hek.

49

Toen Turner in de Mercedes met een fluistergang het hek naderde, had hij de afstandsbediening al in zijn hand. De ijzeren spijlen schoven opzij, de auto rolde naar voren en kwam toen tot stilstand. Woolf hoorde het aantrekken van de handrem, waarna het autoportier openging en Turner uitstapte.

'Hè, verdorie!' zei hij.

Toen hij zich bukte om de biobak op te pakken, greep Woolf hem met één hand bij de keel en sloot zijn vingers er stevig omheen. Turner maakte een gorgelend geluid toen hij naar de beschutting van de bomen werd gesleept. Woolf schopte Turners benen onder zijn lijf vandaan, waardoor deze plat op zijn gezicht viel, en gaf hem daarna met de platte kant van de revolverloop een klap tegen de zijkant van zijn hoofd; hij verzette zich nog even en bleef toen stil liggen. Woolf ontdeed Turner van zijn jasje en overhemd en maakte er een bundeltje van, hij stopte de SIG Sauer erin en zette hem tegen het achterhoofd van de man. Het schot klonk als een deur die dichtklapte. Het had één, hooguit twee minuten in beslag genomen.

De kleren hadden de straal bloed opgevangen, er waren maar een paar spetters op Woolfs hand en onderarm terechtgekomen. Hij stapte over Turners lichaam heen, liep snel naar de Mercedes, pakte de afstandsbediening, sloot het hek en reed de auto naar het einde van de straat. Nog steeds stemmen, nog steeds muziek, maar er was niemand die zijn hond uitliet of thuiskwam voor het avondeten. Hij liep met verende tred terug en voelde zich sterk, hij hoefde zich niet te haasten, hij hoefde zich nergens zorgen om te maken.

Hij sprong weer over het hek en liep naar de plek onder de bomen. Een donkere vlek op het gemaaide gras werd langzaam groter, hoewel die vlek bijna een halve meter van het lichaam verwijderd lag en alleen met een dun straaltje met Turners hoofd verbonden leek. Hij was van plaats veranderd. Woolf kwam dichterbij. Hij probeerde zich dat moment voor te stellen. Turner, die door het hoofd geschoten was, een brij van botsplinters, hersenweefsel en bloed op het gras, het leven dat uit hem wegvloeide en in de donkere lucht leek te verdampen, en toch had hij ergens de kracht vandaan weten te halen, had zijn laatste restje instinct hem ingegeven om zijn nagels in het gras te zetten en zich een stukje te verplaatsen, en daarna nog een stukje. Hij wou dat hij dat moment in een computerspel van Silent Wolf kon terugzien: het laatste moment van wanhopig vechten voor je leven, tegen beter weten in.

Hij haalde een koord en een viltstift uit zijn zak. De maan stond hoger aan de hemel nu en de stammen van de bomen hadden een zilverachtige glans gekregen toen hij aan het werk ging.

50

Vóór Stella's komst had Delaney zijn koelkast alleen gebruikt voor wijn, melk, bacon en eieren. Zelfs nu werd deze nooit gevuld voor twee. Soms ging Stella terug naar het appartement in West-Kensington dat ze met George Patterson had gedeeld, hoewel ze dat niet meer als haar thuis beschouwde. In de koelkast daar lag zelfs nog minder. De woning zou verkocht worden en het geld gedeeld, maar ze maakte er niet echt haast mee en realiseerde zich dat het een schip was dat ze met tegenzin achter zich verbrandde.

Spaghetti was er natuurlijk altijd in huis. Delaney goot de inhoud van een potje carbonarasaus in een steelpan, terwijl Stella een fles wijn opentrok. Ze waren na het vrijen in slaap gevallen en Delaney was als eerste wakker geworden; Stella was naar hem op zoek gegaan, en was naakt de woonkamer in gelopen. Nu stond ze, nog steeds naakt, aan het aanrecht en trok ze de kurk uit een gekoelde fles sancerre, de borsten iets naar voren door haar gebogen houding.

Ze schonk twee glazen in, verdween daarna, en kwam even later terug in een roze met goudkleurige zijden ochtendjas, die Delaney voor haar gekocht had. Het was totaal niet haar smaak en ze vermoedde dat hij hem daarom juist gekocht had, om haar uit te dagen; ze droeg hem omdat ze er dan uitzag als iemand anders.

Hij deed de spaghetti in een pan met kokend water en zij wachtte tot hij daarmee klaar was voordat ze vroeg: 'Waarom wil je weten of ik gelukkig ben met onze relatie?' alsof hij haar die vraag net had gesteld.

'Wil ik dat weten?'

'Je vroeg me dat vorige week, onder het eten.'

'O. Oké.'

'Nou? Waarom?'

'Ik probeer het me te herinneren.'

'Ik zei nog: je gaat toch geen ring uit je zak halen nu.'

'O ja.' Hij glimlachte. 'Dacht je dat ik je ten huwelijk wilde vragen?'

'Niet echt.'

'Wat zou je geantwoord hebben?'

Ze hoorde aan zijn stem dat de vraag niet serieus bedoeld was. 'Ik zou ja gezegd hebben, kerkelijke inzegening, witzijden bruidsjurk, schuimgebak, receptie voor tweehonderd gasten, huwelijksreis naar de Maledieven.' Ze kende hem goed genoeg om er niet verder op in te gaan. In plaats daarvan zei ze: 'Neil Morgan staat op jouw rijkeluislijst, toch?'

'Ja. Waarom vraag je dat?'

Ze vertelde hem waarom, omdat ze, als ze zijn hulp wilde hebben, daar toch niet omheen kon.

'Denk je dat hij iets te verbergen heeft? Behalve de blondine en de gebruikelijke niet aangegeven goederen.'

'Zou kunnen.'

'Iets wat hem tot doelwit zou kunnen maken voor onze moordenaar?'

'Best mogelijk. Op het moment heb ik niets wat het meisje met Pigeon, of het meisje met Morgan in verband brengt. Het enige wat ik heb is dat het erop lijkt dat Morgan Pigeon gebruikt heeft om zijn sporen uit te wissen.'

'Dat bedrijf?' vroeg Delaney. 'De Amerikanen?'

'Pigeon kende ze. Hij is dood. Morgan ontkent er ooit iets mee te maken te hebben gehad.'

'Ik heb geen diepgaand onderzoek naar hem verricht', zei Delaney. 'Het wordt geen diepgaand artikel.' Hij schepte de spaghetti op de borden en goot de saus eroverheen. 'Maar ik zou wat dieper kunnen graven, natuurlijk, als dat helpt.'

'Ja. Maar wat ik je net verteld heb, is vertrouwelijke informatie, Delaney.'

Hij glimlachte liefjes naar haar. 'Dat weet ik.'

De maan was groot en geel en hing precies in het midden voor het raam toen ze zaten te eten.

Delaney zei: 'Stel dat het Morgan had moeten zijn. Een tienerhoertje en een schatrijk parlementslid met ambities. Dan kan ik maar één ding bedenken dat hen met elkaar verbindt.'

'Nee, hij heeft een chiquere smaak', zei Stella. En daarna: 'Nou, misschien ook niet.'

'Seks buiten beschouwing gelaten …'

'Vieze meid. Vuile lafbek. Er moet een logica in zitten.'

'De logica van een gek. Wie die moorden ook gepleegd heeft, hij is in ieder geval knettergek.'

'Er zijn mensen' – Stella dacht hierbij aan Anne Beaumont – 'die zeggen dat "gek" zo'n ruim begrip is dat je er alle kanten mee op kunt.'

'O ja? Hoe zou jij hem dan willen omschrijven?'

'Nee. Ik heb geen moeite met "gek". Hij is inderdaad gek. Totaal gestoord.'

51

Hij liet de hele scène nog eens door zijn hoofd gaan. Silent Wolf, die door de stad liep, de klus was geklaard, de wereld zag er een stuk beter uit. Een man die te slim was om een taxi aan te houden of de trein te nemen, want iemand als hij zag je niet over het hoofd: zijn smalle gezicht, de lange, stugge manen, de gele pupillen. Hij droeg de handschoen zonder vingers aan zijn linkerhand om te laten zien dat hij gewapend was en op alles voorbereid. Het was een heel eind lopen terug naar de Strip, maar dat gaf hem de gelegenheid zijn overtollige energie kwijt te raken, om nieuwe plannen te maken.

Goed … ja, hij voelde zich goed, hij voelde zich prima. Hij liep een brug over, naar de noordkant van de rivier, en vandaar in oostelijke richting over het trekpad.

Het maanlicht danste op het water.

Valerie Turner kreeg weer de voicemail toen ze naar zijn mobiel belde en schonk zich nog een glas gin in. Het was een broeierig warme avond, ze was onder de douche geweest en had daarna haar linnen broek weer aangetrokken en een schoon T-shirt. De keukenvloer voelde koud aan onder haar blote voeten.

Hij was laat, hoewel hij weleens nog later was thuisgekomen. Ze hoorde de kinderen in de woonkamer kibbelen over welk computerspelletje er gespeeld zou worden. De kinderen hadden al gegeten, maar zij nog niet, dus deed ze wat olijven in een schaaltje en scheurde een zak broodstengels open. Er stond een tv in de keuken, en ze keek met een half oog naar een herhaling van een bekende comedy.

Zo'n tien minuten later zou ze merken dat de kinderen ongewoon stil waren geworden. Ze zou op haar horloge kijken en denken: wel heel erg laat. Ze zou hem nog eens bellen en weer zijn stem horen, die zei: 'Ik kan op het moment … als u een bericht achterlaat …' terwijl ze naar de woonkamer liep en haar zoons geknield op de bank voor het raam zag zitten, het raam dat uitkeek op de voortuin.

Ze zou naar hen toe lopen om te zien waar ze naar keken, plotseling hun open monden zien, hun starre blikken, en zelf naar buiten kijken, naar de oprit bij maanlicht, naar de gedaante die ineengezakt tegen de spijlen van het hek zat, de armen uitgespreid.

Ze zou schreeuwend het huis uit rennen, omdat ze wist dat hij het was, omdat ze hem uit duizenden zou hebben herkend, ze zou haar blote voeten openhalen aan het ruwe beton, voor hem op haar knieën vallen, zijn naam roepen, hem huilend door elkaar schudden, verbijsterd en half in shock, ze zou zijn hoofd optillen en hem dwingen haar aan te kijken, zodat hij zag dat zij het was, terwijl het gestolde bloed als lijm aan haar vingers plakte, ze zou om hulp roepen, om hulp schreeuwen, en niet eens zien dat hij halfnaakt was en dat er iets op zijn buik geschreven stond, terwijl ze hem in haar armen wiegde, zijn naam herhaalde en luid jammerde en jammerde.

SMERIGE LEUGENAAR

52

Ricardo Jones zou in een ander leven een tweede Tony Ryan, Alan Sugar, Donald Trump of Howard Schultz zijn geweest. Ricardo had een neus voor marktontwikkelingen en economische trends, maar hij wist dat deze vaardigheid – dit talent – niets betekende zonder een netwerk van contacten. Hij had de kortingen die hij Jonah, de blingblingkoning, had aangeboden alleen kunnen garanderen omdat hij wist dat hij zijn spullen snel en tegen een vaste prijs van de hand kon doen.

Voor Ricardo was alles handel, met inbegrip van geld. Geld dat witgewassen moest worden, was geen geld dat uitgegeven kon worden, dus was het een product waarvan de marktwaarde volkomen losstond van de nominale waarde. Ricardo had zelfs ontdekt dat niets een nominale waarde had; niet wanneer hij het in handen kreeg, in ieder geval. Edelstenen, auto's, drank, sigaretten, wapens, elektrische apparaten: alles had zijn prijs, exclusief risicodekking en provisie. Er waren maar twee dingen waar Ricardo zijn vingers niet aan brandde: drugs en meiden. Niet uit morele overwegingen, maar omdat het gespecialiseerde waar was en de risicofactor verhoudingsgewijs hoog was.

Een ander aspect van Ricardo's succes was het feit dat hij alleen werkte. Dat betekende dat hij lange uren maakte en hard werkte, maar ook dat er niemand was die blunderde of hebberig werd, en niemand die zijn methodes of contacten kon afpikken. Het nadeel hiervan was dat Ricardo geen rugdekking had. Een paar keer had hij een stel kleerkasten ingehuurd, maar die jongens hadden meteen in de aanval willen gaan. Omdat Ricardo geen partner en geen permanente beveiliging wilde, was het zijn methode om zo onopvallend mogelijk te werk te gaan. Hij pronkte nergens mee, schepte nergens over op, ging niet met de jongens de kroeg in, reed in een middenklasse Peugeot en droeg confectiekleding, en omdat hij nooit met onverwachte extra kosten aankwam, hadden zijn klanten ook geen reden tot klagen.

Hij vond nu dat het een vergissing was geweest om als bookmaker op te treden bij het kooigevecht; het was te zichtbaar, te open geweest. Maar het was ook een snelle manier van geld verdienen geweest, want het verplaatsen van zijn werkterrein van Manchester naar Londen had financiële problemen met zich meegebracht. Ricardo had in het noorden zo goed geboerd dat het de aandacht had getrokken. Hij had aanbiedingen gekregen om zich bij een grotere organisatie aan te sluiten, aan grotere operaties mee te doen, en zijn weigering had niet ieders goedkeuring kunnen wegdragen. Het was tijd geworden om te verkassen. Londen had het meest voor de hand gelegen. Je kon in elke stad goed zakendoen, maar in Londen lag de markt wijd open. Londen was één grote markt.

Toen Tina hem verteld had dat haar dochter bij de politie werkte, had hij gezegd: 'Bel haar op. Nodig haar uit een borrel te komen drinken. Ik wil wel weer eens lekker lachen.'

De lucht diepblauw, de maan hoog aan de hemel, en stapelwolken die van achteren beschenen werden door een hard blauw licht.

Ricardo glipte via de wandelbruggen naar Jonahs flat. Hij had net een sms gekregen met de mededeling dat er een buitenlandse geldoverboeking had plaatsgevonden, een bericht waar Jonah blij mee zou zijn: zo blij misschien wel, dat hij weer zaken met Ricardo wilde doen. Een ruwe berekening had hem laten zien dat hij rijk kon worden van drie procent van alle doorvoer in Harefield en dat Jonah een behoorlijk percentage van dat percentage uitmaakte.

Van alle kanten was muziek te horen, een schokgolf van basdreunen en naadloze, monotone gangsta-rap. De wandelbruggen werden bevolkt door hoeren, gokkers, zuiplappen, junkies en dealers. Ricardo glipte tussen hen door, het hoofd gebogen, en bemoeide zich met niemand. De deuren van de rechtgeaarde burgers waren vergrendeld voor de nacht.

Toen hij bij Jonahs flat aankwam, pakte hij zijn telefoon. Niemand belde aan. Aanbellen was te anoniem. Jonah nam niet op, dat had Ricardo ook niet verwacht, maar een stem zei: 'Ja, oké, ogenblik.' Even later deed een man de deur open. Hij stapte de galerij op, keek om zich heen en vroeg: 'Ben je alleen?'

'Ricardo Jones. Hij verwacht me.'

'Natuurlijk.'

De man deed een stap opzij en Ricardo liep langs hem naar binnen en hoorde de deur achter zich in het slot vallen. Hij liep de kamer in waar ze eerder waren geweest, de kamer waar de deal was gesloten. Jonah zat in een leunstoel en glimlachte naar hem. Ricardo glimlachte terug, maar slechts een fractie van een seconde. Toen zag hij dat er iets niet klopte aan Jonahs houding: hij zat te stijf rechtop, en zijn handen lagen zo stil op de armleuningen. En hij glimlachte niet.

Jonahs hoofd was opgeheven omdat zijn dreadlocks aan de rugleuning van zijn stoel waren vastgeknoopt. Zijn handen zaten vastgespijkerd aan de armleuningen en hij zat in een verkrampte houding omdat hij behoorlijk veel pijn leed. De glimlach was een grimas van pijn. Pijn was het enige waar Jonah aan kon denken.

Ricardo zag dat er iets mis was met die vastgespijkerde handen, er mankeerde iets aan; toen drong opeens tot hem door dat de duimen ontbraken. Hij registreerde dit alles in ongeveer de tijd die het kostte om te kokhalzen en zijn overhemd onder te kotsen. Toen hij zich omdraaide, leunde de man die hem binnengelaten had tegen de deurpost.

'Hallo, Ricardo', zei hij; zijn glimlach was wel echt.

Delaney rommelde in zijn interviewaantekeningen en zei: 'Waar zijn rijke mensen ook weer goed voor?'

'Met hoeveel moet je nog praten?' Stella keek tv: de nieuws-berichten, gevolgd door het weer, en het leek er sterk op dat het klimaat zich tegen de mensheid had gekeerd: hongersnood in het ene land, een orkaan in het andere en in een derde een modder-lawine die een heel dorp had verzwolgen. Dit moest wel de straf van God zijn.

'Vijf.'

'Heb je aan allemaal een hekel?'

'Ja, aan allemaal.'

Op tv dromden vluchtelingen zich zwijgend van ellende samen op een modderige weg, met alles wat ze konden dragen. 'Wanneer mensen zeggen "de straf van God",' zei Stella, 'bedoelen ze dan onze God of die van een ander?'

Delaney lachte. Hij keek even met haar mee, terwijl ze met opgetrokken knieën op de bank zat, haar gezicht serieus en geconcentreerd. Hij wist dat hij van haar hield en dat zij van hem hield, maar hij was er niet zeker van hoe groot die liefde was.

Hij zei: 'Bij de vraag die ik je stelde – of je gelukkig was met onze relatie – hoort nog een tweede vraag.'

'Die afhangt van het antwoord dat ik geef?'

'Precies.'

'Oké.' Ze zette de tv uit. 'Ja, ik ben gelukkig met onze relatie.'

'Ik ook.' Hij grijnsde naar haar. 'Daarom dacht ik: misschien moeten we gaan samenwonen.'

Er viel een korte stilte. Toen zei ze: 'Dat doen we toch al?'

'Min of meer. Je hebt nog steeds je appartement in Vigo Street.'

'Dat ga ik verkopen.'

'Weet ik.'

'Ik ben vrijwel altijd hier.'

'Weet ik. Maar ik bedoel ook niet hier wonen.'

'Je bedoelt samen een huis kopen?'

'Ja. Een groter huis dan dit.'

Ze knikte, was sprakeloos. Toen haar telefoon ging, liep ze ernaartoe, terwijl ze hem bleef aankijken en bleef knikken. Hij had de vraag echter om nog een andere reden aan haar gesteld.

Als je gelukkig bent met onze relatie, zouden we samen een huis kunnen kopen.

En: als je gelukkig bent met onze relatie, vind je het misschien niet erg als ik een poosje wegga, dat ik de salonjournalistiek, zoals die kloterijkeluislijst, vaarwel zeg en het soort werk ga doen waar ik echt goed in ben, ondanks het risico dat ik gedood zou kunnen worden in een oorlogsgebied aan de andere kant van de wereld.

De schuldbewuste uitdrukking op zijn gezicht was duidelijk te zien toen ze haar telefoon dichtklapte en zei: 'Ken jij iemand die Martin Turner heet?'

53

Ze hadden de straat aan beide kanten met politielint afgezet, maar Andy Greegan had desondanks de hulp van plaatselijke agenten ingeroepen om buurtbewoners op afstand te houden. Nu markeerde hij het onbesmette gebied dat de plek onder de bomen, de heg, het hek, de oprit en het trottoir omsloot. Met de tent moest geïmproviseerd worden, omdat Turner nog steeds aan de spijlen van het hek vastgebonden was en het scherm aan beide kanten van het hek moest staan. Een van de agenten was langs de huizen gegaan om een stanleymes te lenen en Harriman had het dikke plastic ingesneden zodat het aan beide kanten over het hek viel.

Halogeenlampen zoemden. De video- en fotograaf wisselden elkaar af. De politiearts deed nauwkeurig verslag van het hoe en wanneer. Technisch rechercheurs zochten de grond centimeter voor centimeter af. Turners jasje en overhemd zaten al in een papieren zak. Een strak georganiseerde operatie was dé methode om op een plaats delict orde in de chaos te scheppen.

Stella en Harriman stonden net buiten de lichtcirkel. Ze zei: 'Ik wil het hele team hier hebben. Ze kunnen beter hier zijn dan op het bureau naar de foto's kijken.'

'Ze zijn al onderweg', zei Harriman. 'Alleen DI Collier komt niet.'

'Ik zei ook "het team". Collier kan de klere krijgen.'

Harriman keek de straat in. 'Geen bewakingscamera's', merkte hij op. 'Net als bij de andere twee plaatsen delict: een straat bij een park, het trekpad; geen camera's.' Een gedachte kwam bij hem op. 'Zou hij daar rekening mee houden?'

'Misschien wel bij het uitkiezen van zijn moordplekken. Maar niet bij het uitkiezen van zijn slachtoffers.'

De bladeren aan de zilverberken ruisten in de nachtelijke wind. Er hing een geur van houtskoolrook in de lucht, vermengd met de eerste lichte ontbindingsgeur van het lijk van Martin Turner.

'"Vieze meid",' zei Harriman, '"vuile lafbek", en nu "smerige leugenaar".'

Stella vroeg: 'Waar is zijn vrouw?'

'In shock naar het ziekenhuis afgevoerd.'

'Kinderen?'

'Twee jongens, een van zes, en de ander is nog jonger. Ze zijn bij een buurvrouw ondergebracht.' Hij aarzelde. 'Ze hebben het gezien.'

'Wat?'

'Ja, dat is het nou juist, dat weten we niet. Omwonenden hoorden haar schreeuwen. Toen ze haar hier vonden, stonden de kinderen voor het raam.'

'En niemand weet hoelang ze daar al stonden en wat ze gezien hebben.'

'Nee.'

'Hoeveel omwonenden?'

'We denken iets van twaalf. We zijn al met het buurtonderzoek bezig.'

'We moeten voorzichtig te werk gaan met de kinderen.'

'Dat weet ik.'

Stella zag Maxine Hewitt door de verlaten straat op hen toelopen. 'Is DC Hewitt niet gespecialiseerd in het verhoren van kinderen?'

'Ja.'

'Oké, laat haar dat doen.' Gevolgd door: 'Die twaalf omwonenden ... hoeveel van hen hebben de woorden gezien?'

'Allemaal. Het was schemerdonker, maar de straatlantaarns geven vrij veel licht.'

Maxine dook de plaatsdelicttent in, onder het wakend oog van Andy Greegan. Er waren plekken waar ze mocht komen en plekken die verboden terrein voor haar waren: plekken die de technische recherche had afgebakend en nog moest onderzoeken. Ze keek naar het lichaam van Martin Turner – de armen gespreid alsof hij aan het kruis hing, het gezicht half verbrijzeld, de tekst op zijn ontblote middenrif – en dacht: doden zijn ook net wassen beelden, alsof er nooit leven in heeft gezeten.

Het lage, aanhoudende gezoem in de tent, als van een dynamo, was afkomstig van de vliegen. Ze vormden een zwarte korst op

Turners gezicht en zwermden uit over het bloed en de weefselresten op zijn borst. Ze registreerde de kneuzingen in zijn keel, het geringe bloedverlies bij een dergelijke afschuwelijke wond en de grasplekken op zijn broekspijpen, ter hoogte van zijn knieën. Ze hield haar adem in vanwege de geur.

Toen ze de tent uit kwam, stond Frank Silano met Greegan te praten. Hij keek haar aan maar zei niets. In het licht van de halogeenlampen zag iedereen er bleek uit, en iedereen trok een vies gezicht vanwege de geur. Hij ging door de ingesneden opening in het plastic de tent binnen.

Stella en Harriman zaten bij Mark en Carrie Phipps, die het geschreeuw gehoord hadden, die als eersten Valerie Turner hadden gevonden, haar van het dode lichaam van haar echtgenoot hadden weggetrokken en zo verstandig waren geweest – met name Carrie – om een eind van de plaats delict verwijderd pas over hun nek te gaan. Carrie was ook degene geweest die zwetend, en trillend op haar benen, opgekeken had en de twee kindergezichten tegen het raam gedrukt had gezien. Ze was het huis door de openstaande voordeur binnengegaan en naar de woonkamer gelopen. Toen ze de jongens aansprak, hadden ze geen antwoord gegeven en zich niet bewogen; ze hadden alleen naar buiten gestaard, de ogen opengesperd, de damp van hun adem op het raam.

Ze was zachtjes pratend naar hen toe gelopen en had geprobeerd hen bij het raam vandaan te lokken, hoewel haar stem schor en nerveus had geklonken. Uiteindelijk had de jongste van de twee zich met droge ogen naar haar omgedraaid en gevraagd: 'Wie is dat?'

Stella's vragen leverden niet de gewenste antwoorden op. 'Hebt u iets of iemand gezien? Hebt u iets of iemand gehoord? Zijn auto stond aan het eind van de straat, hebt u …? Er is een schot afgevuurd, hebt u …?'

Carrie schudde haar hoofd. Het was een mooie avond, vertelde ze, ze hadden gebarbecued, iedereen zat in de achtertuin, of men stond over het tuinhek met elkaar te kletsen, er werd muziek gedraaid, kinderen renden rond …

'Hebben de kinderen verder nog iets tegen u gezegd?' vroeg Stella.

'Alleen de jongste – James – vroeg me wie het was.'

'Wie bedoelde hij daarmee?'

'De dode, hij vroeg wie de dode man was.'

'Weet u dat zeker?' Stella probeerde haar stem niet al te dwingend te laten klinken.

'Wie kan hij anders bedoeld hebben?' vroeg Mark.

Stella keek naar Carrie. 'Wat zei hij precies?'

'Hij zei: "Wie is dat?"'

'En wie bedoelde hij daarmee?'

'Nou … hun vader, neem ik aan. Die zagen ze daar toch liggen …?' Ze wachtte even en ging toen verder. 'Die lag daar toch dood aan het hek vastgebonden?'

'Wie ánders?' Marks stem klonk licht geïrriteerd, schrik had zich omgezet in woede, die hij met whisky probeerde te onderdrukken; de fles stond open op een bijzettafeltje en hij had een vol glas in zijn hand.

Carrie keek Stella aan, maar praatte tegen haar man: 'Ze denkt dat de jongens het misschien hebben gezien.'

'Het is mogelijk', zei Stella.

Opeens rolden de tranen over Carries wangen. Ze zei: 'U denkt dat hij bedoelde: "Wie is dat die mijn papa vermoord heeft?"'

Collier arriveerde een kwartier na de pers, wat te laat was, want tegen die tijd was het diverse journalisten al gelukt het politiecordon te omzeilen door in de aangrenzende straat bij mensen aan te bellen om de achtertuinroddels op te tekenen. Stel de juiste vragen op de juiste manier en mensen gaan praten; ze hebben net iets verschrikkelijks meegemaakt en móéten dat kwijt. Journalisten zijn daar goed in, het zijn dan net therapeuten: ze weten hoe ze mensen aan de praat kunnen krijgen, maar ze kunnen vooral heel goed luisteren.

Collier stapte in het licht van de camera's. Hij wist wat hij moest doen: tegen de interviewer praten en daarbij af en toe in de camera kijken; niet te dicht op de microfoon, en niet uitweiden, want dan ga je hakkelen en naar woorden zoeken.

Het was een bijzonder wrede moord.

Het onderzoek was in volle gang.

Iedereen die informatie had, moest contact opnemen met de politie.

Meer kon hij er op dit moment niet over zeggen.

De techniek van de interviewer was uiterst geraffineerd. Hij moedigde Collier aan met gemakkelijke vragen, zodat de geïnterviewde goed overkwam, als een man die alles in de hand had.

Daarna noemde hij het slachtoffer bij naam, en Collier aarzelde even voordat hij zei dat details later vrijgegeven zouden worden.

Daarna maakte hij melding van het feit dat Martin Turner hoofdredacteur van een landelijke krant was, en Collier herhaalde zijn eerdere opmerking, maar kreeg het niet voor elkaar het interview hierna af te breken.

Daarna vroeg de interviewer naar de woorden die op Turners lichaam geschreven waren: SMERIGE LEUGENAAR.

Hier wist Collier niets op te zeggen, waarna de interviewer van de gelegenheid gebruikmaakte om te melden dat veel mensen nu geloofden dat er een seriemoordenaar aan het werk was, gezien de andere recente moorden in de stad en de gruwelijke, openlijke manier waarop ze om het leven waren gebracht.

Collier had nog de tegenwoordigheid van geest om te zeggen: 'geen commentaar', hoewel ontkennen beter was geweest. Voor journalisten betekende 'geen commentaar': Ja, maar ik ga dat nu nog niet bevestigen.

Toen hij zich achter het politielint terugtrok, werd hij achterna geroepen, maar hij draaide zich om en liep weg, waarna het roepen ophield en de journalisten verwoed hun verhaal begonnen door te bellen.

Collier verliet de tent op het moment dat Stella en Harriman uit het huis van Mark en Carrie Phipps kwamen. Hij wierp Harriman een boze blik toe en pakte Stella bij haar arm en trok haar mee naar de overkant van de straat.

'Waarom heeft niemand mij gebeld?'

'Ik dacht dat je gebeld was. Sorry.'

'Ik ben net overvallen door de pers.' Hij praatte zacht, maar het ontging haar niet dat zijn stem trilde van woede. 'Ik weet hiervan omdat bureau Notting Dene me belde om me van de laatste ontwikkelingen op de hoogte te brengen. Ze zeiden dat jij de leiding had over dit onderzoek.'

'Ik stuur ze wel een e-mail.'

'Jij bent de DS. Het is jouw taak mij op de hoogte te brengen.'

'Luister ...' Stella vroeg zich af hoelang hij nog bleef doorkatten, terwijl er een dode man aan het hek vastgebonden lag en het onderzoeksteam op instructies stond te wachten. 'Luister, ze hebben mij gebeld omdat de meldkamer werd ingelicht over de woorden op het lichaam; toen ze dat door de computer haalden, dook het bestand van Bryony Dean op. Word jij daarin dan niet als onderzoeksleider genoemd?'

Collier keek achterom naar de lampen en de bedrijvigheid bij de pd-tent en zei: 'Dat weet ik niet. Dat zou wel zo moeten zijn.'

De administratieve rompslomp, dacht Stella. De papierwinkel. Je komt er soms in om. Heel even had ze medelijden met hem.

Collier ging de tent weer in en kwam een paar minuten later naar buiten. Stella regelde een ambulance en belde Sam Burgess. Toen Collier haar wenkte, droeg ze haar taken over aan Harriman.

'De pers vroeg of het seriemoord was. Ze koppelen deze moord aan de andere twee.'

'O ja? Waarom?'

'Drie in één week, ogenschijnlijk willekeurig, op een open plek, zo veel fantasie is er niet voor nodig.'

'Hebben ze dingen genoemd die wij achterhouden?'

'Ja, maar alleen van dit slachtoffer, niet van de andere twee. Ze leken te weten dat er op hem geschreven was.' Collier zag opeens een kans om revanche te nemen. 'Dat kunnen ze alleen gehoord hebben van mensen die hier geweest zijn. Hoeveel omwonenden zijn komen kijken voordat wij arriveerden?'

'Dat weten we niet precies. Een stuk of twaalf.'

'Dat is het dus. De pers heeft een aantal van die mensen opge- spoord en ondervraagd. Het is jouw taak om te voorkomen dat dit soort dingen gebeuren. Deze manier van lekken valt ook onder besmetting van de plaats delict.'

'Er staan zo'n zestig huizen in deze straat,' zei Stella, 'met aan de achterzijde ervan nog eens twee keer zestig. Honderdtachtig huizen die elk bewoond worden door … pakweg … drie mensen?'

Collier knikte. 'Een groot risico. Dat je niet ingecalculeerd hebt.'

Hij liep weg. Stella kon niet zien dat hij glimlachte, maar de stand van zijn schouders deed dat sterk vermoeden. Ze dacht: alleen iemand als Collier weet nog munt te slaan uit een man van wie het gezicht aan flarden is geschoten.

Andy Greegan liep nog steeds rond op de plaats delict, alert op elk gevaar van besmetting. Stella liep over het pad langs de heg, gekleed in een witte overall en met hoezen over haar schoenen, die Greegan haar had gegeven. Ze was nog een keer teruggegaan naar de pd-tent, dit keer met een zaklamp. De halogeenlampen gaven fel licht, maar zorgden ook voor donkere slagschaduwen, daarom had ze de zaklamp gebruikt om de onderkant van het hek en bepaalde plekken op de grond beter te bekijken. Ze was op zoek naar iets. Nu controleerde ze de boomstammen, een voor een, rondom, tot op ooghoogte en hoger. Ze had verwacht het hier te vinden, maar succes bleef uit. Technisch rechercheurs zochten nog steeds met staaflantaarns het andere eind van het pad af. Zij zochten hetzelfde.

Ze gaf het op en liep naar de betonnen afvalbak, hoewel ze wist dat het team van de technische recherche die al op DNA-sporen en vingerafdrukken had onderzocht.

Het is het enige waar niemand van afweet. Morgan hoorde van Collier dat er op ze geschreven was, Delaney hoorde het van mij, zoiets spreidt zich als een vlek uit. Maar alleen hieraan kan ik zien dat er geen na-aper aan het werk is geweest. Het teken, de handtekening. Van jou, klootzak, alleen van jou. Het is hier ergens. Het moet hier ergens zijn.

Harriman trof haar op haar knieën langs de stoeprand aan en zei: 'Uitstellen tot morgen, chef. Het is hopeloos bij dit licht.'

'Ja, je hebt gelijk.'

Stella kwam overeind en deed haar zaklamp uit. Iedereen zou morgen terugkomen om bij daglicht verder te zoeken. Ze klopte het zand van haar knieën en liep de straat in naar haar auto. Drie agenten in uniform waren bezig Turners Mercedes op een dieplader te takelen en daarna af te dekken; het interieur was al met stofzuiger en pincet schoongemaakt. Stella stapte opzij om de kraan waaraan de auto hing te ontwijken. Een dunne streep licht van de halogeenlampen viel over het spatbord, en daar was het, met een vinger in het Londense vuil getekend:

$$\wedge \quad \wedge$$
$$\vee$$

Met een rode veeg ernaast en een plakkerige rode druppel onder in de V.

Technisch rechercheurs in het wit bewogen zich als spookachtige gedaanten tussen de zilverberken door. Flitslicht weerkaatste van het lakwerk van de Mercedes. De maan stond hoog aan de hemel, een witte, scherpomlijnde schijf in de nachtblauwe lucht.

Twee ambulancebroeders rolden een inklapbare brancard met lijkzak de tent uit; het pd-team, de foto- en videograaf, het AMIP-5-team: iedereen was druk aan het werk, gevolgd door zijn eigen donkere schaduw.

I'm being followed by a moon shadow, moon shadow, moon shadow.

Het liedje van Cat Stevens zou de hele volgende dag door haar hoofd blijven spelen.

Ricardo Jones zat voor in de auto, naast de bestuurder, zijn handen stil in zijn schoot, zijn rug recht. Hij wilde de druppel zweet naast zijn linkeroog wegvegen, maar deed het niet. Niet omdat hij er niet bij kon, maar omdat het hem beter leek zich niet te verroeren.

De bestuurder was de man die hij in Jonahs flat ontmoet had. Ergens in de buurt van Notting Hill Gate hadden ze een derde man opgepikt, die alleen gezegd had: 'Draai je niet om.' Hij had pas weer iets gezegd toen ze in Wormwood Scrubs aankwamen en de auto geparkeerd hadden. 'Jij bent Ricardo Jones.'

Ricardo wist niet goed of het een vraag of een vaststelling was. Uiteindelijk zei hij: 'Oké.'

'Niet praten', zei de man. 'Je hoeft niks te zeggen.'

Een poosje bleven ze zwijgend zo zitten, alleen het getik van de motor die afkoelde was te horen. Ricardo hoorde zijn eigen ademhaling, hij rook zijn eigen zure, warme zweet. De auto stond in een zijstraat, niet ver van de Scrubs. De grond leek in het maanlicht met rijp bedekt te zijn. Ricardo zag zichzelf daar al liggen, dood en gedumpt.

De man zei: 'Jij biedt je diensten aan in Harefield, Ricardo. Tegen gunstige tarieven, wat allemaal goed en wel is, alleen heb je ze wel aan mijn klanten aangeboden. Je bent onder mijn prijs gaan zitten. Je hebt klanten van me afgepikt. Nee, niet praten, je hoeft helemaal niks te zeggen. Zo heb je ook een mooie deal gesloten voor ene Jonah, en zoals je ondertussen wel zult weten, heeft hij daar niet veel lol aan beleefd. Hij dacht dat hij er beter van werd, maar dat had hij mis. Het nadeel van handen zonder duimen is namelijk, Ricardo, dat ze eigenlijk nergens meer voor te gebruiken zijn. Je kunt er, om te beginnen, geen geld meer mee tellen.'

Een licht Schots accent, een stem die eerder berispend dan kwaad klonk.

'Het had jou natuurlijk ook kunnen overkomen, Ricardo. De man naast je had met alle plezier bij jou dezelfde operatie willen uitvoeren: als waarschuwing, om je te laten weten dat je te ver bent gegaan. Dat was zelfs mijn bedoeling. Ik was namelijk pissig, héél pissig, en dan kom je op rare gedachten. Nou ja ...' zei hij grinnikend, 'ik kan het natuurlijk altijd nog doen. Niet de duimen misschien, maar ... beide pinken ... gewoon om je eraan te herinneren ... maar maak je daar nu nog even geen zorgen om en luister alleen naar wat ik te zeggen heb, want je kunt ook gewoon al je vingers houden én een kleine winst op de koop toe krijgen. Niet het soort winst dat je nu maakt, natuurlijk, nee, een kleine winst. Het is heel eenvoudig. Jij draagt al je contacten aan mij over en treedt vanaf nu als tussenpersoon op. Als loopjongen. Tegen een klein percentage. Waarom doe ik al die moeite voor je? Nou, ik koop je goodwill af, Ricardo. Je goodwill en je goede reputatie bij je klanten, en ik weet dat ze het – in ieder geval voorlopig – prettig zullen vinden om zaken te blijven doen met iemand die ze kennen en vertrouwen. En wat de toekomst betreft ... tja, we zullen zien hoe de dingen lopen.'

Er klonk gezoem: een gsm die in de trilstand stond. De man zocht in zijn zakken en kwam daarbij iets omhoog van de achterbank; Ricardo ving een glimp van hem op in de achteruitkijkspiegel: een smal gezicht, een sikje, en een schurkensnor.

'Bel je zo terug.' Daarna volgde een lange stilte. Uiteindelijk zei de man: 'Nou mag jij wat zeggen. Ja of nee.'

Ricardo zei: 'Ja.'

Ze reden terug naar Notting Hill, Ricardo zat naast de bestuurder, niemand zei een woord, en de man achterin keek naar buiten naar de drukte op straat en neuriede nauwelijks hoorbaar een deuntje. Ricardo dacht dat het *Lord of the Dance* was. De bestuurder stopte in Pembridge Road en zei: 'Uitstappen, weglopen en niet achteromkijken. We nemen wel weer contact op.'

Ricardo liep de heuvel over naar Hammersmith Road en vandaar naar North End Road; zijn benen trilden en zijn lippen waren kurkdroog. Toen hij terug was in Flat B, nummer 1169, moest hij nodig pissen. Tina Mooney keek op toen hij door de kamer liep en zag de verbeten trek om zijn mond. Even later kwam hij terug met hun voorraadje coke en hij snoof er zonder op te kijken een paar lijntjes van op.

Toen hij haar het verhaal verteld had, zei ze: 'Wie is het?'

Ricardo beschreef hem: de snor, de sik, het licht Schotse accent. 'Ik weet niet hoe hij heet. Maar de man die reed heet Snoei, zo noemen ze hem tenminste.'

'Is die zwarte vent dood?'

'Weet ik niet.'

'Wat ga je nu doen?'

'Het spel meespelen. Ik heb geen andere keus.' Het klonk verontschuldigend. 'Ik ben voor hen niet meer dan een administratieve kwestie, Tina. Begrijp je? Ze denken alleen in transacties en percentages. Ze hebben die arme kerel de duimen afgehakt en zijn handen aan de armleuningen van zijn stoel vastgespijkerd.'

'En daarna?'

'Ik moest hem wel iets geven, het lijkt erop dat ik een paar goede contacten kwijtraak. De klootzak! Maar de meeste hou ik achter. Het heeft me goddomme jaren gekost om die lijst vol te krijgen.'

'Hij zal ze allemaal willen hebben.'

'Ja, dat weet ik. Schotse teringlijer.'

'We gaan dus weer verkassen.'

'Over een poosje. Nadat ik hem wat namen heb gegeven.'

'Ik vind het leuk hier. Ik heb Londen gemist. Ik heb hier vroeger mooie dingen beleefd.'

'Waarom?' vroeg Delaney.

Stella was net onder de douche geweest; ze had een hete douche genomen en stond nu bij het raam om haar huid door de nachtlucht te laten afkoelen.

'Als ik dat wist, hoefde ik niet verder te zoeken.'

'Ik heb hem kortgeleden nog ontmoet', zei Delaney.

'O ja? Waarom?'

'Gewoon, om samen een borrel te drinken ... Ik heb vroeger voor hem gewerkt: hoofdzakelijk freelance, maar ook een poosje in vaste dienst. Ik kende hem niet echt goed, maar ik mocht hem wel. Bovendien was hij een goede redacteur.'

'Waar hebben jullie het over gehad?'

Hij wilde graag haar gezichtsuitdrukking zien, maar ze had haar rug half naar hem toegekeerd en door de lichtinval was haar gezicht in schaduwen gehuld. 'Niks bijzonders ... Hoezo?'

'Voor het geval hij iets gezegd heeft wat ...'

'O ... Nee, alleen over vroeger en zo. Wil je koffie?'

'Ja, graag.'

'"Smerige leugenaar", dat moet iets met de krant te maken hebben,' zei Delaney, 'misschien een artikel dat hij geplaatst heeft?'

'Zou kunnen. Hoeveel leugens staan er gemiddeld per week in de krant?'

'Niet één. Soms zijn de feiten alleen discutabel.'

'Laat me niet lachen. Oké, hoeveel discutabele feiten dan?'

'Honderden.'

'En per jaar?'

'Niet te tellen.'

'Precies. En nog iets: deze man heeft met het vermoorden van deze mensen een bepaalde bedoeling. Zijn beweegredenen komen ons volkomen irrationeel voor. Dus wie weet wat hij onder een leugen verstaat?'

'Bij die andere twee was dat duidelijk', merkte Delaney op. 'De vieze meid was een hoertje, de vuile lafbek rende weg.'

'Als Leonard Pigeon het beoogde slachtoffer was.' Ze draaide zich naar hem om. 'Wat ik je nu allemaal vertel, mag beslist niet gepubliceerd worden.'

'Ik dacht dat je zei dat de kranten bekend gaan maken dat het om seriemoord gaat.'

'Dat klopt ...'

'En dat de moordenaar op hem geschreven heeft.'

'Ze weten niet dat er ook op de andere twee geschreven is ... en ook niet wat.'

Delaney lachte. 'Stella, dat is slechts een kwestie van tijd.'

'We moeten informatie achterhouden, iets wat alleen de moordenaar kan weten. We krijgen nu al zo'n zes bekentenissen per week binnen.'

'Hoor eens,' zei hij, 'ik doe de rijkeluislijst, trivia voor de kleurenbijlage. Ik bericht niet meer vanaf het front.'

Ze keek op door de toon waarop hij het gezegd had, maar hij

schepte koffie in de cafetière en zag het niet. Er leek een verborgen boodschap in zijn woorden te zitten.

Nee, je bericht niet meer vanaf het front. Maar je zou het wel willen.

55

Maxine Hewitt zat in de videokamer met James en Stevie Turner, die zich vreemd genoeg op hun gemak leken te voelen, maar afstandelijk bleven. James keek de kamer rond en leek alles stukje bij beetje in zich op te nemen, om de paar seconden bewoog zijn hoofd; Stevie zat over zijn gameboy gebogen.

Er hing een camera op een onopvallende plek en aan de muren waren richtmicrofoons bevestigd. Er lagen spelletjes, poppen en tekenmateriaal om herinneringen naar boven te halen. Onder normale omstandigheden zou Maxine een collega bij zich hebben gehad – een teamlid dat, net als zij, was opgeleid om kinderen te verhoren – maar bij deze gelegenheid, en op verzoek van Stella, was Anne Beaumont bij haar gaan zitten.

De bedoeling was om de jongens te laten praten tot een van hen iets zei waarop ze konden inhaken. Het duurde lang. Uiteindelijk vroeg Anne hun naar het huis, het huis waarin ze woonden, om hen vandaar naar de voorkamer te loodsen en naar het raam dat uitkeek op de oprit.

Stevie keek op en zei: 'We wonen daar nu niet.'

James zei: 'Het is niet goed daar.'

Daarna begonnen ze over zichzelf te praten, over hun moeder en hun nieuwe leven. Over hun vader zeiden ze niets.

Toen Stella met een air van 'jullie kúnnen me wat' Chintamani binnenliep, droeg ze het enige alternatief dat ze bezat voor haar jasje van TK Maxx: een jasje van Jigsaw van vorig jaar, met een spijkerbroek van Gap, en iets te veel make-up. Ze had Abigail ook naar het bureau van AMIP-5 kunnen laten komen, maar ze wilde haar liever op een plek hebben waar ze zich thuis en op haar gemak voelde.

Ze was opzettelijk laat en zat nog maar net toen twee kelners al een fles witte wijn en acht verschillende gerechten kwamen brengen.

'Mezze', zei Abigail tegen haar. 'Hun specialiteit. Geen bezwaar?'

Stella zei: nee, mezze was prima. Ze realiseerde zich dat ze Abigail die avond in de club in Orchard Street niet goed bekeken had, want ze zag nu dat ze helemaal niet het stereotiepe blondje was dat ze zich herinnerde. Ze zag er elegant en intelligent uit, haar kleren waren duur maar niet opzichtig, haar stem was zacht en accentloos. Abigail brak een stuk brood af en doopte het in een kommetje tahin. Ze zei: 'Ik ben geen hoer.'

'Dat heb ik ook nooit beweerd.'

'U hebt het zich wel afgevraagd.'

'Hoe weet je dat?' vroeg Stella.

'Omdat ik me dat zelf weleens afgevraagd heb.'

Stella begon hardop te lachen. Ze zei: 'Nou, steek maar van wal.'

'Waar moet ik beginnen? We hebben elkaar op een feestje ontmoet. Ik vermoedde dat hij getrouwd was, maar hij had geen vrouw bij zich; hij was aantrekkelijk ... straalde macht uit, ik denk dat ik op mannen met macht val. We zijn samen weggegaan, zijn ergens gaan eten, hij is erg grappig, gevat, maakt grappen ten koste van politieke strebers en fanatiekelingen. Hij komt zelf uit een rijk, aristocratisch nest. Politiek is voor hem niet meer dan een spel, waarbij iedereen wil winnen en elk middel geoorloofd is, en waar de bevolking volkomen buiten staat.'

'Heb je hem alweer gesproken, na die avond in de club?'

'O ja.'

'Wat heeft hij je verteld?'

'Vrijwel alles, volgens mij. U denkt dat Len Pigeon in plaats van Neil is vermoord.'

'Het is niet ondenkbaar.'

'Hoe groot is die kans?'

'Dan zou ik eerst moeten weten waarom Leonard Pigeon zich voor hem uitgaf.'

'Neil zegt dat hij gewoon zijn werk deed.'

'Dat weet ik. Die Amerikanen ... wat voor zaken doen ze?'

Abigail schudde glimlachend haar hoofd. 'Denkt u dat ik Neil naar zijn zakenbelangen vraag?'

'Waarom niet? Je bent toch niet dom.'

'Precies.'

Stella proefde van elk gerecht. Alles was heerlijk. De wijn was voortreffelijk. Ze zei: 'Ik heb Len Pigeon nooit in levenden lijve gezien. Mensen zien er op foto's, en wanneer ze dood zijn, anders uit. Iedereen is van mening dat hij voor Morgan aangezien had kunnen worden.'

'Ze leken ook op elkaar: ze hadden dezelfde lichaamsbouw ... hoewel ik Len natuurlijk nooit naakt heb gezien. Mensen maakten er opmerkingen over, grappen: dat Neil zijn researcher de wandelgangen op stuurde, wanneer hij zelf geen zin had om te stemmen.'

'En? Deed hij dat?'

'Ja.'

'Handig als alibi', merkte Stella op.

'Inderdaad. Len woonde een late zitting bij, terwijl Neil en ik een paar dagen naar Parijs gingen.'

Stella glimlachte bijna. 'Weet zijn vrouw daarvan?'

'Daar vraag ik niet naar.'

'Heb je haar weleens ontmoet?'

'O ja. Op een feestje. Hij stelde me voor aan zijn vrouw als iemand die hij ergens ontmoet had. Ze gaf me een klam handje.'

'En?'

'Ja, ik denk wel dat ze het weet.'

'Door dat klamme handje ...'

'Nou, eerder door het feit dat ze glimlachte zonder me aan te kijken. Wat wilt u nog meer weten?'

'Of je een reden kunt bedenken waarom Neil Morgan als lafaard gezien zou kunnen worden.'

'O ja, dat heeft hij me verteld.' Ze huiverde even. 'Jezus, wat is dat voor een engerd? Zo een die schuimbekkend over straat loopt?'

'Dat zou je haast gaan denken, maar het is niet zo.'

'Hoe weet u dat?'

'We hebben een profielschets van hem gemaakt.' Stella dacht aan Anne Beaumonts omschrijving: 'De kans is groot dat hij er niet uitziet als een gek, zich niet als een gek gedraagt en normaal gekleed gaat.' Ze keek om zich heen. 'Zoals die man daar in dat krijtstreep-pak. Het kan iedereen zijn; daarom zijn sociopaten ook zo moeilijk te pakken: ze zien eruit zoals wij.'

'Ik kan geen enkele reden bedenken waarom iemand Neil als lafaard zou bestempelen', zei Abigail. 'Hij is zelfs eerder iemand die risico's neemt, zeker als het om zijn carrière gaat.'

'En zijn huwelijk?' merkte Stella op.

Abigail glimlachte. 'Niet echt. Als zijn vrouw het wél weet, zal ze er niets aan doen.'

'Je bedoelt: anders had ze het allang gedaan ... omdat jij niet de eerste bent.'

'En niet de laatste.'

'Waarom blijf je bij hem?'

'Ik zei al dat hij uit een rijk, aristocratisch nest komt. Uit een heel rijk nest, en Neil is vrijgevig. Hij koopt mooie dingen voor me, we overnachten in mooie hotels: ik heb het prima naar mijn zin.' Ze glimlachte. 'Eigenlijk ben ik dus toch een beetje een hoer. Je kunt met hem lachen.'

Stella wachtte, met het glas aan haar lippen. 'Lachen?'

'O ja', zei Abigail. 'U hebt hem nooit meegemaakt als hij echt op dreef is. Trouwens,' zei ze grijnzend, 'die vent in dat krijtstreeppak? Dat is een hedgefondsmanager, belegt in miljoenen. Die is dus echt gek.'

John Delaney las zijn artikel over Stanley Bowman door en keek tegelijkertijd tv. Een slagveld, een menigte mensen, geweervuur, militaire voertuigen op een stoffige weg, brandende auto's en een rij soldaten die door een lege straat liep.

Hij dacht eraan terug hoe hij vanuit het Holiday Inn Hotel in Sarajevo met een satelliettelefoon Turner had gebeld, terwijl een mooie meid die het camerawerk deed voor een Canadese omroep een zelfgemaakte cocktail voor hem inschonk. Turner had gezegd: 'Mooie kopij, John. Het lijkt daar een hel op aarde.'

'Het is een hel hier', had hij bevestigd. Het hotel was die avond een paar keer geraakt. De scherpe geur van geëxplodeerde springstof drong nog steeds zijn neusgaten binnen en het legeroverhemd van het meisje stond net ver genoeg open om als uitnodigend opgevat te kunnen worden.

Martin Turner, een burgerslachtoffer.

De jongens hadden niet veel gezegd, maar genoeg om Anne en Maxine te laten weten dat alles wat ze gezien hadden voorlopig, en misschien wel voorgoed, verdrongen werd. De vrouwen droegen Stevie en James over aan de zorg van Sue Chapman en namen een koffiepauze van vijf minuten.

'Het is genoeg zo', zei Anne. 'Je kunt het later nog eens proberen, maar vandaag zul je niets meer uit ze krijgen.'

Maxine knikte. 'Ik denk dat ze hem gezien hebben', zei ze. 'En jij?'

'Ik denk het ook. Maar ze weten niet echt wat ze gezien hebben. Ze kunnen de beelden niet duiden.'

'Als een foto die niet ontwikkeld is.'

'Ja, dat is een goede omschrijving.'

'Nee', zei Maxine. 'Ik bedoel, zo ervaar ik het zelf. Die beelden zitten ergens in hun hoofd, maar ik kan er niet bij komen.' Ze nam een slokje van haar koffie en trok een vies gezicht: AMIP-5-brouwsel. 'Ze hebben hem gezien … Maar hebben ze alles gezien? Hebben ze ook gezien wat hij deed?'

'Als ze alles gezien hebben,' zei Anne, 'dan raken ze die beelden hun hele leven niet meer kwijt.'

De jongens kwamen de videokamer uit en namen afscheid. James glimlachte naar de vrouwen, maar Stevie had alleen aandacht voor zijn gameboy. Hij drukte op de knoppen tot zijn superheld in beeld kwam.

Silent Wolf, die door de straten van de stad dwaalde en snelrecht toepaste op de boosdoeners.

56

Deze keer was het alleen Tom Davisons stem aan de telefoon en Stella realiseerde zich dat ze blij was met die afstand. Haar volgende gedachte was: waarom eigenlijk? Vormt hij dan zo'n groot gevaar? Ze dacht terug aan hoe alles begonnen was: zijn telefoontjes betreffende een moordonderzoek die steeds minder zakelijk begonnen te klinken, zijn grapjes, zijn geflirt.

Kerst vorig jaar. Het voortdurende gebakkelei tussen Delaney en haar. Davisons o zo doorzichtige aanbod dat ze aannam om te zien hoe het voelde. De seks die te goed was om niet serieus te nemen. Daarna haar abrupte vertrek ... de verbaasde blik in zijn ogen ... en zij in Chiswick High Road, waar de trottoirs glinsterden van de ijzel, vanwaar ze Delaney belde met een steeds groter wordend schuldgevoel, beeld voor beeld herinnerd.

'De technische recherche heeft een negenmillimeter-parabellumkogel uit de grond gepulkt op de plek waar de grootste plas bloed lag ... alsof we het nog bevestigd moesten hebben.'

'Kun je er iets uit opmaken?' vroeg Stella.

'Op het moment alleen dat hij neergeschoten is met een pistool waar negenmillimeterkogels in moeten. En daar zijn er veel van. Als je het pistool gevonden hebt, kan ik je meer vertellen.'

'Hoe zit het met DNA-sporen?'

'Nou, het wemelde ervan. Dat kan dus nog even duren.'

'Hoelang?'

'Ik doe mijn best. Geloof me,' zei Davison lachend, 'we vinden zijn DNA; het is dezelfde man.'

'Ik geloof je.' De pd-foto van het teken dat de moordenaar had achtergelaten, lag voor haar op het bureau. Ze zei er niets over tegen Davison; ze wilde dat de forensische tests nauwkeurig en onpartijdig uitgevoerd werden.

'Het is hem.' Een korte stilte. 'Stella, wat ik zei de vorige keer, dat was niet als verwijt bedoeld; er valt niets te verwijten. Dus ...'

'Nee, ik had eerlijker moeten zijn. Ik had toen ruzie met iemand. Het was egoïstisch van me.' Ze zweeg, maar hij wist dat er meer zou komen. 'Je ... bracht me in de war. Het voelde goed met jou, en daarom voelde het ook als een enorm risico. Begrijp je wat ik bedoel?'

Davison begon te lachen en zei: 'O ja. Want van neuken komt zoenen.'

De jongens in de BMW reden door West End, met een slakkegang omdat het verkeer zoals altijd vastzat – overal waar je keek blik – maar ook omdat ze stoned waren, zelfs de bestuurder was stoned: alles was helderder, luider en reuzelollig.

Iedereen genoot mee van hun muziek, tot in de omliggende straten. Een van de jongens zat op de achterbank met zijn voeten uit het raam en bekeek zijn nieuwe speeltje: een omgebouwde Brocock ME38. Hij had het wapen niet bij zich voor een klus, maar alleen om zijn reputatie hoog te houden. Hij richtte het op een van zijn maten en vuurde een denkbeeldige kogel af.

De jongen greep naar zijn hart, vertrok zijn gezicht en stierf een denkbeeldige dood. Iedereen lachte. Ze lachten tot hun kaken pijn ervan deden.

Sinds de vriend van Bryony, die daarvoor de vriend van haar moeder was geweest, op de lijst van nog te verhoren mensen stond, had Maxine Hewitt met tussenpozen gepost bij het kantoor van de Sociale Dienst, wat inhield dat ze ogenschijnlijk zonder een speciale reden in een auto zat te wachten, ongezond voedsel at en probeerde de lichaamsgeur van haar partner te negeren. Haar huidige partner was Andy Greegan. Andy was de vroege komst van de zomer, de ongebruikelijke hitte en de hoge vochtigheidsgraad te lijf gegaan met een deodorant die 'Chill' heette.

Hij was ook verantwoordelijk voor de inwendige mens, maar het enige wat hij had kunnen vinden waren witte puntjes met kaas en twee bekers slappe koffie. Hij zette zijn kartonnen bekertje op het dashboard, naast de uitvergrote foto van de moeilijk te vinden Chris Fuller. Maxine schoof haar broodje opzij en dronk haar koffie op, die al koud begon te worden.

'Ik wil je niet beledigen, Andy,' zei ze, 'maar die deodorant van je ruikt naar motorolie.'

Het duurde even voor de opmerking tot Greegan was doorgedrongen. 'Níét beledigen?'

'Nee, echt niet. Het zal wel een heel hip merk zijn, maar ik krijg er koppijn van. Motorolie, of anders gootsteenontstopper.'

'In de tv-reclame wordt het anders aangeprezen door een knappe vent met een goddelijk lijf en een meisje in bikini, dat haar handen niet van hem af kan houden.'

'Misschien is het een deodorant voor buiten. Ik heb die reclame ook gezien. Die jongen staat voor een waterval.'

Greegan keek sneu. 'Of misschien ruikt het alleen lekker bij jongens zoals hij.'

'Misschien ruiken meisjes die motoroliegeur niet als de jongen er net zo mooi uitziet als die in de reclame.'

'Denk je?'

'Ik weet het niet', zei Maxine tegen hem. 'Ik had meer aandacht voor het meisje.'

'Zal ik het raampje opendraaien?'

'Hier op Kilburn High Road?'

'Die jongen,' zei Greegan, 'die jongen in de reclame. Die was niet echt knap. Hij had alleen een mooi lijf: één bonk spieren.'

'Het meisje was wel een spetter.'

'Dat wilde ik net zeggen.'

Maxine lachte en nam een hap van haar broodje. Ze zei: 'Hé, dat is hem.'

Greegan keek op en wist even niet goed wie ze met 'hem' bedoelde. Toen zag hij aan de overkant van de straat iemand met een bekend gezicht uit het postkantoor komen.

Het gezicht van de foto die op het dashboard lag.

In de relatie tussen smeris en informant gaan zaken voor het meisje. Meisjes komen er zelfs niet aan te pas.

Frank Silano had met drie mensen gepraat en uit die gesprekken waren de namen van vijf mogelijke contactpersonen naar boven gekomen. Het was een arbeidsintensieve manier van zakendoen. Hij spoorde de vijf op en werd doorverwezen naar vier anderen. Van deze vier kwamen twee op de proppen met een en dezelfde naam, een passend signalement en de naam van een pub in Londen Fields, en daar zat Silano nu een biertje te drinken en lastige vragen te stellen.

Uiteindelijk verscheen de man met de verzorgde bakkebaarden en ouderwetse pilotenzonnebril op in de deuropening. Hij keek niet blij. Silano knikte, maar bleef zitten. Bakkebaard verdween. Silano wist dat hij de drinkers in de pub met zijn aanwezigheid zenuwachtig maakte, maar hij wist ook dat Bakkebaard instructies had gekregen om het probleem op te lossen, dus liet hij de man wachten en dronk rustig zijn bier op.

Ze liepen door de blauwe walm van Hackney. Silano zei: 'Mij is verteld dat jij de wapenhandelaar bent. Dat ik jou moest hebben.'

Bakkebaard lachte schor. 'Ja? Wie heeft je dat verteld?'

'Iedereen die ik gesproken heb.'

'Dan lullen die allemaal uit hun nek.'

'Heb je kortgeleden een negenmillimeterwapen aan iemand verkocht?'

'Je hebt de verkeerde voor je.'

'Ik heb uit betrouwbare bron vernomen dat jij alles verkoopt. Uit diverse betrouwbare bronnen.'

'Dat zijn dan mensen die onzin uitkramen. Mensen die mij niet kennen.'

'Het leek erop dat ze je heel goed kenden.'

'Heb je hun namen?'

'Luister,' zei Silano, 'je kunt me nu helpen of ik kom met toeters en bellen bij je thuis langs, met een Hattongeweer en een paar honden met een scherpe neus. Jij mag het zeggen.'

'Ik weet niks, man. Ik verkoop alleen spullen, zoals iedereen. Meest auto's. Soms een tv. Alles legaal.'

'Natuurlijk. Hoe zag hij eruit?'

'Ik kwam iemand tegen in die pub van net. Een paar dagen geleden. Hij wilde iets hebben, maar ik heb tegen hem gezegd dat ik hem niet kon helpen. Begrijp je?'

'Natuurlijk. Hoe zag hij eruit?'

'Er komen zo vaak mensen bij me langs die iets willen hebben. Ik ken die lui niet. Ik heb geen idee wie het zijn.'

'Ik geloof je. Hoe zag hij eruit?'

'Blank, geloof ik.'

Silano zuchtte. 'Mijn geduld raakt op', zei hij. 'Ik geef je nog één kans.'

Ze waren de hoek om gegaan en een winkelcentrum in gelopen. Bakkebaard bleef voor de etalage van een elektronicazaak staan en drukte zijn hoofd ertegenaan. Op vijftien plasmaschermen werd een film van John Wayne vertoond waarin hij het opnam tegen een regiment Filippino's. De Filippino's werden in de pan gehakt, ze werden neergemaaid, opgeblazen en onder de groene zoden geschoffeld.

'Godsamme, denk je nou echt dat die gozer me wat kan schelen? Je kunt hem zo van me krijgen. Geen probleem.'

'Nou, doe dat dan', zei Silano.

'Ik geloof dat hij lang haar had.' Bakkebaard haalde zijn schouders op.

'Was het zo lang geleden?'

Bakkebaard lachte. 'Ik was stoned. Oké? Apestoned. Meer kan ik me niet herinneren.'

'Hoe kwam hij op je over?' Bakkebaard schudde zijn hoofd. 'Jong of oud?'

'Gokken? Jong.'

Silano streek met zijn hand over zijn ogen. 'Wilde hij een negenmillimeter?'

Bakkebaard zei: 'Hij kan me gestolen worden. Als ik wist wie het was, zou ik het zeggen. Ik heb geen belang bij deze shit.' Hij zette zijn handen tegen de etalageruit. 'Ik was onder invloed. Van de wereld', en duwde zich ervan af. 'Ik ga nu. Niet met me meelopen.' Toen hij wegliep, keek hij over zijn schouder. 'Wat voor één, zei je?'

'Een negenmillimeter.'

Een vage glimlach. 'Ja ...'

Silano zag vanuit zijn ooghoek de tv-beelden flikkeren. John Wayne die vanuit de heup schoot. John Wayne die de oorlog won.

57

Collier leidde het werkoverleg. Stella zat aan de zijkant op een bureau, het hoofd gebogen, en zei niets. Collier daarentegen zei een heleboel, van: 'Het schiet niet op', tot: 'Doe er wat aan'. 'Ik wil resultaten zien' stond ook hoog op zijn lijstje, hoewel hij er niet bij zei hoe dat doel bereikt kon worden. De whiteboards hingen vol met de voorpagina's van de landelijke roddelbladen, met min of meer dezelfde koppen: BRUTE SERIEMOORDENAAR NOG STEEDS OP VRIJE VOETEN; POLITIE TAST ZOALS GEWOONLIJK IN HET DUISTER; MEER MOORDEN VERWACHT; U ZOU DE VOLGENDE KUNNEN ZIJN.

De recherchekamer lag bezaaid met lege chipszakjes, wikkels van chocoladerepen en plastic waterflessen. De reep van de dag was Galaxy. Stella wachtte tot Collier zijn lijst met grieven had afgewerkt en liep toen naar voren om te melden dat DC Hewitt en DC Greegan Chris Fuller hadden gearresteerd.

'Als ik het me goed herinner,' zei Stella, 'beschouwde u hem als hoofdverdachte.'

Het was duidelijk aan Colliers gezicht te zien dat hij het niet kon waarderen dat Stella dit nu pas vertelde. Hij zei: 'En waarom ben ik hierover niet ingelicht?'

'Sorry, chef.' Stella haalde haar schouders op, een perfect geacteerde uiting van hulpeloosheid. 'Ik dacht dat ik dit werkoverleg zou leiden. Het stond boven aan mijn lijstje.'

Stella en Harriman zaten bij Chris. De lucht in de verhoorkamer was muf en bedompt. Harriman zette de staande ventilator aan die de lucht alleen in beweging bracht maar niet verdreef. De uitvergrote autopsiefoto van Bryony Dean lag tussen hen in op tafel. Chris had ernaar gekeken, hem daarna omgedraaid en weggeschoven.

'Je wist dat het Bryony was,' zei Stella, 'het meisje in de boom.'
'Eerst niet. Maar ze kwam niet terug.'
'En daarom gaf je haar als vermist op.'

'Ja.'

'Als Elizabeth Rose Connor.'

'Ze had haar naam veranderd.'

'Nee,' zei Harriman, 'ze had haar naam niet veranderd, ze gebruikte beide namen. En ik denk dat jij hetzelfde doet: vier identiteiten, vier bijstandsuitkeringen.'

Chris had er niets op te zeggen.

'Hoe ben je erachter gekomen dat het Bryony was?' vroeg Stella.

'Ze had vrienden in de Kensals en ik …'

'Nee nee …' Harriman schudde zijn hoofd. 'Laat dat maar zitten. We weten dat ze tippelde, we weten dat jij haar pooier was, we weten dat ze op de Strip werkte.'

De hand van Chris schokte even, alsof hij gestoken was. 'Ik ben haar op de Strip gaan zoeken. Het gerucht ging dat ze dood was, dat de kranten het over háár hadden.' Hij masseerde zijn ogen met duim en wijsvinger en zweeg een volle minuut. Ten slotte zei hij: 'Ik vond het helemaal niet leuk dat ze dat deed. Ik heb haar nooit gevraagd om het te doen.'

Harriman snoof verachtelijk. 'Ja ja. Nou, jij was haar pooier, en de pooier van haar moeder.'

'Denkt u nou echt dat het zo simpel is?' Chris' stem klonk scherp en verontwaardigd. 'U weet er niks van. Helemaal niks.'

Hij wendde zijn hoofd af en staarde naar de vloer. Stella keek Harriman veelbetekenend aan. Tegen Chris zei ze: 'Waarom deed ze het dan? Waarom tippelde ze?'

'Ze wilde dingen kunnen kopen.'

'Wat voor dingen?'

'Van de reclame. Dingen die iedereen wil hebben.'

'Het was dus haar keuze.'

'We hadden geld nodig. En zij had iets wat ze kon verkopen.'

'Bryony was al eens eerder als vermist opgegeven', merkte Stella op.

'Dat weet ik.'

'Maar ze werd toen niet echt vermist, hè?'

'We wilden bij elkaar zijn, u weet toch hoe dat gaat …'

Harriman zei: 'Ik weet alleen dat je zowel met de moeder als met de dochter naar bed ging.'

Chris zuchtte. 'Zo was het niet.'

'Nee? Volgens Melanie Dean wel.' Harriman wachtte even. 'Waarom heb je niet gewoon tegen haar gezegd dat Bryony en jij samen weggingen? Waarom dat achterbakse gedoe?'

Chris keek hem aan alsof hij het antwoord op die vraag zou moeten weten. 'Ik wilde geen trammelant.'

'Heb jij Bryony vermoord?' vroeg Stella hem.

Hij had op de vraag zitten wachten. 'Ze is naakt in een boom opgehangen' – hij draaide de foto om – 'en ze is haar ogen kwijt. Dat zijn haar ogen niet. Wat is er met haar ogen gebeurd?'

'Vogels', zei Stella zacht.

Chris staarde haar aan en wendde toen zijn blik af. 'Waarom zou ik haar zoiets aandoen? Waarom zou ik haar sowieso wat aandoen? We hadden verkering. We wilden samen verder.' Alles werd uit de kast gehaald, maar het woord 'liefde' viel niet. 'Ik ben niet gewelddadig, oké? Vraag het maar na. Vraag het maar aan Melanie.'

Stella en Harriman wisselden een blik. Chris vroeg: 'Wat is er?'

'Melanie heeft zelfmoord gepleegd', zei Stella.

De geluidsband liep verder. Chris zat met gebogen hoofd, opgetrokken schouders en de armen over elkaar op zijn stoel, alsof het plotseling koud was geworden in de kamer.

'Dood', zei hij. 'Beiden dood.' En na een korte pauze: 'U weet er niks van. Helemaal niks.'

Aimée lag languit op bed, de armen en benen gespreid. Woolf had lang en ruw met haar gevreeën, wat ze als bewijs van zijn hartstocht, van zijn liefde had opgevat. Nu haalde hij in de keuken de koelkast leeg om een schaal koud vlees klaar te maken. Ze had bier, wijn en eten ingeslagen en had gehoopt samen met hem een maaltijd te bereiden en ondertussen over hun toekomst te praten.

Ze hoorde schreeuwende mensen en het geratel van machinegeweren op tv; ze stapte uit bed en liep naakt de keuken in. Naakt rondlopen in zijn bijzijn vond ze een genot. Hij zat aan tafel tv te kijken en ze boog zich over hem heen, met haar borsten tegen zijn rug gedrukt, en rolde een plakje ham op. Op het scherm waren brandende auto's te zien, schreeuwende burgers en nerveuze soldaten. Het journaal misschien. Ze at de ham op, die nog koud was van de koelkast, en nam een slok van zijn bier.

Hij zei: 'Ik heb wel zin om ergens heen te gaan, er even tussenuit … Kun jij weg?'

Ze zei ja zonder erover na te denken, gevolgd door: 'Hoelang?'

'Een paar dagen, drie, of zo.'

Ze draaide zijn gezicht naar zich toe en kuste hem. 'Natuurlijk, natuurlijk kan ik weg.'

Ze liep terug naar de slaapkamer en trok een ochtendjas aan. Toen ze weer binnenkwam, zat hij gebiologeerd naar het tv-scherm te kijken, het glas bier tot halverwege zijn mond geheven, en met een uitdrukking van woede, leek het wel, op zijn gezicht. Een man praatte over politiek, over oorlog voeren, over het betreurenswaardige maar onvermijdelijke van oorlog voeren. Onder in beeld verscheen zijn naam: Neil Morgan, parlementslid.

Aimée zei: 'Wat heb je?'

'Wat?' Woolf draaide zich abrupt naar haar om, als uit zijn trance gehaald.

'Je keek zo naar hem.'

'Naar wie?'

Ze wees naar het scherm, waar Morgan ondertussen plaatsgemaakt had voor een nieuwslezer. 'Die man.'

Woolf schudde zijn hoofd en dacht snel na. 'Wat? Welke man?'

'Je keek zo geschrokken.'

Hij glimlachte naar haar. 'Ik dacht alleen ergens over na.'

'Over iets akeligs …'

'Nee, over iets wat ik nog moet doen.'

Hij ging staan en sloeg zijn armen om haar heen, nog steeds met een glimlach om de lippen. 'Dus dat lukt wel? Je kunt wel een paar dagen weg?'

Ze knikte. Ze verlangde alweer naar hem. Zo'n heftige begeerte, zo'n vurig verlangen naar iemand, had ze nooit eerder ervaren. 'Zeg maar wanneer.'

'Binnenkort,' beloofde Woolf, 'over een week, of zo. Binnenkort.'

Het was half vier 's morgens toen Sorley belde. Londen was nog wakker en hij ook. Stella daarentegen sliep en droomde dat Delaney op het dek van een schip stond en serpentines naar beneden gooide terwijl zij hem vanaf de kade stond uit te wuiven. De serpentines waren van blauw-wit gestreept politielint, bedrukt met de woorden NIET BETREDEN POLITIE. Ze zag hoe het schip langzaam in beweging kwam. Dit gebeurde beeld voor beeld. Na elk beeld was het schip verder weg van de kade en werd Delaneys gezicht vager. Opeens was het nacht: de maan scheen en schaduwen dansten op het water. Delaney stond naast haar en keek naar het schip dat nu een stipje aan de horizon was.

Hij zei: 'Waar stuur je me naartoe?'

Sorley klonk alsof hij verbaasd stond van zichzelf. Hij zei: 'Ik realiseer me net hoe laat het is.'

Delaney werd half wakker en zei iets. Stella stapte uit bed en liep naar de woonkamer. Ze zei: 'Ik ook.'

'Sorry, Stella. Ik slaap op de gekste tijden, word wakker op de gekste tijden; alles is in de war.'

'Hoe gaat het met u?'

'Ben weer thuis, in bed, beneden in de kamer. Karen is mijn nachtzuster, en de zuster die overdag komt heet Patricia.'

'Leuke zuster?'

'Blond, mooie tieten, lekkere zuiglippen.'

'Fijn om te horen dat u er weer helemaal bovenop bent.'

Sorley lachte. 'Ach,' zei hij, 'ik was gewoon nieuwsgierig naar het verloop van het onderzoek.'

Stella bracht hem op de hoogte van de laatste ontwikkelingen. 'Zal ik u kopieën van de verslagen toesturen?'

'Ik moet het rustig aan doen: Karen houdt me in de gaten. Alleen lichte oefeningen en lichte lectuur.'

'Verslagen lezen lekker weg, dat weet u.'

'Het derde slachtoffer ...'

'Martin Turner.'

'Zelfde dader?'

'Geen twijfel mogelijk.'

'We hobbelen dus weer achter de feiten aan.'

'Ja, daar ziet het wel naar uit. De roddelbladen vinden van wel in ieder geval. De koppen spreken weer boekdelen: de nieuwe Ripper, Londen in angst en beven, van dat niveau.'

'Karen houdt de kranten bij me weg.'

'Ze geeft om u, een goede echtgenote doet dat.'

'Stuur me de verslagen maar toe', zei Sorley.

'Onderschept ze die dan niet?'

'Stuur ze maar per koerier. De dagzuster heeft meer respect voor me.'

Even bleef het stil, Stella hoorde ademgeruis. Ze zei: 'Wat was dat?'

'Niets.'

'Jezus, chef! Bent u aan het roken?'

'Nee, ik ben niet aan het roken.' Zijn stem klonk licht snauwend. 'Dat was zuurstof.'

'O … Sorry, het klonk als …'

'Als zuurstof', zei Sorley. 'DI Collier … hij doet het goed, heb ik gehoord. Klopt dat?'

'Hebt u hem weleens ontmoet?'

'Nee.'

'Nou, het is een lul', zei Stella. 'Gauw beter worden.'

Stanley Bowman verdiende geld, iets waar hij goed in was en waar hij voortdurend mee bezig was. Als iemand ooit nog een middel uitvond om slapend rijk te worden, dan zou het Bowman zijn. Op dit moment sliep hij niet, hoewel het half vier 's morgens was, maar aan de westkust van Amerika was het nu half acht 's avonds en er moest zakengedaan worden.

Bowman belde met iemand die in de hoogste Britse kringen contacten zocht, maar daarbij zelf buiten beeld wilde blijven. Die vrienden zocht in rokerige kamers, vrienden die de juiste vrienden hadden. Bowman was een handelaar. Soms handelde hij in geld, soms in goederen, soms in informatie. Ongeveer tachtig procent van zijn zaken bestond uit legitieme financiële diensten, die een zeer effectieve dekmantel vormden voor de overige twintig procent, die tachtig procent van zijn inkomsten genereerde. De optelsom daarvan was onweerstaanbaar. Hij was de internationale versie van Ricardo Jones, en daarom maakten Ricardo's activiteiten in Harefield hem ook zo kwaad. Voor iemand die met zijn volkomen respectabele dekmantelhandel een bepaalde markt wil veroveren, is concurrentie van een goedkope sjacheraar een grote ergernis. Alsof de kruidenier op de hoek een prijzenoorlog begint met warenhuisgigant Wal-Mart.

De man met wie Bowman praatte, klonk geïrriteerd. 'Het gaat niet zoals wij het graag zouden zien.'

'Niet de goede kant op,' vroeg Bowman, 'of niet snel genoeg?'

'Nou, we hebben een aankoopgarantie nodig om te kunnen leveren volgens prijsopgave.'

Bowman lachte. 'Die aankoopgarantie krijg je. Luister. Groot-Brittannië maakt nu zijn eigen Apache-helikopters tegen een kostprijs van veertig miljoen pond per stuk. Israël heeft ze kant-en-klaar van jullie gekocht voor ... hoeveel?'

'Twaalf.'

'Precies. Iedereen heeft er baat bij. Het enige wat je nodig hebt is iemand die zijn gezonde verstand gebruikt.'

'Gezonde verstand?' De stem van de Amerikaan klonk wrang. 'Het Britse leger heeft een vloot Mark-3-Chinookhelikopters die nog steeds niet operationeel is, tanks met een communicatiesysteem dat dertig jaar achterloopt, en ze voorzien hun troepen van SA80-geweren die niet tegen zand kunnen; laat me niet lachen, ons probleem is dat wij zaken moeten doen met lui die zaagsel in hun kop hebben.'

'Heb je met Neil Morgan gesproken?'

'Ja, en ik heb hem een hoop geld betaald.'

'Hij is degene die je zaak kan bepleiten.'

'We hebben een paar keer vergaderd, maar er is niet veel uitgekomen. Nu mijdt hij ons. We willen dat jij met hem gaat praten ... om wat schot in de zaak te krijgen.'

'Ik ken hem niet', legde Bowman uit. 'Ik ken hem alleen van horen zeggen. Ik weet dat hij een aanstormend talent is en dat hij van geld houdt. Politiek is een spel voor hem, heb ik gehoord, het zal hem een zorg zijn wie wat bouwt en voor hoeveel geld. Bovendien heeft hij vrienden in de parlementaire commissie van Defensie. Die houden elkaar de hand boven het hoofd.'

'Allemaal goed en wel, maar we willen toch dat jij met hem gaat praten. Er moet meer vaart achter gezet worden.'

'Daar ben ik niet blij mee', zei Bowman. 'Ik doe dat liever niet.'

'Te openbaar?' De Amerikaan klonk geamuseerd.

'Zo je wilt.'

'Wilt? Ik wil helemaal niks. Het gaat om een zakelijk belang hier.'

'Ik heb je een naam gegeven', zei Bowman, 'en ik heb wat contacten gelegd. Ik heb met mensen gepraat die mensen kennen die hem kennen.'

'Ja, maar nu is het tijd om spijkers met koppen te slaan.'

'Hoor eens ...' Nu was het Bowman die geïrriteerd klonk. 'Ik heb mijn werk gedaan.'

'En geld van ons aangenomen.'

'Ja, voor het werk dat ik gedaan heb.' Stilte op de lijn. 'Goddorie, je kunt overal ter wereld wapens verkopen. Er wordt overal oorlog gevoerd, vraag me niet waarom, maar mensen vinden het leuk om elkaar overhoop te schieten. Helikopters, pantserwagens, tanks, mijnen, handvuurwapens: het is een groei-industrie. Oorlog is rock-'n-roll.'

De Amerikaan zuchtte, alsof het hem maar niet lukte om zijn bedoelingen duidelijk te maken. 'Wat is het belang van een wereldeconomie? Nieuwe markten. Expansie. Groei. Groot-Brittannië is voor ons van groot belang. Ga met Neil Morgan praten.'

Bowman zei: 'Dat kan ik niet.'

'Daar is vast wel iets op te bedenken.'

Bowman rook opeens geld, de bedwelmende geur van geld. 'Misschien', zei hij. 'Noem eens wat.'

58

Er waren theorieën die de vroege zomer in verband brachten met ijslawines, koolmonoxide-uitstoot, modderstromen, en tyfonen aan de andere kant van de wereld. Misschien leken de zonsop- en zonsondergangen in Londen daarom wel zo veel op elkaar: zonsondergangen hadden zalmroze strepen tegen een lucht die van blauwgrijs naar blauwzwart kleurde; zonsopgangen hadden dezelfde roze strepen tegen een diepblauwe lucht die verbleekte naar ivoorwit. Het leek alsof het weer het verschil tussen dag en nacht niet meer kende. De eerste, koele ochtendbries die Londen bereikte – voordat de automobilisten met ronkende motor bumper aan bumper aan hun rit door Londen begonnen – voerde nog steeds een vage geur van kersenbloesem mee.

Buiten het roze, het blauw en die fragiele geur; binnen vier mensen rondom een ziekenhuisbed. Blondie was sinds zijn ontmoeting met Woolf op die stormachtige dag volkomen van de wereld. Over coma viel volgens de doktoren niets met zekerheid te zeggen. Kon Blondie dat vleugje kersenbloesemgeur nog ruiken? Was hij zich bewust van de mensen om zijn bed: zijn moeder, zijn broer, zijn vriendin en zijn beste vriend? De specialist gebruikte graag beeldtaal en vertelde hun dat Blondie als het ware stapje voor stapje een berg was afgedaald. En voor iemand die onder aan die berg was aangekomen, leidde de volgende stap onvermijdelijk naar de onderwereld.

Terwijl het buiten langzaam licht werd en Londen tot leven kwam, daalde Blondie steeds verder af naar die onderwereld. Voor de mensen om zijn bed diende zich hiermee het probleem aan of hij wel of niet kunstmatig in leven gehouden moest worden. Beelden van afdalingen naar een andere wereld maakten plaats voor nuchtere woorden over hersendood en vegeteren. Er werden tranen vergoten. Emoties liepen hoog op. Uiteindelijk werd er afscheid genomen, werd de stekker eruit getrokken en werden de organen verwijderd.

Blondie bleek de beste zoon, de trouwste vriend en de liefste man ooit te zijn geweest, en iedereen was het erover eens dat hij een hart van goud had gehad. Datzelfde hart werd nu, in ijs verpakt, door een koerier naar een operatiekamer gebracht waar een vrouw lag te wachten die er nog beter gebruik van zou maken dan Blondie had gedaan.

Voor het AMIP-5-team, dat op die stormachtige dag over het incident op de Strip was ingelicht, was Blondies dood een onwelkome statistiek: onopgeloste moord, nummer 27. De kranten, die met grote koppen op de voorpagina meldden dat er een brute seriemoordenaar aan het werk was, wijdden er op pagina negen één paragraaf aan.

Stella liep met een Americano en een chocolademuffin de recherchekamer in. Haar telefoon ging en toen ze opnam hoorde ze de stem van haar moeder.

Er waren meer brieven binnengekomen met 'persoonlijk' erop en die waren, net als de eerste brief, ongeopend in de prullenmand beland. Van de stem kwam ze niet zo gemakkelijk af; niet omdat die stem gezag inboezemde, maar omdat die trilde, omdat er angst in doorklonk.

Tina zei: 'Stel ... ik ben het.'

Ja, jij bent het. Jij bent het inderdaad. Het rotwijf dat nooit thuis was. De slet. De zuiplap.

'Zag je mij laatst wel? Ik zwaaide naar je.' Stella zweeg. 'Stel?'

'Ik ben er nog.'

'Ik heb je brieven gestuurd. Ik wist je adres niet, dus heb ik ze maar ...'

'Ja, ik heb ze ontvangen.'

Stella was meteen doorgelopen naar het damestoilet. Zowel Sue Chapman als Pete Harriman had de blik in haar ogen gezien: ijzig.

'Ik ben hier namelijk niet zo lang meer. We gaan weg. We gaan verhuizen.' Stella zweeg. 'Het is zo vreemd om weer in Harefield te zijn, Stel. Dat kun je je natuurlijk wel voorstellen.'

'Waarom bel je?'

'Zo vreemd om na al die tijd weer terug te zijn. Wat deed jij daar?'

'Waar?'

'Bij de flat van die vrouw. Ze heeft zelfmoord gepleegd.'

Stella probeerde het niet als een beschuldiging op te vatten, hoewel het haar moeder was die het zei en herinneringen aan vroeger weer bovenkwamen.

'Ja, dat weet ik.'

'Ze is over de reling …'

'Waarom bel je eigenlijk?' vroeg Stella.

'Toen ik jou daar zag staan. Dat heeft me aan het denken gezet.' Stella zweeg. 'Ik weet niet waar we heen gaan, dat beslist hij. Maar we gaan niet terug naar Manchester.'

'En waarom bel je nou eigenlijk?'

'Heb je geen zin om even langs te komen, Stella? Voordat we weggaan. Ik kan ook bij jou langskomen, als je dat liever hebt.' Tina aarzelde. 'Waar woon je?'

'Waarom zou ik langskomen?'

'Ik weet dat ik nooit meer iets van me heb laten horen, Stel. O, en luister, het gaat niet om geld of zo, hoor. Niet om geld. Maar toen ik jou daar opeens zag staan …'

'Hoe heet hij?'

'Wie?'

'De vent met wie je samenwoont.'

Haar moeder lachte verbaasd. 'Ricardo. Nog steeds Ricardo. Je kent Ricardo.'

'Nooit ontmoet', zei Stella tegen haar.

Maar ik zou het wel willen: nou en of. Engel …

'Ik heb je gemist, Stel.'

'Je hebt me in tien jaar niet gezien.'

'Dat bedoel ik.'

'Wanneer ben je thuis?'

'Altijd. Ik ben altijd thuis, Stella. Kom wanneer je wilt.'

Stella klapte haar telefoon dicht en leunde tegen de rand van de wastafel. Even later zette ze haar koffie neer, legde de muffin ernaast en draaide de koude kraan open. Ze waste haar gezicht en legde haar koude, natte hand in haar nek.

Ik wou dat ik je niet kende. Ik wou dat ik je naam niet kende.

Maxine Hewitt en Anne Beaumont waren in de videokamer met James en Stevie Turner. 'Indirecte informatievergaring' werd het genoemd. Mensen herinnerden zich vaak meer van een voorval als er wat tijd overheen was gegaan, als het trauma wat afgenomen was. Een mengelmoes werd een patroon, een half verscholen persoon kwam duidelijk in beeld.

In dit geval vormde zich geen patroon en verdween de schimmige figuur in het donker. De jongens leken zich teruggetrokken te hebben in het vreemde, ongeordende leven dat ze nu leidden: hun moeder volgestopt met kalmerende middelen en afhankelijk van de hulp van vrienden, zijzelf ondergebracht bij grootouders die het opvoeden van kinderen al lang verleerd waren.

Maxine en Anne maakten opmerkingen, stelden vragen, kwamen met suggesties, waarvan ze hoopten dat het een herinnering zou oproepen. De jongens luisterden, gaven antwoord, glimlachten instemmend, maar hadden niets nieuws te melden. Na een half uur verlieten de vrouwen de kamer; de video lieten ze doorlopen, in de hoop dat de jongens iets tegen elkaar zouden zeggen.

Later bekeken ze de videoband. Maxine zei: 'Misschien hebben we ons vergist. Misschien keken ze helemaal niet uit het raam toen hun vader aangevallen werd. Of ze zagen iets, maar wisten niet wat het was.'

'Iets wat ze nog steeds niet onder woorden kunnen brengen, bedoel je?'

'Ja.'

Anne schudde haar hoofd. 'Ik denk dat ze alles gezien hebben. Daarom praten ze niet. Opvallend is ook dat ze niets ontkennen. Ze zeggen niet dat ze niets gezien hebben. Als hun leidende vragen gesteld worden over uit het raam kijken, over het thuiskomen van hun vader, dan zwijgen ze. Maar we weten wél dat ze uit het raam keken. Toch willen ze daar niets over zeggen, zelfs niet als je het heel algemeen houdt. Zag je auto's langsrijden? Was het donker? Dat soort dingen.'

'Ze zijn te getraumatiseerd om erover te praten.'

'Ja, dat vermoed ik.'

De vrouwen bekeken de hele band voor het geval ze iets over het hoofd hadden gezien, een aanwijzing, een stembuiging, een verdwaald woord. Het gedeelte van de band waarop de jongens alleen in de kamer waren, leek niets op te leveren. Stevie pakte zijn gameboy. Even later liet hij het scherm aan James zien die naast hem zat en meekeek: twee blonde hoofden geconcentreerd voorovergebogen.

Silent Wolf, die door de straten van de stad liep, een man gehuld in schaduwen, voor wie het toepassen van snelrecht een manier van leven was; een werkwijze die in een patroon paste dat zelfs de jongens begrepen.

Silent Wolf, die de goddelozen bestrafte. James stootte zijn broer aan, Stevie knikte: kleine gebaren die Maxine en Anne nauwelijks opvielen. Twee jongens van de computergeneratie die hun dagelijkse portie geweld tot zich namen in de vorm van een bloederig ballet; niets nieuws voor hen, want ze hadden het al zo vaak gezien.

59

Tina Mooney moest Stella's auto over de gedemilitariseerde zone hebben zien aankomen, want ze opende de deur zodra er werd aangebeld. Ze sloeg haar armen om haar dochter heen en gaf haar een zoen die een bladvormige lippenstiftvlek op Stella's wang achterliet. Stella herinnerde zich soortgelijke momenten van vroeger: wanneer haar moeder dronken was geweest, of zich verontschuldigd had voor wat drank met haar had aangericht. Ze hield haar armen tegen haar zij gedrukt en onderging de zoen gelaten.

Tina liep naar de keuken om koffie te zetten. Ricardo – Engel – begroette haar met uitgestoken hand en een brede, oprechte glimlach om de lippen. Ze gingen zitten en praatten over het weer en dat de zomer te vroeg was gekomen. Tina bracht de koffie binnen op een dienblad en met een glimlach op het gezicht die minstens zo vrolijk was als die van hem. Ze ging bij hen zitten en begon over vroeger te praten.

Kon Stella zich de flat op de achttiende verdieping nog herinneren?

Stella kon zich die nog wel herinneren.

Vond ze ook niet dat ze daar best een mooie tijd hadden gehad? Stella lachte.

Het leven was niet gemakkelijk geweest, maar ze hadden er het beste van gemaakt.

Stella was het met haar eens dat het leven niet gemakkelijk was geweest.

Tina herinnerde zich dat Stella altijd aan de keukentafel haar huiswerk maakte, en dat Stella altijd buiten op de galerij zat te lezen.

Stella herinnerde zich de klap en het boek dat door de lucht vloog, met klapperende bladzijden.

Op het dienblad stond een schaal met chocoladecakejes met zachte schuimvulling waar Stella als kind dol op was geweest. Ze keek ernaar. Haar handen trilden.

Tina legde uit dat Ricardo zakenman was. Mensen vertrouwden

hem, zei ze. Goed zakendoen was betrouwbaar zijn. Op mensen overkomen als iemand van wie je op aan kon. Ricardo knikte instemmend en herhaalde af en toe wat ze zei om het te benadrukken: 'Goed zakendoen, ja ... Betrouwbaar, ja ...'

Tina merkte op dat ze blij was na al die tijd weer terug te zijn. En hoe jammer ze het vond dat ze alweer moesten verhuizen, maar ja ... zo was het leven. Ricardo's zaken gingen voor en ze moesten weg. Het was wat vreemd uitgedrukt: we moeten weg.

Stella nam een cakeje en beet erin. Een stortvloed aan herinneringen kwam los. Een enorme golf van herinneringen, die haar verzwolg. De omtrek van de kamer vervaagde, een oude foto, en de stem van haar moeder klonk zo ver weg dat die uit haar kindertijd leek te komen.

Ze liep naar de badkamer om haar gezicht te wassen en stond daarna kokhalzend boven de wasbak. Ze hoorde een schreeuw en dacht even dat het haar eigen stem was, maar toen hoorde ze het weer, een doordringende, smartelijke kreet, uit een andere woning, een ander leven.

Stella stelde de alarmklok van haar gsm zo in dat hij over vijf minuten zou afgaan en lachte hardop om haar eigen lafheid. Toen ze de kamer weer binnenliep, zat Tina nog steeds te praten en Ricardo nog steeds te glimlachen.

Het alarm ging af en ze nam zogenaamd het gesprek aan. Op weg naar buiten gaf ze Ricardo nogmaals een hand, die klam en zacht aanvoelde, ze onderging de zoen van haar moeder op haar wang zonder een spier te vertrekken, ze zag de stapel zelfgemaakte dvd's in de gang staan: KOOIGEVECHTEN, ONGECENSUREERD; ze dacht terug aan de bloedspetters op de drempel toen ze die dag aangebeld had en er niemand had opengedaan.

Op de galerij, op weg naar het trappenhuis, passeerde ze een man die ze kende, iemand van vroeger. Ze kende alleen zijn bijnaam: Snoei, en ze wist waarom hij zo genoemd werd. Ze ging de hoek om, liep terug en zag dat hij aanbelde bij nummer 1169.

Ze herinnerde zich opeens iets wat ze in een van de regioverslagen had gelezen: dat er een man was gevonden, met zijn handen vastgespijkerd aan de armleuningen van zijn stoel, zijn duimen netjes eraf gehakt. Het adres was vanuit een telefooncel aan de plaatselijke politie doorgegeven. Ze dacht terug aan Ricardo's klamme handdruk en zijn opgeprikte glimlach, aan haar moeders nerveuze gebabbel, aan het hartelijke afscheid.

Snoei voor de deur.

We moeten weg.

60

De dag warmde op.

Twee automobilisten reden recht op elkaar af in een zijstraat ten noorden van Notting Hill. Ze flitsten met hun koplampen, drukten op hun claxons, stapten uit en sloegen op elkaar in, terwijl ze de motor van hun auto stationair lieten draaien. De stank van bloed en diesel.

Een man liep een buurtwinkel in en duwde de eigenaar een geweer onder zijn neus. Hij schreeuwde instructies, maar de eigenaar was door angst bevangen en begreep ze niet, dus trakteerde de schutter hem op een schot, linksonder in zijn buik. Pis en cordiet.

Een vrouw die haar hond uitliet op het trekpad werd verkracht door twee mannen, terwijl haar hond even verderop op de maat stond mee te blaffen, waar de mannen vreselijk om moesten lachen. Riviermodder en meidoornbloesems.

De jongens in de BMW reden door vijandelijk gebied, de eerste drugs van de dag begonnen te werken. Van de andere kant kwam een auto die ze herkenden: een gepimpte Toyota met donkere ramen en een geluidsinstallatie om stil van te worden. Terwijl de auto op hen af reed, leunde de jongen met de Brocock uit het raam en zwaaide met het wapen.

Achter de donkere, glanzende ramen van de Toyota gebeurde niets. De Toyota bleef kalm. Het leek de Toyota geen moer te kunnen schelen.

De jongen in de BMW richtte nonchalant en loste een schot, dat met een doffe 'paf' gevolgd door een hoge 'ping' de carrosserie van de Toyota trof.

De Toyota reed naar de kant en stopte. De BMW zigzagde eromheen en scheurde met gierende banden weg. Geschreeuw en gelach.

Delaney zat tussen de middag in een bar in de buurt van het Lagerhuis een biertje te drinken met een man die hij ooit een klap voor zijn kop had gegeven. Langgeleden. Nathan Prior en hij waren op een landweg bij een controlepost tegengehouden door een paar Servische bewakers, die de dag begonnen waren met slivovitsj en nu wel zin hadden in wat actie. Een controlepost bewaken heeft niets opwindends, het is zelfs vernederend: je maakt lange uren en de enige lol die je aan je werk beleeft is schieten op zo'n hufterige journalist, vooral als er in het land van herkomst van die hufterige journalist lelijke dingen over je in de pers verschijnen.

Delaney had het zien aankomen. Nadat hun opgedragen was om uit de auto te stappen, zag hij hoe een van de boerenpummels in uniform zijn geweer van zijn schouder haalde. Meteen begon hij tegen Prior uit te varen, alsof er een oude ruzie tussen hen was opgelaaid. Prior begreep het en schold net zo hard terug. De bewakers bleven staan en begonnen te lachen, maar vertrouwden het zaakje nog niet helemaal, tot Delaney Prior een stomp in zijn gezicht gaf. Priors lip bloedde en hij viel hard op de grond. Delaney stapte weer in de auto en reed weg, Prior rende erachteraan en de bewakers begonnen nog harder te lachen. De eer was er op de een of andere vreemde manier door gered.

Delaney was vijftig meter verderop gestopt. Toen Prior weer instapte, zei hij: 'De volgende keer is het mijn beurt om jou het leven te redden', waarna hij de auto onder het bloed had gespuugd.

Toen Prior naar de bar liep, sloeg Delaney het gekrakeel van journalisten, lobbyisten, lijstduwers en spindoctors gade. De bar heette de Agenda, de eigenaar had dus gevoel voor humor. Prior kwam terug met twee nieuwe drankjes en ging met zijn rug naar iedereen toe zitten, alsof hij even niet meedeed.

'Voorzover ik weet is er op Neil Morgan niets aan te merken', zei hij. 'Waarom wil je dat weten?'

'Het is niets pikants.'

'Zit er een verhaal in?' vroeg Prior.

'Ik denk het niet,' zei Delaney, 'maar als er een in blijkt te zitten, is hij voor jou.'

Prior geloofde hem. Hij wist dat Delaney niet geïnteresseerd was in politiek gekonkel.

'Je bent nieuwsgierig naar Neil Morgan, maar niet om een speciale reden?' Prior lachte toen hij de vraag stelde.

'Hou het daar maar op.'

Prior haalde zijn schouders op. 'Hij wordt natuurlijk als veelbelovend gezien, hij is ambitieus, heeft een reeks commissariaten, wat niets nieuws is, en het gerucht gaat dat hij een buitenlandse bankrekening heeft, wat ook niets nieuws is. Door sommigen van zijn eigen mensen wordt hij als een dilettant gezien. Je weet wel: partijpolitiek als spel voor ingewijden. Wat waarschijnlijk betekent dat hij een goede kans maakt om partijleider te worden: het is geen meeprater.'

'Nee?'

'Nou ja, alleen wanneer het loont om dat wel te doen: je hard opstellen tegenover oorlog, zacht tegenover Europa, streng tegenover criminaliteit, rechts van het midden blijven, en vooral proberen te scoren met binnenlandse aangelegenheden. Ze hebben allemaal een stokpaardje, en hij lijkt voor sociale gerechtigheid gekozen te hebben, wat het dubbele voordeel heeft dat het deugdzaam en tegelijk nietszeggend klinkt.'

'Die buitenlandse bankrekening', zei Delaney. 'Oneerlijk verkregen geld?'

'Zou best kunnen. Hoezo?'

Delaney nam een klein risico. 'Het kan zijn dat hij in het geheim overleg heeft gevoerd met een Amerikaans bedrijf; naam en aard van het bedrijf zijn onbekend.'

'Echt?' Priors interesse was gewekt. 'Nou, dat kan van alles zijn. De Amerikanen vallen ons op het moment met de gekste dingen lastig; ze gebruiken de WHO als blikopener: ze sluiten fairtradeorganisaties, promoten genetisch gemanipuleerd voedsel, ga maar door. De multinationals hebben meer lobbyisten in de wandelgangen van de WHO dan er vlooien op een hond rondlopen. Denk je dat Morgan vuile handen heeft?'

'Ik weet het niet', zei Delaney. 'Ik tast in het duister.'

'Is het persoonlijk?' vroeg Prior. 'Je bent er duidelijk niet als journalist mee bezig.'

'Nee. Ik bedoel, nee, het is niet persoonlijk.'

'Eén ding kan ik je wel vertellen', zei Prior. 'Hij is stinkend rijk.'
Delaney lachte. 'Ja. Daar was ik al achter gekomen.'

Gideon Woolf bereidde zich voor. Hij noemde het zelf niet zo, maar dat was wat hij deed. Hij had al besloten waar de volgende moord zou plaatsvinden, en hij had er een methode voor bedacht. Een tactiek. Nu zat hij in lotushouding in zijn kamer, met gesloten ogen, en nam alles in gedachten nog eens door. Alsof hij het op een beeldscherm voor zich zag.

Je observeert en maakt plannen. Je kijkt en wacht. Je repeteert een paar keer voor het geval je iets over het hoofd hebt gezien, hoewel je, als het op de dag zelf toch misgaat, er alleen maar het beste van kunt hopen. Het enige wat in jouw voordeel werkt, is dat jij degene bent met de onaangename verrassing. Dat jij degene bent die gevreesd moet worden.

De dagbladen van de vorige week lagen opgestapeld op de vloer. Hij was voorpaginanieuws, hij was beroemd, het onderwerp van een tiental theorieën, twintig profielschetsen en vijftig hoofdartikelen. Niet één kwam in de buurt van de waarheid, niet één wist welke bedoelingen hij had. Een paar dagen geleden was hij naar de sportschool gegaan en had twee uur onafgebroken aerobicoefeningen gedaan, afgewisseld met gewichtheffen. Na afloop had hij in de kantine, met een glas versgeperst vruchtensap voor zich, geluisterd naar een paar mooiweersporters aan een aangrenzend tafeltje, die ideeën over hem uitwisselden, waarbij hij zijn lachen bijna niet had kunnen inhouden.

Hij was overal. Iedereen had van hem gehoord. Gewoon over straat lopen gaf hem een trots gevoel en hij had vanwege zijn nieuwe status besloten zichzelf een versiering cadeau te doen. Het was te riskant om naar een tatoeagewinkel te gaan, dus had hij met een naald en Oost-Indische inkt zelf een kleine bajestatoeage aan de binnenkant van zijn linkeronderarm gezet. Hij had een aluminiumchloride-oplossing gebruikt om het bloed te stelpen en alcohol om de plek schoon te maken. De tatoeage zag er goed uit en leek precies op de tatoeage die Silent Wolf op dezelfde plek op zijn arm had.

Hij trok zijn legerbroek aan en de hoge veterschoenen. Het mes met het brede lemmet ging in de schacht van zijn laars, de SIG Sauer in de vierkante zak met klep van zijn legerbroek. De lange zwarte leren jas viel over het heft van het mes heen. Hij wreef wat gel in zijn haar en kamde het achterover, zodat het strak en recht in zijn nek hing. Hij stopte een klosje tuingaren in zijn jaszak, pakte daarna de stratengids van tafel en keek er nog één keer in. Ken je territorium, ken het gebied.

Op tafel lag een strip met vier foto's van Aimée. Ze waren onderweg van de Parkkliniek naar haar huis langs een drogisterij gekomen. Ze had hem mee naar binnen getrokken, had geld in het apparaat gegooid, was op de draaikruk gaan zitten en had glimlachend naar haar spiegelbeeld gekeken. Bij de bovenste twee foto's was het flitslicht te fel geweest: haar gezicht was overbelicht, haar glimlach bijna verdwenen. Bij de andere twee had ze het blauwe gordijn dichtgetrokken, en die lieten beter zien dat ze mooi was, dat haar zachte, bruine haar wel een kleurtje kon gebruiken en nodig geknipt moest worden, dat ze wat te veel lippenstift op had, en dat er rimpeltjes over de brug van haar neus liepen. Ze glimlachte breeduit, als een vrouw die na lange tijd opeens weer wist hoe dat moest.

De screensaver op de computer was een beeltenis van Silent Wolf: het logo van een nieuw uitgekomen spel. Hij stond op een dak en keek uit over de stad, de panden van zijn lange jas waaiden op, zijn haar wapperde in de wind.

Gideon Woolf liep naar het raam en keek naar beneden. Er ging een rilling door hem heen en even drukte hij zijn voorhoofd tegen het raam en liet hij de adrenaline door zijn aderen stromen.

Had hij maar eerder geweten dat het zo gemakkelijk zou zijn.

61

Het was een zonnige dag, maar hij liep in de scherpomrande schaduwen, langs de blinde muren van de stad. Hij gebruikte stegen en zijstraten. De plattegrond in zijn hoofd stelde hem in staat om omleidingen en doodlopende wegen te mijden. Het kostte hem anderhalf uur, omdat hij niet met de bus of de ondergrondse wilde. Wie stil zit, wordt door mensen opgemerkt.

Hij nam overal ruim de tijd voor. Bij een klus als deze vertrouwde je op het feit dat mensen elke dag vrijwel hetzelfde deden: reizen, werken, pauzeren, werken, reizen. Dag in dag uit, maand in maand uit, jaar in jaar uit; het leven bestond uit herhalingen, en daarna eindigde het. Woolf had het levenspatroon van een bepaalde man nu een paar weken geobserveerd en dat veranderde nooit. Het tijdsschema van deze man kon alleen door ziekte of de dood in de war worden gestuurd.

Woolf had er de pas in gezet om precies op tijd bij de straat te zijn: een stille straat, die nergens op uit leek te komen. De zon weerspiegelde in de ramen van de rijtjeshuizen. Een oude Volvo-stationcar stond geparkeerd voor het vijftiende huis aan de westkant van de straat. Woolf liep langs de auto en keek op zijn horloge. Eén minuut nog, verwachtte hij, hooguit twee. Toen hij aan het eind van de straat was gekomen, liep hij terug en zag hij hoe de man de voordeur van zijn huis op slot deed, zich omdraaide en de deuren van zijn auto openbliepte.

Toen de man in zijn auto stapte, stapte Woolf ook in, hoewel de man niet meteen in de gaten had wat er gebeurde: een plotselinge beweging achterin, alsof iemand achter op de auto had geleund, of ertegenaan had geduwd. Hij keek in zijn achteruitkijkspiegel en verwachtte half een auto te zien die probeerde weg te rijden maar te weinig ruimte had, maar er stond geen auto. Hij startte de motor, keek weer in zijn achteruitkijkspiegel en zag toen Woolfs gezicht.

De man schrok hevig, zijn hart sloeg over. Hij draaide zich om, begon te praten, maar zweeg meteen toen Woolf hem de SIG Sauer liet zien. De man begon te hijgen, alsof hij gerend had; zijn handen gingen omhoog naar zijn gezicht in een halfslachtig, afwerend gebaar. Hij keek de straat in, maar die was verlaten.

'Rijden', zei Woolf.

'Waarheen?'

'De gewone plek. Waar je altijd heen gaat.'

De man staarde Woolf aan, de mist van angst trok even op.

'Rijden', zei Woolf.

'Mijn god', zei de man.

'Rijden.'

'Mijn god, je bent het echt.'

Aimée keek toe terwijl haar man Peter en zoon Ben zich klaarmaakten om naar de wedstrijd te gaan. Ben stond in het doel en werd als doelman geprezen. Peters rol was om juichend langs de zijlijn te staan. Ze hadden een goedaardig meningsverschil over Bens nieuwe handschoenen, die Peter te groot vond. Ben wilde ze natuurlijk heel graag aan. Peter gaf algauw toe, zoals altijd; niet omdat hij vond dat hij ongelijk had, maar omdat hij wist dat het uiteindelijk niets uitmaakte. Dat was met alle dingen zo. Hij glimlachte, knikte en ging ermee akkoord, omdat ruziemaken over dergelijke dingen tijdverspilling was en de sfeer verpestte. Peter gaf de voorkeur aan een goede sfeer. Hij voelde zich liever goed. Wanneer ze vrijden, had Aimée het gevoel dat het verlangen van haar kwam en het geven van hem.

Nadat ze vertrokken waren, liep ze naar boven en ging op bed liggen. Ze hoopte te kunnen slapen, maar de slaap wilde niet komen. Het was warm in de kamer en ze trok haar kleren uit. Het naakt zijn deed haar aan Woolf denken. Ze liep door de kamer en voelde hoe de lucht langs haar huid streek, hoe ze zich vrij en ongedwongen kon bewegen.

Ze ging op bed liggen, sloot haar ogen en beeldde zich in dat hij bij haar was. Ze maakte haar vinger vochtig, draaide zich om en schoof haar hand tussen haar dijen. Ze voelde hem naast zich, kwam omhoog op haar knieën, het hoofd op het kussen, en bewoog haar hand; ze gaf zich aan hem over en voelde de warmte naar haar keel stijgen. Ze zei zijn naam hardop en rilde, alsof ze hem werkelijk in zich had gevoeld.

Het was te snel voorbij. Ze ging op haar rug liggen en probeerde na te denken. Peter zou zich er uiteindelijk bij neerleggen. Ze zou Ben vaak zien, natuurlijk. Misschien kwam hij zelfs wel bij hen wonen, bij Woolf en haar. Alles zou gladjes verlopen, een gemakkelijke overgang. Ze viel na een poosje in slaap en had dromen die bij het ontwaken alweer vergeten waren.

Een zijstraat leidde naar een heuvel en achter de heuvel lag een groot veld. Woolf reed de oude auto de heuvel op, keek naar beneden en liet de wagen toen zes meter achteruit rollen naar een rij hoge struiken die langs een muur stonden. Achter die muur bevond zich een oud ziekenhuis, waarvan de ramen waren dichtgespijkerd en de muren bedekt waren met graffiti, tot een hoogte van twee meter, hoger hadden de pubers niet kunnen komen.

Voordat Woolf naar het veld was gereden, had hij samen met de andere man wat tijd doorgebracht in het oude ziekenhuis, met zijn tweeën daar in het halfduister, in die sombere, holle gangen, die lege zalen. Er stond nog steeds wat meubilair: een paar brancards, een rolstoel, een stuk of zes bedden. Woolf had een eenpersoonskamer gevonden, aan de westkant van het ziekenhuis; de planken voor de ramen sloten niet helemaal op elkaar aan. Het felle, witte licht viel in rechte lijnen door de kieren naar binnen.

De man had gezegd: 'Wat wil je van me? Wat wil je nu nog van me, na al die tijd?'

Stella had haar zevende dag, haar rustdag. Delaney werkte aan de laatste twee namen van zijn rijkeluislijst: een grootindustrieel die nooit sliep, en een selfmade man die onlangs een ridderorde had gekregen en er nu op stond met *Sir* aangesproken te worden. Zijn voornaam was Pete, en Delaney had er behagen in geschept hem tijdens het hele interview met 'Zeurpiet' aan te spreken. Toen hij terugkwam in de flat trof hij Stella daar aan, die aan een van de muren een prikbord had opgehangen, compleet met pd-foto's, uittreksels uit verhoren, diagrammen en voortgangsverslagen. De pd-foto's brachten herinneringen bij Delaney naar boven: van een straat die onder vuur had gelegen, stilte, bloed, de echo van geweld die nog in de lucht hing.

'Gaat dit niet een beetje op een obsessie lijken?' vroeg hij.

'Dat is het al. Er zit totaal geen schot in de zaak. Willekeurige moorden, slechter kun je het niet treffen, alleen zijn ze niet echt willekeurig. Er zit een patroon in, dat op het moment echter alleen in het hoofd van de moordenaar zit. Misschien vang ik, wanneer ik lang genoeg naar de losse onderdelen kijk, vanzelf een glimp van het geheel op.'

Ook speculeerde ze met de feiten die al bekend waren, een techniek die ze zelf bedacht had en waar veel getekende pijlen op vellen papier aan te pas kwamen. Een van de pijlen wees op de mogelijke persoonsverwarring van Leonard Pigeon met Neil Morgan.

Delaney zag de naam staan en zei: 'Misschien een buitenlandse bankrekening. Meer ben ik niet te weten gekomen.'

Stella was even van haar stuk gebracht. Toen: 'Ach ja, natuurlijk, geheimgehouden inkomsten, wat een verrassing.' Daarna liet ze er plompverloren op volgen: 'Ik ben bij mijn moeder op bezoek geweest.'

Delaney had net een flesje bier opengetrokken. Stella stond met haar rug naar hem toe en was druk bezig met het bord. Hij schonk zijn glas vol, wachtte op de rest, maar er kwam niets meer. Uiteindelijk vroeg hij: 'Waarom vertel je me dat?'

'Ik moest het aan iemand kwijt.'

Ze tekende een pijl, die met een boog van Bryony Dean naar Len Pigeon liep en een tweede, die omhoogliep van Martin Turner naar Bryony: de duistere verbindingslijnen van de dood. De plaatsen delict waren met spelden op een plattegrond aangegeven en door een streep met elkaar verbonden: de geografie van de dood.

Ze ging systematisch te werk: noteerde data, tijden en omstandigheden op het bord, alsof er ergens een verborgen link moest zijn. Delaney nam een slok bier. Hij wist dat ze huilde.

Beneden op het veld waren mensen, maar niet daar waar Woolf de auto had geparkeerd: een stuk niemandsland tussen de weg en het veld, waar de zon niet kwam en het achter de rij struiken langs de muur vol lag met lege blikjes en sigarettendoosjes. Hij hoorde in de verte stemmen, vogelgezang en een vliegtuig dat op Heathrow aanvloog. Hij zette het autoportier open aan de kant van de bestuurder en haalde toen de kofferbak leeg. Het was geen zwaar werk en het duurde niet lang. Hij reed de auto net over het hoogste punt van de heuvel heen, zette hem op de handrem maar liet de motor draaien, en ging aan het werk. Daarna liep hij om de auto heen, opende het portier aan de andere kant en haalde de handrem eraf.

De auto rolde langzaam naar beneden en uit het zicht. Wolf liep weg zonder achterom te kijken, en zonder zich te haasten, in de richting van de dichtstbijzijnde winkelstraat, de drukte, de anonimiteit van de menigte. Er zat een spatje bloed op zijn wang, maar alleen iemand die hem een zoen gaf zou het kunnen zien.

Niemand zag de Volvo aankomen, tot hij op vijftien meter afstand was. Ouders begonnen te schreeuwen, kinderen renden alle kanten op. De auto reed met volle snelheid zonder iets of iemand te raken het grasveld over en daarna een speeltuin op, dwars door een rij schommels heen, hij schampte een houten draaimolen en kwam tegen een klimrek tot stilstand; de motor brulde nog even door en sloeg toen af. Een van de eersten die bij de auto arriveerde, was modelechtgenoot Peter. Hij rukte het portier aan de bestuurderskant open en zijn blik verstarde. Anderen kwamen aanrennen en ook hun blik verstarde. Even later dook Ben naast zijn vader op; hij keek door het openstaande autoportier naar binnen.

Ben zag wel dat het een afschuwelijk ongeluk was, hoewel zijn vader hem wegtrok voordat hij precies kon zien wat er met de bestuurder was gebeurd. Peter had echter meer gezien. De handen van de man, die met draad aan het stuur waren vastgebonden. De stomp van de nek. Het hoofd van de man, dat naast hem op de stoel lag, ook vastgezet met draad.

Wat hij niet had gezien, waren de netjes met inkt geschreven woorden op het voorhoofd van het afgehakte hoofd:

NOU TEOREDEN?

62

Het hele veld werd met lint afgezet en toen Andy Greegan boven op de heuvel losgereden graszoden zag en verderop, waar de grond nog zacht was van de regen, bandensporen, werd het gebied rond de rij struiken en de muur ook met lint afgezet.

De pd-tent stond over de auto heen, met het lichaam er nog in, onaangeroerd. Vliegen vormden een groot probleem, maar er was niets aan te doen: spuiten met chemische middelen zou tot besmetting van de plaats delict leiden. De fotografen moesten op hun hurken zitten om het hoofd *in situ* te fotograferen. Het tuindraad dat het hoofd op zijn plaats hield, had diep in het voorhoofd gesneden; een tweede draad liep voor de mond langs, waardoor die openstond en een gekwelde, geluidloze kreet leek te slaken. De romp zonder hoofd had iets bizars: de rechte rug, de polsen die aan het stuur waren vastgebonden in de aanbevolen 'tien voor twee'-stand. Zonder gezicht zag hij eruit als een gebruiksvoorwerp: als een beschadigde pop na een botsproef. Alleen aan de donkerrode, vlezige nekstomp en het bot dat eruitstak was te zien dat het een mens was geweest.

Peter en Ben vertelden wat ze gezien hadden. Ze werden apart ondervraagd, Maxine Hewitt zat bij de jongen, Sue Chapman ondersteunde haar. Pete Harriman en Frank Silano zaten bij Peter. Hun verhalen kwamen vrijwel overeen, alleen had Peter meer te vertellen, omdat hij langer gekeken had. Maxine noch Harriman besteedde veel tijd aan de ondervragingen. Ze moesten nog vijftig andere mensen ondervragen.

Stella zat bij Collier, die voortdurend gebeld werd. Om toch met haar te kunnen praten, had hij de hoorn, die luid protesterend zoemde, naast het toestel gelegd.

Hij zei: 'Ik weet verdomme niet meer wat ik moet doen.' Stella zei niets. Collier trok zijn colbertje achter zich van de rugleuning en gooide het over de telefoon. 'Jij wel?' Hij keek haar aan alsof ze iets voor hem achterhield. 'Hoe krijgen we die klootzak in godsnaam te pakken?'

'Seriemoord is moeilijk op te lossen. Dat weet je toch.'

'Iedereen valt over me heen. De pers. De hoofdcommissaris …'

Hij stak een sigaret op, waarbij hij zijn hand beschermend om de vlam van zijn aansteker hield, alsof het in de kamer was gaan waaien.

Een man die ten einde raad is, dacht Stella. Tot haar verbazing kreeg ze bijna medelijden met hem: te hoog gegrepen en nu wanhopig op zoek naar hulp.

Hij zei: 'Soms worden ze gewoon niet gepakt, toch? Seriemoordenaars? Soms houden ze er gewoon weer mee op.'

'Vaak wel', merkte Stella op.

'Ja, vaak wel.'

'Of ze maken een fout.' Ze haalde haar schouders op. 'Dennis Nilsens afvoerpijp. Peter Sutcliffes valse nummerborden.'

'Deze man maakt geen fouten.'

Stella zei: 'Of hij heeft er al een gemaakt zonder dat we het gemerkt hebben.'

De prullenbakken in de recherchekamer stroomden over en de bureaus lagen vol rommel. Sue Chapman deelde iedereen mee dat de schoonmakers staakten voor betere arbeidsomstandigheden. Wat ze daar precies mee bedoelden was niemand duidelijk, hoewel Pete Harriman opperde dat de schoonmakers misschien vonden dat iedereen zijn werkplek wel wat … nou ja … schoner zou kunnen achterlaten. Sue had een rol vuilniszakken meegenomen.

Silano had nieuwe pd-foto's op het bord geprikt en gebruikte een rode stift om de laatste gegevens in te vullen. Deze keer leidde Stella het werkoverleg. Collier stond langs de kant met een gezicht alsof hij later misschien nog wat ging zeggen.

'Naam van het slachtoffer,' zei Stella, 'George Nelms. Eenenzestig, gepensioneerd onderwijzer, weduwnaar, woonde alleen, geen strafblad, geen slechte gewoonten voorzover wij weten; niet dat we dat verwacht hadden. Doorsneeburger. Hij leidde een rustig leven, stond goed bekend in de buurt. Hij had iemand die voor hem kookte en het huis schoonmaakte. Werkte in het weekend als vrijwilliger bij het Green Lane Fieldssportcomplex. Doodsoorzaak: doorgesneden keel. De conclusies van de autopsie zijn nog niet binnen, maar die laat ik rondgaan zodra ze er zijn. Zijn hoofd was afgehakt: jullie hebben alle details uit het verslag per e-mail ontvangen.

Er lijkt weinig twijfel over te bestaan dat dit de vierde moord is van een serie ogenschijnlijk motiefloze moorden: de geschreven woorden op het voorhoofd van het slachtoffer wijzen daarop.' Ze zweeg, alsof de naakte feiten het enige was wat ze te bieden had, wat min of meer ook zo was. 'We zullen met deze moord op dezelfde wijze te werk gaan als met de andere drie. Praat met je informanten, voor het geval hun iets ter ore is gekomen. We zetten een geel informatiebord bij het sportveld neer, met ons telefoonnummer en dat van Meld Misdaad Anoniem' – ze haalde haar schouders op – 'je weet maar nooit.'

'We hebben de pers over alles behalve de geschreven woorden ingelicht, dus: het model, bouwjaar en nummer van de Volvo, de locatie, het precieze tijdstip, de identiteit van het slachtoffer, en het feit dat hij onthoofd was. We hebben ook gezegd dat we Nelms als het recentste slachtoffer van een seriemoordenaar beschouwen. Dit betekent dat we erop voorbereid moeten zijn dat de kranten zich als hongerige wolven op deze zaak zullen storten en ons zwaar zullen bekritiseren, en dat er nog meer malloten zullen opbellen om te bekennen, maar in dit stadium lijkt open kaart spelen onze enige optie. Bovendien zou het zinloos zijn om de dingen anders voor te stellen. De pers schreeuwt al een week dat het om seriemoord gaat. Oké ... wie heeft er nog een idee?'

De staande ventilator in de hoek tikte. Op iemands telefoon kwam een sms binnen. Een overvalwagen van bureau Notting Dene reed met loeiende sirene weg.

De AMIP-5-recherchekamer verklaarde zichzelf tot ideevrije zone.

63

Monica Hartley zat op een stoel met rechte rugleuning, haar
handen lagen gevouwen op haar schoot. Ze droeg een blouse
met ruches, haar mooie schoenen, en ze had voor de gelegenheid
een vleugje lippenstift op gedaan. Ze zei: 'Ik ging er om de dag
naartoe. En dan kookte ik voor twee dagen. Hij vond het niet erg
om twee keer hetzelfde te eten, dat kon hem niks schelen. Ze
zeggen dat zijn hoofd eraf gehakt is. Dat stond in alle kranten.
Hij zat in zijn auto, maar zijn hoofd was eraf. Klopt dat?'

Stella zei dat het klopte.

Monica zei: 'Ik maakte het huis ook voor hem schoon. Twee uur
schoonmaken en opruimen, één uur koken. Drie uur, om de dag,
behalve in het weekend. Is al bekend wie het huis krijgt?'

Stella zei dat ze dat niet wist.

Monica zei: 'Ik geloof dat hij nog familie heeft. Zijn vrouw is vijf
jaar geleden overleden, maar ik geloof dat hij nog een paar neven
had. Neven en achterneven. Waar was zijn hoofd dan? Waar hebben ze zijn hoofd teruggevonden?'

Harriman kuchte, maar het kon ook een gesmoorde lach zijn.
Stella zei dat het hoofd van George Nelms in de auto lag.

'Hij had een vaste dagindeling, weet u. Het was een gewoonte-
mens. Ik kan me niet indenken dat iemand een hekel aan hem had.
Ik heb nooit iemand bij hem thuis gezien. Ik kwam er regelmatig,
maar ik heb nooit iemand gezien. Hij werkte in het weekend op het
sportcomplex. Hij is vroeger onderwijzer geweest. Geschiedenis en
gym, geloof ik. Wat het huis betreft … ik noem het huis, omdat ik
me afvroeg of hij een testament heeft achtergelaten.'

Stella zei dat ze dat niet wist.

'Ik noem het testament omdat ik me afvroeg wat er gebeurt als
hij dat niet heeft gedaan. Als hij geen testament heeft opgemaakt.
Hoe kan ik dán aanspraak op het huis maken?'

Stella vroeg zich dat ook af. Ze vroeg Monica in welke hoedanigheid ze recht meende te hebben op het huis.

'Als zijn levenspartner', legde Monica uit. 'Geeft me dat niet het recht? Volgens mij wel. Eerder dan een neef, in ieder geval. Eerder dan een achterneef. Heet dat niet gewoonterecht? Recht, het woord zegt het al. Ik slaap met hem. Nadat zijn vrouw overleden was, niet ervoor. Ik ging er om de dag naartoe, hij wilde het zelf zo, dat heeft hij me verteld. Meer dan vijf jaar heb ik met hem geslapen, nou, volgens mij maakt me dat zijn levenspartner. Schoonmaken, koken en seksueel bevredigen vallen allemaal onder de taken van een echtgenote, dat kan niemand ontkennen, dus wie moet ik daarvoor hebben?'

Harriman keek naar de vloer en beet op zijn lip. Stella zei dat ze haar over dit onderwerp niet van advies kon dienen.

Monica liet hen uit. Ze zei: 'Ik mocht hem graag hoor, maar veel te melden had hij niet.'

Harriman reed een kruispunt op, stopte en werd van alle kanten getrakteerd op een koor van claxons.

Hij zei: 'Klopt dat? Heeft ze daar gelijk in?'

'Natuurlijk', zei Stella. 'Een man die zo aan zijn gerief komt, hoort het alleenrecht op zijn huis te verliezen.'

Het sms-deuntje dat Stella tijdens het werkoverleg had gehoord, was een bericht van Gloria aan Harriman: *Vannacht ... beste vrijpartij ooit.*

'Ik heb zitten denken', zei Harriman tegen haar. 'Zou hij Leonard Pigeon ook hebben willen onthoofden? De snee zat bij hem tot op het bot.'

'Maar hij werd gestoord, bedoel je?'

'Hij zat langs het trekpad, er moeten mensen in de buurt zijn geweest.'

'Maar niemand heeft hem bezig gezien.'

'Misschien duurde het te lang. En raakte hij in paniek.'

'Hij komt op mij niet over als iemand die gauw in paniek raakt.'

'Oké, niet in paniek dan. Misschien kwam hij gewoon tijd tekort. Wat staat daarover in het pd-verslag?'

'Waarover?'

'Over hoe hij de plaats delict mogelijk heeft verlaten?'

'Achter de bank staan struiken, achter de struiken een ijzeren hek, daarachter een sloot, een veld en een weg. Dat lijkt zijn route te zijn geweest.'

'Goed. Hij hoefde het trekpad dus niet te nemen om weg te komen. Misschien zag hij dan toch iemand aankomen.'

'Ja, misschien. Maar hij heeft Bryony Dean opgehangen en Martin Turner neergeschoten.'

'Zou dat niet het patroon kunnen zijn? Ophangen, neerschieten, onthoofden.'

'Je zegt dus dat dat zijn bedoeling was. En dat hij Nelms onthoofd heeft omdat het de eerste keer, bij Leonard Pigeon, niet gelukt was.'

'Ja, dat zeg ik.'

Stella knikte. 'En wat maak je daaruit op? Uit dat patroon, als het dat is?'

'Nee, ik zei niet dat ik een theorie had over wat het patroon zou kunnen betekenen. Alleen dat ik een theorie had over het patroon.'

'Als het een theorie is.'

'Ja.'

'Dat schiet lekker op zo', zei Stella.

Ze reden zwijgend verder, terwijl Harriman door oranje reed en links inhaalde. Hij zei: 'Dus dat is gewoonterecht. Eén keer van bil gaan en je bent je huis kwijt?'

Candice Morgan keek uit het raam naar de middenklasse Honda die fout geparkeerd stond voor de oprit. Ze zei: 'Is dat echt een politiewagen of proberen ze zich alleen maar voor te doen als undercoveragenten?'

Neil Morgan ploos in sneltreinvaart de kranten uit, zowel de semi-serieuze roddelbladen als de landelijke dagbladen, om te zien of hij erin genoemd werd. Hij had een secretaresse en een knipseldienst die dit voor hem deden, maar hij wilde het achterbakse namen noemen waar sommige journalisten zich van bedienden, liever voor blijven. 'Onze veiligheidsdienst zit krap bij kas', zei hij. 'Ik heb er vorige week nog een toespraak over gehouden.'

Candice' koffers stonden gepakt in de gang. Ze zei: 'Misschien kan ik maar beter niet gaan.'

'Waarom niet?'

'Stel dat ze gelijk hebben. Dat hij eigenlijk jou had willen vermoorden, in plaats van Len.'

Candice en haar vriendinnen gingen er twee keer per jaar even tussenuit: naar Parijs, New York of Rome. Even verlost zijn van echtgenoot en de rondjes tennis, lunch, sportschool en liefdadigheidswerk. Deze keer was Madrid aan de beurt.

Morgan glimlachte. 'Candice, ik heb politiebescherming. Wat kan jouw aanwezigheid hier daar nog aan toevoegen? Ga nou maar. Veel plezier. En neem iets leuks voor me mee.'

'Ze zitten daar maar te roken en koffie te drinken', zei ze. 'Ik zou je op dit moment met een vleesmes te lijf kunnen gaan zonder dat ze het merkten.'

'Je weet niet eens waar de messen liggen.'

'In de keuken.'

'Precies, dat bedoel ik.'

Het waren het soort grappen dat elk echtpaar maakte, hoewel hun toon iets sarcastischer was, hun blik iets ijziger. Morgans telefoon ging; hij keek op het display maar nam niet op.

'Mijd je iemand?' merkte Candice op.

'Zakengesprek.' Hij realiseerde zich dat dit vreemd klonk en voegde er daarom aan toe: 'Onbelangrijke zaken.'

Candice droeg haar ochtendjas, hoewel ze al helemaal opgemaakt was. Ze had fijne gelaatstrekken en een aristocratisch, lang gezicht, dat er beter uitzag met alleen een lichte foundation, maar de vage rimpeltjes om haar ogen en mondhoeken stoorden haar. De revers van haar ochtendjas waren omgeslagen waardoor de ronding van haar borst zichtbaar was; Morgan keek er automatisch naar.

'Het zal me goed doen om een paar dagen uit Londen weg te zijn', zei ze.

Een limousine stond dubbel geparkeerd naast de Honda. De chauffeur liep met Candice' koffers in de hand de stenen trap voor Morgans huis af.

Candice keek de woonkamer in op weg naar buiten en riep 'tot ziens'. Morgan was aan het bellen en blies haar een kus toe. Toen de voordeur dicht was, zei hij: 'Luister, ik heb gedaan wat ik kon. Die jongens lijken te denken dat ik het voor het zeggen heb in deze kwestie. Dat is niet zo. Ik kén alleen de mensen die het voor het zeggen hebben, dat is heel iets anders.'

Bowman zei: 'Ze hebben je betaald.'

'Om hun naam te laten vallen. Dat heb ik ook gedaan. Diverse keren zelfs. Wat verwachten ze nog meer?'

'Je was tijdens het overleg met hen veel positiever, hebben zij me verteld.'

'Ten tijde van dat overleg …' Morgan aarzelde, '… stonden de zaken er anders voor. Je weet hoe dat gaat in de politiek.'

'Nee, niet echt.'

Morgan probeerde eromheen te draaien. 'Mensen stappen op, mensen die iets voor je hadden kunnen doen, het kost tijd om nieuwe bondgenoten te vinden.'

Het was het soort lulkoek waar Bowman vaker met lange tanden van gegeten had. Hij zei: 'Misschien kan ik beter even bij je langskomen.'

'Dat heeft geen zin.'

'Dan kunnen we dit doorpraten.'

'Beter van niet', zei Morgan. 'Ik heb het momenteel te druk met andere dingen.'

'De Amerikanen willen dit graag geregeld zien. In hun ogen moet het mogelijk zijn hiervoor een soort strategie te ontwikkelen.'

'O ja?' zei Morgan. 'Vinden de Amerikanen dat? Nou, zeg maar tegen ze dat ze de pot op kunnen.'

Hij klapte zijn telefoon dicht. Het was een zelfverzekerd gebaar, dat niet overeenkwam met hoe hij zich voelde. Hij deed de telefoon weer open en belde. 'Ze is naar Madrid', zei hij, en daarna: 'Nee, vanavond niet. Ik moet naar iemand toe.'

Abigail zei: 'O, oké … Ja, prima.' Teleurstelling die met onverschilligheid werd gemaskeerd.

'Ik wil je wel zien, natuurlijk', zei Morgan. 'Dit is iets wat er onverwacht tussendoor is gekomen. Iets wat ik eerst moet regelen.'

Abigail hoorde de lichte angst in zijn stem. 'Is alles goed met je, Neil?'

'Ja. Luister, morgen, oké? Morgen in ieder geval.'

'Ja.' Een korte pauze, toen zei ze: 'Ik zal er zijn.' Alsof daar ooit twijfel over had bestaan.

Hij telefoneerde met een paar mensen, beantwoordde een paar brieven, probeerde in zijn werkkamer de laatste commissieverslagen door te lezen, maar de letters zwommen voor zijn ogen. Hij dwaalde door het huis. Zette koffie, die hij vervolgens vergat in te schenken.

Uiteindelijk belde hij Bowman terug. 'Oké, laten we ergens afspreken. Als jij je zorgen maakt, als de Amerikanen zich zorgen maken ... Er is echter één probleem: ik heb politiebescherming. Uit voorzorg.' Hij zei er niet bij waarom, dus Bowman nam aan dat het terrorisme betrof. 'Voorzover ik weet, fotograferen ze iedereen die hier aanbelt. Dat wil je dus niet.'

Bowman lachte. 'Nee? Waarom niet? We zouden om talloze redenen met elkaar afgesproken kunnen hebben. Buitenlandse investeringen, bijvoorbeeld.'

'Ik wil het niet.'

'Tja ... dat is wat anders, natuurlijk.'

'Ik zal proberen ze kwijt te raken. Dan ontmoeten we elkaar ...' Morgan dacht even na en gaf hem toen Abigails adres. 'Als het donker is. Tien uur?'

Bowman zei: 'En als ik er eerder ben?'

'Je wordt binnengelaten.'

'Oké', zei Bowman, en daarna: 'Is ze mooi?'

Morgan belde Abigail terug en zei: 'Ik ben om tien uur bij je. Goed?'

'Natuurlijk.' Ze klonk blij. 'Waarom kom je nu opeens wel?'

'Die persoon die ik moet spreken? Ik heb hem gevraagd naar jouw huis te komen. Om tien uur.'

'Oké.'

'Het is maar voor een kort gesprek.'

'Oké.'

'Een privégesprek.'

'Ik ga zolang wel tv-kijken in de slaapkamer.'

'Dan kan ik tóch bij je zijn.' Alsof hij het met dat doel had geregeld, alsof hij zich het hoofd erover gebroken had om een manier te bedenken haar toch te kunnen zien.

'Ja', zei ze opgewekt. 'Twee vliegen in één klap.'

Mensen lieten hun hond uit in Norland Square Gardens. Woolf liep dezelfde route, als iemand die even de benen wilde strekken, die in gedachten verzonken was. Telkens wanneer hij Neil Morgans huis passeerde, keek hij even opzij. Hij zag de Honda staan en wist wat dat betekende; hij zag Candice vertrekken; en hij zag dat het niet mogelijk was om Morgan in zijn eigen huis te vermoorden en het lichaam daarna naar een openbare plek te vervoeren. Maar hem vermoorden was wel mogelijk.

Hij liep met gebogen hoofd en drukte zijn nagels in zijn hand-palmen. Het had afgelopen moeten zijn, maar hij had een fout gemaakt. Hij was op een dwaalspoor gebracht. Niet het huis bij de rivier, maar dít huis. Niet die andere man, maar déze man. Ze hadden een spelletje gespeeld, en een spelletje met hem gespeeld. Hij dacht dat hij, toen hij de auto volgde, ook de man volgde. De ontmoeting in het hotel, waar Woolf zag hoe de man door twee Amerikanen begroet werd. Het huis bij de rivier, waar Woolf zag hoe de man zijn chauffeur wegstuurde en naar binnen ging. Waar hij de hele nacht bleef wachten, tot de zon weer opkwam en hij de man weer naar buiten zag komen om zijn wandeling langs de rivier te gaan maken.

Woolf probeerde zich te herinneren of de andere man echt zo veel op Morgan had geleken. Hij dacht van wel, dat moest haast wel. Maar ook van dichtbij? Hij kon het niet met zekerheid zeggen. Hij had de man geobserveerd, was zeker van zijn doelwit geweest en was hem gaan volgen. Daarna had hij hem niet echt goed meer bekeken.

Hij verliet de tuin op dezelfde manier als hij gekomen was: achter een bewoner van het plein aan die een sleutel van het hek had. In de straat die parallel liep met die waar Morgan woonde, zag hij een huis dat gerenoveerd werd. Het huis stond leeg. Mensen in deze buurt konden het zich veroorloven een huis van een miljoen of meer te kopen en het daarna voor nog eens een miljoen te laten verbouwen. De steigers reikten vanaf de kelder tot aan het dak.

Woolf telde af vanaf het einde van de straat. Het huis was drie deuren van Morgans huis verwijderd. Een bord aan de steiger waarschuwde ervoor dat er een alarminstallatie aanwezig was.

Hij zou een dag of twee wachten om alles te overdenken en een plan op te stellen. Hij had gezien dat Candice' bagage in de kofferbak van de limousine werd geladen: koffers, geen tassen. Morgan zou een paar dagen alleen thuis zijn, dat was duidelijk.

Een dag wachten. Een plan opstellen. Je vertrouwd maken met het werkterrein, de plaats van executie.

64

De lampen waren heet, maar in het mortuarium was het, zoals altijd, koud. Stella herkende de muziek, maar wist niet hoe het stuk heette. Een mooie, zuivere jongenssopraan.

Sam zei: 'Je moet door de luchtpijp en het kraakbeen heen. Spierweefsel laat zich niet gemakkelijk doorsnijden, alleen iemand die sterk is en een vlijmscherp mes gebruikt zou het vrij snel kunnen doen. Hij is dan al door de schacht van de halsslagader heen: door de slagader en de nekader. Hij is hoogstwaarschijnlijk achter het slachtoffer gaan staan, heeft de man laten neerknielen en heeft diens hoofd aan het haar omhoog- en achterovergetrokken, zodat de keel bloot kwam te liggen en de huid zich strak trok.' Sams stem klonk vlak en emotieloos. 'Daarna zou hij beslist problemen hebben gekregen.'

'Wat voor problemen?'

'Om zijn slachtoffer te onthoofden, zou hij tussen de halswervels – in zijn geval tussen de atlas en de axis – door moeten. Er maar wat op los hakken zou niet lukken. Nou ja,' Sam haalde zijn schouders op, 'uiteindelijk natuurlijk wel, maar dat kost veel meer tijd.'

'Heeft deze man erop los gehakt?'

'Nee. Hij heeft die opening gevonden. Of beter gezegd: hij heeft hem zelf gecreëerd. Hij heeft het hoofd waarschijnlijk met beide handen vastgepakt, heen en weer geduwd en tegelijkertijd omhooggetrokken, om een opening te krijgen en de nek misschien zelfs gedeeltelijk te ontwrichten. Op die manier zou hij alleen bindweefsel hoeven door te snijden.'

'Hij wist dus precies wat hij deed.'

'Misschien. Maar zo moeilijk is het niet als je er goed over nadenkt.'

'Nee? Nou, ik zou er nooit opgekomen zijn.'

Het lichaam van George Nelms bestond alleen nog uit losse delen, het was opengelegd en leeggehaald, en als een motor ontmanteld, maar Stella vond het er nog steeds vreemd uitzien zonder hoofd.

'Wat ik ermee wil zeggen,' zei Sam tegen haar, 'is dat hij er de tijd voor moest nemen.'

Aimée zei: 'Het is maar voor even. Ik blijf niet lang weg.'

Peter zat achter de computer. 'We redden ons wel', zei hij.

'Het is maar voor één nacht.'

'Natuurlijk. En je moet ook gaan', zei Peter. 'Het is immers je moeder.'

Dat Aimée een paar dagen weg zou gaan, was al voor het incident op het sportveld afgesproken, voordat Ben nachtmerries had gekregen. Ze wist niet wat ze moest doen. Ze stond in de kamer, klaar om naar haar werk te gaan, en wist dat de hartstocht het uiteindelijk van haar schuldgevoel zou winnen.

'Ik zou na het werk nog even thuis kunnen komen, voordat ik naar ...'

'Ik ben alles aan het opschrijven', zei Peter. Hij keek op van zijn met twee vingers getypte verslag. 'Ik dacht dat ik het misschien beter kan begrijpen als ik alles opschrijf wat er gebeurd is.'

'Hoe kun je zoiets nou ooit begrijpen?'

'Nee ... maar dit is net alsof je het aan iemand vertelt.'

'Maar je hebt het al aan mij verteld. En aan de politie.'

'Opschrijven is anders, Aimée.'

'Hoe anders?'

Ze zag dat zijn handen boven het toetsenbord licht trilden. Hij zei: 'Omdat ik het zo nog eens kan overlezen. Er dingen in kan veranderen, er details aan kan toevoegen. Geen details die de politie zou willen weten, alleen details die voor mij belangrijk zijn.' Hij zweeg even en zijn stem werd zachter. 'Zoals de geur. En hoe het hoofd eruitzag. Het gezicht ...'

Aimée zei: 'Luister, ik wil best thuisblijven, als je dat liever hebt.' Maar ze wist dat ze het niet zou doen.

Het plaatsen van een geel informatiebord levert meestal willekeurige en tijdrovende reacties op. Van mensen die je tijd verspillen, beroemd willen worden, of gewoon in de war zijn; van mensen die op het verkeerde tijdstip op de juiste plek waren. Maar soms levert het een reactie op die precies in het plaatje past.

Een vrouw die haar hond uitliet had de Volvo op het terrein van het oude ziekenhuis zien staan. Sue Chapman had het telefoontje aangenomen en, ja, de vrouw was er zeker van dat het die dag was; ja, de tijd klopte en ja, het was een Volvo.

Stella betrad het lege gebouw op dezelfde manier als Woolf en George Nelms: door de voordeur. Er had ooit een hangslot op gezeten tegen zwervers en vandalen, maar dat was er langgeleden af getrapt.

Ze hoefde niet te zoeken. De geur wees haar de weg; de geur en het geluid, als van een zacht brommende machine in de verte: het gezoem van vliegen. Andy Greegan volgde haar op de voet en zette een looproute uit. Ze droegen alle twee een witte overall, de capuchon over het hoofd getrokken, de schoenen in blauwe plastic hoezen die hoog om de enkels sloten, een lik mentholgel op hun bovenlip.

Toen ze bij de kamer aankwamen, bleven ze in de deuropening staan. Greegan zei: 'Godallemachtig.' En daarna: 'Oké, ik laat ze naar binnen.' Hij drukte op de snelkeuzetoets van zijn telefoon en liep weg om het team van de technische recherche op te halen en het sporenonderzoek in goede banen te leiden.

Bloed op de muren, op de vloer en op de dichtgetimmerde ramen. Plassen bloed, bloed dat in het hout was getrokken. In lange ellipsvormige lussen op de muren, in druipende watervallen: als een spetterschilderij, een abstract meesterwerk.

Het was niet moeilijk te vinden, op een dichtgetimmerd raam, getekend met bloed. Natuurlijk met bloed.

∧ ∧

∨

De kamer was gebruikt door zwervers, minnaars en verslaafden. Er lagen een paar smerige matrassen op de vloer. Er lagen lege blikjes, gebruikte condooms, injectiespuiten en uitwerpselen. Het was een slaapkamer, badkamer, peeskamer en abattoir. Stella deed haar ogen dicht. Ze hoorde de echo van kreten in de kamer. Een ziekenhuis. Hoeveel doden in deze kamer? Uit hoeveel mensen was het leven hier weggeëbd, terwijl familieleden angstig en vol wanhoop in een aangrenzend kamertje zaten?

En nu deze nieuwe dode. Ze stelde zich George Nelms voor, op zijn knieën in deze stinkende troep, zijn hoofd achterovergetrokken, het mes op zijn keel. Ze vroeg zich af wat hij in 's hemelsnaam gedaan kon hebben; wat zijn moordenaar ervan overtuigd had dat hij het verdiende om op deze manier te sterven.

Het team van de technische recherche kwam binnen met hun koffers vol handige hulpmiddelen. Ze hadden erger meegemaakt.

Aimée duwde hem achterover en kleedde hem uit. Ze nam hem in haar mond, ging schrijlings op hem zitten en boog zich voorover zodat ze in zijn gezicht kon kijken. Toen hij haar aanraakte, ging er een rilling door haar heen en voelde ze haar hals gloeien.

Ze wist dat ze verliefd was. Ze vertelde hem dat en hij glimlachte naar haar.

Ze maakten samen het eten klaar, zoals ze gehoopt had. Hij was geweldig als kok, hij hakte en roerde en maakte volgens haar aanwijzingen een sladressing klaar. Hij schonk twee glazen witte wijn in. Door de vroege zomer was haar huid licht gebruind, het witte streepje waar haar trouwring had gezeten was nog net te zien.

Ze voelde zich gelukkig. De term 'lichthartig' kwam bij haar naar boven. Lichthartig en lichtzinnig.

In de straten van Londen wordt het nooit rustig, nooit donker. De rode gloed van een straatlantaarn sijpelde door de dunne stof van de gordijnen de kamer binnen en maakte een vlammenpatroon op de muren. Gideon Woolf keek, steunend op één elleboog, naar het gezicht van de slapende Aimée. Dit slapen na een vrijpartij was nieuw voor hem; dit naast haar wakker worden de volgende morgen.

Ze lag op haar rug, het laken reikte tot haar middel, waardoor de zachte ronding van haar buik te zien was; haar ene borst rustte tegen haar bovenarm. Ze slaakte een zucht, beet zachtjes op haar lip en draaide zich naar hem toe. Hij voelde plotseling tederheid voor haar, hoewel het een woord was dat hij niet kende.

Hij hield zichzelf voor dat hij bij haar was omdat het veiliger was. Zodat hij alles onder controle kon houden. Zodat hij haar kon vermoorden.

Alleen daarom.

65

De ramen van Anne Beaumonts spreekkamer keken uit over het park. Stella zat in de stoel die voor de cliënt bestemd was, hoewel ze Anne niet meer als cliënt bezocht. Ze had nog steeds nachtmerries – de kinderen die boven aan de trapleuning hingen, haar eigen kind dat ze door een miskraam verloren had – maar ze wist dat psycho-analyse een reis was, een reis die ze liever niet wilde ondernemen.

Anne kwam met twee glazen wijn de kamer in en zei: 'Jij zit in die stoel naar buiten te kijken en wat zie je? Al je oude problemen.'

Stella lachte. 'Ben jij psychotherapeut of gedachtenlezer?'

'Van allebei een beetje.' Anne zette de glazen neer en pakte het dossier over de moord op George Nelms. 'Deze man', zei ze, 'wil iets bewijzen. Hij laat zijn slachtoffers zo achter dat ze gezien worden. Hij wil dat ze gezien worden, en hij neemt daarvoor risico's: het meisje in de boom, de man langs het trekpad … Hij had Martin Turners lichaam onder de bomen in zijn tuin kunnen laten liggen, maar hij heeft het versleept en aan het hek vastgebonden. Nu vermoordt hij deze man, George Nelms, in een verlaten gebouw. Hij neemt hem mee daarnaartoe, vermoordt hem, maar zet hem vervolgens in zijn auto en laat hem een heuvel af rollen naar het midden van een sportveld.'

'Het is een exhibitionist', opperde Stella.

'Ja, maar niet een die trots is op wat hij doet en erover opschept. En hij valt de autoriteiten er niet mee lastig. Dat soort ken ik, maar hij is anders: geen brieven waarin hij zich op de borst klopt, geen dreigementen om het weer te doen, geen pak-me-dan-als-je-kan-houding. Deze man beschuldigt zijn slachtoffers – de woorden op het lichaam – en laat de hele wereld weten wat hij van ze vindt, of probeert dat in ieder geval. Hij stelt ze tentoon, beschuldigt ze en wil dat de wereld het met hem eens is.'

'Dit laatste slachtoffer', zei Stella. '"Nou tevreden?"'

'Dat klinkt anders, hè? Eerder verdrietig dan kwaad, lijkt het wel.'

'Nou, hij was anders goed kwaad. Hij heeft zijn hoofd eraf gesneden.'

Anne knikte. 'In het dossier wordt gesuggereerd dat hij met zijn tweede slachtoffer hetzelfde had willen doen.'

'Het zou kunnen ... de snee was erg diep, de mogelijkheid bestaat dat hij gestoord werd.'

'Onthoofding is dus een belangrijk punt.'

'Maar het meisje is opgehangen. En Turner is neergeschoten. En dan de slachtoffers zelf', zei Stella. 'Welk patroon zit daarin?'

'Een prostituee, een researcher ...'

'Waarschijnlijk de verkeerde man', herinnerde Stella haar eraan.

'Oké, een prostituee, een politicus, een journalist, een gepensioneerde leraar. Onder andere omstandigheden zou ik zeggen dat ze willekeurig uitgekozen waren: dat de moordenaar bekendheid wilde, móést doden en pakte wat hij pakken kon. Dergelijke gevallen zijn bekend. In een recent geval gaf de man toe dat hij alleen maar beroemd wilde worden, een seriemoordenaar wilde zijn. Maar die woorden op het lichaam ... Deze slachtoffers zijn om een speciale reden uitgekozen. Ze hebben een bijzondere betekenis in het leven van deze moordenaar.'

'Bedoel je dat hij ze kende?'

'Of iemand zoals zij.'

'We hebben gekeken ...'

'Naar mogelijke overeenkomsten. Natuurlijk heb je dat gedaan. Dat is juist het vreemde aan deze zaak. Als deze man iets gemeen had met het leven van zijn slachtoffers, zou je hem waarschijnlijk allang geïdentificeerd hebben. Dan zou hij vrijwel zeker een familielid of een vriend zijn.' Anne nam een flinke slok wijn. 'Er is echter wel enige overeenkomst.'

'We hebben dit gevonden. Of had je dat al gezien?' Stella nam het dossier van Anne over, haalde er een reeks pd-foto's uit en legde ze naast elkaar op tafel.

∧ ∧
∨

'Zijn visitekaartje', zei Anne. 'Ja, dat had ik al gezien.'

'Wat maak jij eruit op?'

'Uit het teken zelf, of wat zijn geestelijke gesteldheid betreft?'
'Beide.'
'Het is het merkteken van een jager. Het tegenovergestelde van trofeeën verzamelen. Sommigen van dit soort moordenaars nemen een souvenir mee: een haarlok, een lichaamsdeel, een foto van het slachtoffer, levend of dood, of levend én dood. Jeffrey Dahmer bewaarde de hoofden van zijn slachtoffers in zijn vrieskist. Dit is de omgekeerde manier van denken: de jager laat iets van zichzelf op de moordplek achter, hij legt zijn aanwezigheid daar vast. Achter die oude rotstekeningen en handafdrukken in grotten zit eenzelfde soort drijfveer: een vooraf gevormd beeld van de jacht.'
'Een wat?'
'Als je eerst een tekening maakt van je mastodont, en je zet je handafdruk ernaast, dan heb je het dier al gedood voordat je er jacht op hebt gemaakt. Hij geeft aan wie hij is met dit symbool: hij laat zijn merkteken achter.'
'En wat stelt het voor?'
'Wat denk jij?'
'Het bovenlichaam van een vrouw?'
Anne keek naar de foto. 'Je bedoelt borsten en vagina?'
'Het zou kunnen.'
'Dat zag ik er helemaal niet in.' Anne lachte. 'En wat zegt ons dat ...?'
'Een glimlachend gezicht', zei Stella. 'Dit zijn gissingen van collega's. Harriman was degene die er een kut met tieten in zag.'
'Dat verbaast me niks.'
'Twee heuvels en een vallei. De Cheshire kat. Een hond. Een stealth-jachtvliegtuig.'
'Waarbij de clou zit in het woord "jacht".'
'Ja. Een clown. Een tarotkaart: de drie zwaarden. Darth Vader. Het getal zesenzestig.'
'Hoezo zesenzestig?'
'V is de tweeëntwintigste letter van het alfabet. Drie keer tweeëntwintig is zesenzestig.'
'Eén zes minder dan het teken van het beest.'
'Of je telt ze bij elkaar op en krijgt twaalf. Of je telt de ene bij die twee op en krijgt drie.'

'Wat een magisch getal is.'

'Zegt men.'

'Wie kwam met numerologie op de proppen?'

'Maxine Hewitt.'

'Nee maar. Mmm, interessante benadering.' Anne haalde haar schouders op. 'Het zou allemaal kunnen.'

'Wij kunnen er alleen in onze schaarse vrije tijd over nadenken', zei Stella. 'Jij bent de zieleknijper. Ik dacht dat jij het raadsel zo opgelost zou hebben.'

'Het enige wat ik je kan vertellen is dat hij opgemerkt wil worden. Het is een auteursmerk, het betekent: ik heb het gedaan.'

'Ik wil aandacht.'

'Precies.'

'Hij ziet zichzelf als slachtoffer.' De gedachte was zomaar bij Stella opgekomen. 'Deze mensen hebben hem op de een of andere manier beledigd.' Ze wachtte even. 'Of gekwetst.'

'Ja, misschien. Daar zou je gelijk in kunnen hebben.' Anne keek haar aan. 'Hoe kom je erbij om dat te zeggen?'

'Ik heb mijn moeder gesproken. Ze is terug, we hebben elkaar ontmoet.'

Anne wachtte even en zei toen: 'Hoe voelde dat? Ik zal je er niets voor in rekening brengen.'

'Ze sloeg haar armen om me heen', zei Stella. 'Ze omhélsde me.' Anne zweeg, zoals het zieleknijpers geleerd is: er volgt nog meer. 'Ze rook naar drank en goedkope make-up.' Stella wachtte even. 'Ze is niets veranderd ... hokt samen met een boef van wie er dertien in een dozijn gaan, die dvd's van kooigevechten verkoopt.' Weer een stilte. 'Ze gaf me een zoen ...' Stella raakte voorzichtig haar wang aan alsof er een blauwe plek zat. 'Hier. Ze gaf me een zoen alsof dat ... normaal was ... alsof dat de gewoonste zaak van de wereld was.'

Anne zei niets. Stella zat iets voorover in haar stoel, het hoofd gebogen, de handen gevouwen, alsof ze een plotseling opkomende pijn onderdrukte. De tranen vielen als zilte regendruppels op haar schoot, niet tegen te houden.

272

Neil Morgans auto stond op een voor bewoners bestemde parkeerplaats voor zijn huis. De Honda stond er op enige afstand achter. Toen Morgan achter het stuur ging zitten en de sleutel omdraaide, sprongen de motoren van twee auto's aan. Hij reed weg en zag de koplampen van de andere auto in zijn achteruitkijkspiegel opduiken.

Zijn gsm ging. De stem aan de andere kant van de lijn klonk zowel beschuldigend als beleefd toen die meldde dat Morgan zijn beveiligingsmensen over zijn beoogde eindbestemming had moeten inlichten. Hij zei dat hij een sollicitatiegesprek had met een nieuwe researcher: op dit late tijdstip, omdat de man de hele dag vergaderingen had gehad. Ze hadden afgesproken in Soho House; het was een informeel gesprek.

Hij reed langzaam in de richting van Holland Park Avenue, azend op een gelegenheid om door oranje te rijden. Het lukte hem twee keer. En twee keer reed de Honda door rood en bleef hij hem volgen. In Notting Hill Gate deed hij zijn richtingaanwijzer aan en sloeg vervolgens de tegenovergestelde richting in. Een Imola-rode BMW met dood en verderf zaaiende muziek op de stereo sneed hem, waardoor hij tot stilstand kwam. Hij reed de heuvel af naar Kensington en nam een paar onnodige achterafstraten. De Honda bleef steeds achter hem rijden. Hij overschreed de maximumsnelheid op weg naar Knightsbridge, en daarna lieten zijn achtervolgers zich niet langer voor de gek houden. De Honda ging op zijn bumper zitten en flitste met de koplampen. Hij zette de auto langs de kant van de weg en stapte uit. Het portier van de andere auto ging ook open, maar het duurde even voordat er een lange man uitstapte, die vervolgens op zijn dooie gemak naar Morgan liep. Hij droeg een stoer leren jack en een spijkerbroek, al jaren de laatste mode in kringen van bewaking en beveiliging. Hij keek geamuseerd. Geamuseerd en verveeld.

'We mogen de sirene niet aanzetten, meneer, alleen volgen. Dus moeten we wel, net als u, de wet overtreden.'

Morgan haalde zijn schouders op en zei: 'Hoor eens, het gaat om een meisje. Een vriendin … Begrijpt u?'

'Natuurlijk.'

'Ik moet discreet zijn ...'

'Vanzelfsprekend.'

'Ik ben tegen middernacht terug. Om en nabij middernacht.'

'U vraagt me dus u niet langer te volgen. Wij gaan terug naar uw huis en u gaat op bezoek bij uw vriendin.'

'Ja. Is dat goed?'

'Nee, helaas niet, meneer. We hebben de opdracht gekregen u te bewaken. Dat gaat wat moeilijk als u er niet bent.'

Morgan schudde geërgerd zijn hoofd. 'Laat ik het dan zo uitdrukken, meneer agent: ik sta erop dat u weggaat.'

'Laat ik het dan zó uitdrukken, meneer: vergeet het maar.'

Morgan stapte weer in zijn auto, keerde op de weg, wat daar verboden was, en reed terug naar huis. Hij haalde in wanneer het kon, gewoon voor de lol. In Kensington Church Street passeerde hij een bus, gaf gas en sloeg, uit het zicht van zijn achtervolgers, een zijstraat in die op het hoogste punt van Holland Park Avenue uitkwam. Er speelde nog steeds een glimlach om zijn lippen toen de Honda naast hem opdook; de glimlach van de man in het leren jack was nog iets triomfantelijker dan die van Morgan en had zelfs iets kwaadaardigs.

Morgans gsm ging. Hij nam niet op.

Bowman zat in Abigails appartement te wachten en keek op de klok.

'Hij belt wel', zei Abigail.

Bowman knikte. 'Ik verwacht niet anders.'

'Hij is wel vaker laat. Misschien is er iets tussendoor gekomen.'

'Ja, dat zal het zijn.'

Ze mocht hem niet: de zachte stem, de ijzige blik in zijn ogen. Hij zette ongevraagd de tv aan en keek tien minuten lang naar een voetbalwedstrijd. Zonder haar aan te kijken zei hij: 'Haal eens wat te drinken voor me, snoes. Whisky met water, graag.'

Ze bracht hem het drankje en hij legde zijn hand even op die van haar voordat hij het glas aanpakte. Zijn vingers waren droog. Hij kneep even in haar hand en ze voelde een korte pijnscheut. Daarna keek hij weer naar de wedstrijd, die bijna afgelopen was en in nul-

nul eindigde. Hij zuchtte, alsof die saaie eindstand zijn problemen alleen maar vergrootte.

Toen de telefoon ging, keek hij niet op. Abigail nam op, luisterde en gaf de hoorn aan Bowman.

Morgan zei: 'Niets tegen haar zeggen. Oké? Ze weet hier niets van: van onze relatie, de beveiliging door de politie ...'

'Waar ben je?'

'Het is me niet gelukt ze af te schudden. Deze jongens weten wat ze doen.'

Bowman klakte met zijn tong. 'Al dat gedoe. Ik kom wel naar jou toe.'

'Nee.'

'Ik kom nu naar je toe.'

'Nee, luister, het is te laat. Ze gaan vragen stellen als er bezoek komt. Zeker om deze tijd ... het is bijna elf uur. Zo laat vergader je niet meer.'

'Ik wel.'

'Kom morgen dan, als het echt moet. Hoewel ... waarom eigenlijk? Ik weet wat er gevraagd wordt. Ik weet wat ze willen. Maar ik heb je al verteld dat dat niet kan.'

'En daarom moeten we juist praten, Neil. Dit met elkaar bespreken. Ideeën uitwisselen, de grijze cellen laten werken, drankje erbij ... Ben je morgen thuis?'

'Het heeft geen zin.'

'Morgen.'

'Ik weet het niet. Ik heb vergaderingen. Het kan best zijn dat ik de hele dag niet thuis ben.'

'Dan kom ik 's avonds', zei Bowman. Zijn stem klonk nog zachter. 'Zorg dat je er bent.' Hij hing op, beende naar de deur en bleef toen staan, alsof hem iets te binnen was geschoten. Hij liep naar Abigail, legde zijn hand onder haar kin, kneep erin en tilde hem zo ver omhoog dat het pijn begon te doen en ze op haar tenen moest gaan staan.

'Zeg tegen hem dat hij thuis moet zijn', zei hij.

66

Wakker worden bij elkaar …

Pete Harriman opende zijn ogen en besefte dat hij gelukkig was, maar waarom hij zich zo gelukkig voelde, wist hij niet. Toen zag hij Gloria, die naast hem lag te slapen, en zijn geluksgevoel werd getemperd door een vleugje angst. Stel dat hij zich altijd zo zou voelen. Waar zou dat wel niet toe kunnen leiden? Hij nam zich voor zo gauw mogelijk iemand te bellen; hij had al langer dan veertien dagen geen andere vrouw meer gezien. Gloria begon een patroon te vormen: erbij te horen.

Hij liep naar de keuken, maakte twee koppen koffie klaar en nam die mee terug naar de slaapkamer. Gloria zat rechtop in bed en keek hem aan met een glimlach om de lippen die hem deed duizelen.

Het raam dat op een kier stond, de gordijnen die uiteenweken waardoor het zonlicht in banen langs de muren gleed, het verkeersgeraas vanaf Ladbroke Grove, iemand die buiten op straat iets riep.

Aimée keek een poosje naar de bewegingen van het licht, nog half in slaap, doezelig van zijn warmte. Ze pakte zijn hand en schoof die tussen haar benen. Hij bewoog en draaide zich om, deed zijn ogen open, toen weer dicht.

'Ik hou van je', fluisterde ze en hij knikte glimlachend. Ze trok het laken weg en boog zich over hem heen, een koele bries op haar rug, de scherpe omtrekken van zijn lichaam, haar lippen op zijn lippen, zijn handen die bewogen, haar handen die bewogen, het zonlicht op de muren, het leven dat buiten gewoon doorging.

Ze dacht dat ze alles hiervoor zou kunnen opofferen.

Delaney lag op zijn buik te slapen. Stella kroop over hem heen, bleef even boven op hem liggen en beet zachtjes in zijn nek, en liet zich toen van hem af glijden. Zijn arm kwam omhoog om haar tegen te houden, maar ze was al weg.

Ze stond voor het zelfgemaakte prikbord en probeerde een patroon te ontdekken, alsof dat beter ging met een hoofd dat duf was van de slaap. Flarden van haar droom kwamen weer naar boven: een ontmoeting met haar moeder, die opeens in Monica Hartley veranderde … Delaney, die weer op het dek van het schip stond en woorden in de wind schreeuwde … echo's van stemmen in het leegstaande ziekenhuis. De doden op het bord – de details van de doden, de afbeeldingen van de doden – leverden niets op. Afzonderlijk waren het tragedies, samen vormden ze een raadsel.

Delaney kwam binnen. Hij trok de koelkast open en zei: 'Mijn dag begint met sinaasappelsap en foto's van dode mensen.'

'Ik kan beter nadenken zo.'

'En waar denk je nu aan?'

'Aan hem. De moordenaar. Dat hij wakker wordt, sinaasappelsap drinkt en aan dode mensen denkt, aan mensen die hij vermoord heeft.'

'En aan mensen die hij nog gaat vermoorden.'

'Precies.'

'Heb je een beeld van hem?'

'O ja … Het is iemand die niet opvalt in de menigte. Iemand zoals jij, zoals ik.'

De BMW-jongens waren van de wereld. Verkeerden in hogere sferen. Na weer een nacht vol drank, dope en feesten. Ze woonden niet samen, maar werden wel vaak samen wakker na zo'n nacht, wanneer ze te dronken waren om nog een stap te kunnen verzetten.

Ze waren in Kilburn in het huis van een meisje dat zichzelf als de vriendin van een van hen beschouwde. En dus was ze dat min of meer ook. Alleen in naam. Als het zo uitkwam. Ze heette Toni.

Toni werd wakker, dronk een groot glas water, gaf over, herinnerde zich opeens weer wat er de afgelopen nacht was gebeurd, kleedde zich aan en vertrok om de morningafterpil te gaan kopen. In Kilburn High Road drong het wazige zonlicht zich door de uitlaatgassen heen.

Harriman en Stella kwamen elkaar toevallig tegen in Coffee Republic: een dubbele Americano voor haar, een espresso voor hem. Ze liepen langs het politiebureau van Notting Dene en nipten van hun koffie.

Harriman zei: 'Ik heb een probleem.'

'Een vrouw.'

'Ja.'

Stella lachte. 'Niks nieuws dus. Of is ze zwanger?'

'Nee.'

'Bezitterig?'

'Nee.'

'Ik geef het op.'

'Ik denk steeds aan haar wanneer ze er niet is. Ik mis haar. Ik mis haar nu.'

Stella bleef staan en keek hem aan. Ze zei: 'O jee. Dan is het goed mis.'

Delaney bakte eieren voor zichzelf, hoewel hij er niet echt zin in had. Hij liep door het huis, alsof hij iets zocht. Hij ging achter zijn computer zitten, maar kon niets bedenken. Hij zette de tv aan: oorlog, oorlogsdreiging.

Hij belde iemand op. Martin Turner was niet de enige met wie hij samengewerkt had.

67

Snoei kwam vroeg langs. De zon scheen op zijn rug toen Tina Mooney de deur opendeed; ze moest haar hand boven haar ogen houden om te zien wie het was. Een slecht begin van de dag. Hij had een sixpack Grolsch bij zich, waar de waterdruppels nog op zaten. Hij keek langs Tina heen naar Ricardo, die in de gang stond.

Toen hij naar binnen liep, duwde hij Tina opzij en zei: 'Je zult wel dingen te doen hebben.'

Ze gingen in de zonloze keuken tegenover elkaar aan de formica-tafel zitten om alles door te nemen. Snoei herinnerde Ricardo aan zijn plichten.

Hij zei: 'We hebben jouw connecties niet echt nodig; we willen je niet al je handel afnemen. Maar vergeet niet: met wie je ook zakendoet, wat je ook doet, je doet het voor ons. Het is een overname. We willen een regelmatige doorvoer. Geen freelance meer, oké? Geen bijverdiensten, niets onder de tafel, want we komen het toch te weten. Je mag Harefield houden, maar alles boven de honderdduizend geef je aan ons. Alles daaronder: zestig-veertig in ons voordeel. In ruil hiervoor – en zolang je niet probeert er stiekem iets bij te verdienen – hou jij al je vingers, je neus en je oren. Wanneer kunnen we de eerste betalingen verwachten?'

Ricardo keek naar het formica tafelblad, naar een hoekje dat miste, een etensvlek, een loszittende rand. 'Zoiets kost tijd', zei hij. 'Jouw baas weet dat. Hij zal dat begrijpen. Het geld moet eerst in beweging komen.'

'Natuurlijk. Dus: wanneer?'

'Ik heb nog niets lopen. Mensen moeten naar mij toe komen ...'

'We weten dat je hard aan het werk bent geweest, Ricardo, er is geen schaarste. Jonah heeft zijn klanten aan jou overgedaan, dus dit is je kans om rechtstreeks zaken te doen. Speel jezelf in de kijker. Praat met de dealers. Daar komt het geld immers vandaan.' Ricardo knikte. 'Er wordt de godganse dag gedeald in deze wijk,

Ricardo. Er is een … hoe heet het ook alweer …?' Snoei maakte een gebaar: alles op één plek.

'Distributiecentrum', hielp Ricardo hem.

'Ja. En de lui die het runnen hebben verdomd weinig speelruimte. Ze moeten voorzichtig te werk gaan met geld. Wij weten dat, jij weet dat. Ze kunnen niet met een vuilniszak vol gebruikte bankbiljetten bij Barclays naar binnen lopen. Of wel soms? Je weet waarschijnlijk dat Jonah op non-actief is gesteld. Hij deed vroeger zaken via ons. Nu doe jij zaken via ons, alleen mag jij alles zelf regelen.' Snoei glimlachte en trok zijn derde blikje bier open. 'Omdat je daar zo retegoed in bent.' Hij nam een flinke slok. 'Dus al dat geld – al dat oneerlijk verkregen geld – hoopt zich maar op en daar worden mensen nerveus van. Ik geloof niet dat het je veel moeite zal kosten om klanten te werven. Trek er een paar dagen voor uit. Oké? Om de boel in beweging te krijgen. Op de rails te zetten.'

Hij ging staan en nam zijn blikje bier mee. Ricardo had zijn bier niet aangeraakt.

Woolf zat op zijn draaistoel in de geblakerde kamer en speelde het Silent Wolf-spel. De straten waren donker. De witte strepen op het beeldscherm waren regenstralen. De vijanden van Wolf waren schaduwen die zich op daken en in stegen en portieken ophielden. Ze belaagden hem en hij doodde ze.

Terwijl hij het spel speelde hoorde hij alleen de regen, zag hij alleen de schaduwen. Toen de laatste vijand verslagen was, keek Woolf op en zag hij het zonlicht door het raam naar binnen stromen, het weerkaatste tegen het plafond en spatte uiteen tegen de muren. Hij trok de gordijnen dicht en ging op bed liggen. De tv stond aan, zoals altijd, maar zonder geluid: een vierentwintiguursnieuwszender met beelden van explosies en rookpluimen in een heuvelachtig landschap, van aanvalshelikopters die schuin in de lucht hingen, met de staart omhoog.

Hij deed zijn ogen dicht, maar de beelden bleven. Ze veranderden toen hij op de rand van de slaap balanceerde, de kleuren werden helderder en geluiden sijpelden naar binnen.

Een weg, wit en stoffig. Een patrouille van vijf man. Ze zijn alert maar
ontspannen, omdat ze dit eerder hebben gedaan. Hoewel het gevechts-
terrein is, is het er al een tijdje rustig en de mannen dragen baretten in
plaats van helmen. Ze houden hun wapen laag, de vinger langs de
trekkerbeugel. De huizen in de straat vertonen sporen van granaat-
inslagen: sommige hebben brandschade en lijken op instorten te staan;
andere zien er vrijwel onbeschadigd uit. Een hond blaft een paar
straten verderop. Uit een radio klinkt muziek.

Een meisje loopt door de straat. Ze lijkt zich in slowmotion voort te
bewegen. Hoewel ze nog ver weg is, kan Woolf haar horen praten, en hij
weet dat ze het tegen hem heeft. Hij weet ook dat dit een beeld is uit het
grensgebied tussen waken en slapen, omdat ze daar nooit eerder liep,
niet op dat moment.

De lichtflikkering vanuit zijn ooghoek is niet de weerspiegeling van
zonlicht in een raam en geen gezichtsbedrog door heteluchttrillingen,
hoewel hij op dat moment wel aanneemt dat het een van beide is. Dan
hoort hij het schot, en tegelijkertijd de schreeuw.

Hij is in een kamer met het meisje en nu weet hij dat hij droomt. De
gebeurtenissen worden als een pak kaarten door elkaar geschud. Ze vult
een waterpijp met ruwe opium en hij glimlacht, omdat hij alles wat er
buiten gebeurt nu gauw vergeten zal zijn: oorlog, chaos en angst.

Na een poosje vervagen de beelden. Het lijkt alsof ze naakt is. Het
lijkt alsof ze de liefde bedrijven. Hij voelt zich goed; hij is niet meer
bang. Ze liggen naast elkaar en praten. Hij beantwoordt al haar
vragen.

De mannen lopen achter elkaar over de witte weg, geen geluid behalve
de radiomuziek, een lange melodieuze toon die golvend omhooggaat,
als een sjaal in de wind.

Het meisje loopt hem tegemoet. Geweervuur.

Hij werd wakker, zijn gezicht nat van het zweet; van het zweet of
van de tranen. Hij kleedde zich uit en nam een lauwwarme douche.
Hij wist dat de droom eigenlijk een door elkaar gehutselde herinnering was. Hij dacht aan het meisje. Hij dacht aan het meisje dat hij

vermoord had. Hij dacht aan Aimée en hoe haar blik dwars door hem heen was gegaan. Hij dacht aan Neil Morgan, die de volgende was die gedood zou worden.

Hij zat op de draaistoel en speelde het Silent Wolf-spel vanaf het begin. Hij wachtte tot het nacht werd.

Maxine Hewitt voelde zich ongemakkelijk toen ze samen met Frank Silano door de gangen van de school liep, op weg naar het kantoor van de directeur. Ze zei: 'Ik weet dat het onzin is, maar ik vind het bedreigend.'

'Wat? Naar het kantoor van de directeur gaan?' vroeg Silano.

'De hele sfeer hier.'

'Geen leuke tijd gehad op school? Stoute dingen gedaan? Slechte cijfers ...'

'Rot op. Ik had prachtige cijfers.'

'Wat was het dan?'

'Ik ben lesbisch, Frank.'

Hij haalde zijn schouders op. 'Dat weet ik.'

'Dat was ik toen ook al.'

'Wisten ze dat?'

'Ze vermoedden het.'

'Met als gevolg ...'

'Schelden, schoppen, graffiti op de muren: Maxine Hewitt neukt meiden.'

'Kinderen kunnen wreed zijn', merkte Silano op.

'Kinderen?'

'Oké, mensen dan.'

'Daarom word ik nerveus in scholen.'

Ze waren bijna bij het kantoor. Richard Forester stond al in de deuropening om hen te begroeten. Hij zag eruit als een echte schooldirecteur.

'Hoe voel je je nu?' vroeg Silano.

Maxine glimlachte en zei: 'Je moet het maar zo zien: vroeger werd ik erom gehaat. Nu is er een wet die het mensen verbiedt om anderen erom te haten. En ik ben een dienaar van de wet.'

Forester vroeg hun voor zijn bureau plaats te nemen, waar twee kleine stoelen stonden met gestoffeerde zittingen en smalle houten armleuningen. Zijn eigen stoel was groot, van leer, kon draaien en straalde gezag uit. 'Ik kan het niet geloven', zei hij. 'Ik kan niet geloven dat dit gebeurd is. Ik bedoel, ik kende hem.'

'We zijn hier', legde Maxine uit, 'om u te vragen of u enig idee hebt waarom George Nelms vermoord zou kunnen zijn. Kan het ergens mee in verband staan, is er in het verleden misschien iets vreemds voorgevallen?'

'Nee, niets. Helemaal niets', zei Forester. 'Ik kan echt niets bedenken. George Nelms ... het is zo onwaarschijnlijk.'

Op een hoek van zijn bureau lag een afsprakenboek; een kalender, een digitaal klokje, een telefoon en een pennenbakje stonden ernaast. Alles netjes gerangschikt naar grootte.

Hij glimlachte. 'Van sommige mensen kun je je voorstellen dat ze een geheim leven leiden, maar niet van George.'

Zowel Maxine als Silano had in het dossier Stella's aantekeningen over Monica Hartley gelezen.

'Het probleem is ... ons probleem ...' zei Silano tegen hem, 'dat het erop lijkt dat meneer Nelms zijn moordenaar kende, of bij de moordenaar bekend was, wat niet hetzelfde is.'

'Dat kan ik me niet voorstellen.' Forester schudde zijn hoofd.

'We zeggen niet dat ze goed bevriend waren. Alleen dat iets hen met elkaar verbond. Wij vragen ons af hoe die connectie tot stand is gekomen.'

'U wilt toch niet beweren dat dit via de school is gebeurd?'

'We zullen met alle leden van de staf moeten praten', zei Maxine.

Forester keek geschrokken. 'Ja. Ja, goed.'

'Vijanden', zei Silano. 'Had hij vijanden, voorzover u weet?'

'Hier op school? Nee, beslist niet. Hij was erg geliefd.'

Ze praatten verder, maar werden niet veel wijzer. George Nelms, die net met pensioen was gegaan, had, zo leek het, een voorbeeldig karakter en alleen vrienden en bewonderaars. Toen ze weggingen, vroeg Maxine: 'Wat voor les gaf hij?'

'Hij was onze sportleraar', zei Forester. 'Soms viel hij ook weleens in voor een leraar die ziek was, maar dan hield hij alleen toezicht in die klas.'

'Alleen sport?' vroeg Silano.

'Ja.' Forester voegde eraan toe: 'En de cadettenopleiding. Daar besteedde hij veel tijd aan.'

De BMW-jongens toerden door de stad. Ze hadden bijgetankt met wat pillen en blikjes bier en voelden zich weer top. Toni was met hen meegegaan, waardoor het nu wat vol was in de auto, maar dat gaf niet. Ze lag languit over de jongens heen op de achterbank, met haar hoofd op de schoot van haar vriendje, wat hem op het idee bracht haar later misschien nog even aan het werk te zetten.

De Toyota dook plotseling op, uit een zijstraat tussen de Strip en Notting Hill Gate. De jongen die achter het stuur zat van de BMW zag de wagen in zijn zijspiegel en had nog net tijd om te schreeuwen en het gaspedaal in te drukken, maar de auto reed al naast hem en hij kon nergens afslaan. Hij probeerde zigzaggend het einde van de straat te bereiken, maar het was al te laat.

Het geweerschot was luid en duidelijk. De jongen gaf automatisch een ruk aan het stuur, botste tegen de trottoirband, schampte een boom en schakelde daarna terug zodat de banden beter greep op de weg kregen. Zijn passagiers schreeuwden, vloekten en vielen over elkaar heen in de auto. Er dwars doorheen klonk een kreet. Toen de jongen weer keek, was de Toyota verdwenen.

Toni lag met haar gezicht naar beneden op de vloer. Ze huilde en zei: 'Ik ben geraakt, ik ben geraakt, verdomme. Jézus, ik ben geraakt.'

Het zitvlak van haar spijkerbroek was rood en doorweekt.

68

Het geld moet eerst in beweging komen.

Ricardo wist waarover hij het had. Hoewel zijn eigen zakendeals weinig voorstelden, waren ze verbonden met grotere deals: geldstromen vermengden zich, vloeiden samen, als de zijrivieren van een grote rivier, een rivier van geld, zonder dat iemand wist waar het vandaan gekomen was of waar het naartoe ging.

De beste manier om geld wit te wassen is zelf een bank te bezitten, of een vriend te hebben die een bank bezit, of iemand in je macht te hebben die een bank bezit. In alle gevallen is de kans groot dat het een Russische bank of bankier is.

Je begint met 'stallen': het geld wordt op jouw bank, of op de bank van je vriend, gestald. Dan volgt 'lagen aanbrengen', waarin het geld aan de rol gaat en bij andere banken terechtkomt. Deze fase wil je zo gecompliceerd mogelijk laten verlopen – met veel lagen – door middel van een ingewikkeld netwerk van overschrijvingen in eigen land en wereldwijd, maar uiteindelijk komt al het geld in het buitenland terecht. De laatste fase is 'integreren', waarin met het geld huizen worden gekocht, of bedrijven, of vakantiehuizen met golfbanen op dure locaties. De inkomsten stromen terug naar de inleggers, of de huizen en bedrijven worden na een poosje weer verkocht.

Er zijn nog genoeg andere manieren. Je kunt per computer bankieren en in digitaal geld gaan handelen. Je kunt bijvoorbeeld Mondexbetaalkaarten zonder limiet gebruiken en telefonisch geld overboeken naar een systeem dat druppelsgewijs gevoed wordt. Geldmarkten zijn vierentwintig uur per dag en driehonderdtweeënvijftig dagen per jaar open, dus het geld blijft altijd in beweging. Je kunt systemen als Chop of Hawallah gebruiken, waarbij een doormidden gescheurde speelkaart of een bon van de wasserij je kwitantie is, en het geld nooit de grens overgaat of elektronisch geregistreerd wordt. Je kunt de termijnmarkt gebruiken, onder anonimiteit van een broker hetzelfde artikel kopen en verkopen, de commissie betalen en er misschien iets op verliezen. Je kunt antiek of juwelen kopen. Je kunt samenwerken met iemand die een casino bezit, fiches kopen, gokken, wat winnen, wat verliezen, de rest verzilveren.

Je kunt je geld terughalen via talloze buitenlandse instellingen van wie de eigenaren onbekend zijn. Er zijn Caraïbische eilanden met tweeduizend inwoners, en meer dan vijfhonderd banken met raden van bestuur die bestaan uit: Jan Onbekend, Piet Zondernaam en Klaas Nooitvangehoord.

Het witwassen van geld is, op drugs na, de grootste illegale internationale handel die er is. De bedragen zijn astronomisch hoog: honderden miljarden dollars. Ricardo wilde daar slechts een fractie van. Een fractie van een fractie. Hij had er hard voor geploeterd om zijn minuscule hoekje van de markt te veroveren en het beviel hem niks dat hij eruit gewerkt werd, hoewel hij Jonah, vastgespijkerd aan zijn stoel, niet vergeten was en accepteerde dat Londen een vrijplaats was.

Hij was de deur uit gegaan om een krant, sigaretten en een lot te kopen. Hij wilde zijn vaste dagblad uit het rek pakken, maar bleef toen staan. Er zaten zo'n tien verschillende kranten in, en op een ervan stond een foto die verwees naar een artikel elders in de krant: Delaneys artikel over Stanley Bowman. Die naam zei Ricardo niets, maar het gezicht had hij eerder gezien. In een achteruitkijkspiegel.

Hij sloeg de krant open en begon te lezen. Een glimlach verscheen om zijn lippen.

Toni wilde niet langer aanhoren hoeveel geluk ze had gehad. Ze voelde zich eerder ongelukkig, was kwaad en had pijn. De jongens hadden haar één straat van het ziekenhuis verwijderd uit de auto gezet en vandaar was ze, schreeuwend van de pijn en met haar hand tegen haar achterwerk gedrukt, naar de Eerste Hulp gestrompeld. Toen ze daar aankwam, was de linkerpijp van haar spijkerbroek doorweekt.

De jongens hadden uitgelegd dat het niet verstandig was als ze met haar meegingen (hoewel ze dat natuurlijk wel wilden). Er zouden te veel vragen gesteld worden (waarop ze geen antwoord konden geven). En de politie zou vast en zeker gebeld worden (wat alleen maar lastig was).

Misschien kon ze beter zeggen dat ze aan het wandelen was toen … Of in het park op het gras lag toen … Of dat ze zich niet meer precies kon herinneren wat … Toni vroeg hun wat iemand die net in haar kont was geschoten zich niet meer precies zou kunnen herinneren, maar toen hadden ze haar de auto al uit gezet. Op het trottoir gedumpt.

Het kwam waarschijnlijk omdat ze languit in de auto had gelegen dat de kogel dwars door haar bil heen was gegaan, de stoel naast de bestuurder had geschampt en in het dashboard was blijven steken. De jongens hadden naar het gat in het dashboard gekeken en gevloekt. En de jongen naast de bestuurder had iedereen laten weten dat het maar een haartje gescheeld had of hij was geraakt.

Godskolere, man, echt, een haartje.

Toni had jammerend achter zich gekeken naar wat de kogel aangericht had, en haar gelegenheidsvriendje had gezegd dat ze haar eerst zouden wegbrengen, voordat ze op zoek gingen naar het Toyotateam. Het had als een concessie geklonken.

Nu lag ze op haar knieën, steunend op haar handen en met de kont omhoog, terwijl een dokter de wond hechtte en verband aanbracht, terwijl een smeris uitgerekend dit het juiste tijdstip vond om haar vragen te stellen. De smeris was een vrouw die wel van een grapje hield, maar er niet intrapte dat Toni aan het wandelen was geweest toen ze beschoten werd, omdat de inslagwond dan op een andere plek had moeten zitten, of dat ze in het gras had gelegen, omdat daarvoor hetzelfde gold, of dat ze zich niets meer van het incident kon herinneren, omdat dat als ongeloofwaardig op haar overkwam.

Toni besloot het op geheugenverlies te gooien. Ze had gehoord van letseltrauma en het leek haar een goed idee. Ze kon dan haar schouders ophalen en hoofdschuddend zeggen dat ze zich echt meende te herinneren dat ze aan het wandelen was geweest, of in het park op het gras had gelegen.

De smeris bleef sceptisch. Toni zei tegen haar: je kunt me de kont kussen.

Gideon Woolf kleedde zich aan om de stad in te gaan, deze keer in het zwart. Silent Wolf droeg 's nachts ook zwarte kleding en werd dan een schaduw ... nee, nog minder dan een schaduw. De lange jas was niet geschikt voor het klimmen. Daarom trok hij een coltrui aan, een jack met capuchon en zakken met ritsen, een 501-spijkerbroek en sportschoenen. Het mes ging achter in zijn broekband, onder het jack, het pistool in een van de zakken van het jack; in de andere een zelfgemaakt werpanker: een koord met gerafeld uiteinde waaraan hij een zware presse-papier had vastgebonden.

De hemel werd met de minuut donkerder, een diepblauwe schemer. Hij voelde zich goed. Hij voelde de opwinding die nodig was en een gevoel van spanning in zijn keel en in zijn maag. Zijn vingertoppen tintelden. Op tv waren beelden van een oorlogsconflict, gevolgd door een politicus die God aanriep en mannen die in de striemende regen uit de laadbak van een vrachtwagen sprongen.

Een stem zei: de infanterie rukt als één man op.

Woolf kreeg opeens een flashback van zijn dagdroom.

De mannen lopen achter elkaar, de witte weg, geen geluid ... Een lichtflikkering vanuit zijn ooghoek ... dan een schot, een schreeuw ...

Lafbek. Vuile, gore lafbek dat je bent.

Het lijkt alsof ze de liefde bedrijven ... Hij zal de oorlog, de chaos en de angst gauw vergeten zijn. Ze liggen naast elkaar en praten. Hij beantwoordt al haar vragen.

Vieze meid. Vieze slet dat je bent.

De beelden brachten hem uit zijn evenwicht en hij moest zich aan de deurpost vasthouden om niet te vallen. Hij kneep zijn ogen stijf dicht. Aimées gezicht verscheen achter zijn gesloten oogleden, haar glimlach, haar lippen die bewogen: Ik hou van je.

Wat kan ik anders doen? Aimée ...? Wat kan ik anders doen dan je vermoorden?

Hij ging even weer in zijn draaistoel zitten, haalde diep adem en richtte zijn aandacht op de taak die voor hem lag. Silent Wolf, die door de stegen sloop, zich ongezien over de daken voortbewoog.

De lichten van de Strip dansten over het plafond, roze en groen neon; toeterende claxons, brullende motoren, stemmen die bedreigend of uitnodigend klonken. Hij was er klaar voor. Hij verliet de geblakerde kamer en liep met lichte tred de trap af.

Op tv praatte de politicus nog steeds over God.

69

Stanley Bowman vond dat hij wel wat beters te doen had. Er moest geld weggesluisd worden, geld dat wit, iets minder wit en ronduit zwart verkregen was. Er moest een deal gesloten worden, een volkomen legale deal, en een tweede waarbij de namen veranderd waren om de schuldigen te beschermen. Er moesten diverse eerlijke bedrijven in de watten gelegd worden, waarvan sommige regeringscontracten hadden binnengesleept en parlementsleden als bestuurslid in hun gelederen hadden.

Bowman had langgeleden al ontdekt dat betrouwbare, respectabele bedrijven met betrouwbare, respectabele connecties een goede dekmantel vormden voor activiteiten die het daglicht minder goed verdroegen. Werken aan weerszijden van die scheidslijn kostte tijd, maar was ook lonend: het vuile werk verdrievoudigde je winst, de open kaart spelende bedrijven gaven je status en aanzien: men wilde zelfs artikelen over je schrijven in de krant.

Hij was niet echt gelukkig met zijn rol van tussenpersoon, maar de Amerikanen konden invloed uitoefenen en hadden geweldige connecties. Ze deden wereldwijd zaken, zeer winstgevend en volkomen legaal: een groei-industrie die geen tekenen van zwakte vertoonde. Een die vertrouwde op oorlog, en oorlogen waren er overal ter wereld, oorlogen die al decennialang aan de gang waren, oorlogen die net begonnen waren, territoriale oorlogen, religieuze oorlogen, raciale oorlogen, drugsoorlogen, dogmatische oorlogen, oorlogen vanwege oude grieven, vanwege nieuwe meningsverschillen, oorlogen om politiek gewin, om democratie, om dominantie, oorlogen die uit gewoonte, uit haat of uit onwetendheid gevoerd werden.

Voor oorlogen heb je wapens nodig en Bowman wilde daar graag zijn steentje aan bijdragen. Het was in zijn eigen belang een markt te creëren waar hij als makelaar kon optreden. Morgan had, net als Bowman, Amerikaans geld aangenomen; hij kon niet meer zijn schouders ophalen en zeggen: 'Ik heb mijn best gedaan.'

Bowman parkeerde zijn auto en liep de Honda voorbij zonder er veel acht op te slaan. Toen Morgan hem binnenliet, zag hij dat deze over zijn schouder naar buiten keek. Hij lachte.

'Zijn ze daar nog? Je beschermers?'

'Dat had ik je toch verteld.'

Bowman hoorde geschreeuw en explosies uit een kamer achter in het huis. Morgan had tv zitten kijken. Ze liepen een lange gang door en Morgan schonk eerst wat te drinken in voordat hij het toestel uitzette.

'Nou,' zei Bowman, 'we hebben een strategie nodig. Mensen met invloed ... Wie heeft er geheimen? Wie heeft er schulden? Wie is ambitieus?' Hij glimlachte. 'Wie heeft er iets te verliezen?'

Woolf keek de straat in. Mensen die op zoek waren naar een restaurant, mensen die aan het wandelen waren. Hij liep langs het huis, liep door tot het eind van de straat en toen terug. De deur van het restaurant ging open en dicht, de wandelaars gingen de hoek om. Woolf daalde af naar het souterraingedeelte van het huis dat in de steigers stond.

Aan een van de steigerpalen zat een alarm. Woolf keek omhoog en zag de infrarooddetectoren aan het eerste plateau van de steiger. Hij liep terug naar de straat. Een auto reed voorbij, gevolgd door een pizzakoerier op zijn brommer, het jankende geluid van de motor stierf langzaam weg. Woolf gooide het werpanker met een onderhandse zwaai omhoog. Het gewicht vloog met een perfecte boog over de reling van het derde plateau. Hij liet het touw vieren tot hij het gewicht weer in zijn hand hield, legde er een schuifknoop in en trok het daarna weer omhoog.

Nu kwam het moeilijke gedeelte: hij moest langs het eerste plateau en de infrarooddetectoren zien te komen. Hij klemde het touw tussen zijn tanden en klom op het hek om het souterrain, met zijn voeten precies tussen twee spijlpunten. Daarna wikkelde hij het touw om zijn rechterhand tot het strak stond, sprong als een polsstokhoogspringer omhoog en trok zich op. Hij klapte met zijn hielen en daarna met zijn rug tegen de steiger, wat hem even de adem benam. Toen hees hij met gebogen knieën eerst zijn onderbenen en daarna zijn bovenbenen het steigerplateau op en ging rechtop staan.

Via de steigerpalen klom hij daarna verder omhoog naar het dak, trok het dekkleed opzij en liet zich in de zolderruimte zakken. Hij liep naar beneden, naar de keuken in het souterrain, en vervolgens de ommuurde tuin in. Toen hij zich op de muur hees, kon hij Morgans tuin zien.

Bowman begon ervan overtuigd te raken dat Morgan een slimme vent was: slimmer in ieder geval dan hij eruitzag. Wat deze man wilde, was meer geld. Waarom vermoedde Bowman dit? Nou, omdat Morgan maar bleef zeggen dat geld er niets mee te maken had, dat geld een ondergeschikte rol speelde, dat het niet om geld ging. Hij vond het hoog tijd worden om de Amerikanen te bellen om te horen wat zij te bieden hadden om de kas te spekken.

De wc was zijn excuus om even alleen te zijn: het had geen zin om te gaan bellen terwijl Morgan op de achtergrond de schijn ophield dat hij er alles aan gedaan had, hoeveel smeergeld hij hierdoor ook zou mislopen. Je moest de belofte van geld op tafel hebben liggen, je moest kunnen zeggen: 'Hoe klinkt honderdduizend je in de oren?'

Maar vóór hij ging bellen wilde hij even snoepen: een opkikkertje, een traktatie. Hij gebruikte de scheerspiegel om drie lijntjes uit te leggen en rolde een biljet van twintig pond op. Het was goed spul. Hij liet het eerste lijntje even inwerken en boog zich toen voorover voor het tweede. Hij hoorde dat Morgan beneden de tv weer had aangezet.

Woolf was door alle tuinen gekomen die hem van Morgans huis scheidden en stond nu voor de kelderdeur. Als hij pech had, kon hij altijd nog een ruitje intikken en de deur van binnenuit openen, een raam inslaan, of de deur eruit lichten, maar hij verwachtte niet echt op problemen te stuiten. In het spel verplaatste Silent Wolf zich snel en gemakkelijk, van de ene naar de andere plek, van het ene naar het andere beeld, van het ene naar het andere moment; zo ging dat in spelletjes.

Hij duwde de klink naar beneden, de deur was gewoon open. Mensen als Morgan dachten niet zo gauw dat hun iets kon overkomen.

Toen hij de keldertrap op liep, hoorde hij Morgan en Bowman praten. Een van hen lachte. Er ging een deur open. Woolf zag Bowman naar boven gaan. Dit was een onvoorzien probleem en hij wist dat hij eigenlijk zou moeten heroverwegen of hij moest doorgaan of niet, maar hij wist ook dat Morgans vrouw zou terugkomen, dat hij beveiligd zou blijven, en dat dit waarschijnlijk zijn enige kans was.

Hij liep snel en geluidloos de gang door naar de kamer, terwijl hij zijn pistool tevoorschijn haalde en langs de trap omhoogkeek, voor het geval de man terugkwam. De deur stond op een kier en Woolf zag Neil Morgan aan de andere kant van de kamer bij de open haard staan, nippend aan zijn whisky. Toen Woolf met het pistool in zijn hand naar binnen liep, bleef Morgan even roerloos staan, pakte toen een pook en liep achteruit.

Woolf zei: 'Jij vuile lafbek.'

Hij liep naar de man toe, het pistool opgeheven en op zijn gezicht gericht, hoewel hij niet van plan was te schieten, want een schot zou gehoord worden. Bovendien wilde hij het mes gebruiken.

Woolf zei: 'Vuile, gore lafbek dat je bent.'

Morgan gaf een schreeuw. Zijn blik bleef strak op Woolf gericht, maar tegelijkertijd tastte hij met zijn linkerarm naar achteren, twee vingers uitgestoken. Woolf zocht naar de twee rode knoppen van het noodalarm en ontdekte ze op de muur naast de deur. Hij kwam naar voren om Morgan de weg te versperren. Morgan schreeuwde weer, riep om hulp. Woolf stormde op hem af, zag dat de pook van links naar rechts zwaaide en weerde die af met zijn arm. Hij draaide zich een kwartslag en trapte Morgan met een gestrekt been net onder zijn borstbeen; Morgan liet de pook los en viel happend naar adem op de vloer.

Woolf schreeuwde tegen hem: 'Lafbek! Vuile lafbek dat je bent!'

Hij pakte de pook op en sloeg Morgan ermee tegen de zijkant van zijn hoofd: net hard genoeg om hem stil te krijgen. Morgan kreeg een waas voor zijn ogen, maar waarschijnlijk zag hij nog wel dat Woolf zijn mes trok, of het drong opeens tot hem door wie deze man was, want hij wist ergens de kracht vandaan te halen om zich om te draaien en op zijn knieën naar de alarmknop te kruipen. Woolf hief de pook op en sloeg hem nog een keer, Morgan vloog door de klap naar voren. Hij zag de knoppen, stak zijn hand uit, maar Woolf sloeg hem een derde keer.

Na die derde klap brak er iets in Morgan: ergens diep van binnen ging er iets stuk. Hij kreeg stuiptrekkingen, begon te kokhalzen en wild met zijn armen en benen te slaan. Woolf ging achter hem staan met het mes en wilde hem in bedwang houden om de eerste snee te zetten, maar het lukte hem niet. Morgan wrong zich in allerlei bochten en rolde weg. Het mes sneed in zijn hoofd, zijn arm, zijn schouder.

Woolf zag in gedachten voor zich hoe één man de trap af liep en twee andere mannen buiten de weg over renden naar de voordeur. Hij haalde nog éénmaal uit met het mes, dwars over het gezicht van Morgan, en rende toen weg.

Het was niet de tv die Bowman had gehoord, maar het geschreeuw van Morgan en het gescheld van Woolf. De coke had hem scherp gemaakt, maar ook wat emotieloos. Hij had het derde lijntje opgesnoven, had daarna gebeld en de antwoorden gekregen waarop hij gehoopt had, hoewel niet meteen en niet zonder enige moeite.

De Amerikaan had gezegd: 'Wij hebben nog iets van hém te goed. Zeg dat maar tegen hem.'

'Hij heeft een douceurtje nodig.'

'Voor zijn dure hobby's zeker.'

'Daar krijg je hem mee om', had Bowman gezegd. 'Daar ben ik van overtuigd.' Hij voegde eraan toe: 'En vergeet niet dat ik er heel veel werk in heb gestoken.'

De Amerikaan zuchtte. 'Morgan is dus niet de enige die behoefte heeft aan een douceurtje.'

'Tijd is geld', zei Bowman. 'Ik moet het doen met een beperkt budget.'

'Over wat voor bedragen hebben we het dan?'

Bowman begon te onderhandelen. Daar was hij goed in. Voor sommige mensen was onderhandelen een vermoeiende bezigheid, een noodzakelijk kwaad: eisen en tegeneisen, leugentjes om bestwil, valse argumenten aanvoeren, terrein winnen, terrein verliezen. Het was Bowmans moedertaal, zijn landstaal, zijn dialect.

Ze kwamen twee bedragen overeen, een voor Morgan, een voor Bowman. Deze gingen vergezeld van een bedreiging.

Woolf was aan het eind van de gang en liep de trap af naar de kelder toen Bowman van boven kwam om zijn aanbod te doen, met een nonchalante cokeglimlach om de lippen en zonder dat hij in de gaten had dat het plotseling stil was geworden. Hij was nauwelijks in de kamer en wilde zich net over Morgans lichaam heen buigen, toen de mannen uit de Honda door de voordeur naar binnen stormden.

Morgans stuiptrekkingen waren overgegaan in schokken en rillingen. Hij lag als een vis op het droge in zijn eigen bloed te spartelen. Toen bleef hij stilliggen.

70

Het was al laat toen Stella en Harriman bij Bowman gingen zitten. 'We hadden een zakengesprek', zei hij. 'Ik ging naar boven en toen ik weer beneden kwam ...' Hij stak met een veelzeggend gebaar zijn handen uit.

Stella zei: 'Hebt u niemand gezien? Niemand gehoord?'

'Nee, maar er moet iemand geweest zijn ...'

'We hebben geen inbraaksporen gevonden in het huis,' merkte Stella op, 'hoewel er nog steeds naar sporen gezocht wordt.'

'Waarom zou ik hem willen vermoorden?' vroeg Bowman. 'Waarom?'

'Ik stel alleen maar vragen,' zei Stella tegen hem, 'meer niet. U was ter plekke toen de beveiligingsmensen binnenkwamen. U bent de enige die ons verder kan helpen. Of wilt u liever wachten tot uw advocaat er is?'

'Ja', zei Bowman. En toen: 'Nee nee, het maakt niet uit.'

'Wat voor zaken?' vroeg Harriman.

'Zakenadvies.' Bowman probeerde tijd te rekken.

'Wat voor advies?'

'Over geldzaken.'

'Ga door', zei Stella.

'Waar geld het beste in geïnvesteerd kan worden.' Hij praatte zacht en langzaam, met een licht Schots accent.

Stella trok haar wenkbrauwen op. 'U bent toch geen effectenmakelaar?'

'Als het zo uitkomt.' Bowman streek met zijn hand over zijn gezicht. Misschien was hij bang, dacht Stella, of geïrriteerd. Hij zei: 'Er zijn genoeg mensen die me kennen. Die voor me willen instaan.'

'Ook als het uw cocaïneverslaving betreft?' vroeg Harriman.

'Wilt u het dáárover hebben?' Bowman lachte. 'Er is iemand vermoord.'

'Nee,' zei Stella, 'hij is niet dood.'

'O ...' Bowman wilde bijna zijn schouders ophalen. 'O, nou, dat is mooi.'

'Hij is buiten bewustzijn. Verkeert nog steeds in levensgevaar.'

'Ah …' Alsof hij vergeten was wat hij zojuist gezegd had, zei Bowman: 'Mensen die weten wie ik ben, mensen die weten dat ik zoiets nooit zou …'

Harriman zei: 'Wij weten wie u bent.'

Bowman knikte en zei: 'Goed. Oké, dan …' Iedereen zweeg, dus zei hij nog maar een keer: 'Goed.'

Ze gebruikten een verhoorkamer van bureau Notting Dene. Stella en Harriman stonden in de hoek, elk met een bekertje bittere, waterige automaatkoffie in de hand. Vanaf de balie klonk rumoer: dronkaards, slachtoffers die aangifte kwamen doen, mensen die geen onderdak hadden.

Harriman zei: 'Hij heeft een bekend gezicht. Het is een bekende zakenman.'

'Maakt dat wat uit?' Stella nam een slokje koffie en trok een vies gezicht. 'Vind je echt dat dat wat uitmaakt?'

'Nee. Maar hij heeft het niet gedaan.'

'Nee. Tenzij hij zich, voordat de jongens van de beveiliging er waren, nog gauw heeft omgekleed en het mes heeft ingeslikt.'

'Jij denkt dat onze moordenaar het heeft gedaan', zei Harriman. 'Is dat het? Dat hij deze keer de juiste man, Morgan, te pakken had maar in tijdnood kwam. Hij stak toe, wilde hem onthoofden, maar Morgan verzette zich.'

'Ja,' zei Stella, 'ik denk dat onze moordenaar het heeft gedaan.'

'En Bowman?'

'Laat hem maar gaan.'

'Maar zijn advocaat is al onderweg.'

'Nou en?'

'Ik zat aan de cocaïne te denken.'

Stella lachte. 'Een poenige zakenman die coke snuift. Die kenden we nog niet!'

'Als hij in de ondergrondse had zitten bedelen, hadden we hem aan Narcotica overgedragen, chef.'

'Hij is onze enige getuige.'

'Bijna-getuige.'

'Ja, bijna-getuige. Hij was ter plekke.'

'Maar heeft niets gezien.'

'Misschien schiet hem later nog wat te binnen. We hebben hem in ieder geval nog nodig voor vingerafdrukken en DNA. Om hem van ons onderzoek te kunnen uitsluiten. We houden hem achter de hand.'

'Misschien heeft hij nog een paar goede investeringstips.'

'Investeringstips?' Stella lachte.

'Informatie uit de eerste hand,' zei Harriman, 'een seintje, een hint. De ene dag een arme politieagent, de volgende dag een rijke stinkerd.'

'Zeg maar tegen hem dat hij kan gaan', zei Stella. 'Bedank hem voor zijn medewerking, zeg dat we nog een keer met hem willen praten, en geef hem de folder van slachtofferhulp mee.'

'Waarom denk je dat hij daar was?' vroeg Harriman. 'Bij Morgan thuis … Waar kennen ze elkaar van?'

'Geen idee', zei Stella. 'Sjacheraars, sjoemelaars, strebers, proleten: het komt allemaal bij elkaar over de vloer tegenwoordig.'

Het begon al licht te worden toen Harriman thuiskwam. Hij kleedde zich in de gang uit en liep de slaapkamer in, die echter leeg was, wat niet volgens afspraak was. Hij liep door naar de keuken, waar Gloria koffie aan het zetten was. Ze nam hem van top tot teen op, terwijl hij spiernaakt in de deuropening stond.

'Jij windt er ook geen doekjes om, hè?'

Hij grijnsde. 'Ik moet over een paar uur alweer weg.'

'Nauwelijks de moeite waard.'

Hij trok een ochtendjas aan, waarna ze met een kop koffie aan de ontbijtbar gingen zitten. Gloria bakte eieren. De vogels tjirpten: vogels in Londen gaan ook nooit slapen. Harriman kuste haar en zei: 'Het heeft weinig zin om nog te gaan slapen.'

'Maar wél om naar bed te gaan?'

'Dat is iets anders.'

Gloria was lang, rondborstig en slank in de heupen, en ze zag eruit als een Latijns-Amerikaanse schoonheid, maar dat was niet de

298

reden waarom Harriman er steeds meer voor begon te voelen haar altijd om zich heen te hebben.

Niet de enige reden.

Stella maakte een paar aantekeningen, verstuurde een paar e-mails en dronk een paar wodka's. Ze zag de krant liggen waar Delaneys artikel over Bowman in stond en was even in verwarring, alsof de man daar niet in thuishoorde. Ze las het artikel door en ontdekte wat voor hoogvlieger Stanley Bowman was. Er stond een foto van hem bij het artikel waarop hij er jonger en knapper uitzag dan Stella hem in gedachten had: zijn sikje, zijn schurkensnor.

Ze pakte een schaar, knipte zijn foto uit en prikte die op het bord bij de pd-foto's, de levende naast de doden.

71

Waarnemend DI Brian Collier stond in de deuropening te luisteren terwijl Stella het team bijpraatte. Hij zag eruit alsof hij een kater had van twee dagen die maar niet wilde overgaan. Mike Sorley had ook altijd in de deuropening gestaan, niet uit respect, maar gewoon om zijn mensen datgene te laten doen waar ze goed in waren. Dat Collier zich verplaatst had van het midden naar de zijkant van de kamer was iedereen opgevallen, hoewel sommigen het mosterd na de maaltijd vonden.

Stella zei: 'Bloedsporen in de gang, op de trap naar de kelder, platgetrapte planten in de tuinen van de naburige huizen … Meer heeft hij niet achtergelaten. Het forensisch lab doet tests, maar we zijn er vrij zeker van dat hij zich toegang heeft verschaft tot het leegstaande huis en via de tuinen bij het huis van Neil Morgan is gekomen.'

'Hij is atletisch', merkte Silano op. 'Veel kracht in zijn boven-lichaam.'

'We wachten nog op de banden van de bewakingscamera's, van het plein en de omliggende straten. En van de straat waar hij vermoedelijk het leegstaande huis is binnengegaan.'

'Als hij het alarm omzeild heeft,' zei Andy Greegan, 'moet hij geweten hebben waar de sensoren zaten.'

'Oké,' zei Stella, 'met wie gaan we praten?'

'De bouwvakkers en de steigerbouwers', zei Greegan.

'Steigerbouwers,' mijmerde Harriman, 'de pitbulls van de bouwwereld.'

'En zijn werkwijze?' Maxine keek vluchtig het pd-verslag door. 'Heeft hij iets op Morgan geschreven, of het teken met de drie V's achtergelaten?'

Stella schudde haar hoofd. 'Nee.'

'Te veel haast', suggereerde Harriman.

'Maar we zijn er zeker van dat hij het is?'

'Daarover geeft het DNA hopelijk uitsluitsel. Voorlopig gaan we ervan uit dat hij het is.' Stella wachtte even. 'Ons probleem is dat we niet weten hoe lang zijn lijst is en wie er nog meer op staan. Zonder die woorden, die toch een soort boodschap bevatten, zouden de slachtoffers volkomen willekeurig gekozen kunnen zijn. We weten niet wie de volgende is.'

Toen het werkoverleg afgelopen was, liep Collier weg. Stella trof hem aan in zijn kantoor; op het bureau dat hij zo netjes had opgeruimd lagen nu hoge stapels dossiers. Hij zei: 'Het had zo mooi een afrekening onder soortgenoten geweest kunnen zijn, of een verslaafd hoertje dat om haar voorraadje crack de nek werd omgedraaid, maar nee, ik krijg weer zo'n verdomde seriemoord, ik tref weer zo'n gestoorde klootzak, die in mijn werkgebied rond-loopt en mensen vermoordt alsof hij wraak neemt op de hele verdomde wereld.'

Stella legde een paar dossiers op zijn bureau – een druppel op een gloeiende plaat – en zei: 'Domme pech.'

Collier keek haar aan. 'Vind jij dit leuk, Stella?'

'Nee, chef. Ik vind dit niet leuk. Er gaan mensen dood.'

'Hoe gaat dit verder? Houdt hij ermee op, of maakt hij een fout en wordt hij gepakt? Is dat waar wij op hopen? Dat hij een fout maakt?'

'Een fout zou fijn zijn.'

'Of hij wordt nooit gepakt. En dan is hij na een poosje gewoon verleden tijd.' Collier stak een sigaret op. 'Net als ik.'

Candice Morgan was terug van haar pleziertripje met de meiden. Ze zat in de familiekamer en vroeg zich af of haar man dood of levend uit de operatiekamer zou terugkomen. Ze had het al een paar keer gevraagd, maar niemand leek haar een duidelijk ant-woord te willen geven.

Morgan lag al vijf uur op de operatietafel, waar de chirurgen een bloedprop uit zijn hersenen hadden verwijderd. De steekwonden waren schoongemaakt en gehecht, met weinig aandacht voor het cosmetische effect; de chirurgische behandeling had voorrang. De snee in zijn gezicht liep van zijn kaak over zijn mond en neus naar zijn rechterwang en vlak langs zijn ooghoek omhoog. Omdat de chirurgen Morgan gescalpeerd en zijn schedel gelicht hadden, leek die snee eerder een versiering dan een misvorming.

Een zuster stak haar hoofd om de deur om Candice te laten weten dat de operatie nog steeds gaande was. Candice vroeg: 'Gaat hij dood?' Een half uur later vroeg een andere zuster of ze iets wilde drinken. Candice vroeg: 'Gaat hij dood?' Toen de chirurgen eindelijk klaar waren met Morgan, kwam een van hen Candice vertellen dat de operatie succesvol was verlopen en dat haar man niet dood was. 'Ja,' zei Candice, 'maar gáát hij dood?'

Toen Ricardo zich realiseerde dat het Bowmans gezicht was dat hij die avond in de achteruitkijkspiegel had gezien in Wormwood Scrubs, was het eerste waaraan hij dacht: chantage.

Wil jij een groot deel van mijn buit, klootzak? Nee, ik wil een groot deel van jóúw buit.

Het probleem was, en Ricardo wist dat, dat je daarvoor stalen zenuwen nodig had, en die had hij waarschijnlijk niet; én spierkracht, en die had hij zeker niet. Hij dacht aan Snoei en mensen als Snoei; dergelijke lui had hij vaker meegemaakt. Het was een bepaald slag mensen, ze misten iets wat bij de meeste mensen vanzelfsprekend was: een geweten bijvoorbeeld, spijt, medelijden. Maar bovenal verbeelding. Het waren mensen die, terwijl ze rustig tegen je babbelden, je handen aan een stoel vastspijkerden, terwijl jij het uitschreeuwde van de pijn. Hij besloot zijn verlies te accepteren en te verkassen. In Harefield viel veel te halen, maar de wereld zat vol met mensen die goed konden jatten maar niet wisten waar ze met hun spullen heen moesten, mensen die een tussenpersoon, een koppelaar nodig hadden.

Het was vroeg in de middag en het uitzicht vanaf de elfde verdieping van Flat B was een strakblauwe hemel met flarden vervuilde lucht. Een zwerm meeuwen vloog voorbij, op weg naar de vuilnisbelt. Ricardo zat samen met Tina een Pat's Pizza te verorberen en maakte plannen; hij had gehoord dat er een afzetgebied bij was gekomen waar je het niet zou verwachten: de Midlands. Nottingham was een echte pioniersstad, zei hij tegen haar.

Tina zette de tv aan en keek naar een romantische film waarin steeds van alles dreigde mis te gaan. Ricardo lag languit in zijn stoel, de ogen gesloten, maar hij sliep niet; hij maakte plannen. Hij mocht dan misschien niet het lef hebben om de confrontatie met Bowman aan te gaan, maar er waren genoeg andere manieren om de man het leven zuur te maken.

Ricardo zag in gedachten een kleine bom voor zich met een zeer lange lont eraan.

Maxine Hewitt en Sue Chapman zaten in een schaars verlichte ruimte naar de beelden van de bewakingscamera's te kijken. Ze hadden het licht gedimd omdat de beeldkwaliteit slecht was. Ze keken naar burgers die over straat liepen, geobserveerd en gefilmd zonder dat ze het wisten.

Al die levens, dacht Maxine, al die verbintenissen.

'Waardeloos', merkte Sue op. 'Je zou hierop niemand kunnen identificeren. Hangjongeren voor een winkel, en je kijkt naar een waas met iets wazigs erachter.'

Mensen die hun hond uitlieten, winkelende mensen, stelletjes, hand in hand, verkopers van de straatkrant, Gideon Woolf, die rennend de straat overstak, met wapperende haren en opvliegende jaspanden, vlak voor een zwarte Freelander langs die van rijbaan wisselde.

Ricardo zei: 'Niet tegen Stella zeggen waar we heen gaan.'

'Ik mag haar toch wel bellen?'

'O ja. Bellen is goed. Je moet haar zelfs bellen.'

'Het was zo lang geleden dat ik Stel gezien had. Zo lang geleden.'

'Ik ga hem kapotmaken', zei Ricardo.

'Wie? Snoei?'

'Snoeis baas.'

'Oké', zei Tina. 'Goed. Hoe?'

'Dat is niet zo eenvoudig.'

Tina knikte. Er kwam een gedachte bij haar op. 'Komt hij te weten dat jij het was?'

'Nee. Het wordt een langeafstandsklus. Ik maak mijn handen er niet aan vuil. Wij zijn dan al lang weg.'

'Naar Nottingham?'

'Of ergens anders.'

'Nottingham klinkt goed.'

De film leek goed af te lopen, alle misverstanden waren uit de weg geruimd, aan alle ellende was een einde gekomen en de twee geliefden gingen een eindeloos blijmoedige toekomst tegemoet.

'Stella speelt hier een rol bij', zei Ricardo. 'Ik moet haar wat informatie toespelen. Misschien kan jij dat doen.'

'Oké. Doe ik. Wat voor informatie?'

'Nu nog niet', zei Ricardo. 'Ik moet eerst alles op een rijtje zetten.'

Delaney zei: 'Wat doet Stanley Bowman op jouw prikbord?'

Stella vertelde het hem. Ze zei: 'Neil Morgan en Stanley Bowman: twee van jouw rijkeluislijst. Klopt dat?'

'Twee van de vijftig.'

'Maar tussen deze twee bestaat een verband.'

Delaney lachte. 'Ze zijn allemaal met elkaar verbonden. Door het geld. Door de invloed die ze hebben. Door hun toegang tot de hogere kringen.'

'Welk verband bestaat er dan precies tussen Bowman en Morgan?'

'Zeg jij het maar.'

'Ik weet het niet,' zei Stella, 'maar ik zou het heel graag willen weten.' Ze keek Delaney aan.

'Ik kan het altijd proberen.'

Hij opende een fles witte wijn. Zij pakte twee glazen en deed olijven in een kommetje: olijven en wijn, het avondsacrament. De eerste slok smaakte heerlijk, koud en fris, met een nasmaak van kruisbessen.

Hij zei: 'Nou, wat zullen we doen?' alsof ze het er net over gehad hadden, alsof het nog vers in hun geheugen lag. Wat ook zo was.

Stella zette haar glas neer en liep naar hem toe. Ze legde zijn handen tegen haar borst, alsof ze een eed aflegde. 'Ik moet eerst het huis in Vigo Street verkopen.'

'Nee, dat hoeft niet. We kunnen dit huis verkopen, een nieuw huis kopen en het geld van Vigo Street er later bij doen.'

Stella knikte en zei: 'Ja. Oké. Wanneer?'

'Wanneer je maar wilt.'

Ze kusten elkaar en klonken erop. Ze voelde zich opgetogen en volkomen verloren.

Candice Morgan zat aan het bed van haar man en keek naar de omhoogschietende lussen op de hartmonitor. Ze had, nadat Morgan de operatiekamer had verlaten, nog even met de chirurg gepraat en hem gevraagd of Morgan zou doodgaan. De chirurg had gezegd dat hij dacht van niet. Hij was daar zelfs vrij zeker van.

Op de betaal-tv was een nieuwsuitzending waarin chaos en onheil elkaar afwisselden. Candice keek ernaar zonder iets te zien, haar gedachten waren ergens anders. Ze dacht: niet doodgaan. Ga alsjeblieft niet dood.

Het was warm in de kamer en Candice dutte in. Het trillende licht van de tv-beelden weerkaatste op de muur en vanaf de straat was het geluid van sirenes te horen. Na een kleine tien minuten werd ze wakker. Morgan lag op zijn rug, heel stil, de monitor tikte en bliepte, en Candice keek naar hem, er was geen spoor van tederheid of bezorgdheid op haar gezicht te bespeuren.

Niet doodgaan, rotzak.

72

Silent Wolf in de striemende regen, in donkere, doodlopende straten en stegen. Zijn belangrijkste tegenstander was Ironjaw, een cyborg, die na een radicale operatie vrijwel onverslaanbaar was geworden. Onderzoek had aangetoond dat Ironjaw bij kinderen bijna net zo populair was als Silent Wolf, en de spelletjesmakers waren al druk bezig een spel te ontwikkelen met Ironjaw in de hoofdrol.

James en Stevie Turner zaten naast elkaar op de bank in het huis van hun grootouders en begeleidden Silent Wolf door een volgend avontuur. Het wapperen van zijn jas, zijn gegrom en gesnauw, het reflecterende licht van een straatlantaarn op het lemmet van zijn mes … Bandieten en ander gespuis sprongen vanuit de schaduwen op hem af en werden rechtstreeks naar de hel gezonden. James had bijna niveau acht bereikt, waarop Silent Wolf op de rand van Ironjaws Badlands Abyss stond, en zijn dodental in de honderden liep.

Hun grootouders hadden een hekel aan het spel vanwege het vele geweld dat erin voorkwam, en omdat James en Stevie het elk moment van de dag speelden. Ze hadden geprobeerd het spel in beslag te nemen, maar de jongens waren ervan overstuur geraakt en leken zelfs last te krijgen van ontwenningsverschijnselen: Stevie had vaker nachtmerries gekregen, die hem steeds meer angst aanjoegen. Bovendien hadden ze het zonder de twee jongens, die zelden spraken en zich teruggetrokken hadden in hun spelletjeswereld, in een naamloze stad met straten vol geweld, al moeilijk genoeg met hun eigen verdriet en de aanhoudende depressie van hun dochter.

'Waarom?' vroeg de grootvader. 'Waarom vinden jullie uitgerekend dit spel nou zo leuk?'

'Om hem', zei James. 'Om Silent Wolf.'

De grootvader probeerde zelf het spel te spelen toen de jongens naar bed waren, maar de technologie was te snel en te subtiel voor hem. De volgende dag vroeg hij James om hem te helpen, want door mee te doen zou hij zich misschien beter in de leefwereld van zijn kleinzoons kunnen verplaatsen en hun vertrouwen kunnen winnen.

James legde hem de spelregels uit. Silent Wolf sloop door de straten, het weer werd steeds slechter, de hemel steeds donkerder en moordenaars met rode ogen sprongen uit donkere portieken tevoorschijn en vlogen op hem af.

Stevie zei: 'Hij heeft papa ook vermoord. Waarom heeft hij dat gedaan?'

De grootouders bespraken dit later met elkaar. Ze begrepen nu wat er aan de hand was, ze begrepen nu waarom de jongens zo verslaafd waren aan het spel. Het was een fantasie die voor hen noodzaak was geworden. Want als een stripfiguur hun vader vermoord had, kon hij natuurlijk niet écht dood zijn.

Die avond probeerde de grootvader het spel opnieuw te spelen. Hij kwam niet ver, brak het af en keek naar de aftitelingsbeelden: striemende regen, een bliksemschicht in de verte, Silent Wolf, die in Mean Street tussen de menigte door glipte en een steeg in dook. Een man die met een hakmes in zijn hand uit zijn schuilplaats kwam. Silent Wolf, die uithaalde met een karatetrap, terwijl het mes in het raam van een bar weerspiegelde; de man die neerging.

Het tafereel werd eindeloos herhaald, als een bloedig ballet. De grootvader veegde met de rug van zijn hand een traan van zijn wang.

De tribune was opgebouwd in een leeg winkelpand, de kooi stond op zijn plaats, de vechters stonden bij het hek. Als je de ruimte betrad, kreeg je het gevoel alsof je in een trein zonder ramen een tunnel in reed. Stemmen scheerden als een vuurstorm langs de muren en over de rand van de kooi. De vechters hupten op en neer, ontweken elkaars blikken en keken naar de vloer. Een van hen was een blanke jongen met dreadlocks: de wigger, een witte neger, brede borstkas, de schouders en armen een opeenvolging van spierbundels tot aan zijn gebalde vuisten. Hij rochelde een fluim omhoog en spuugde hem uit tussen zijn voeten.

Ricardo trad op als bookmaker. Tina en hij zouden binnenkort vertrekken, maar kooigevechten vonden overal plaats, ook daar waar zij uiteindelijk zouden neerstrijken, verwachtte hij. Verbied hanengevechten, hondengevechten, de jacht op vossen en dassen, en de volgende bloedsport is die van man tegen man in een twee meter hoge kooi zonder uitgang. Kooigevechten werden overal in het land gehouden. Het was al bijna een gerespecteerde sport geworden: Mike Tyson was al eens overgevlogen om bij gevechten in Manchester als ceremoniemeester op te treden.

Er waren weinig spelregels: niet bijten, geen kopstoten, geen ogen uitsteken. Voor de rest was het: knokken maar. Het enige andere verbod was: geen moeilijkheden uit de weg gaan, dus geen doetjes in de kooi. De vechters droegen dunne leren handschoenen, zodat je wist dat er bloed ging vloeien, botten zouden breken en zeer waarschijnlijk doden gingen vallen. Voor Ricardo was het een groei-industrie. Organiseer de wedstrijd, hef entreegeld, neem weddenschappen aan, huur iemand met een super-8-camera die de wedstrijden filmt, en verkoop daarna de dvd's via je website: KOOIGEVECHTKILLERS.

De vechters gingen de kooi binnen, samen met de scheidsrechter. Het gejoel van de menigte werd luider; Ricardo rende langs de tribune heen en weer om de weddenschappen aan te nemen, iedereen zette in op de wigger, wat niet zo verrassend was, want zijn tegenstander was veel tengerder en had een ronde ribbenkast die overging in een smalle taille. Het ergste was nog dat het een knappe vent was. Hoe kon zo'n mooie jongen een kooigevecht winnen? Bij man-tegen-mangevechten kon je echter alleen maar tweede worden, en ook voor de verliezer zat er geld in de buidel.

Ricardo nam een weddenschap aan van Snoei, die op de eerste rij zat, vlak bij de deur. Snoei grijnsde. 'Dit wordt een executie.'

Ricardo knikte. 'De wigger.'

'Hij vermoordt hem. Ja?'

'Lijkt er wel op.'

Ze moesten tegen elkaar schreeuwen om zich verstaanbaar te maken.

'Ik zet dus in op die andere gozer. Ja? Want dreadlocks lijkt te gaan winnen, dus die gaat neer. Ja?' Een korte pauze. 'Já?'

Snoei stelde Ricardo een vraag die hij niet kon beantwoorden.

'Het is geen doorgestoken kaart. De beste wint.'

'Niet?' Snoei leek in verwarring gebracht.

'Nee. Een eerlijk gevecht.'

Snoei glimlachte en begon toen te lachen. De lach was boven het kabaal uit niet te horen, maar zag er uiterst bedreigend uit.

Hij zei: 'Besodemieter me niet', en overhandigde Ricardo tweehonderd pond in kleine briefjes. 'Op de mooie jongen. Ik zie je straks, ja?' voegde hij eraan toe. Ricardo aarzelde. 'Ja?'

Snoei had, voordat Ricardo de kans kreeg om instemmend te knikken, zijn hoofd al afgewend. De mooie jongen stond in het midden van de kooi op de wigger te wachten, die nog een rondgang maakte en met zijn hand tegen het gaas sloeg en zijn tegenstander uitdagend aankeek. Een claxon loeide en de wigger viel aan. De mooie jongen draaide zich als een matador om, incasseerde een stomp tegen zijn arm en gaf de wigger in het voorbijgaan een klap in zijn nek, die hem aan het wankelen bracht. In plaats van nog zo'n klap uit te delen, bleef hij staan, als een kunstenaar die zijn werk bewonderde.

De wigger draaide zich om. Het duurde even voordat hij zich gerealiseerd had wat er gebeurd was, voordat hij de situatie ingeschat had en zich eraan aangepast had. Oké, deze gozer was dus geraffineerd, maar met een platgeslagen neus zou zijn mooie gezicht er straks een stuk minder mooi uitzien. De wigger schuifelde naar voren, de vuisten opgeheven, de ellebogen boven het middenrif. Hij plaatste een snelle linkse. Als je wilt boksen, dan boksen we. Of denk je dat ik niet weet hoe dat moet?

De mooie jongen maakte een schijnbeweging naar het hoofd en de wigger wankelde. De mooie jongen kwam nu van de andere kant met een hoekstoot tegen het hart, die de wigger even uit balans bracht. Hij dook als een stormram naar voren en stootte de mooie jongen met zijn hoofd en schouders tegen het gaas. De wigger voegde er twee keiharde vuistslagen tegen de ribben aan toe, en hoorde zijn tegenstander kreunen.

Oké, mager scharminkel. Ik sla je tot moes. Tot appelmoes.

73

Op de Strip ging alles zijn gewone gang.

De levendige handel in Mexicaanse heroïne, Jamaicaanse marihuana, benzedrine, amfetaminen, dexedrinetabletten, ecstacypillen, crack, wiet, speed en hasj. De hoeren deden midden op de dag zaken op de achterbank van een auto, in een steeg tegen de muur, en zelfs in achterkamertjes waar de klant de tijd en de prijs bepaalde. In de illegale kroegen en keldercasino's was het tweerichtingsverkeer. Een Imola-rode BMW reed zoekend door de zijstraten, de jongens in de auto licht beneveld door de goedkoopste drank die op de Strip te krijgen was.

Ze zagen Donna toen ze Store24 uitkwam met een paar spullen die ze gekocht had en een paar spullen die ze gejat had. Het had net zo goed een van de andere twaalf meiden geweest kunnen zijn die met het Toyotateam optrokken, maar het was Donna en Donna voldeed prima. Toen de BMW haar voorbijreed en stopte, draaide ze zich om om weg te rennen, maar twee van de BMW-jongens waren al uitgestapt en stonden nu breeduit grijnzend achter haar. Toen ze haar meesleurden naar de auto begon ze te gillen en een van de jongens sloeg haar hard in het gezicht. Even later zat ze tussen twee jongens in op de achterbank, de bestuurder schakelde en reed met gierende banden weg.

Toni's los-vaste vriendje nam Donna van top tot teen op: microrokje, strak topje, spaghettibandjes, diep decolleté, donkere huid, een druppel bloed onder haar neus van de klap.

'Ze hebben mijn vriendin een kogel door de kont gejaagd', zei hij. Donna had er niets aan toe te voegen. 'Dat moet gewroken worden. Iets wat we met jouw kont kunnen doen. Nog suggesties?' Donna deed er wijselijk het zwijgen toe. Het vriendje lachte en zei: 'We verzinnen wel iets.'

Na drie rondes van vijf minuten, en met nog één ronde te gaan, was het iedereen duidelijk dat het gevecht gelijk op ging: de krachtige vuisten en het uithoudingsvermogen van de wigger tegenover het vakmanschap en de geslepenheid van de mooie jongen. De wigger takelde hem toe waar hij kon. Het was vrijwel zeker dat de mooie jongen een stel gebroken ribben had. Hij had ook een paar stompen in zijn gezicht gekregen en uit beide ogen sijpelde bloed over zijn wangen en hals. De wigger had dergelijke verwondingen niet, maar de mooie jongen had hem wel een serie vuistslagen toegediend, in zijn nek en boven op zijn hoofd, waardoor hij nu soms wat wezenloos uit zijn ogen keek wanneer hij zich omdraaide om te zien waar zijn tegenstander gebleven was.

De mannen stonden elk aan een kant van de kooi, met hun rug tegen het gaas, de mooie jongen haalde moeizaam adem en had zijn handen in zijn zij, de wigger had zijn vuisten opgeheven alsof hij vergeten was ze te laten zakken en keek om zich heen naar het publiek met een gezicht van: 'Het beste komt nog.'

Ricardo nam nog steeds geld aan, hoewel er alleen op fiftyfifty-basis ingezet kon worden. De mensen die op de wigger gewed hadden, schreeuwden hem toe dat hij het karwei moest afmaken: de gozer kon nauwelijks op zijn benen staan, zag niets meer door al het bloed, kat in 't bakkie dus. Snoei keek zelfvoldaan: hij wist hoe het zou eindigen. Toen de vechters de laatste ronde in gingen, leek de wigger naar het advies van het publiek geluisterd te hebben, want hij ging er hard en snel tegenaan met een hoekstoot tegen het hoofd. De mooie jongen incasseerde de dreun en leek die goed te doorstaan, maar viel toen op één knie neer. De wigger dook op hem af en bleef hem met zijn vuisten slaan, maar zijn tegenstander had zijn armen opgeheven, de polsen gekruist, om ze af te weren.

Toen de wigger achteruitliep om ruimte te maken voor een karatetrap, rolde de mooie jongen opzij en probeerde door achteruit te krabbelen overeind te komen, omdat hij wist dat de andere man hem zou blijven opjagen.

74

Straatagenten hebben hun contacten en Brian Collier was nog niet zo lang waarnemend DI dat hij die al was kwijtgeraakt. Hij zat achter zijn bureau, dat vol lag met dossiers, mappen en computeruitdraaien, en kon zijn botten bijna voelen verkalken en zijn bloed dikker voelen worden. Zijn uitstapje naar Stonebridge om zijn tipgever te spreken had weinig opgeleverd: een tipgever had ook zijn contacten, van wie sommigen voor een moord niet terugschrokken, maar ze moordden wel met een doel: om te intimideren, uit wraak of gewin. Ze vonden het misschien zelfs wel leuk om te doen, maar deden het nooit uit willekeur. Criminele organisaties hebben moordenaars in dienst zoals gewone organisaties advocaten in dienst hebben.

Hij gooide het stuur van de Freelander om, schoot twee rijbanen over, waarbij hij op luid getoeter van een vrachtwagenchauffeur werd getrakteerd, en ging in de buitenste rijbaan rijden, hoewel hij wist dat hij bij de volgende stoplichten alweer terug zou moeten. De Freelander was groot en brutaal, en daarom reed hij er graag in. Hoezo klimaatneutraal?

Toen hij van rijbaan veranderde, reageerde de auto links van hem daarop door te schakelen en hem voorbij te rijden. Hij keek opzij: jongelui die aan het toeren waren, moeilijkheden zochten, de muziek zo hard aan dat de voorruit ervan trilde. Opeens zag hij hoe het meisje op de achterbank hem iets duidelijk probeerde te maken, haar mond stond wijd open, maar de jongen links van haar legde zijn hand op haar hoofd en duwde haar uit het zicht.

De BMW sloeg af en reed een woonbuurt in die rondom de Strip lag. Collier volgde hem. Hij zag de opgeheven arm van het meisje, alsof ze haar gezicht wilde beschermen, en de jongen die zich met opgeheven hand naar haar toe boog.

Snoei keek naar Ricardo, Ricardo keek naar zijn voeten en alle anderen keken naar de kooi, waar de mooie jongen op zijn knieën lag en hard getrapt werd. Er was nog één minuut te gaan. De wigger veranderde van positie om hem onder zijn hart te raken, waarmee het afgelopen zou zijn, maar op de een of andere manier trapte hij mis. Niemand begreep hoe dat kon, hoewel de wazige blik in zijn ogen er iets mee te maken zou kunnen hebben. Hij viel achterover en rolde weg. De mooie jongen ging op zijn hurken zitten, wachtte even en ging toen staan; hij leek te uitgeput om naar zijn tegenstander toe te lopen.

De wigger zat langs de rand van de kooi. Hij zette zijn vingers in het gaas en trok zich half omhoog, greep zich nog een keer aan het gaas vast en stond toen rechtop. Hij keek naar het midden van de kooi, waar zijn tegenstander stond, zijn gezicht een masker van bloed; het droop van zijn kaak op zijn borst, als een rood web, een landkaart van pijn. De mooie jongen deed een stap vooruit en vertrok zijn gezicht, alsof zijn gebroken ribben in elkaar zouden kunnen klappen. Hij haalde piepend adem. De wigger hupte op en neer op zijn tenen en deed een klein dansje.

Dat dansje drukte uit: hé, met mij is niks aan de hand. Ik ben nog in vorm. Maar moet je jou zien: het lijkt wel alsof je een auto-ongeluk hebt gehad, een frontale botsing. En daarom dans ik nu dus naar je toe en sla je buiten westen. Zet je maar schrap, lullo, daar gaan we.

De scheidsrechter buiten de ring zette de klok stil toen de vijf minuten bijna verstreken waren. Want een van de andere spelregels bij kooigevechten was: geen gelijk spel.

Misschien hadden de jongens in de BMW niet gemerkt dat de Freelander hen volgde, of misschien ook wel maar kon het ze niks schelen. Collier had om versterking gebeld, maar hij had niet verwacht dat de Imola-rode wagen zo gauw zou stoppen. Hij belde nog een keer en gaf de straatnaam en de postcode door. Een stem meldde dat het arrestatieteam er over vijf minuten zou zijn. Ruim vijf minuten.

Donna werd uit de auto gehaald. Het microrokje droeg ze niet meer. Ze stond in haar topje, slip en hoge hakken op straat, terwijl de jongens lachend om haar heen draaiden en haar toen naar een huis loodsten met een vaalrode voordeur. De ramen aan de straatkant waren geblindeerd, alsof er nog nooit iemand doorheen had gekeken.

Als de jongens minder lol hadden gehad, zouden ze Collier misschien eerder gezien hebben. Hij riep: 'Hé daar!' en hield tegelijkertijd zijn politiepenning omhoog, alsof dat iets uitmaakte. De jongens draaiden zich om en keken hem aan.

Een van hen haalde de Brocock ME38 tevoorschijn.

Bij kracht, energie, melkzuur en zuurstof zit er een grens aan hoeveel je uit jezelf kunt halen. Dit zijn lichamelijke hulpbronnen met een beperkte inhoud. Wanneer deze leeg zijn, is er echter nog een reservebron waaruit geput kan worden. Mensen noemen het moed, maar als je volledig uitgeput bent, houdt moed je ook niet lang meer op de been. Het enige wat je dan nog kan redden is je verstand.

De mooie jongen keek naar de wigger, die danste en wegdook en zijn vuiststoten oefende, en wist dat de man nog één ons, één gram van dat alles in zich had. Maar er bekroop hemzelf ook een bepaald gevoel, alsof hij op het randje van de slaap, van de dood balanceerde. Hij vermoedde dat hij met één slag geveld zou kunnen worden.

Hij keek naar de wigger, glimlachte door het bloed heen en zei iets tegen hem. Het was niet te verstaan boven het gejoel van de tribune uit, maar iedereen kon de woorden duidelijk van zijn lippen af lezen.

Doetje. Je bent een doetje.

De wigger danste even uit de maat, herstelde zich en deed een stap naar voren. De toeschouwers joelden en schreeuwden. Bloed was niet genoeg, bloed en gebroken botten waren niet genoeg; bloedgeld, daar ging het ze om. Hun favoriet liep naar het midden van de kooi, ogenschijnlijk met lichte tred, ogenschijnlijk vol energie. Toen hij zijn tegenstander tot op ongeveer een armlengte genaderd was, stormde hij naar voren.

De mooie jongen stapte opzij en zwaaide zijn arm uit alsof die als een dood gewicht aan zijn lichaam vastzat. De wigger werd net onder de boord van zijn short geraakt en zijn hoofd viel naar voren, alsof hij ernaar keek en even pauze nam om na te denken. De volgende klap kwam van opzij, met twee handen, slecht gericht, maar hij ontweek net de schouder van de wigger en kwam vol op zijn keel terecht.

De wigger deed een stap achteruit, toen nog een, zakte door zijn knieën en stak zijn armen uit alsof hij steun zocht. Hij viel hard neer en klapte dubbel, met zijn hoofd op zijn knieën.

Zo bleef hij zitten. De scheidsrechter buiten de ring trok aan de bel.

Collier zag het pistool maar kon geen kant op. Hij stond midden op de weg en liep snel op hen af, zonder dekking aan weerszijden, zijn auto stond zes meter achter hem. Hij kon alleen vooruit. Donna keek hem aan alsof wat hij deed vergeefse moeite was. De jongens lachten.

Collier zei: 'Schiet dan. Schiet dan, etterbak, want ik vermoord je als ik bij je ben.' Hij wist dat de kans om geraakt te worden groter werd naarmate hij dichterbij kwam. 'Leg eerst maar eens dat wapen neer, en laat het meisje vrij.'

Donna deed een voorzichtige stap in Colliers richting, maar het vriendje trok haar terug. Heel even richtte de jongen de loop op Donna, alsof hij dacht Collier daarmee te kunnen bedreigen. Op dat moment besefte Collier dat hij een kans had. Hij dacht: deze jongen zoekt naar alternatieven; hij wil geen smeris neerschieten.

Hij liep door. Hij was op ruim vier meter afstand toen de jongen de Brocock op hem richtte en schoot.

75

Snoei en Ricardo zaten in de woonkamer van nummer 1169, Flat B. Tina was in de slaapkamer en liet zich niet zien.

Snoei zei: 'Jij lult uit je nek. Weet je dat? Een eerlijk gevecht?' Hij lachte. 'Maar luister, ze hebben er een mooie show van gemaakt. Die mooie gozer kon goed klappen incasseren.'

Ricardo had de vechter na afloop gezien, maar mooi was hij toen niet meer: de ogen zo opgezwollen dat hij nauwelijks meer iets zag, de voortanden eruit, een gebroken jukbeen, een scheve neus. Hij woonde in Harefield, ging niet met criminelen om, had een vrouw en kinderen te onderhouden. Hij was al drie jaar werkloos en de overwinnaarspot van vijfduizend pond was meer geld dan hij ooit bij elkaar had gezien. Aan entreegeld was er achtduizend opgehaald, aan weddenschappen drieduizend, en de dvd zou ook nog een paar duizend opleveren, het geld van het downloaden niet meegerekend, en al het geld was voor Ricardo.

Snoei opende een blikje bier van de sixpack die hij had meegenomen en zei: 'Een mooie dag dus, die nog mooier wordt. Je hebt iets voor me.'

Ricardo overhandigde hem een vel papier. Er stond een codewoord op, een telefoonnummer, een bankrekeningnummer en de naam van een man: Vanechka. Het was een witwaslijn.

Snoei keek ernaar. 'Is dat alles?'

'Hij kent de procedure. Bel het nummer, geef het codewoord door en vraag of het geld op het bankrekeningnummer gestort kan worden.'

'Die naam. Vanechka ...' Hij legde de klemtoon op de verkeerde lettergreep: Vanechká.

'Het geld gaat op reis, op vakantie; het doet het even rustig aan. Daarna wordt het aan het werk gezet. De vraag is alleen: hoe? Rente vergaren, huizen kopen, investeren? En de tweede vraag is: hoe gauw wil jouw mannetje het terug hebben? Hij kent de procedure. Hij krijgt na verloop van tijd een telefoontje: waar moet het naartoe? Dan gaat hij praten met Vanechka. Tenminste, dat zou hij moeten doen. Zeg dat voor alle zekerheid tegen hem.'

Snoei nam zijn bier mee toen hij wegging. Ricardo liep de slaapkamer in. Tina was aan het pakken en ritste net het deksel van de laatste koffer dicht.

Ricardo zei: 'Je kunt die brief aan Stella nu gaan schrijven. Ik zeg wel wat erin moet komen te staan.'

Collier had het gevoel alsof iemand hem een duw had gegeven. Een moment later was hij bij de jongen met de Brocock en haalde met volle kracht naar hem uit. Hij hoorde iets breken op de plek waar zijn vuist was neergekomen en de jongen ging onderuit. Het pistool scheerde over het wegdek.

Collier pakte Donna bij haar arm en trok haar naar zich toe. Het vriendje bleef haar vasthouden, dus Collier haalde ook naar hem uit: een paar korte stoten die rechtstreeks uit het trainingshandboek van de politie kwamen. Hij duwde Donna in de richting van de Freelander. Ze liep ernaartoe, maar bleef achteromkijken en verwachtte half dat een van de jongens haar achterna zou komen, maar die waren meer geïnteresseerd in Collier, die de andere kant op was gelopen en het pistool had opgepakt. De jongen die geschoten had, was weer overeind gekrabbeld en stond nu naast het vriendje.

Collier begreep niet waarom ze hem niet aangevallen hadden, of waarom ze er niet vandoor waren gegaan. Hij zwaaide met het pistool in hun richting en zei: 'Wie is de volgende?'

Toen hij een kogel door de voorruit van de BMW joeg, besloten de jongens dat het tijd was om te gaan. Ze doken de auto in. De bestuurder sloeg het gebroken glas uit de voorruit, reed hard achteruit, tegen de zijkant van de Freelander aan, en draaide bij. Ze staken het kruispunt over en reden net de hoofdweg op toen de overvalwagen arriveerde. De bestuurder stopte even, kreeg het oké-teken van Collier en reed door, de Imola-rode BMW was nog net te zien.

Donna stond op straat, in haar top en slipje en op hoge hakken. Ze stak haar arm uit alsof ze hulp nodig had. Collier liep naar haar toe, ook met uitgestoken arm, maar zag toen aan de uitdrukking op haar gezicht dat ze geen steun zocht, maar wees. Naar hem wees.

Hij keek naar beneden, naar zijn overhemd, een blauw overhemd, dat nu rood was van zijn oksels tot aan zijn middel. Nu begreep hij het: de jongens hadden staan wachten tot hij zou neervallen.

James en Stevie gingen naar hun grootvader met een boodschappenlijstje: een kort boodschappenlijstje, er stonden maar twee dingen op. In James' nette rechte handschrift.

Silent Wolf: Urban Legend.
Silent Wolf: Urban Warrior.

James zei: 'Misschien is het niet de goede.'

Stevie zei: 'Silent Wolf neemt wraak. Silent Wolf rekent af. Silent Wolf ruimt de straten op in een stad die nooit slaapt.'

76

Lieve Stel,

Je weet dat Ricardo en ik moeten verhuizen. *Zakenproblemen, geloof ik, maar daar zal ik je niet mee lastigvallen. Ik stuur deze brief naar je werkadres in Notting Dene, omdat ik niet weet waar je woont en hoe je leven er nu uitziet. Ik weet dat je het druk hebt en ik vind het jammer dat we elkaar niet vaker gezien hebben in de tijd dat ik terug was in Harefield, die veel te kort was, maar zo is het leven nu eenmaal. Het was zo raar om na al die jaren weer terug te zijn, dat kun je je wel voorstellen, en het deed me aan vroeger denken. Jij herinnert je onze tijd hier vast ook nog wel. Het waren soms moeilijke tijden, maar toch denk ik er met plezier aan terug, wij met zijn tweeën, ik hoop dat jij ook mooie herinneringen aan die tijd hebt. Weet je nog dat je een hond wilde, maar dat dat niet mocht; we hebben toen muizen genomen, maar die renden steeds naar buiten, hysterische toestanden. Herinner je je mijn vriend Eric nog, die een poosje bij ons heeft gewoond? Die had een hekel aan ze, en wij hem maar uitlachen. Die tijd is voorbij, Stella, we zijn andere dingen gaan doen, en we zijn veranderd, maar misschien zien we elkaar nog eens weer om over vroeger te praten. Het waren moeilijke tijden, maar we zorgden voor elkaar, toch? Ik was zo trots op je wat school betreft, dat je je diploma gehaald hebt en toen bij de politie bent gegaan, hoewel dat een vreemde keuze was, als je bedenkt waar je vandaan kwam. Je deed je huiswerk altijd en ik weet dat ze op school ook tevreden over je waren. Ik zie ons nog wonen daar boven, in Flat C, jij en ik, hoewel we het soms niet breed hadden nadat jouw vader ons in de steek had gelaten, maar we waren er altijd voor elkaar, dat weet ik wel. Nou, Stel, ik moet nu ophouden. Ricardo heeft een nieuw huis voor ons gevonden. Ik weet nog niet precies waar, maar we moeten morgen uit deze woning. Ik geloof dat het Nottingham wordt. Ricardo heeft wat problemen gehad met ene Stanley Bowman, de man die in de krant stond, en hij vroeg me of ik dat tegen je wilde zeggen, en ook dat het voor jullie interessant is om te gaan kijken of er geld op zijn rekening is bijgeschreven en waar het vandaan gekomen is, of zijn telefoon af te tappen, of zijn rekeningen op te vragen, want het gaat om een groot bedrag uit het buitenland.*

Nou, Stel, ik moet stoppen nu, want er zijn zo veel dingen te doen als je gaat verhuizen. Ik heb deze brief op Ricardo's computer getypt en dat duurt lang met twee vingers, en ik moet de spelfouten er nog uit halen. Ik hoop dat het goed met je gaat; ik verwacht van wel, ik kreeg niet de kans het je te vragen. Veel liefs. Je liefhebbende moeder,
    Tina. xxx

Stella hield de brief tussen duim en wijsvinger, alsof hij elk moment in brand zou kunnen vliegen. Ze legde hem in een la van haar bureau die op slot kon, en keek toen als een gevangene die naar een ontsnappingsroute zocht om zich heen.

Harriman liep langs en zei: 'Parkeerplaats, chef, over tien minuten. Oké?'

'Ja', zei ze afwezig.

Ze kon niet naar het damestoilet omdat iedereen daar kon binnenlopen, en achter haar bureau kon ze zeker niet blijven zitten, dus liep ze het gebouw uit en stapte in haar auto, maar op de parkeerplaats, waar het een komen en gaan van mensen was, kon ze ook niet blijven, dus startte ze de auto en reed weg zonder te weten waarnaartoe, maar algauw realiseerde ze zich dat ze niet ver zou komen, want ze zag bijna niks, en er werd van alle kanten getoeterd, dus draaide ze vlak bij Shepherd's Bush Green een autowasstraat in.

Ze zat in de wastunnel, aan weerszijden ingesloten door ronddraaiende zwarte borstels en voor en achter door gele borstels – dikke klodders zeepsop op de voorruit, het geronk van machines, het gekletter van natte borstels – en sloeg luid jankend met haar handen op het dashboard. Ze huilde zo hard dat ze dacht dat er van binnen iets kapot zou kunnen gaan.

Kleine Stella Mooney, helemaal alleen, tranen zwaar als lood.

Harriman zei: 'Sorry, waar ging je heen?'

'Je hoeft je niet te verontschuldigen. Ik moest wat mensen bellen.'

Stella had de man van de autowasserij betaald en was daarna naar een zijstraat gereden om haar behuilde gezicht en uitgelopen mascara met een vochtig doekje enigszins te fatsoeneren, voordat ze teruggereden was naar het bureau. Nu voelde ze zich goed. Ze voelde zich rustig. Het kreng ging in ieder geval verhuizen. Naar Nottingham, ver genoeg weg om haar te vergeten.

Harriman zei: 'Herinner je je nog dat ik met een probleem zat ...'

'Dat meisje dat je gek genoeg miste.'

'Ik heb vanavond met een ander meisje afgesproken.'

'En dat is jouw manier om van het probleem af te komen.'

'Maar dit andere meisje is echt een spetter.'

'Dat klinkt alsof al je problemen de wereld uit zijn.'

'Ja,' zei Harriman, 'dat zijn ze ook.'

Hij keek naar buiten, de ogen half dichtgeknepen tegen de laagstaande zon, maar het kon ook zijn dat hij fronste.

Stella ging bij James en Stevie zitten en kreeg duidelijke antwoorden op haar vragen. Een stripfiguur die Silent Wolf heette had hun vader vermoord.

Wisten ze dat zeker?

Ja.

Hadden ze hem dat zien doen?

Ja.

Waar?

Thuis.

Hoe zag hij eruit?

Zo.

Stella pakte de cassette aan die James haar gaf. Daar was hij: Silent Wolf, lange jas, lange manen, gele ogen. Een van zijn aanvallers vloog, na een trap van hem, door de lucht, een andere helde achterover na een kaakslag, de impact van Wolfs vuist had de vorm van een ster. De stad was een donker silhouet.

Ze draaide de cassette om om de tekst op de achterkant te lezen, en daar stond het symbool waarmee hij zijn vijanden zo veel angst inboezemde: het teken van de wolf.

∧ ∧
∨

77

Het AMIP-5-team praatte met de fabrikant van het spel, informeerde naar de doelgroep en ondervroeg de ontwerpers die Silent Wolf bedacht hadden. Zij waren beslist geobsedeerde excentriekelingen, maar geen moordenaars. Harriman en Greegan bekeken de pd-foto's en video's nog een keer, ze gingen terug naar de plaatsen delict en lieten alles opnieuw afzetten voor het geval er andere symbolen, andere aanwijzingen te vinden waren die ze eerder over het hoofd hadden gezien. Frank Silano nam contact op met het bureau dat de hoes van de cassette ontworpen had: alle ontwerpers werden nagetrokken en bleken brave burgers te zijn met vrouw en kinderen en een milde cokeverslaving.

Maxine Hewitt en Anne Beaumont gingen bij James en Stevie en hun gameboy zitten, en liepen met Silent Wolf mee terwijl die op eigen houtje het gespuis te lijf ging. Maxine had de hele serie gekocht en de jongens volgden zwijgend en geconcentreerd elke beweging en vergaarden punten.

Ertussendoor praatten ze over die keer dat Silent Wolf hun vader vermoord had.

Stella en Anne vonden een kantoor dat niet in gebruik was. Er stonden zeven stoelen, een whiteboard op een standaard, en een kopieerapparaat dat volgens het briefje dat erop lag defect was. Ze pakten twee stoelen en gingen tegenover elkaar zitten, een miniconferentie.

'Hoe ziet zijn profiel er nu uit?' vroeg Stella. 'Ik bedoel, hij is gestoord, natuurlijk, maar ...?'

'Ik zal eerst alle games moeten bekijken.' Anne speelde met de gedachte een slok van haar automatenkoffie te nemen. 'Om de lijn van het verhaal te kunnen volgen.'

'De lijn van het verhaal? Die is eenvoudig: hij vermoordt mensen.'

'Ja, maar hoe zit het met het motief? Waarom is hij ermee begonnen? Moordt hij uit wraak, of uit een pervers soort onbaatzuchtigheid? Hij denkt dat hij de wereld van het kwaad verlost, vergeet dat niet. Ergens staat hij aan de kant van het gelijk. Het is een vorm van snelrecht: hij is rechter, jurylid en beul in één persoon, maar hij moordt niet lukraak, en hij moordt niet voor de lol.'

'Nee?'

'Nou ja, oké, hij is er goed in, hij voert voorbereidingsrituelen uit, hij werpt zich op als fatsoensridder, en hij heeft geen wroeging, dat klopt allemaal. Maar zijn slachtoffers worden doelbewust uitgekozen en bestempeld als slechteriken. Silent Wolf is een waakhond.'

'Jij denkt dat onze moordenaar zichzelf ook zo ziet? Maar wát maakt zijn slachtoffers precies tot slechterik? Kun je me dat ook vertellen?'

'Als ik dat wist,' zei Anne, 'zou ik alles weten. Een andere vraag is: waarom identificeert hij zich zo sterk met deze figuur? Er zijn honderden van dit soort superhelden en spelletjes waarin iedereen overhoopgeschoten wordt.'

'Denk je dat het spel hem beïnvloed heeft?'

'Geen enkel evenwichtig mens is ooit moordenaar geworden na het zien van een gewelddadige film, of het lezen van een boek, of een artikel in de krant.'

'Je hebt na-apers; die gevallen zijn goed gedocumenteerd.'

'Natuurlijk, maar ik zei ook evenwichtig, wat onze dader beslist niet is ... Toch denk ik dat dit spel een speciale betekenis voor hem heeft.'

'Omdat de slachtoffers van de held geen willekeurige en geen onschuldige slachtoffers zijn.'

'Misschien.' Anne nam een slokje van haar koffie en zette het bekertje meteen weg. 'Eén ding lijkt zeker: hij heeft het imago van Silent Wolf overgenomen. Uit wat de jongens zeggen, kunnen we zelfs opmaken dat hij precies op hem lijkt.'

'En daarom zijn ze zo gefixeerd op het spel', zei Stella. Ze fronste haar wenkbrauwen en herinnerde zich iets. 'De grootvader ... die zei iets. Ja, een van de jongens had gezegd dat het misschien niet de goede was: niet het goede Silent Wolf-avontuur, neem ik aan. Heb jij, of DC Hewitt, hun daar nog naar gevraagd?'

Anne knikte. 'Ja, maar ik wist al welk antwoord ik zou krijgen. Deze kinderen leven in een beeldschermcultuur. Ze zien dit soort geweld in een game en het is fictie, en ze zien het op tv en het is een nieuwsbericht: hoe houden ze die twee uit elkaar? Hoe kunnen ze het verschil zien tussen een gericht doelwit, een raket die afgevuurd wordt en een huis dat opgeblazen wordt, wanneer het in het ene geval grafisch weergegeven is en in het andere geval om een echte raket gaat en om een echt huis met echte mensen erin? De beelden zijn precies gelijk.'

'Dus ... toen ze zich afvroegen of ze de goede hadden ...?

'Zochten ze naar een bepaalde scène, en vroegen ze zich af of die scène misschien in een ander spel zat, omdat ze hem niet konden vinden in het spel dat ze hadden. Wat ze in het echt gezien hadden, verwachtten ze ook op het scherm te zien.'

Stella voelde een koude rilling over haar rug gaan. 'Ze zochten naar de scène waarin hun vader door Silent Wolf vermoord wordt.'

Anne knikte. 'Misschien dachten ze ...' Ze wachtte even omdat de gedachte net bij haar opgekomen was. 'Misschien dachten ze dat ze die scène terug konden draaien; dat ze op "stop" konden drukken en alles ongedaan konden maken.'

Stella nam haar aantekeningen mee naar DI Collier, die ze met een stijf en ongemakkelijk gebaar van haar aanpakte, alsof hij een spier had verrekt. De dagbladen met hun paniekzaaiende koppen waren op de vloer gegooid, samen met dossiers, verslagen en memo's: MONSTER .. MANIAKALE MOORDENAAR .. DOODSANGST .. SLAAT WEER TOE ..

Ze vroeg: 'Wat zeiden ze in het ziekenhuis?'

'Dat het minder erg was dan het eruitzag. Hij heeft me net achter de ribben geraakt. Als ik dunner was geweest, zou hij gemist hebben, vertelden ze me, wat natuurlijk geweldig was om te horen. Veel bloed, maar twee hechtingen.'

'De overvalwagen heeft ze ingehaald ...'

Collier glimlachte. 'Ze zijn tegen een schutting gereden: gebroken botten.'

'Dat moet je een goed gevoel geven.'

Collier haalde zijn schouders op, maar had daar meteen spijt van. 'Ik reageerde te langzaam. Van bureauwerk word je stram.'

'Je hebt haar gered', zei Stella, 'en bent daarbij zelf neergeschoten. Petje af.' Collier keek haar aan: beiden waren verrast. Toen ze wegging zei hij, bijna terloops: 'Dit is niks voor mij. Ik hoor op straat. Ik verzuip in die verdomde papierwinkel.'

Harriman en Greegan liepen over de Strip. Hun rondgang langs de plaatsen delict had niets nieuws opgeleverd, hoewel er wel een paar veranderingen waren. De boom had meer bladeren gekregen en het leegstaande ziekenhuis was een broedplaats van duizenden kruipende en vliegende insecten geworden.

Het was aan het eind van de middag, die deprimerende, koppijn veroorzakende tijd van de dag, wanneer het suikergehalte in je lichaam daalt en alles trager gaat. De hoeren, de illegale kroegen, de casino's en de cafés hadden niks te doen, de lunchdrinkers waren nog niet aan bijtanken toe. In de stad hing een geur van hamburgers, benzine en gemorste drank. Harriman bleef staan en keek naar een man aan de overkant van de straat: de man keek terug, glimlachte en krabde aan zijn kruis. Het was Costea.

'Vriend of kennis?' vroeg Greegan.

'We zijn dat casino hier binnengevallen ...'

Greegan herinnerde het zich weer. 'Die vent met het scheermes. Je moest zelfs het dak op om hem in te rekenen.'

'En dat voor iemand die hoogtevrees heeft.'

'Hoe kan hij dan nu alweer hier zijn?'

Harriman schudde zijn hoofd. 'Een slimme advocaat heeft hem zeker op borgtocht vrij gekregen. Ik zal zijn mensenrechten wel geschonden hebben, of zo.'

Greegan keek naar de overkant, waar Costea tegen een zwarte Mercedes met vierwielaandrijving geleund stond. Hij stak vrolijk zijn vinger in de lucht. Greegan zei: 'Zou hij er altijd zo uitzien, of alleen als hij aan het werk gaat?'

Harriman keek naar Costea. 'Hoe?'

'Nee, hij niet. Onze stille weerwolf. Zou hij zich 's morgens, nadat hij uit bed gestapt is, al verkleden, of …'

'Geen idee … Hoezo?'

'Omdat we nu een signalement hebben', merkte Greegan op. 'Omdat we nu weten hoe hij eruitziet.'

Omdat een vrachtwagen zijn lading had verloren halverwege de straat, hadden ze hun auto onder aan de Strip neergezet en waren ze naar de plaats delict gelopen. Greegan viste de autosleutels uit zijn zak en keek op zijn horloge. 'Ik ga naar huis', zei hij. 'En jij?'

'Ik ook. Opwindend afspraakje.'

Greegan zuchtte en zong een paar regels uit 'Memories'. Ze stapten in de auto en reden naar het uiteinde van de Strip, waar het verkeer vast stond.

Gideon Woolf liep in tegenovergestelde richting, uit het zicht door een hoge vrachtwagen, en dacht aan een brief die hij moest schrijven.

Stella voegde een foto toe op het prikbord in haar huis: Silent Wolf in zijn gevechtsbroek van camouflagestof en lange jas, het haar tot op zijn kraag. Delaney keek naar het nieuws, las een artikel door en opende een fles wijn.

Stella vroeg: 'Stanley Bowman, Neil Morgan ...?'

'Ik heb rondgevraagd', zei Delaney. 'De enige connectie tussen hen zou kunnen zijn dat Bowman bij veel bedrijven een vinger in de pap heeft en dat Morgan in diverse commissies zijn invloed kan laten gelden.'

'Ze hadden het over zaken – als ik Bowman moet geloven – heel laat op de avond.'

'Een onderonsje dus, denk je?'

'Ja, inderdaad. Geldzaken, zei hij. Waar Morgan het beste in kon investeren.'

'Weet je ...' Delaney schonk de wijn in, '... politiek bedrijven en zakendoen is tegenwoordig hetzelfde. Voor beide geldt dat het in troebel water goed vissen is. Is dat hem?'

Hij wees naar de afbeelding van Silent Wolf.

'We vermoeden van wel.'

'Zo'n gevechtstenue', merkte Delaney op, 'drukt uit dat je keihard bent, maar ook dat je ergens bij wilt horen. Denk je ook niet? "Ik ben soldaat, ik ben fit en klaar voor het gevecht." De paramilitairen in Bosnië droegen ook zo'n tenue, alsof hun dat enig gezag moest geven. Werd je bij een controlepost tegengehouden door zo'n analfabeet met een voorliefde voor geweld en slechte manieren met zo'n gevechtspak aan en een honkbalpet van de New York Mets op. Wat hem betrof was hij de wet in eigen persoon. Hij besliste of je bleef leven of de kogel kreeg.'

'Waren dat militieleden?' vroeg Stella.

'Nationalisten noemden ze zichzelf. Zoals Arkans Tijgers: niets anders dan een stelletje moordlustige schurken. Patriottisme is zoiets walgelijks.'

Hij zag er aangeslagen uit en Stella dacht aan de dingen die hij daar gezien moest hebben en waarover hij nooit zou praten.

Harrimans afspraakje heette Miriam en opwindend was ze zeker. Ze kon zo de catwalk op, ze was adembenemend mooi, en in alle opzichten volmaakt. Zoals in bed bijvoorbeeld, waar zij en Harriman toeren uithaalden waar ze nog net geen pijnlijke rug en een verrekte hamstring aan overhielden.

Na afloop ging Harriman onder de douche: een zeldzame gebeurtenis, want waarom die geur wegwassen? Miriams badkamer had alles, net als Miriam zelf, maar hij voelde zich er niet op zijn gemak, en toen hij weer tevoorschijn kwam en zag dat ze kreeft uit de koelkast had gehaald en een fles champagne koud had gezet, voelde hij zijn begeerte wegebben.

Ze aten wat van de kreeft en dronken wat van de champagne. Miriam praatte, maar Harriman had bar weinig te melden. Een uur later vertrok hij met de mededeling dat hij haar zou bellen. Gauw zou bellen. Miriam wist wat dat betekende.

Toen hij terugkwam in zijn appartement stond Gloria op zijn antwoordapparaat.

Hoi, hoe ist? Zo laat nog aan het werk? Hmmm ... Daar heb ik een vreemd gevoel over. Dat vertrouw ik niet helemaal. Wil je erover praten?

Hij rook Miriams geur nog steeds en daarom stapte hij weer onder de douche, met zijn gezicht omhoog naar de stralen, happend naar adem, alsof hij verdronk.

Delaney stond bij de controlepost. De jongen in gevechtstenue en met een honkbalpet op had net het geweer van zijn schouder gehaald. Het ene moment stond Nathan Prior nog naast Delaney, het volgende moment stond hij, wenkend en glimlachend, aan de andere kant van de controlepost. Delaney begon naar Prior te roepen, maar het klonk als het gepiep van een muis. De jongen zette de loop van het geweer tegen Delaneys hoofd, alleen was het geweer nu een pistool geworden en leek het op een herhaling van die bekende beelden van een executie uit de Vietnamoorlog: de gevangene die voor de camera wordt doodgeschoten.

Delaney schreeuwde, maar alleen hij hoorde het. Prior wenkte en glimlachte. Het geweer maakte een mechanisch geluid, zoals bij het overhalen van de trekker, en de kogel begon aan zijn weg door de loop.

Stella lag naast hem, terwijl hij zich onrustig en mompelend door de droom heen worstelde. Ze dacht dat ze wist wat deze oorlogs-dromen betekenden.

Die morgen had een makelaar haar gebeld en verteld dat ze een bod hadden gekregen op het huis in Vigo Street. De koper bood de vraagprijs. Ze legde een hand op Delaneys arm, en hij werd half wakker en keek haar aan.

'Je had weer een van je akelige dromen.'

'Oké', zei hij en hij deed zijn ogen weer dicht. 'Oké', alsof hij verwacht had dat ze dat zou zeggen.

*Ik ben degene uit de krant, maar het is afgelopen nu. Ik heb
geen bezoeken meer af te leggen. Degenen die dood zijn, hebben hun verdiende loon gekregen, meer valt er niet over te
zeggen. Om u duidelijk te maken dat ik de echte ben, vertel
ik u één ding dat niet in de kranten heeft gestaan: ik heb op
ze geschreven, over hun wangedrag. Leonard Pigeon was een
vergissing, dat spijt me.*

Gideon Woolf achter de computer in zijn kamer, hoog boven het
rumoer en de lichten van de Strip … Het roet van de verschroeide
balken dwarrelde neer op het toetsenbord toen hij het schijfje in de
la legde en wachtte tot het logo op het scherm verscheen, tot de
lage, langzame noten van de muziek op gang kwamen en de eerste
beelden verschenen van gele ogen tegen een zwarte achtergrond,
gevolgd door het silhouet van de stad onder een roze hemel.

Silent Wolf leidde hem door onverlichte stegen en om blinde
hoeken heen; zij waren de straatvegers, overal waar ze kwamen viel
de vijand, ze waren onverslaanbaar.

Het is afgelopen nu …

Maar Aimée was er nog wel.

De brief zat tussen Brian Colliers post. Hij opende hem, las de eerste regels en besefte toen pas wat hij voor zich had. Stella nam zijn telefoontje aan toen ze de Coffee Republic verliet en tegen de tijd dat ze de recherchekamer bereikt had, was er ook al iemand van de technische recherche onderweg. Ze las de brief zonder hem aan te raken.

'Het is hem.'

'Kan dat van dat schrijven op de lichamen niet uitgelekt zijn?'

'Ik zou niet weten hoe. Bovendien', ze herinnerde zich nu dat ze het Delaney wel verteld had, 'is er niets over in de pers verschenen, en dat is de enige manier waarop een grappenmaker ervan geweten kan hebben.' Ze boog zich voorover om de envelop, die naast de brief op Colliers bureau lag, van dichtbij en opzij te bekijken. 'Ziet er niet uit als een die zelf sluit. Als hij eraan gelikt heeft, hebben we voldoende DNA. Dan weten we het zeker.'

'Ik vraag me af of hij het meent', zei Collier.

'Dat hij ermee ophoudt?'

'Ja.'

'Hij is knettergek', zei Stella. 'Het kan van alles betekenen.'

'Hij bedoelt dat hij zijn uitgekozen slachtoffers vermoord heeft, degenen die hij van plan was te vermoorden.'

Stella zat in Anne Beaumonts keuken in het souterrain van haar huis en keek toe terwijl Anne de groente sneed. Een grote pan met water stond op het fornuis te suizen.

'Deze man denkt dat hij Silent Wolf zelf is, de vijand van Ironjaw.' Stella leunde achterover en sloot even haar ogen. 'Waarom denk jij dat hij volgens een bepaalde strategie te werk gaat?'

'Ligt eraan wat je met strategie bedoelt. Herinner je je Leopold en Loeb nog? Die vermoordden mensen omdat ze er zin in hadden.'

'Hij kleedt zich zelfs als Silent Wolf.'

'Nou, dat weten we niet zeker. James en Stevie hebben dat

misschien geprojecteerd. Maar het zou heel goed kunnen. Dat wil echter nog niet zeggen dat hij gek is. We imiteren allemaal kledingstijlen, om erbij te horen of indruk te maken. Nozems, vetkuiven, hippies, punkers, politici in grijze pakken, die blotebuikenmode, de capuchons. Jij hebt je bijvoorbeeld duidelijk laten beïnvloeden door de Parijse haute couture.'

'Rot toch op.'

Anne lachte. 'Hij speelt toneel, omdat hij vindt dat hij een bepaalde rol te vervullen heeft. De sleutel van dit raadsel is te vinden; het heeft iets te maken met het lik-op-stukbeleid van de stripheld. Hij neemt wraak, rekent met ze af, laat zien wat hij waard is … Ik weet het niet. Maar er moet een enorm trauma aan ten grondslag liggen.'

'Je bent aan het koken', stelde Stella vast, alsof het haar nu pas was opgevallen hoe vreemd dat was.

'Ja, inderdaad.'

'Wij pakken ons eten alleen uit … of ontdooien het.' Even later voegde Stella eraan toe: 'Delaney heeft last van nachtmerries: bommen en granaten.'

'Vermoed je dat hij op zoek is naar een nieuwe oorlog …?'

'Ja.'

'En wat vind je daarvan?'

'Ik denk dat het weleens zijn dood zou kunnen worden. Wat hem in mijn ogen een grote egoïst maakt. En ik denk dat het geen enkele zin heeft om hem tegen te houden.'

'Ik denk dat je gelijk hebt.'

'Nog een nieuwtje. Ik heb een brief van mijn moeder gekregen.'

'Waarom?'

'Ze gaat verhuizen. Of is al verhuisd.'

'Was dat alles wat erin stond?'

'Ze gaf ook nog een boodschap door van haar vriend die goed ingeburgerd lijkt te zijn in de criminele onderwereld … wat me niets verbaasd.'

'Een boodschap?'

'Eigenlijk meer een tip. Ik heb die ook doorgegeven.'

Anne haalde een ontdooide kip uit de koelkast, brak hem in

stukken, legde de stukken in de pan met water en deed de groente erbij.

'Wat wordt dat?'

'Bouillon. Voor soep, weet je wel?' Stella knikte alsof het een gerecht was dat ze dagelijks klaarmaakte. 'Wat schreef ze nog meer?' vroeg Anne.

'Ze haalde mijn gelukkige jeugd aan, dat we zo'n mooie tijd samen hadden gehad, dat we altijd voor elkaar klaarstonden, dat we zo veel gelachen hadden, dat ze me 's avonds voorlas, terwijl ik in bed zat en mijn Ovomaltine opdronk.'

Anne schudde haar hoofd. 'Mijn god, die heeft het moeilijk.'

'Zíj heeft het moeilijk?' Stella lachte, maar er klonk geen greintje humor in door.

'Ja', zei Anne. 'Zíj. Ze heeft hulp nodig. Kun je dat niet zien?'

Stella bleef vijf minuten zitten zonder iets te zeggen, terwijl Anne roerde en kruiden toevoegde. Uiteindelijk zei ze: 'Ja, dat kan ik wel zien. Maar toch kan ze van mij oprotten. Oprotten! Oké?'

'Je bent me geld schuldig. Het is niet aangekomen.' Bowman zei het vriendelijk, waardoor het des te dreigender klonk.

De Amerikaan zuchtte. 'Wordt hij weer beter?'

'Dat weet niemand. Je hoeft voorlopig niet op hem te rekenen.'

Ze hadden het over Neil Morgan, die nog geen tekenen vertoonde die erop wezen dat hij de intensive care spoedig zou kunnen verlaten. Candice had zich naast zijn bed geïnstalleerd, in een regisseursstoel, met een thermoskan met koffie, gezonde snacks en haar make-uptas onder handbereik. Ze keek naar de monitoren, naar het langzame op- en neergaan van zijn borstkas, en naar zijn gezicht, dat volkomen uitdrukkingsloos was.

Niet doodgaan, rotzak!

De Amerikaan zei: 'Zoek dan maar een ander voor me.'

'Ik ben ermee bezig.'

'Zet er wat meer vaart achter.'

'Zal ik doen. Ik neem aan dat het geld onderweg is?'

'Dit is langetermijnwerk', merkte de Amerikaan op. 'Een wereldwijde markt. Ik heb op het moment twee deals op de rails staan.

Er zit een staatsgreep aan te komen. Een grote order voor kleine wapens. De nieuwe regering wil de bevolking aan haar kant hebben. En ik lever landmijnen en mortieren voor een burgeroorlog: ter bescherming van territorium, of religie, of wat dan ook. Dat is allemaal goed en wel, maar wat ik echt nodig heb is continuïteit: ik heb jouw markt nodig en daarvoor heb ik hulp nodig.'

'En het geld is er binnenkort?' vroeg Bowman. 'Begrijp ik dat goed?'

'Ja ja ...'

'Mooi,' zei Bowman, 'want dat zou een geweldige stimulans zijn.'

'Hoe is het gebeurd?' vroeg de Amerikaan. 'Was het een soort inbraak of zo, waarbij Morgan in de weg liep?'

'Daar lijkt het wel op.'

'Tja, wat wil je, we leven in een gevaarlijke wereld.'

Bowman zat achter zijn enorme bureau, in zijn enorme werkkamer, in zijn enorme huis en keek naar het heldere stipje van een vliegtuig dat witte condensstrepen door de lucht trok.

Hij dacht niet aan landmijnen, of aan de landarbeiders en kinderen die erop zouden stappen. Hij dacht niet aan de burgeroorlog, of wie de verkeerde god aanbad. Hij dacht terug aan hoe hij de trap af was gelopen en Neil Morgan had gevonden, en aan hoe erg de man was toegetakeld, de messteken, de ingedeukte schedel waar de pook was neergekomen, de grote plas bloed.

Bowman moest op zoek naar een andere politicus, een die tuk was op geld, een die politiek zag als een spel met grote risico's en grote beloningen, een die wist dat je met bescheidenheid niet ver kwam in deze wereld.

Hij verwachtte niet dat hij lang zou hoeven te zoeken.

81

Frank Silano had een overzicht van de moorden gemaakt.

Bryony Dean: opgehangen
Leonard Pigeon: poging tot onthoofding
Martin Turner: neergeschoten
George Nelms: onthoofd
Neil Morgan: poging tot onthoofding

'Oké,' zei Stella, 'als we Pigeon even buiten beschouwing laten en aannemen dat de moordenaar eigenlijk Neil Morgan had willen vermoorden, kunnen we er rustig van uitgaan dat onthoofding de bedoeling was; we hebben dus één die opgehangen is, één die neergeschoten is en twee die onthoofd zijn. Waarom?'

'Silent Wolf draagt een mes bij zich', merkte Maxine op. 'Zijn voorkeurswapen.'

'Hij heeft ook weleens een pistool bij zich', zei Silano.

'Of hij helpt mensen met een karatetrap naar de andere wereld', voegde Harriman eraan toe. 'Een multitalent, dus.'

Het Silent Wolf-spel was populair geworden in de recherche-kamer. Harriman had een vrij hoge score, net als Silano, maar niemand kwam in de buurt van Sue Chapman, die daarom onder collega's de titel 'Silent Wolf Bitch' had gekregen.

Stella zei: 'Silent Wolf heeft nooit iemand opgehangen.'

'Dus dat is het patroon van de moordenaar.'

'Volgens onze gedragsdeskundige wel, en daar kan ik me wel in vinden.'

'Opknopen, afhakken, neerknallen, afhakken, afhakken', opperde Maxine.

'We laten Pigeon erbuiten', herinnerde Silano haar eraan. 'Het is dus: opknopen, neerknallen, afhakken, afhakken.'

'Nee', zei Harriman. 'Hij dacht dat Pigeon Morgan was, dus de volgorde is eigenlijk: opknopen, afhakken, neerknallen, afhakken.' Hij keek naar Stella. 'Zoeken we naar de reden van dit

specifieke patroon, deze specifieke volgorde?'
'Het is een van de dingen waar we naar zoeken.'

Aan de wand van Tom Davisons kantoortje hing een grote poster van Rembrandts schilderij *De anatomische les van dr. Deyman*. Het hoofd van het openliggende lichaam was vervangen door dat van een Hollywoodactrice met een tekstballon waarin stond: handen af van dingen waar je geen verstand van hebt.

Davison liet Stella een foto zien van een gedeeltelijke zoolafdruk van een laars. Hij zei: 'Het bloed is van Morgan, natuurlijk. De laars is zo'n soldatenkistje met veters. Ze zijn vrijwel overal te koop. Eenzelfde afdruk is in de tuin van het leegstaande huis gevonden, en in het huis zelf.'

'DNA op de plaats delict?'

'Jazeker. Het is een kwestie van sorteren wat bij elkaar hoort. Daar zijn we nu mee bezig.'

'Vingerafdrukken?'

'Hetzelfde liedje. Hoewel ...' Davison zocht tussen zijn papieren en vond een labverslag, 'het lijkt erop dat hij deze keer wel vingerafdrukken heeft achtergelaten, vingerafdrukken die we waarschijnlijk kunnen isoleren: twee stuks op de pook en, zo te zien, een gedeeltelijke vingerafdruk op de deurlijst die ermee overeenkomt.'

'Iets op de brief?' vroeg Stella.

'Die hebben we nog maar net binnen.'

'Het heeft prioriteit.'

'Dat weet ik.'

Hij glimlachte naar haar en ze herinnerde zich die glimlach, hoewel die er toen wat slaperiger en sexier had uitgezien.

Hoe komt het toch dat ik me aangetrokken voel tot mannen die zich met dood of doodgaan bezighouden, tot mensen die doden?

Hoe komt het dat zij zich tot jou aangetrokken voelen?

Stella was in gesprek met zichzelf, terwijl ze haar auto uit de file manoeuvreerde en recht op een zwarte taxi af reed en een wedstrijdje hield wie van de twee het eerst aan de kant zou gaan. Autorijden in Londen was een uitputtingsslag.

Het gaat me er niet om dat hij plannen maakt om weer naar gevaarlijke oorden af te reizen, maar dat hij me er niets van verteld heeft.

Vraag jezelf waarom hij dat niet doet.

Oké …

Stella sneed een Volvo om van rijbaan te veranderen, maar zag dat een geparkeerde vrachtwagen haar de weg versperde en voegde zich weer in de rij, waarbij ze de Volvo opnieuw sneed: getoeter, en geknipper van koplampen.

Hij wil niet weten wat ik daarvan vind.

Misschien. Of hij wil er gewoon niet over praten.

Waarom niet?

Omdat hij het niet gewend is.

Wat niet? Om rekening te houden met de mening van een ander?

Ja.

Maar hij was degene die voorstelde om samen te gaan wonen, om een huis te gaan kopen zelfs, en daarmee ipso facto een ander bij zijn leven te betrekken.

Wat betekent dat hij een risico neemt.

Klopt 'ipso facto' hier?

Hoe moet ik dat weten?

Je bedoelt dat samenwonen met mij sowieso een compromis is?

Een compromis dat hij wil sluiten.

Nou, wát een opoffering, zeg.

Dat vind jij. Maar draai het nou eens om.

Hoe zou ik me voelen als ik iets wilde ondernemen, maar bang was dat het afgekeurd zou worden door de ander?

Ja.

Hm … Oké.

Niet zo goed, hè? Niet leuk om in het nauw gedreven te worden.

Niet echt, nee.

Dit is een man die de nadelen ervan inziet om iemand op permanente basis in zijn leven toe te laten door samen een huis te kopen, maar toch stelt hij voor om dat te doen.

Hij is geweldig en ik mag me gelukkig prijzen met zo'n man.

Hoor ik daar iets van cynisme in doorklinken?

Ik hou er niet van als mensen aan mijn hoofd zeuren.
Precies.

Sorley belde haar op haar gsm. Haar headset was nergens te vinden, dus reed ze met één hand aan het stuur en liet hem helemaal los bij het schakelen.

'Het is een stripfiguur, de man is geschift.' Sorley klonk alsof hij bijna weer de oude was.

'Ik hoop dat u Karen niet verteld hebt waar die verslagen vandaan komen.'

'Karen krijgt ze niet te zien. Ik verstop ze onder mijn bed.'

'Is dat het enige wat u eronder verstopt, chef?'

'Begin jij nou ook al.'

Sorley kon weinig anders doen dan tv-kijken en niet roken. Hij was zelfs een zware niet-roker geworden.

'Hij zegt dat hij ophoudt met moorden; dat hij er al mee opgehouden is. Hebt u dat gelezen?'

'Ja. En als hij dat meent …'

'Krijgen we hem misschien nooit te pakken.'

'Hij had een missie, en die missie heeft hij nu volbracht.'

'Wat zeggen ze over u?'

'Ze zeggen dat ik moet afvallen, meer moet bewegen en minder alcohol moet drinken …'

'Mag u weer drinken?'

'Nog niet. Maar als ik weer ga drinken, moet het met mate.'

'Hoeveel is dat?'

'Wat?'

'Met mate.'

'Nou, ik heb zo'n kaart gekregen. Daar staat precies op hoeveel er in één whisky, een glaasje wijn en een halve pint bier zit, je weet wel …'

'Eén van dit, een glaasje van dat, de helft van dat. Klinkt erg betuttelend allemaal.'

'Maar stel nou', zei Sorley, 'dat je drie glazen per dag mag hebben …'

'Is dat de toegestane hoeveelheid?'

'Voor een man. Voor een vrouw is het minder.'

'O, fijn …'

'Dat zijn dus eenentwintig glazen per week. Zou je die eenentwintig dan ook op maandag kunnen opdrinken als je de rest van de week de drank laat staan?'

'O, vast wel', zei Stella. 'Ik zou niet weten waarom niet.' En daarna: 'Hij is inderdaad geschift, maar niet zomaar geschift.'

'Wat ik al zei: hij had een missie.'

'Gauw beter worden, chef.'

'Ik ben al beter.'

'Gauw gezond worden dan.'

'Stella …'

Ze wist wat er ging komen en vroeg hem er niet over te beginnen, maar hij deed het toch. 'Karen heeft het me verteld. Je hebt mijn leven gered.'

'Niet met opzet.'

Hij lachte, wat ze verwacht had, en vroeg toen: 'Hoe doet waarnemend DI Collier het?'

'Hij neemt waar.'

'Jij hebt te veel promotiekansen laten schieten.'

'Weet ik wel. Nee, hij heeft het moeilijk. Ik krijg bijna medelijden met hem.'

Ze kreeg kramp in haar arm en nam de telefoon over in haar andere hand, waardoor ze te ver uitweek en te abrupt corrigeerde. Een politie-auto dook naast haar op, minderde vaart en bleef achter haar rijden.

'Ik moet ophangen, chef. Ik sta op het punt om gearresteerd te worden.'

Ze liet de telefoon vallen, sloeg links af zonder richting aan te geven, schakelde, gaf gas, sloeg weer af en stopte. In haar spiegel zag ze de politie-auto op de kruising rechtdoor stuiven, over een snelheidsdrempel heen.

Ze pakte de telefoon en toetste het nummer van de makelaar in. Toen ze haar naam noemde, zei hij: 'Neemt u hun bod aan?'

'Ze willen er wel een paar duizend meer voor betalen,' zei Stella,

'waarom zouden ze anders akkoord zijn gegaan met de vraagprijs?'
'Daar ben ik niet zo zeker van.'
'Oefen maar wat druk op ze uit', zei Stella.
'En als ze nee zeggen?'
'Nog wat meer druk uitoefenen.'

Ze voegde zich weer tussen het verkeer, de zon stond laag nu en scheen door haar voorruit.

Je stelt het uit. Je krabbelt terug.

Ik weet wat ik doe.

Je zult vroeg of laat toch een beslissing moeten nemen.

Rot toch op.

Herinner je je nog dat je dobbelstenen bij je had? Je maakte keuzes door dobbelstenen te gooien.

Niet echt.

Wel waar.

Ik heb het maar een paar keer gedaan. Het was Anne Beaumonts idee, niet het mijne.

Waarom gooi je ze nu niet?

Ik weet niet waar ze zijn. Ik ben ze kwijt.

Gooi ze dan in je hoofd.

In mijn hoofd?

Daar wordt sowieso de beslissing genomen. Vijf en lager: niet verkopen. Zes en hoger: doen!

Dat is toch geen manier om over je toekomst te beslissen?

Elke manier is geoorloofd … Heb je ze al gegooid?

Ja.

En?

Ik kan het niet goed zien. De zon schijnt in mijn ogen.

Gideon en Aimée waren aan het wandelen, hand in hand, als een verliefd stelletje, zij in een korte rok met een smaragdgroen wik- keltruitje dat haar decolleté en de kleur van haar ogen goed deed uitkomen; hij in spijkerbroek en T-shirt, zoals iedere andere man.

Ze bleef staan en strekte zich om hem een zoen te geven. Ze vroeg zich af of die voortdurende seksuele begeerte naar hem ooit zou ophouden. Haar lichaam begon te gloeien en ze voelde haar tepels hard worden. Het moest volgens haar te maken hebben met het feit dat hij perfect bij haar paste, dat hij de ware was.

Ze spraken over weggaan en besloten om gauw te gaan. Ze kwamen overeen waarnaartoe: het moest aan zee liggen. Ze kwamen een dag overeen. Ze zouden er met de trein naartoe gaan, dat wilde hij, en het leek haar een geweldig idee. Ze zouden elkaar op het station treffen. Ze kozen een ontmoetingsplek uit, een tijdstip. Aimée zag al voor zich hoe ze samen in de trein zaten, terwijl die langzaam van het perron wegreed. Hoe ze naast hem in de trein zat, en buiten alles wazig was, net als haar oude leven. Ze sloot haar ogen en hief haar gezicht naar de zon.

Een wandeling door het park. Het was warm en ze hadden al een heel eind gelopen, dus rustten ze uit in de schaduw van een boom.

Het teken met de drie V's zat hoog boven hen op de boomstam.

82

Drie uur in de morgen en een valse schemer van neonlicht spreidde zich als een blos uit over de Londense hemel. Een merel nam zijn repertoire door in een plataan, buiten voor het raam van Stanley Bowmans werkkamer.

Het Amerikaanse geld was binnen en Bowman was bezig het onzichtbaar te maken. Het was via een omweg op een centrale rekening binnengekomen, maar Bowman wilde het daar niet te lang op laten staan. Hij gebruikte diverse methodes, waarbij het geld steeds naar het buitenland werd gesluisd, maar hij maakte zich er zorgen om dat hij die methodes in de afgelopen tijd vaak had toegepast; in dit elektronische tijdperk was het gevaar dat er iemand op de loer lag groot.

Hij belde de Amerikaan om de ontvangst te bevestigen: het telefoontje nam drie seconden in beslag. Daarna belde hij het nummer dat Ricardo aan Snoei had gegeven. Een op band opgenomen stem vroeg om het codewoord en Bowman noemde dat. De verbinding werd verbroken en Bowman hing op. Het was zoals afgesproken. Tien minuten later werd hij teruggebeld. Een stem vroeg hem een bankrekeningnummer te noemen. Bowman noemde het nummer. Dit soort transacties gaat op basis van vertrouwen. De stem vroeg Bowman om een bedrag te noemen en Bowman gaf hem de informatie. Er zou een bank genoemd worden, een rekening geopend worden en Bowman zou een codewoord krijgen dat toegang gaf tot de rekening. De helft van het geld zou gestort worden, met aftrek van een commissie. Daarna zou Bowman de andere helft van het geld sturen. Vervolgens zou het geld een poosje op reis gaan: een paar rode routes kiezen, in contanten de snelweg nemen. Het zou zelfs een paar keer opgedeeld kunnen worden om het sneller te laten doorstromen. Kapitaalvlucht is als de uitlaatstroom van een straalvliegtuig: je weet dat het hoog en snel gaat, maar je kunt het niet zien. Uiteindelijk zou Vanechka contact opnemen om over financiering en investeringen te praten.

Bowman had de tv aanstaan, maar zonder geluid. Terwijl hij aan het bellen was, bekeek hij op teletekst de beursnoteringen, maar hij zapte ook af en toe langs de zenders. Om deze tijd waren het allemaal actiefilms: bloedbaden, schietfestijnen en robotoorlogen. Smerissen die orde en gezag handhaafden en slechteriken die het onderspit delfden. Op een stedelijk slagveld maaide inkomend vuur de muren uit de huizen, kwamen precisiebommen op schuilkelders neer en renden soldaten van schuilplaats naar schuilplaats, terwijl ze instructies schreeuwden en een tapijt van kogels neerlegden.

Bowman schonk zich een whisky in: de laatste van die nacht of de eerste van de volgende dag. Hij keek een poosje naar de film en zette hem toen op PokerNite. De telefoon ging en een stem deelde hem mee dat zijn geld de anonimiteit in was gegaan.

Op een stedelijk slagveld maaide inkomend vuur de muren uit de huizen, kwamen precisiebommen op schuilkelders neer en renden soldaten van schuilplaats naar schuilplaats, terwijl ze instructies schreeuwden en een tapijt van kogels neerlegden.

Stella keek naar een samenvatting van het nieuws, omdat ze te moe was om te lezen en zich te wakker voelde om naar bed te gaan. Ze zag hoe een soldaat als een marionet omviel, alsof iemand aan zijn touwtjes had getrokken. Een gebouw werd opgeblazen, de muren bolden op, omringd door zwarte rook.

Is dit wat je wilt, Delaney? Wil je daarnaartoe?

Ze kon de verleiding om hem wakker te maken en om antwoord te vragen bijna niet weerstaan, maar dat zou neerkomen op hem vragen zich vast te leggen. Sommige dingen moesten uit vrije wil gegeven worden. Ze staarde een paar minuten naar het prikbord, alsof daar plotseling het antwoord op al haar vragen zou kunnen verschijnen: de moordenaar, haar minnaar, haar leven …

Op tv praatte een met de troepen meereizende journalist over ontvoeringen en executies. De hemel boven het oorlogsgebied werd verlicht door lichtflitsen en brandende gebouwen.

Aimée was wakker geworden van het geluid van haar eigen stem. Misschien had ze zijn naam geroepen, ze wist het niet. Peter en Ben sliepen. Ze hoopte dat ze mooie dromen hadden.

In de keuken hing nog steeds de warmte van de vorige dag. Ze maakte thee en zette ter afleiding de tv aan, het geluid zacht, om nog niet te hoeven denken aan de brief die ze zou gaan schrijven. Een brief, omdat ze weg wilde zijn voordat Peter argwaan kreeg; ze zou zijn smeekbedes, of die van Ben, niet kunnen aanhoren en hen niet in het gezicht kunnen kijken.

Ze keek naar de tv zonder iets te zien. Op een stedelijk slagveld maaide inkomend vuur de muren uit de huizen, kwamen precisiebommen op schuilkelders neer en renden soldaten van schuilplaats naar schuilplaats, terwijl ze instructies schreeuwden en een tapijt van kogels neerlegden. Een met de troepen meereizende journalist praatte over ontvoeringen en executies. De hemel boven het oorlogsgebied werd verlicht door lichtflitsen en brandende gebouwen.

Als ze niet van haar eigen stem wakker was geworden, dan was het waarschijnlijk van de herinnering aan zijn stem geweest die haar naam zei. Ze beeldde zich in dat ze naast hem in bed lag tijdens haar eerste nacht in vrijheid, het was de plek waar ze het liefst wilde zijn, waar dat ook mocht zijn.

Gideon.

Ze wilde het liefst opblijven tot het licht werd, omdat hun ontmoeting op het treinstation, hun vertrek en hun nieuwe leven dan weer een dag dichterbij waren gekomen.

Inkomend vuur, rook, straten in puin …

Stella keek heen en weer van het prikbord naar de tv. Soldaten renden van schuilplaats naar schuilplaats. Silent Wolf, gekleed om uit moorden te gaan.

Ze herkende er iets in, maar kon er geen vat op krijgen; het knaagde, als een woord dat op het puntje van je tong lag, als een herinnering die door een bepaalde geur weer vaag naar boven kwam. Het kwam en ging, soms bijna helder, dan weer vaag. Ze sloot haar ogen, zocht ernaar, maar andere gedachten drongen zich op, bedierven alles: haar moeders gezicht, getekend door de drank, haar boek dat vanaf de achttiende verdieping naar beneden zweefde, Delaney in het oorlogsgebied op tv.

Opeens voelde ze zich uitgeput, alsof diep van binnen de stop eruit getrokken was en alles was weggevloeid. Ze ging op de bank liggen, met een kussen onder haar hoofd, en doezelde meteen weg. De tv stond nog steeds zacht aan: zacht geweervuur, zachte explosies. De foto's op het prikbord leken krom te trekken en in beweging te komen, alsof de tv-beelden naar het bord overgebracht waren.

Delaney die over een witte weg rende. Inkomend vuur … rook … Mannen in camouflageuitrusting. Een huis dat werd opgeblazen. Silent Wolf, die toekeek, zijn gele ogen, zijn gele haar.

Ze ging rechtop zitten, weer helder van geest, de beelden schoven in elkaar en vormden een verhaal. Het verhaal van de moordenaar. Ze herinnerde zich nu Delaneys ontmoeting met de grensbewakers in gevechtstenue. Davison met de foto van de zoolafdruk van een soldatenlaars. Sorley die praatte over een man die een missie had.

Ze belde op.

Gloria leunde slaperig over Harriman heen, pakte zijn telefoon en legde die naast zijn hoofd op het kussen. Zonder zijn ogen open te doen, noemde hij zijn naam.

'Het is een soldaat', zei Stella. 'Hij is soldaat, of is soldaat geweest.'

83

De witte weg, de vijf mannen. Uit een radio komt muziek.

Een dagpatrouille, want dit is een goodwillmissie, een meet-and-greet, geen helmen nodig, wapens langs het lichaam en ruim binnen de veiligheidszone. Noem het aanwezig zijn. De plaatselijke bevolking is vriendelijk: al overtuigd van de goede bedoelingen. Niemand verwacht actie, niemand verwacht op de proef gesteld te worden en Gideon Woolf is daar blij om, want hij heeft er zo langzamerhand genoeg van. Om onder vuur te liggen, op het nippertje aan de dood te ontsnappen, de man-tegen-mangevechten.

Zijn handen trillen en hij voelt zich misselijk, niet alleen vandaag maar elke dag. Hij schaamt zich voor zijn angst, maar kan die niet onderdrukken. Maar één ander persoon weet hiervan.

De naam van het meisje is Camilla. Of Kah-mila, zoals ze zelf zegt. Hij is niet de enige die een meisje van daar heeft, maar misschien wel de enige met een meisje zoals zij: een die naar zijn angsten luistert, die hem helpt te vergeten, die hem in haar armen houdt tot het trillen stopt.

Wanneer hij dan ontspannen is, wanneer de opium de scherpe kantjes eraf heeft gehaald, wanneer hij genoeg van haar lichaam heeft, vraagt ze hem wanneer ze hem weer zal zien, waar hij de volgende dag of de daaropvolgende dag is, waar ze hem kan vinden. Ze strijkt hem dan over zijn koortsachtige voorhoofd, terwijl ze fluisterend praten: haar vragen, zijn antwoorden.

De mannen lopen achter elkaar, muziek uit de radio, geweervuur. Eén man gaat neer en opeens is het niet meer veilig op straat. De drie mannen die de patrouille aanvoeren schieten terug, terwijl Gideon Woolf dekking zoekt. Hij weet dat hij zijn wapen nu moet gebruiken, dat hij moet aanvallen, maar dat zou zijn positie verraden. Hij staat in een portiek tegen de muur gedrukt, hoort het geschreeuw en het geweervuur. Hij ziet de benen van de man die neergeschoten is. Woolf krijgt een beklemmend gevoel op zijn borst, het doet pijn en hij kan moeilijk ademhalen. Met afschuw merkt hij dat hij in zijn broek pist.

De andere drie mannen zouden dood moeten zijn, maar hun aanvallers lijken andere bedoelingen te hebben. Ze willen gijzelaars, ze willen gevangenen. Als de mannen naar een jeep worden gevoerd, komt Woolf zijn schuilplaats uit: een paar stappen maar. Hij heeft een vrij schootsveld en kan gebruikmaken van het verrassingselement. De aanvallers zijn met tien, misschien twaalf man. Hij zou een paar kunnen neerknallen en de rest uit elkaar kunnen jagen. Hij zou ze kunnen afleiden, dat zou tactisch gezien het beste zijn. Misschien sneuvelen zijn kameraden dan, misschien ook niet. Misschien sneuvelt hij dan, maar de gelegenheid is er.

Een van zijn kameraden ziet hem en roept zijn naam. Roept een bevel. Zelfs vanaf die afstand is goed te zien dat de ogen van de man groot van angst zijn. Hij roept nog een keer, smekend. Woolfs handen trillen, zijn mond vult zich met speeksel. Alles wordt vaag, alsof hij gaat flauwvallen, en in zijn hoofd raast het, als het geluid van kolkend water.

Even later ... een uur later, lijkt het wel ... staat hij nog steeds op straat. De jeep is verdwenen. Zes meter bij hem vandaan ligt een man dood op straat. Zijn andere kameraden zijn nergens te bekennen.

Uit de radio komt nog steeds muziek.

84

Maxine Hewitt was een goede rechercheur, want alleen een goede rechercheur had oog voor detail en een betrouwbaar geheugen. Ze las nog een keer haar aantekeningen door van het gesprek tussen haar, Frank Silano en Richard Forester, de directeur van de school waar George Nelms had lesgegeven. Ze kwam dit tegen:

MH: welk vak?
RF: sport.
FS: alleen sport?
RF: de cadetten.

Stella voerde het gesprek samen met Pete Harriman. In het kantoor van de schooldirecteur stelden ze vragen die hopelijk datgene opleverden wat ze wilden weten zonder prijs te geven wat dat precies was.

Stella begon: 'Meneer Nelms had dus de leiding over de cadetten ...'

'Hij vond dat sommige jongens daar uiterst geschikt voor waren', zei Forester, waarna hij even glimlachte. 'Sommige jongens waren er uiterst geschikt voor, andere waren voor niets anders geschikt.'

'Hij moedigde ze aan om cadet te worden?'

'Zeker.' Forester begreep niet goed waar ze met hun vragen naartoe wilden, maar voelde zich er ongemakkelijk onder. 'Maar het was niet alleen een kwestie van: waar dumpen we de nietsnutten. Er waren jongens bij die er echt aanleg voor hadden.'

'Voor wat?'

'Het leger. De militaire dienst.'

'Als wat?' vroeg Stella.

Forester wachtte even. 'Als troepenaanvoerder.'

Stella hoorde de aarzeling in zijn stem. Vind je dat echt, vroeg ze zich af, of bedoel je eigenlijk aanleg voor geweld?

Harriman zei: 'Houdt u dat bij? Wordt dat ergens genoteerd?'

'Wat?'

'Welke jongens cadet worden.'

'Natuurlijk.'

'Mogen we dat zien?'

'Van hoelang geleden?'

Stella maakte een snelle berekening. 'Tien jaar?'

Forester drukte op de intercomtoets van zijn telefoon en vroeg om het betreffende dossier. Hij zei: 'Is er nog nieuws?'

'Het onderzoek is nog gaande', zei Harriman, alsof hij dat soort woorden altijd gebruikte.

'En waarom vraagt u speciaal naar de cadetten?'

'Alles wat meneer Nelms deed is belangrijk voor ons', zei Stella tegen hem. 'Misschien komen we daarbij iets tegen wat ons verder kan helpen.'

Forester wendde zijn hoofd af en zijn mond begon licht te trillen. 'Het was een enorme schok. De manier waarop hij gestorven is … wat hem overkomen is: een ware nachtmerrie.'

Jouw nachtmerrie zeker, dacht Stella.

Een secretaresse bracht een dossier binnen en Stella liep snel de namen langs. Ze zei: 'Kan ik een kopie van dit dossier krijgen? Voor ons onderzoek.'

Harriman had haar gezichtsuitdrukking zien veranderen, alsof ze in een menigte mensen plotseling een bekend gezicht had gezien. Toen ze in de auto stapten, gaf ze hem het dossier, opengevouwen op de laatste pagina.

Woolf, Gideon.

Ze zei: 'Ons leven mag dan misschien van toevalligheden aan elkaar hangen, maar dit is geen toeval.'

Het leek alsof ze uit heel diep water iets omhoogtrok: hoe dichter het bij het wateroppervlak kwam, hoe sneller het ging. Van helemaal niets had Stella nu plotseling bijna alles. Een kwestie van registreren; Sue Chapman hoefde er niets meer aan te doen. Naam, toenmalige adres, leeftijd, familieomstandigheden, verklaringen … zelfs een foto.

Een portret van een jongeman in uitgaanstenue, met rigoureus kort geknipt haar, de baret schuin op het hoofd. De man die haar de foto en de achtergrondinformatie gaf was een luitenant-kolonel die duidelijk geïrriteerd was.

'Het was een onaangename kwestie', zei hij. 'Hij zou voor de krijgsraad gebracht zijn als een van de getuigen het overleefd had, maar de feiten spraken voor zich. De verklaringen zijn voor een groot deel van hem zelf afkomstig, een soort bekentenis. Enfin, het was duidelijk dat hij niet te handhaven was. Zijn zenuwinzinking was wel echt, zo werd mij verzekerd.' De luitenant-kolonel liet een vleugje scepsis doorklinken in zijn stem.

'Waar de roddelbladen nog een schepje bovenop deden', opperde Stella.

'Het was gelekt, dat had niet mogen gebeuren, maar er waren mensen die vonden dat het bekendgemaakt moest worden.'

Sue Chapman had de voorpagina's al doorgeplozen: LAFAARD! SLAPPELING! SCHANDELIJK GEDRAG VOOR EEN SOLDAAT! ROTZAK! En het niet te beantwoorden: HOE KUN JE HIERMEE LEVEN?

'Wie heeft het gelekt?' vroeg Stella.

'Hoor eens …' De geïrriteerdheid van de luitenant-kolonel ging over in lichte agressie. 'Het was verschrikkelijk wat hij gedaan heeft. Vier man dood, waarvan er drie waarschijnlijk gered hadden kunnen worden als hij gehandeld had zoals van een soldaat verwacht mag worden. Hij was een paria. Ik keur het lekken niet goed – wij houden legeraangelegenheden liever binnen de kazernemuren – maar ik begrijp waarom sommige mensen hem aan de schandpaal wilden nagelen.'

'Vooral omdat hij niet voor de krijgsraad werd gebracht.'

'Zo u wilt. Het was niet alleen een daad van lafheid. Er was waarschijnlijk ook sprake van collaboratie, hoewel onbedoeld.'

'Op welke manier?'

'Een of andere relatie met een vrouw. Het is niet duidelijk hoe de ontvoerders wisten dat ze weinig tegenstand zouden ondervinden, dat het een kleine patrouille was die een routinecontrole uitvoerde. Maar het is heel goed mogelijk dat er tijdens een amoureus tête-à-tête informatie is uitgewisseld.'

'Denkt u dat hun relatie van seksuele aard was?'

'Ik vermoed van wel. Dat is toch de gebruikelijke manier om

informatie van iemand los te krijgen? Door hem met zoete woordjes in de val te lokken?'

Vieze meid.

Stella zei: 'In een van de kranten stond dat Woolf een poosje opgenomen is geweest na dit voorval.'

'Ja, hij zou een zenuwinzinking hebben gekregen. Ik noemde dat al.'

'Was dat voordat de kranten het verhaal brachten, of erna?'

'Het was een lafaard. En zijn kameraden zijn vermoord. Dat zijn de feiten die voor mij van belang zijn.'

'Het punt is', zei Stella, 'dat het ziekenhuis in kwestie geen psychiatrische inrichting was. Een van mijn collega's heeft contact opgenomen met de krant die daarover bericht had, en daarna met het ziekenhuis. Hun patiënt had lichamelijke verwondingen opgelopen. Hij was in elkaar geslagen.'

'Ja, dat weet ik. Maar waar dat gebeurd is, is ons niet bekend. Dat onderzoeken we nog.' De luitenant-kolonel besloot de rollen om te draaien. 'U zegt dat u zijn hulp nodig hebt bij een bepaald onderzoek.'

'Ja, dat klopt.'

'Welk onderzoek is dat?'

'Net als u', zei Stella, 'houden wij bepaalde dingen ook liever binnenskamers.' Waarna ze, alsof het niet echt belangrijk was, zei: 'Eén man werd dus neergeschoten tijdens de aanval en de andere drie werden meegenomen.'

'Ja.'

'Hoe zijn die drie om het leven gekomen?'

De luitenant-kolonel zuchtte. 'Eén is opgehangen, daar ter plekke. De andere twee zijn onthoofd.'

Neerknallen, opknopen, afhakken, afhakken.

De verkeerde volgorde, dacht ze. Alsof het voor de doden iets uitmaakte.

In de auto terug kreeg ze een telefoontje van Tom Davison.

'De plaats delict van Morgan. De flap van de envelop. Heb je daar ooit twijfels over gehad?'

'Nee', zei Stella.

'Ik ook niet. En we hebben allebei gelijk. Hij heeft Morgan aangevallen en hij heeft de brief geschreven.' Na een korte pauze zei Davison: 'Ben je al wat meer te weten gekomen?'

'Ja en nee. Hij is soldaat, of is soldaat geweest.' Er kwam een gedachte bij haar op. 'Hoe komt het dat zijn DNA niet in ons databestand voorkomt?'

'Het databestand van de politie is alleen voor boeven', zei Davison. 'Het leger heeft zijn eigen databestand, maar dat is niet aan dat van ons gekoppeld, dat bestand is alleen voor soldaten, die feitelijk geen boeven zijn. Ik weet dat ze mensen doodschieten, maar dat doen ze voor koningin en vaderland. Wat ben je nog meer te weten gekomen?'

'We weten hoe hij heet, we weten ongeveer hoe hij eruitziet, we weten waar hij vroeger gewoond heeft, we weten dat zijn moeder overleden is en dat zijn vader het ouderlijk huis verkocht heeft en nu in een verzorgingshuis woont. We weten waarom hij het gedaan heeft. Kortom, we weten van alles, maar we denken dat hij gestopt is, en hij zou kunnen verdwijnen.'

'Je weet hoe hij eruitziet?'

'Min of meer.' Stella wilde niet over Silent Wolf, de held uit het computerspel, praten.

'Verspreid dan een compositiefoto.'

'Je weet wat er dan gebeurt: dan weet hij ook dat we hem zoeken en gaat hij ondergronds.'

'Oké,' zei Davison, 'dan maar terug naar het oorspronkelijke plan.'

'Dat hebben we niet.'

'Dat vermoedde ik al.'

85

Een man valt voorover op de weg, die wit is van het stof, zijn gevechtstenue bebloed en verkreukeld, bloed aan zijn handen omdat hij zich aan zijn borst heeft vastgegrepen, bloed dat onder zijn lichaam vandaan stroomt en bij zijn hoofd een plas vormt, vliegen die zich er al te goed aan doen, één been dat stuiptrekkend tegen de grond slaat.

Gideon Woolf heeft dekking gevonden. Hij hoort het geratel van geweervuur, de kreten om hulp. Hij houdt zich gedeisd, laat zich niet zien.

De man op de grond beweegt zich niet meer. Hij ziet er log en zwaar uit, waardoor je weet dat hij dood is: alsof hij van grote hoogte naar beneden is gevallen, het stof weer is gaan liggen en zijn hart is opgehouden met kloppen. Motoren brullen en accelereren: er zijn twee jeeps, misschien drie. Als ze wegrijden, klinkt er geweervuur, er wordt in de lucht geschoten, uit vreugde.

Een minuut verstrijkt, vijf minuten verstrijken. Gideon Woolf komt uit zijn schuilplaats. Mensen komen uit hun huizen, sommige klappen in hun handen. Gideon is zich bewust van de natte plek in zijn kruis. Hij gooit zijn wapen neer en loopt de straat op. Een jongen van misschien tien pakt het geweer op en richt het op Gideons rug. Hij bootst het geluid van automatisch geweervuur na. In de verte is het lawaai van de ronddraaiende wieken van een helikopter te horen, die snel dichterbij komt.

Gideon loopt door, alsof hij de bandensporen van de jeeps volgt. Twee straten verderop vindt hij een van de andere mannen, opgehangen aan een bewegwijzeringsbord. Het bord is geraakt door mortiervuur en alleen de paal en het raamwerk staan nog overeind, een perfecte galg. De handen van de man zijn op zijn rug geboeid, zijn voeten zijn vastgebonden en er is een stuk papier op zijn borst geplakt waarop staat dat de soldaat die daar hangt een stuk vuil is uit een vuil land waar vuile mensen wonen.

De helikopter landt in een wolk van opwaaiend stof. Soldaten rennen op Gideon af, roepen hem geruststellend toe. Ze denken dat hij een held is die het overleefd heeft. Later zullen ze de waarheid leren kennen en hem een vuile lafbek noemen.

De beelden zijn wat wazig, wat korrelig, omdat de videoapparatuur niet ultramodern is, maar het is goed te zien wat er gebeurt.

Twee mannen in oranje overalls zitten op de vloer, hun handen zijn vastgebonden en ze hebben een stoppelbaard van vijf dagen. Achter hen staan drie mannen die zichzelf strijders noemen. Ze poseren, houden hun automatische wapens schuin voor zich omhoog. De gegijzelden hebben een papier op hun borst gespeld om de wereld te laten weten dat ze even vuil zijn als de man die opgehangen is. Ze zijn vuile rotzakken. Smerige leugenaars.

Deze beelden worden via het internet de hele wereld over gestuurd en Gideon Woolf ziet ze op zijn computer. Hij heeft de beelden al twintig keer gezien. Bij de eerste keer huilde hij, maar nu is zijn gezicht hard als staal.

Een van de strijders komt naar voren en trekt een lang, gebogen mes achter zijn riem vandaan. Hij pakt een van de soldaten bij zijn haar vast en trekt het hoofd van de man achterover, waardoor de halsspieren strak komen te staan. Hij maakt een zwierig gebaar met het mes, roept zijn god aan en snijdt de soldaat in zijn keel. De man spartelt en kronkelt. Een straal bloed komt met een boog op de andere soldaat neer, die weet dat hij de volgende is die doodgaat. Hij huilt, zijn hoofd is gebogen, zijn schouders schokken. De strijder snijdt door tot hij op het halsbeen is, draait en rukt dan aan het hoofd tot het bindweefsel scheurt en zet het mes tussen de wervels.

Hij houdt het hoofd omhoog in naam van God.

Gideon bekijkt de beelden nog een keer en verbreekt dan de internetverbinding. Hij stopt een spel in de computer dat hij net gekocht heeft. De held draagt Gideons naam en neemt die als een banier mee de wereld in, en Gideon belooft plechtig om hetzelfde te doen, om zichzelf te bewijzen.

Hij koopt een bril met geelgetinte glazen, verft zijn haar stroblond en koopt bij de legerdump een camouflageuitrusting en een lange zwarte jas. Het spel wordt een obsessie voor hem, een manier van leven.

Vanuit zijn geblakerde kamer kijkt hij neer op de stad, op zijn slagveld, zijn dodenakker.

86

Sue Chapman was bezig om Woolfs slachtoffers in verband te brengen met de woorden, de beschuldigingen, die op ze geschreven waren, en met het voorval in die witte, stoffige straat.

Nu ze wist waarnaar ze zocht, was die taak niet zo moeilijk meer en in Bryony's geval was onderzoek niet eens nodig. Ze was een prostituee, wat haar de ideale plaatsvervangster van zijn minnares maakte. Nelms lag ook voor de hand: de man die Gideon Woolf als cadet getraind had en hem waarschijnlijk aangemoedigd had om het leger in te gaan. Turner en Morgan vergden niet veel meer onderzoek. Turner riep in zijn artikelen in de krant met luide stem op om 'ja' tegen de oorlog te zeggen. Morgan was het roerend met hem eens: Sue's bureau lag bezaaid met transcripties van radio- en tv-uitzendingen, interviews en artikelen, die allemaal dezelfde boodschap uitdroegen: stuur onze troepen ernaartoe, doe het nu, en laat ze daar zitten tot de klus geklaard is.

Bryony en Nelms om persoonlijke redenen. Turner en Morgan vanwege hun openlijk geventileerde standpunten ten aanzien van de oorlog.

Het whiteboard in de recherchekamer was nu leeggehaald, op de namen van de slachtoffers na.

Leonard Pigeons naam stond bovenaan en tussen haakjes: niet meer nodig, een vergissing. De woorden op Pigeons armen waren bedoeld geweest voor Morgan, dat was nu duidelijk. Bij de andere namen stond een aanvulling.

Bryony Dean: VIEZE MEID – Gideon Woolfs relatie met de vrouw.

Martin Turner: SMERIGE LEUGENAAR – krantenartikelen, commentaren.

George Nelms: NOU TEVREDEN? – haalde Gideon Woolf over om het leger in te gaan.

Neil Morgan: VUILE LAFBEK – parlementslid en voorstander van de oorlog.

Anne Beaumont was bij het werkoverleg aanwezig, omdat Stella vond dat iedereen moest horen wat Anne te zeggen had.

'Het heeft te maken met uitwissen: het uitwissen van zijn daden en het uitwissen van zichzelf. Het een is afhankelijk van het ander. Het heeft ook te maken met eigenwaarde en een onaangenaam systeem van equivalenten. Die mannen stierven omdat hij bang was, dus moet hij tegenover zichzelf bewijzen dat hij voor niets bang is. Om dat te bewerkstelligen doet hij iets waartoe hij eerder niet in staat was: hij vermoordt mensen. En dat niet alleen, hij vermoordt mensen die in zijn ogen ergens schuldig aan zijn, net als hijzelf. Hij vermoordt een prostituee, omdat een prostituee hem verraden heeft. Of, als het geen prostituee was, een vrouw die seks verschafte in ruil voor informatie. Hij vermoordt de man die hem overgehaald heeft om soldaat te worden. Hij vermoordt een journalist en een parlementslid, die er allebei om bekendstonden dat ze vóór de oorlog waren.

'Hij ruilt de ene dode in tegen de andere, hij streept ze tegen elkaar weg. Bovendien denkt hij dat ze het verdienen, dus is het geoorloofd. Hij gaat zichzelf ook anders zien: hij is niet langer de lafaard die door iedereen veracht wordt, niet langer de man die zijn kameraden liet stikken, hij is een moordenaar nu, hij is voor niets en niemand bang en zorgt voor gerechtigheid in een onrechtvaardige wereld.'

Anne wachtte even en glimlachte verontschuldigend. 'Denk daarbij ook aan het moment waarop hij het medium hiervoor vond: iemand die zijn naam droeg, de held uit een computergame, iemand die niet bestond, tot Gideon Woolf Silent Wolf werd, iemand die geen angst en geen twijfels kende, iemand wiens moorden alleen in het spel werkelijkheid waren. Het moet voor hem geweest zijn alsof hij zichzelf teruggevonden had, alsof hij een nieuwe versie van zichzelf ontdekt had.'

Silano zei: 'Hij zegt dat hij gestopt is met moorden.'

'Vier doden', zei Anne. 'Die vier wegen op tegen de doden die aan zijn geweten knagen, het bewijst dat hij geen lafaard is, dat er vier zondaars minder op de wereld rondlopen: zondaars in zijn ogen, dan. Dus ja, misschien stopt hij er echt mee.'

'Oké', zei Silano. 'Stel dat hij er inderdaad mee opgehouden is. Wie is hij nu dan?'

'Je bedoelt: is hij nog steeds de in ongenade gevallen Gideon Woolf, of nu Silent Wolf, de wreker ...'

'Ja.'

Anne knikte. 'Dat is een heel goede vraag.' Even later voegde ze eraan toe: 'Ik vraag me af of hij het zelf weet.'

Het team was op zoek naar aanknopingspunten, maar die waren schaars.

Vrienden: werden niet gevonden. Andere soldaten van het regiment: ja, die wel, maar niemand wist veel van hem af. Er werd gezegd dat hij een eenling was, hij was stil, klaagde nooit.

Onderwijzers: vonden hem een gemiddelde leerling; nee, iets beter dan gemiddeld. Hij was stil, zorgde nooit voor problemen.

Bewoners uit zijn oude buurt: hij kwam op hen over als een vriendelijke jongen, een stille jongen. Bemoeide zich niet met anderen.

Anne Beaumont wees op de woorden 'stil' en 'eenling'. 'Een geheim leven,' zei ze, 'een fantasiewereld biedt bescherming. Ja, hij was stil, hij kwam vriendelijk over, maar wat je eigenlijk zou moeten vragen is: mochten mensen hem graag? Was hij geliefd?'

'Waarom?' vroeg Stella.

'Omdat ik vermoed dat mensen "stil" dan vervangen door "nors" en "eenling" door "mislukkeling".' Anne zuchtte. 'Aan de ene kant moet je je afvragen waarom er beschadigde en gestoorde mensen in het leger zitten, en aan de andere kant is dat eigenlijk helemaal niet zo verwonderlijk.'

Maxine Hewitt en Frank Silano bezochten het verzorgingshuis dat Gideon Woolfs vader voor zichzelf had uitgekozen. Een verzorgster ging hen voor naar een woonkamer waar twaalf oude mensen in stoelen langs de kant zaten te slapen, maar waar de televisie aanstond, hoewel alle kijkers in dromenland verkeerden.

Gideons vader werd wakker gemaakt, waarna ze met zijn vieren naar een aparte kamer verhuisden. De oude man deelde hun mee dat een gesprek met Gideon niet meer mogelijk was, omdat hij gesneuveld was in de strijd. Maxine keek naar Silano en vroeg zich af wat ze hierop moest zeggen.

Silano zei: 'Wij hebben gehoord dat hij het toch overleefd heeft …' Maxine vond vooral het woordje 'toch' erg goed gekozen. 'We vroegen ons af of hij bij u op bezoek is geweest.'

'Hij is dood', hield de oude man vol. 'Hij is omgekomen daar.'

'Wie heeft u verteld dat hij dood was?'

'Mijn vrouw en ik waren eigenlijk al te oud om nog kinderen te krijgen. Zij is dood, hij is dood, ik ben de enige die nog leeft.'

'Heeft Gideon u hier ooit bezocht?' vroeg Maxine.

De verzorgster keek Maxine aan en schudde haar hoofd.

Maxine probeerde het nog een keer. 'Wanneer hebt u hem voor het laatst gezien?'

'Gideon is dood. Hij is dood, op het slagveld gestorven, dat weet ik zeker. Heel zeker.'

Een stralende zon hoog aan de hemel en op het grasveld voor het verzorgingshuis her en der stoelen waarin de bewoners de rest van hun leven wegdoezelden.

De verzorgster zei: 'Heeft hij een zoon? We hebben hier nooit iemand gezien. Geen bezoek, geen brieven …'

'Dacht u dat hij dat verzonnen had, dat hij gesneuveld was?'

'Het komt vaker voor. Heel veel mensen hier verzinnen dingen. Hij is niet eens zo oud en kan zich nog goed redden. Hij lijkt het gewoon opgegeven te hebben.'

'Wat opgegeven te hebben?' vroeg Silano.

'Alle hoop.'

'Hij heeft een zoon,' zei Maxine, 'ergens.'

In de auto zei Silano: 'Ze moeten wel, ze moeten hun verleden wel opnieuw uitvinden.'

'Ja?' Maxine trok de zonneklep naar beneden. 'Waarom?'

'Omdat ze vergeten zijn hoe dat er in werkelijkheid uitzag.'

'Hoe weet je dat?'

Silano haalde zijn schouders op. Maxine realiseerde zich dat ze eigenlijk heel weinig van Frank Silano afwist.

Gideon Woolfs vader liep terug naar de tv-kamer en ging in zijn vaste stoel zitten. Hij wilde slapen maar dat lukte niet. Op tv waren beelden te zien van een jong stel dat boven op een heuvel stond en uitkeek over een groene vallei waar een rivier doorheen stroomde. De man had zijn arm om de schouder van de vrouw geslagen, en je kon aan hun houding zien dat ze een moeilijke tijd hadden doorgemaakt, maar de goede keuzes hadden gemaakt en nu een mooi leven voor zich hadden.

De oude man keek de kamer rond, naar de slapende gezichten, en zei: 'Nou, voor mij is hij dood.'

87

Omdat Anne toch in de recherchekamer was, liet Stella haar Tina's brief zien, die Anne las zonder er commentaar op te geven. Later gingen ze naar Coffee Republic, omdat Anne de koffie van AMIP-5 een schending van haar mensenrechten vond. Stella kocht onderweg een krant die Woolfs moorden in verband bracht met de schijngestalten van de maan, wat hen in staat stelde om de politie te vertellen wanneer hij weer ging moorden.

'Dat is inderdaad de grote vraag', zei Stella. 'Pleegt hij nog een moord?'

'Zijn psychopatische stoornis heeft door de recente ervaringen waarschijnlijk een ander karakter gekregen', zei Anne. Stella keek haar aan. 'Afhankelijk van wat het vermoorden van mensen met hem gedaan heeft. Hoe onstabiel hij erdoor is geworden.'

'Hij heeft diverse mensen vermoord', zei Stella. 'Onstabiel wórden is hier niet aan de orde: hij ís al onstabiel.'

'Het ligt er maar aan vanaf welke kant je het bekijkt.'

'O?'

'Ja', zei Anne. 'Het leger vond hem onstabiel omdat hij géén mensen vermoordde.'

Stella's gsm piepte. Ze las het bericht en stuurde meteen een antwoord terug. Toen ze opkeek, glimlachte Anne naar haar. 'Ik dacht: ik laat het aan jou over om over de brief te beginnen.'

'Soms vraag ik me weleens af of mijn herinneringen wel kloppen,' zei Stella, 'of zij misschien gelijk heeft en ik het mis heb. Misschien was het echt zo, een moeilijke maar gelukkige tijd, een moeder die haar best deed. Misschien las ze me 's avonds echt verhaaltjes voor, voor het slapengaan.'

'Mensen veranderen hun verleden wel vaker', zei Anne tegen haar, 'als ze het te pijnlijk vinden om eraan terug te denken.'

Het bericht was afkomstig van Andy Greegan, die Stella liet weten dat de compositiefoto waar ze om gevraagd had op haar bureau lag.

Het was een compilatie van Woolfs legerfoto en het Silent Wolf-logo, een mengeling van mens en stripfiguur, de vreemd uitziende halfbroer van Silent Wolf in mensengedaante. Ernaast stond een afbeelding van de stripheld zelf, met de opmerking dat de moordenaar op hem zou kunnen lijken. En zijn naam stond erbij.

Stella en Brian Collier bekeken de foto samen. Ze zei: 'Het is riskant. Of hij duikt onder, of hij verandert zijn uiterlijk, wat niet zo moeilijk zal zijn als hij er echt zo uitziet als op deze foto. De kans is groot dat hij zijn naam nu al veranderd heeft.'

'Ik weet het.' Collier haalde zijn schouders op. 'Maar als hij echt ophoudt, moeten we naar hem op zoek.'

'Pers inlichten?' vroeg Stella.

'Alle media ... Vooral de roddelbladen, die smullen hiervan.'

's Nachts daalt er over ziekenhuizen altijd een vreemde stilte neer, geen doodse stilte maar wel een die met de dood te maken heeft: alsof er een geest door de lege gangen waart, alsof de slaap slechts één stap van de vergetelheid verwijderd is.

Omringd door die stilte ontwaakte Neil Morgan uit zijn coma. Even bleef hij zo liggen, met open ogen, terwijl de apparatuur om hem heen de plotselinge metabolische veranderingen registreerde, toen tilde hij zijn arm op alsof hij naar een vriend wuifde. Hij probeerde rechtop te gaan zitten en op deze beweging reageerde een sensor, waarna het alarm afging. Een nachtzuster rende naar de deur van zijn kamer en een andere piepte de dienstdoende arts op.

Morgan glimlachte naar de zuster, hoewel hij niet wist dat hij dat deed. En hij praatte tegen haar, hoewel hij niet wist wat hij zei.

Aimée lag in bed en luisterde naar het kloppen van haar hart. Peter lag stil naast haar te slapen. Het was die dag weer warm geweest en de dakbalken kraakten terwijl het huis afkoelde.

De kamer werd zwak verlicht door de lamp op de overloop en Aimée kon haar kleren zien hangen in het kledingrek dat achter haar bed stond. Ze had besloten om vrijwel niets mee te nemen, alleen een tas met kleren en wat spullen die voor haar belangrijk waren. Het was een nieuw leven, ze wilde met een schone lei beginnen. Het zou niet goed zijn om overal foto's neer te zetten, om de kleren te dragen die ze altijd gedragen had, om zich te gedragen zoals ze zich altijd gedragen had. Ze wilde op een andere manier tegen de wereld aan kijken.

Ze vond dat ze zich eigenlijk schuldig zou moeten voelen, of bang, of allebei, maar dat deed ze niet. Ze moest alleen morgen nog zien door te komen, daarna zou alles anders zijn. Haar hart fladderde als een vogel die in een kooi zijn vleugels probeerde uit te slaan.

Candice zat in het kantoor van de arts, niet ver van de ziekenkamer. Er waren een paar voorlopige tests gedaan, maar om deze tijd 's nachts was het niet mogelijk Morgans nieuwe waaktoestand uitvoerig te onderzoeken. Er zouden de volgende morgen meer tests volgen.

De arts had goed nieuws en slecht nieuws. Het goede nieuws lag voor de hand: Morgan was uit zijn coma ontwaakt. Het slechte nieuws was minder gemakkelijk uit te leggen, hoewel de afwezige blik in Morgans ogen en zijn gebrabbel wel een indicatie vormden. De arts had het over een neurologische beschadiging. Hij praatte nog even door, gebruikte daarbij veel medische termen, maar het kwam erop neer dat Neil Morgan naar sprookjesland was vertrokken.

'Begrijpt hij nog wel wat ik zeg?' vroeg Candice.

'Dat lijkt me erg onwaarschijnlijk.'

'Kan hij op vragen reageren?'

'Nou ... nee. Niet op de manier zoals u bedoelt.'

'Op welke manier dan wel?'

'We weten nog erg weinig over de toestand waarin hij nu verkeert. Het is mogelijk dat hij een eigen methode en communicatiesysteem heeft waarmee hij de wereld om zich heen kan duiden, maar vergeleken bij hoe u en ik de wereld om ons heen ervaren, heeft hij het contact met de werkelijkheid verloren. Hij lijkt niet meer goed te kunnen inschatten wat er om hem heen gebeurt, hij kan geluiden maken maar geen woorden vormen, en hij is niet meer in staat zijn eigen handelen te sturen.'

'Wordt hij weer beter?'

'Er zijn mensen die weer beter zijn geworden.'

'Maar wordt Neil ook weer beter?'

'Daar kan niemand u antwoord op geven.'

Het lukte Candice om kwaad te worden zonder haar stem te verheffen. 'Maar wat denkt u?'

De arts haalde zijn schouders op. 'Ik denk van niet.'

Candice ging weer aan Morgans bed zitten. Hij zat rechtop met behulp van een rugsteun. Hij draaide zijn hoofd naar haar toe, leek toen zijn interesse in haar te verliezen en brabbelde een lange zin waar geen touw aan vast te knopen was. Toen ze zich naar hem toe boog, trok hij zich met een nat glimlachje om de lippen terug. De zuster die van achter haar bureau toekeek, dacht dat Candice haar man een zoen wilde geven. Dat was niet zo. Ze schold hem uit.

Candice wist dat Morgan bankrekeningen in het buitenland bezat. Ze wist dat alleen hij de nummers van die rekeningen kende. En ze wist ook dat er miljoenen op stonden. Ze hadden gesprekken over dat geld gehad. Stel dat er wat met jou gebeurt? Wat dan? Stel dat je plotseling dood neervalt. Wat dan?

Morgan had er steeds hetzelfde antwoord op gegeven: 'Het is beter dat je het niet weet.' Candice maakte hieruit op dat hij niet op legale wijze aan het geld was gekomen. Het irriteerde haar dat ze daarover in het ongewisse werd gehouden, maar ze nam aan, hoewel ze dat niet zeker wist, dat iemand ervan op de hoogte was: waarschijnlijk hun advocaat.

Toen Morgan in coma lag en leek te gaan sterven, had ze contact opgenomen met hun advocaat en naar het geld geïnformeerd. Hij wist niets van het bestaan van dergelijke bankrekeningen. Ze zei tegen hem dat dit onmogelijk was: Morgan moest het hem verteld hebben. De advocaat verzekerde haar dat Morgan dat niet had gedaan. Hij had natuurlijk wel bepaalde instructies gekregen in geval van overlijden of wilsonbekwaamheid, maar daarin werd geen melding gemaakt van buitenlandse bankrekeningen.

Daarom had Candice zo lang aan het bed van Morgan zitten wachten en zachtjes, als een schietgebedje, voor zich heen gepreveld: Niet doodgaan, rotzak. En daarom boog ze zich nu naar hem toe, met haar lippen tegen zijn oor, en verwenste ze zijn ziel naar de hel.

88

Twee dagen later liep Costea Radu het politiebureau van Notting Dene binnen en vroeg DS Stella Mooney te spreken. Costea de Pooier droeg een halflange zwarte leren jas, een zwart T-shirt en had een zonnige glimlach om de lippen. Stella vroeg Frank Silano om bij hen te komen zitten.

Costea zei: 'Ik heb iets wat jullie willen weten.'

Stella noemde de datum en het tijdstip voor de geluidsband, herhaalde wat de man gezegd had en vroeg hem te bevestigen dat hij dat inderdaad gezegd had.

'Iets wat jullie willen weten.'

'En dat is?'

'Nou, ik wil eerst iets terug hebben: garantie.' Hij grijnsde veelbetekenend naar Stella. 'Ik ben vrij op borgtocht. Hebt u geregeld. Mooi. Nu een betere deal, oké? Deze keer vrijuit.'

Dat heb ik niet voor je geregeld, engerd, maar ik ben blij dat je dat denkt.

Ze zei: 'Beetje lastig om iets terug te doen voor iets wat ik nog niet gekregen heb.'

Costea moest hierover nadenken. Toen hij daarmee klaar was, haalde hij de opgevouwen voorpagina van een roddelblad uit zijn jaszak. 'Van gisteren. Ik ken deze vent.'

'O ja?'

'Nou ja, ik kén hem niet. Ik heb hem gezien.'

'Waar?'

'Hier en daar …' Stella wachtte. 'Hier en daar, in de buurt; ik zie hem af en toe.' De geluidsband registreerde Silano's gekuch gevolgd door stilte. 'Ik kan u vertellen waar hij is, maar niet voor niks.'

'Wat had u in gedachten?'

'Mijn rechtszaak is gauw, ja?'

'En?'

'Ik geef, u geeft.'

Stella koos haar woorden zorgvuldig. 'Ik kan, wat betreft de aanklacht tegen u of de uitkomst van de rechtszaak, geen beloftes doen. Echter, als de informatie die u ons geeft ons helpt bij het onderzoek, ben ik bereid dit aan de rechtbank door te geven. DS Mooney beëindigt hiermee het gesprek met meneer Costea Radu.'

Ze sloot af met het noemen van de tijd. Costea keek haar, nog steeds glimlachend, aan en zei: 'En nu?'

'Strafvermindering.'

'Vrijspraak.'

'Kom nou ...'

'Taakstraf.'

'U staat terecht voor gijzelneming en het toebrengen van zwaar lichamelijk letsel.'

'Hoe graag wilt u deze vent te pakken krijgen?'

'Het is strafbaar om informatie achter te houden.'

'Oké, dan vertel ik u dat ik hem in de metro heb gezien. Helpt dat? En op het vliegveld, en ik heb hem naast de koningin in de auto zien zitten.'

'Waar hebt u hem echt gezien?' vroeg Stella. 'Taakstraf van honderd uur. Laatste aanbod.'

Het maakte Costea niets uit of het honderd of vijfhonderd uur was, want hij was toch niet van plan om ze vol te maken. Hij zei: 'Boven aan de Strip. Groot huis, daar woont hij. Kom maar mee, dan wijs ik het u aan.'

Stella zei: 'U blijft hier. Deze rechercheur houdt u gezelschap.'

Ze rende naar Colliers kantoor en zei: 'We hebben misschien een adres. Ik heb een volmacht nodig voor wapengebruik, een Hattongeweer en extra mensen.'

In de verhoorkamer zat Costea naar Silano te glimlachen, en Silano glimlachte naar hem. Costea's glimlach betekende: *ik weet hoe het werkt. Je kunt altijd een deal sluiten.* En die van Silano: *ze heeft je voorgelogen. Je gaat de bak in.*

Gideon Woolf liep over straat. Hij zag er anders uit nu. De compositiefoto was prutswerk, had maar in twee roddelbladen gestaan en leek niet op hem, maar de afbeelding van Silent Wolf had hem wel buitengewoon nerveus gemaakt: de kleren, het haar. Hij was met een muts op de stad in gegaan om haarverf te kopen en had zijn haar weer bruin geverfd, zijn natuurlijke haarkleur. De gevechtsbroek en lange jas hadden plaatsgemaakt voor een zwarte 501-spijkerbroek met een wijd shirt eroverheen. Hij voelde zich kwetsbaar, onbelangrijk.

Hoe waren ze dat van Silent Wolf te weten gekomen?

Aimée had hem haar mobiele nummer gegeven voor het geval er problemen waren. Hij belde haar op en luisterde aandachtig naar haar stem, of die verried dat ze de kranten gezien had. Ze klonk zoals altijd: opgewonden, als een vrouw die verliefd was. Ze herhaalde het tijdstip waarop ze elkaar zouden treffen en hij zei: ja, dan zou inderdaad hun nieuwe leven beginnen.

Hij liep een uur lang rondjes, het hoofd gebogen. Silent Wolf volgde in zijn voetsporen. Hun schaduwen vloeiden langzaam in elkaar over. Hij dacht aan zijn nieuwe leven als Silent Wolf en aan zijn nieuwe leven met Aimée en wist dat hij zou moeten kiezen.

Ze kent me. Ze weet wie ik ben. Ze kent mijn naam, zij kennen mijn naam. Veiliger als ze dood zou zijn.

Onder het lopen dacht hij erover na hoe hun nieuwe leven eruitgezien zou kunnen hebben. Het beeld dat hij voor zich zag, was dat van een stel dat boven op een heuveltop stond en uitkeek over een vallei waar als een zilveren draad een rivier doorheen liep, de man had zijn arm om de schouder van zijn minnares geslagen. Hij dacht dat hij het in een film op tv had gezien, in de geblakerde kamer, op de tv die nooit werd uitgezet.

Gideon bleef staan, alsof hij het tafereel voor zich zag, maar toen wiste de schaduw van Silent Wolf het beeld uit.

Veiliger als ze dood zou zijn: gauw ...

Hij wist niet of de stem die hij hoorde zijn eigen stem was of die van de held.

Aimée had Peter en Ben een brief geschreven. Er stond veel in, maar met name dat er geen weg terug was. Ben ging na school sporten, dus hij en Peter zouden pas tegen zes uur thuis zijn, en dan zou Aimée al lang weg zijn, ergens anders zijn, in de trein zitten. Ze had verwacht dat het kind haar er misschien nog van zou kunnen weerhouden om te gaan, maar al haar gedachten waren op de toekomst gericht.

Ze pakte haar tas in en nam, zoals ze zich voorgenomen had, niets mee dat haar aan het verleden herinnerde. Het huis benauwde haar, de muren kwamen op haar af. Ze dacht aan Gideon en verlangde naar hem.

89

Stella Mooney in de geblakerde kamer, de tv aan, het computerscherm op de screensaver met de gele ogen.

De technische recherche had de revolver, het mes, de legerkle-
ding en de lange jas gevonden. Al het voorwerk was gedaan en nu
doorzochten ze de rest van het huis, hoewel ze eigenlijk al gevonden
hadden wat ze zochten: de kamer lag vol met sporen. Stella was
gekleed in pd-wit, capuchon op, hoezen over de schoenen. Het
zonlicht stroomde door het raam naar binnen en de brandlucht
prikkelde in haar neusgaten.

Harriman kwam met een spijtig gezicht binnen. 'Hij heeft
precies het goede moment uitgekozen om de stad in te gaan.'

Stella knikte. 'Hij is halsoverkop vertrokken en komt niet meer
terug, of hij heeft de politiewagens in de straat zien staan en gezien
dat zijn voordeur uit de hengsels gelicht was.'

'Waarom zou hij vertrokken zijn?'

'De pooier heeft ons hiernaartoe geleid, maar misschien heeft hij
Woolf ook gewaarschuwd, gewoon voor de lol. Hij denkt dat hij
zichzelf een dienst bewijst, en niet ons.'

'We zetten de deur er weer in,' opperde Harriman, 'sturen de
technische recherche weg en gaan zitten wachten.'

'Nieuws verspreidt zich snel op de Strip.'

'Jawel, maar …'

'Ik laat het aan jou over', zei Stella. 'Het klinkt aannemelijk.
Regel jij het maar.'

Ze ging op de draaistoel zitten, maakte verbinding met het
internet en ging naar 'favorieten'. Twee mannen in oranje overalls
met achter hen de zogenaamde strijders. Een van de strijders kwam
naar voren en trok een lang mes.

Stella, van top tot teen in het wit, als een geest in de geblakerde
kamer.

Aimée was naar de supermarkt geweest: de laatste keer dat ze in de
auto had gezeten, de laatste keer dat ze deze route had gereden. Ze

bracht de boodschappen naar binnen en zette alles in de koelkast. Het was eten dat Peter kon klaarmaken, dat hij en Ben erg lekker vonden.

De laatste keer dat ze een goede huisvrouw was geweest.

Ze zette de brief op de schoorsteenmantel, zodat hij niet over het hoofd werd gezien. Ze ging weg, sloeg de deur achter zich dicht en trok, zoals altijd, nog even aan de deurknop om er zeker van te zijn dat hij goed dichtzat.

Hij wist niet waar hij was of hoe hij er gekomen was. Hij voelde een knellende pijn achter zijn ogen, en zijn benen waren moe, alsof de strijd der schaduwen in een echte wedstrijd was uitgemond en hijzelf de verliezer was.

Moet ik haar doden?

Hij liep verder en hoorde maar één antwoord op zijn vraag. De zon drukte op hem neer en de uitlaatgassen dreven als giftige mistslierten langs de weg. Hij sloeg een hoek om, zag een hek openstaan en was plotseling op een plek die hij kende, die hem bekend voorkwam.

Aimée wist dat ze te vroeg was, maar wat gaf het? Ze leidde een nieuw leven en eigende zich alvast een stukje van hun toekomst toe, voordat hij zijn deel ervan opeiste.

Ze zat met een glas koele witte wijn voor zich op de afgesproken plek aan de bar in de stationshal en keek naar de reizigers. Iedereen had een doel, iedereen had een bestemming, iedereen – Aimée inbegrepen – baadde in het heldere licht van de zon.

Ze keek op haar horloge. Ze stond in tweestrijd: moest ze wachten tot hij glimlachend door de hal naar haar toe kwam lopen, waarna ze zou opstaan om hem te begroeten, of zou ze zich aan haar gedachten overgeven en zich laten verrassen, wanneer hij plotseling naast haar opdook.

Ik hou van je. Ik hou van je. Ik hou van je.

Zolang hij er nog niet was, bleef ze een anonieme reiziger. De zon schoot in regenboogkleuren vanaf de rand van haar glas.

Ze hadden gedaan wat Harriman had voorgesteld: de deur zat weer op zijn plek, de politieauto's waren weg, er zaten rechercheurs in de kamer, collega's liepen op straat om hen te waarschuwen. Het leven op de Strip was vrijwel tot stilstand gekomen, met uitzondering van de hoerenrijders, die juist sneller reden dan normaal. Dit zou voor Woolf een teken kunnen zijn, en Stella wist dat. Ze liep over de Strip en zag Costea in een bar zitten; toen ze naar binnen liep, werd het er oorverdovend stil.

Costea gebaarde naar buiten. Toen ze op straat stonden, zei hij: 'U komt hier en stapt zomaar op me af. Wilt u me soms opfokken?'

'Nee, ik wil alleen met u praten. Hij is er niet.'

'Dat is niet mijn probleem.'

'Waar zou hij kunnen zijn?'

'Heb ik gezegd dat we dikke vrienden waren? Ik weet alleen waar hij woont, dat heb ik u aangewezen, wat wilt u nog meer?' Hij keek achterom. 'Godsamme, als ze zien dat ik met u praat ...'

'Is er iemand anders die het weet? Gebruikte hij een van de meiden?'

'Nee. Neukte nooit, scoorde nooit. Daar ken ik hem niet van. Ik zie hem alleen maar op straat lopen. Dat is het enige wat ik hier doe: de Strip in de gaten houden, de klanten, de meiden, zorgen dat mij niks overkomt.'

'Oké', zei Stella. Ze keek de straat in. 'Het is stil geworden.'

'Ja, mevrouw Mooney, mijn handel heeft hiervan te lijden.'

Ze liep naar het hoger gelegen gedeelte van de Strip, maar liep toen door, alsof ze wist waar ze naartoe ging.

En na een poosje wist ze dat ook.

Aimée liep naar de ingang van het station, hoewel ze afgesproken hadden elkaar in de bar te ontmoeten. Daarna liep ze terug. Hij stond niet buiten, dus keek ze in de gelagkamer. Omdat ze vanuit het zonlicht de donkere bar binnenliep, zag ze vrijwel niets. Ze liep langs alle tafeltjes, tuurde naar de mensen, waarbij ze nauwelijks hun verontwaardigde blikken opmerkte, maar hij was er niet.

Ze rende door de hal naar het perron waar hun trein al stond te wachten, de bestemming stond op het rode lcd-scherm vermeld, de digitale klok tikte de seconden weg. Daarna maakte ze een rondgang langs de winkels, de krantenkiosken en de cafés, waarna ze terugging naar de bar, naar de stationshal, naar het perron. Ze huilde zonder dat ze het in de gaten had.

Hij komt nog wel. Het is nog vroeg. Hij is onderweg.

De andere reizigers haastten zich al naar het perron om hun trein niet te missen. Aimée dacht dat als ze opzij keek en weer terug, hij er aan zou komen rennen, opgehouden, maar hij was er nu, waarna ze samen naar de trein zouden rennen, die ze nog net zouden halen voordat hij wegreed, en hijgend in elkaars armen zouden vallen. Dat moment, waarop ze bijna de trein gemist hadden, zou daarna een deel worden van hun nieuwe leven, ze zouden er soms weer om moeten lachen, het zou een anekdote worden om aan hun nieuwe vrienden te vertellen.

Ze keek opzij, toen weer terug. Hij was nergens te bekennen.

90

Geen toeval, in de verste verte niet, en zeker geen giswerk of gevolgtrekkingen. Wat Stella naar deze plek had geleid was kennis die haar ongevraagd was aangereikt, onfeilbaar en onweerlegbaar. Zoals je soms in een drukke winkelstraat met zekerheid weet dat je de persoon aan wie je loopt te denken zo dadelijk zult tegenkomen.

Het was druk op de kinderspeelplaats, maar Stella zag alleen hem. Hij zat op een bankje, vlak bij de boom waaraan hij Bryony had opgehangen; zo gespannen, zo gekweld, dat het uit al zijn poriën leek te komen. Hij zag er anders uit dan op de foto, maar toen Stella naar hem toe liep, zag ze vaag de met Oost-Indische inkt aangebrachte tatoeage op de binnenkant van zijn linkeronderarm. Dichterbij gekomen zag ze deze duidelijker, hoewel ze al wist wat die voorstelde.

∧ ∧
∨

De voorgeschreven procedure was: afstand houden, observeren, zo nodig volgen, niet benaderen, en om versterking vragen. Ze haalde haar telefoon tevoorschijn, wendde zich van hem af, drukte op de snelkeuzetoets, zei twee zinnen en draaide zich toen weer om. Hij zat er nog steeds, doodstil, de handen op zijn dijen, de onderarmen naar de zon gekeerd. Terwijl ze naar hem toe liep, leunde hij achterover en keek omhoog naar de boom. Stella volgde zijn blik en zag hoe de wind de bladeren in beweging bracht en hoe het zonlicht erdoorheen filterde.

Ze ging naast hem zitten en zei: 'Ik weet wie je bent.'

De trein vertrok.

Aimée bleef staan tot hij uit het zicht was verdwenen. Het perron was leeg, maar als ze goed keek, als ze weigerde om weg te kijken, stond er een spooktrein met twee mensen erin, de enige reizigers, die aan het raam zaten en naar haar keken terwijl de trein wegreed.

Ze stak haar hand op om ze uit te wuiven, maar het beeld vervaagde.

Iets heeft hem opgehouden, hem ervan weerhouden om te komen. Iets waar hij geen schuld aan heeft.

Ze wist dat het niet waar was.

Ze rende jankend door de stationshal, wervelde met uitgestrekte armen, de mond wijdopen, wild in het rond, terwijl de andere reizigers, die wel samen met iemand op reis gingen, verbaasd voor haar aan de kant gingen.

Iedereen bleef uit haar buurt, terwijl ze heen en weer rende, in het rond draaide, de armen uitgestrekt, en als een waanzinnige steeds weer zijn naam riep, alsof hij haar zou kunnen horen, alsof hij, zelfs nu nog, zou kunnen komen.

Stella Mooney en Gideon Woolf naast elkaar op het bankje.

Ze praatte op zachte, lage toon tegen hem, en hij knikte en luisterde aandachtig, omdat ze heel veel dingen leek te weten, en die ook nog begreep. Zijn manier van leven leek aannemelijker zoals zij erover praatte, zijn behoeften leken duidelijker, zijn redenen geloofwaardiger.

Na een poosje was het zijn beurt om te praten, en met een stem die niet meer dan gefluister voortbracht, maakte hij haar deelgenoot van zijn geheimen, deelde hij zijn hoop met haar, zijn nieuwe vriendin, zijn geduldige vertrouwelinge, en gaf antwoord op al haar vragen.

91

Gideon Woolf zat in een cel op het politiebureau van Notting Dene. Buiten was het licht, maar in de cel was het donker en een lamp hoog aan de muur wierp een bleke schaduw op de grond. Zijn schaduw. Zijn eigen schaduw.

Hij ging staan, strekte zijn armen uit en de schaduw vloog. Hij glimlachte omdat alles goed was nu.

Hij zou Aimée nu niet hoeven te doden, en dat was goed.

De wereld zou nu eindelijk zien wie hij was, en dat was goed.

Er zou nu niet meer gepraat worden over lafheid of verraad.

Hij zou ze alles vertellen. Met de vrouw die naast hem op het bankje zat had hij al een begin gemaakt. Toen de anderen arriveerden en hem hiernaartoe gebracht hadden, was hij verder gaan praten. Hij verlangde ernaar hun te vertellen wie hij was en waartoe hij in staat was, want hoe meer hij uitlegde, hoe beter hij het begreep.

Het enige wat hij voor hen zou verzwijgen was het moment waarop Silent Wolf op de gevangenismuur stond, terwijl de zoeklichten langs de uitkijktorens scheerden, de sirenes loeiden, de bewakers met geweren heen en weer renden en het silhouet van Wolf heel even duidelijk te zien was, voordat hij naar beneden sprong en in de straten van de stad verdween.

Het leek alsof het huis bijna al zijn zuurstof had opgebruikt.

Aimées ademhaling kwam met horten en stoten. Vanuit haar ooghoeken zag ze zilveren sterretjes en ze had bij elke stap die ze zette het gevoel plat op haar gezicht te vallen. Ze pakte de brief van de schoorsteenmantel, scheurde hem open en las hem regel voor regel, alsof ze de woorden voor het eerst zag. Daarna verbrandde ze hem.

Het was tien voor zes. Ze ging in de keuken op een kruk zitten, keek om zich heen – alles was precies zoals ze het achtergelaten had, alles was precies zoals het hoorde – en vroeg zich af hoe het mogelijk was dat ze hier was, in deze vreemde omgeving.

Ergens anders het geraas van een voortdenderende hogesnel-heidstrein.

Ergens anders een landschap dat langs het raam gleed.

Twee mensen die naar buiten keken, naast elkaar, verliefd.

Toen Peter tien minuten later thuiskwam, was Aimée met het eten bezig. Op sommige dagen nam hij bloemen voor haar mee, en dit was zo'n dag.

Een dag als elke andere.

92

De regen kwam vanuit het westen.

Het regende drie dagen lang, non-stop, waardoor de stad langzaam tot stilstand kwam. De files werden langer, de lontjes korter. De mensen van AMIP-5 schreven hun verslagen en vertrokken daarna een voor een: de klus was geklaard. Brian Collier was een gelukkig mens. Hij moest nog wel een achterstand wegwerken, maar had zich nu al heilig voorgenomen dat dit 'eens maar nooit weer' was.

Stella had Collier nooit gemogen, maar nadat hij neergeschoten was terwijl hij Donna voor een groepsverkrachting probeerde te behoeden, was ze anders tegen hem aan gaan kijken. En hij had haar in ieder geval niet proberen te versieren, iets waar ze Maxine Hewitt deelgenoot van maakte.

'Nee,' zei Maxine, 'hij probeert mij nu te versieren. Hij zegt steeds dat hij gezegend is met een enorme pik.'

'Dat kan ik niet bevestigen', zei Stella. 'Heb je hem verteld dat je lesbisch bent?'

'Ja, natuurlijk.'

'Maar hij gelooft je niet.'

'Schijnbaar heb ik een enorme pik nodig om tot inkeer te komen. Praat onze dader nog steeds?'

'Honderduit. Zijn leven is één groot avontuur, waarin de slechteriken het onderspit delven en het recht zegeviert.'

'Zijn advocaat zal het op een posttraumatisch stress-syndroom gooien.'

'Dit had allemaal voorkomen kunnen worden', merkte Stella op, 'als Woolf gewoon zijn werk had gedaan.'

'Zijn werk?'

'Mensen doodschieten.'

Stanley Bowman merkte niet veel van de regen, hij had het te druk met geven en spelen, en spelen en geven. Hij zat in een casino in West End en keek naar een aas en een ruitenheer, de twee geheime kaarten van hemzelf, en twee ruiten op tafel.

Hij had het telefoontje van Vanechka ontvangen en het code-woord gekregen. Het gesprek was precies zo verlopen als Bowman verwacht had, maar wat hij niet wist was dat het codewoord een kleine schokgolf door de telefoonlijn op gang had gebracht. Het was het woord dat Ricardo hem gegeven had, maar het was een fout woord: niet het verkeerde woord, maar een woord dat betekende: *deze vent zo gauw mogelijk lozen; dit geld is besmet, dit geld maakt het pad vrij dat je rechtstreeks in de gevangenis doet belanden.*

Hij pakte een hoge ruiten als *river*-kaart en zette al zijn geld in één keer in. Op hetzelfde moment ging zijn zwarte geld met enorme snelheid de witwaslijn weer in, wat een geluid maakte alsof er een lont was aangestoken. De mensen die door Stella ingeseind waren, zouden dat zien en weten wat dit betekende. Ze zouden het geld onderscheppen en omleiden, gewoon om het te laten door-stromen en Bowman zoet te houden. Pas wanneer ze alles hadden, álles, zouden ze in actie komen.

Een speler met drie boeren dacht dat Bowman blufte en ging mee met de inzet. Bowman keerde zijn aas en heer om. Hij glim-lachte als iemand die verwachtte te winnen.

Een rijkeluisglimlach.

Advocaten hadden vragen gesteld en artsen hadden die beant-woord: ze verwachtten niet dat Neil Morgan ooit weer aanspreek-baar zou zijn. Candice vroeg zich af waarom uitgerekend zij zo onbeschrijflijk, ongelooflijk, oneindig veel pech moest hebben. Ze zat aan zijn bed en vroeg hem om de nummers van zijn buiten-landse bankrekeningen, zijn antwoord was een kwijlerige grijns. Ze vroeg het hem nog een keer en hij grijnsde nog een keer. Ze verbaasde zich erover hoe diep haar haat tegen hem was.

De advocaten waren gestuit op een clausule in Morgans papie-ren met de titel: 'In geval van mijn dood, of wanneer ik niet meer in staat ben mijn zaken te behartigen'. Het dossier bevatte instructies voor een vrouw die Abigail Gray heette en een brief die bij haar bezorgd moest worden. Er zaten ook duidelijke instructies voor de advocaten bij, dat alles strikt vertrouwelijk afgehandeld diende te worden. Toen Abigail de brief opende, wat ze drie weken later, toen de aktes van goedkeuring gepasseerd waren, zou doen, trof ze de namen van diverse banken erin aan, met erachter een rekeningnummer. De nummers alleen machtigden haar om er geld vanaf te halen.

Van achter het natgeregende raam daalde elke halve minuut een vliegtuig neer uit het lage wolkendek. Candice dacht dat Barbados wel leuk zou zijn. Voor Neil een dag- en een nachtzuster, voor haar zon, zee en seks. Ze zou een week later het vliegtuig nemen en de businessclassafdeling delen met Snoei en zijn vriendin, die het orkaanseizoen vóór wilden blijven, precies zoals ze gepland hadden.

Stella nam contact op met Mike Sorley om hem bij te praten. Hij was aan het wandelen langs de rivier, Stella hoorde door de telefoon het getik van de regen op zijn paraplu.

'Mag u met dit weer wel naar buiten?'

'Mijn artsen hebben lichte oefeningen voorgeschreven.'

'Hebt u mijn rapport ontvangen?'

'Ze gaan het op een posttraumatisch stress-syndroom gooien.'

'Dat zei DC Hewitt ook al.'

'Hoe zat dat nou met dat parlementslid ... met Morgan?'

'Pro-oorlog, net als Martin Turner, maar we weten nu dat hij gelieerd was aan een bedrijf dat in wapens handelt, als een soort slapend lid van de raad van bestuur.'

'Een fikser.'

'Ja, zo zou je hem kunnen noemen. Een fikser die flinke sommen smeergeld incasseerde.'

'Denk je dat Woolf dat wist?'

'Dat betwijfel ik, chef. Enig idee wanneer u weer fit genoeg bent om aan het werk te gaan?'

'Binnenkort. Zeker weten. Over een week, of zo. Ik hoorde dat Collier niet echt genoten heeft van zijn tijdelijke bureaubaan.'

'Dat hebt u goed gehoord.'

'Maar heeft hij zijn werk goed gedaan?'

'Dat moet u de commissaris maar vragen,' zei Stella, 'maar het stelt in wezen geen reet voor. Je schuift wat met dossiers heen en weer, stuurt wat memo's rond.'

Sorley zat op een bankje, onder zijn paraplu, en zag hoe de regen het wateroppervlak deed rimpelen. Hij stak een sigaret op en inhaleerde diep.

Nog één, om het af te leren.

Zodra het opgehouden was met regenen keerde de zomer terug: een heldere hemel, warme zonneschijn. Alles droogde op en de Londenaren kwamen weer naar buiten. Op het plein voor Machado's waren tafeltjes en stoelen neergezet en in de bomen hingen witte lampjes.

Stella en John Delaney dronken champagne en deelden een schotel zeebanket. Champagne, omdat Delaney zijn artikelen over de rijkeluislijst ingeleverd had. Neil Morgan was met redactionele tact uit de reeks verwijderd.

Stella zei: 'Zat er een bij die je aardig vond?'

'Nee. Nou, Bowman had wel klasse, vond ik ... een pientere vent.'

'Je vond het geen leuke klus.'

'Het betaalde goed.'

'Ja ja.'

'Het schreef lekker weg.'

'Je had er de pest aan.'

Delaney begon te lachen. 'Oké, ik had er de pest aan.' Hij vulde de glazen bij, zette de lege fles omgekeerd in de koelemmer en stak zijn hand op om een nieuwe te bestellen.

Stella tikte op de rug van zijn hand, wat betekende 'luister even naar me'. Ze zei: 'Ik weet waar je aan denkt, en ik weet ook waarom je je gedachten niet met me deelt.'

'Echt?'

'Ja, jij denkt aan oorlogsgebieden.'

Hij keek haar oprecht verbaasd aan. 'Privédetective Mooney in actie.'

'Jij denkt aan je oude leven en vindt het schrijven van hoofdartikelen iets voor mensen die hun beste tijd gehad hebben.' Hij zweeg. Ze vroeg: 'Heb je al met iemand gepraat?'

'Een paar mensen.' Hij noemde Martin Turner niet, dat zou de zaak onnodig compliceren. 'Luister, Stella ...'

'Heeft er al iemand toegezegd?'

Hij haalde zijn schouders op en toen: 'Nou, ja ...'

'Ga je?'

Hij dronk zijn laatste beetje champagne op. De zwaluwen waren terug, ze scheerden en cirkelden boven het plein, hun kreten regen zich in de nachtlucht aaneen.

'Ik ben er destijds mee opgehouden', zei hij, 'omdat het gevaar te dichtbij kwam. Ik had gedood kunnen worden, niet één keer, maar wel drie, vier keer ... Ik was bang, zo bang, dat ik toen gezworen heb nooit meer terug te gaan.'

'Wat is er veranderd?'

'Niets. Ik weet ook dat het stom is om er zelfs maar over na te denken.'

'Maar ...'

'Het is een cliché, maar hoe dichter je de dood nadert, hoe meer je het gevoel hebt dat je leeft.'

'Waar zit je aan te denken ...? De draad weer oppakken, of nog één keer?'

'Nog één keer. Maar ik weet het niet ... Wij tweeën zijn er ook nog, we willen gaan samenwonen, een huis kopen.'

'Ja. Wij zijn er inderdaad ook nog.'

'Dus: beslis jij maar. Jij mag het zeggen.'

Stella begon te lachen. 'Nee nee, Delaney, vergeet dat maar rustig. Ik ga geen besluiten voor je nemen. Maar ik wil je wel mijn méning geven. Ga maar. Ga er alsjeblieft heen. Ik wacht wel op je tot je terugkomt, als je niet doodgeschoten wordt, tenminste.'

'Je wacht op me?'

'Ja. Ik ga hier zitten wachten.'

'Is dat nieuw voor jou?' vroeg hij.

'Ja, dat is nieuw voor mij.'

'Nou, dat is het voor mij ook.'

Ze werd net voor zonsopgang wakker en hij lag als een roos te slapen, alsof hij nooit meer door dromen geplaagd zou worden.

Ze zette koffie in de keuken, liep toen naar het zelfgemaakte prikbord en haalde alle foto's er een voor een af. De foto van Bryony gleed van de speld af en viel voor haar voeten neer. *Vieze meid.* Ze meende die woorden eerder gehoord te hebben, als een echo uit het verleden. Ze waren vergezeld gegaan van een klap en heel even zag ze haar moeders gezicht weer voor zich, de lippen opeengeperst van woede, haar hand al opgeheven voor de tweede klap.

Kleine Stella Mooney, urenlang alleen thuis, die, terwijl het donker werd, eten voor zichzelf probeerde klaar te maken, maar er kookte van alles over, en er viel van alles stuk.

Vieze meid!

Het gaat om kansen krijgen, dacht ze. Om risico's nemen. De kleinste keuze kan alles veranderen. Ze vroeg zich af welke keuzes Delaney in oorlogsgebied zou maken: deze weg wel maar die niet, doorlopen of omkeren, ze zouden het verschil kunnen uitmaken tussen hem wel of nooit meer terugzien.

Misschien had Gideon Woolf wel dezelfde keuzes gemaakt.

In het oosten spreidde zich voorzichtig de ochtendschemer uit. Ze nam haar koffie mee naar het raam en zag hoe de zon langzaam opkwam, hoe de nachtelijke gloed van Londen aquamarijnblauw oplichtte, de lucht erboven nog steeds helder diepblauw, en de silhouetten van de gebouwen steeds scherper werden.

Ze kon zijn silhouet daar ook bijna zien, afgetekend tegen de hemel, terwijl hij neerkeek op de straten, die langzaam uit hun slaap ontwaakten.

Einde

David Lawrence bij De Geus

Zwarter dan de nacht

Twee jonge vrouwen zijn in de Londense wijk Notting Hill op gruwelijke wijze vermoord. Stella Mooney en haar team moeten op zoek naar een dader die kennelijk doodt uit een innerlijke drang – de gevaarlijkst denkbare moordenaar. Het forensisch onderzoek levert een verbijsterende ontdekking op: de moorden zijn onmiskenbaar gepleegd door een duo bestaande uit een man en een vrouw. Stella Mooney ziet maar één mogelijkheid om de moorden te stoppen: de *partners in death* tegen elkaar opzetten.

Vier doden in een kring

In een appartement in Notting Hill worden vier doden aangetroffen. Men denkt dat er sprake is van een collectieve zelfmoord. Bij nader inzien blijkt een van de doden toch vermoord te zijn. Maar wat doet deze verdwaalde vermoorde man te midden van de drie andere, door zelfmoord om het leven gekomen personen? DS Stella Mooney moet veel wegen door de Londense onderwereld bewandelen op zoek naar een concreet spoor.

Stervenskoud

In het winterse Londen zijn al enkele aanslagen op vrouwen gepleegd. Inspecteur Stella Mooney weet donders goed dat een seriemoordenaar die willekeurig toeslaat eigenlijk niet te pakken is. Het zou dus een opluchting moeten zijn wanneer Robert Kimber een bekentenis komt afleggen. Maar Stella denkt dat Kimber liegt: hij zoekt opwinding, hij wil aandacht en roem. Dus laat ze hem gaan. En ze had gelijk ... Maar ook weer niet ...